Frühling
der Hoffnung

Originaltitel: *Disguised Blessing*
Originalverlag: HarperCollins, New York

Besuchen Sie uns im Internet:
www.weltbild.de

Weltbild Taschenbuch

Die Autorin

Georgia Bockoven war erfolgreich als freie Journalistin und Fotografin tätig, bevor sie mit dem Schreiben von Romanen begann. Sie ist verheiratet, hat zwei Kinder und lebt in Kalifornien. Mehrere ihrer Romane liegen als Weltbild Taschenbuch vor, darunter *Am Ende die Liebe, Momente des Glücks, Fernes Glück, Hochzeit der Gefühle, Das Haus am Meer* und *Der Sommer danach*.

Georgia Bockoven

Frühling der Hoffnung

Deutsch von Maria Mill

Weltbild

1

Catherine Miller stand am Küchenfenster des Wochenendhauses und beobachtete ein Eichhörnchen, das sich von einem Fichtenast zum nächsten nach dem Futterautomaten streckte, den sie kaum eine Stunde zuvor aufgehängt hatte. Auf dem Pfosten an der Anlegestelle hockte ein Eichelhäher, legte den Kopf schief und verfolgte aufmerksam, was da vor sich ging.

Auf einmal jedoch und wie als Folge einer geheimen Choreografie und Verabredung kippte das Vogelhäuschen, der Häher flog auf, um sich über die verschütteten Körner herzumachen, und Tom Adams näherte sich ihr von hinten und schlang ihr die Arme um die Taille. Er zog sie an sich, sodass sich ihr Rücken und Hintern an seinen lang gestrecken Rumpf schmiegten. Und flüsterte ihr, während er feucht und heiß in ihr Ohr atmete, was er sich für später, wenn sie allein waren, vorgenommen hatte. Die direkte, heftige Reaktion ihres Körpers ließ Catherine aufjapsen.

Tom Adams vermochte sie mit Worten mehr zu erregen als Jack mit seinem Vorspiel während ihrer gesamten Ehe. Das zärtliche Gebalze weckte jedoch die altvertrauten Schuldgefühle, und sie warf einen verstohlenen Blick auf ihre Tochter. Gott sei Dank war Lynda wie stets von ihrem zwanghaften Kontaktbedürfnis nach den Mitgliedern ihrer Teenagerwelt in Bann geschlagen und hatte sie ebenso vergessen wie den Koffer, den sie schon vor einer Stunde auf ihr Zimmer hatte bringen und auspacken wollen.

»Vor Lynda müssen wir uns wirklich mehr zusammenreißen«, mahnte sie Tom. Tom ließ sich lenken, Druck aber machte ihn störrisch. Sie wand sich aus seiner Umarmung, nahm ihn bei der Hand und zog ihn ans andere Ende der Küche.

Tom folgte Catherine, packte sie und zog sie wieder in seine Arme. »Mach dir keine Sorgen. Ich hab aufgepasst, dass sie nicht herschaut. Mach ich immer.« Er küsste sie auf den Halsansatz, auf den Mund, fuhr ihr mit der Zunge über die Lippen, ehe er sich zurücklehnte und verführerisch lächelte. »Außerdem hat sie das, was wir hier tun, sicher selbst schon gesehen oder sich vorgestellt. Sie weiß viel mehr über das, was zwischen uns vorgeht, als du wahrhaben willst.«

»Auch wenn das stimmt, überlass ich's lieber ihrer Fantasie, sich das auszumalen, als es direkt vor ihr auszuleben.«

Sofort hob er kapitulierend die Arme. »Ganz wie du willst.«

»Bitte, tu das nicht.« Beschwichtigend legte sie ihm die Hand auf die Brust. »Lass uns nicht wieder streiten.«

Er trat noch einen Schritt zurück, sodass ihre Hand im Leeren hing. »Wer streitet denn? Ich mach doch nur, was du willst.«

Wenn sie das Ganze nicht irgendwie hinbog, das wusste sie, würden sie tatsächlich in Streit geraten. Und sie hatte einfach schon zu viel Mühe in diesen Urlaub zu dritt investiert, als dass sie das zulassen konnte. Sie wollte, dass sie später einmal gern daran zurückdachten, eine Erinnerung daran hatten, die mit jedem Erzählen schöner wurde. Sie hatte ihre Kamera und fünf Filme dabei, und jeder Schnappschuss sollte unvergesslich werden. Sogar das Album dafür besaß sie schon – eines, das sie in einem Grußkartenladen entdeckt hatte und dessen grüner Ledereinband die goldene Aufschrift *Familienfotos* trug.

Noch ehe Catherine Worte fand, um Tom zu beschwichtigen, legte Lynda den Hörer auf und trat in die Küche. Sie holte eine Flasche Wasser aus dem Kühlschrank, musterte beim Öffnen ihre Mutter und fragte: »Bist du sauer auf mich?«

Lynda besaß zwar ein untrügliches Gespür, hielt sich jedoch auch – in für Teenager so typischer Weise – gerne für die Ursache jedes möglichen Konflikts. »Wie kommst du denn da drauf?«

»Weil du so aussiehst.« Sie nahm einen Schluck und hielt inne. »Du hast es dir nicht wieder anders überlegt, du lässt mich doch zur Party gehen, oder?«

»Nein, nein. Aber ich will nicht, dass du diese Woche noch Verabredungen triffst, ohne mich vorher zu fragen.«

»Dass ich Patty morgen zu unserem Fahrradausflug einladen möchte – fällt das auch drunter?«

»Ach, Lynda, das passt mir gar nicht.« Lyndas Freundinnen waren ihre Lebensadern, die sie mit dem lebensnotwendigen sozialen Sauerstoff versorgten. Mit natürlicher, unkomplizierter Leichtigkeit sammelte sie sie allerorten – wie andere Leute Muscheln oder Fichtenzapfen.

»Ich dachte, du magst Patty.«

»Schon. Aber dieser Urlaub war eigentlich für gemeinsame Unternehmungen zu dritt gedacht.«

»Wir können ja den Rest unseres Lebens was miteinander unternehmen«, meinte Tom, legte Lynda den Arm um die Schulter und drückte sie rasch an sich. »Lynda ist nur einmal fünfzehn. Und sollte mit ihren Freundinnen zusammen sein.«

Catherine war verblüfft. Und zornig. Tom wusste, wie viel ihr dieser Urlaub bedeutete. Jetzt, wo alle beide gegen sie Front machten, hatte sie keine Chance. »Darüber unterhalten wir uns später noch.«

»Heißt das, dass Patty mitkommen kann?«, fragte Lynda.

»Hab ich eine andere Wahl?«

»Nein …«, grinste Lynda und löste dadurch die entstandene Spannung. »Aber es wär mir lieber, wenn du wenigstens das Gefühl hättest.«

Das waren Catherines eigene Worte, Worte, die sie bei dem halben Dutzend von Meinungsverschiedenheiten in den vorausgegangenen Monaten gebraucht hatte. »Diesmal gebe ich nach; aber keine Verabredungen mehr, ohne mich vorher zu fragen, okay?«

»Okay.«

»Versprochen?«

»Ehrenwort.«

»Wann holt Brian dich ab?«

»Halb zwölf.«

Catherine warf einen Blick auf die Uhr an der Mikrowelle. Kaum eine Stunde waren sie da, und schon hatte Lynda zwei Verabredungen getroffen. »Woher wusste er überhaupt, dass du hier bist?«

»Er hat uns herfahren sehen.«

»Von der anderen Seeseite?«

»Was ändert das denn?«, fragte Tom in einem Ton, der ihr zu verstehen gab: *Nun lass doch das Kind in Ruhe!*

Catherine war zornig, schwieg jedoch. Zu Lynda meinte sie: »Warum denn so früh?«

»Ich hab versprochen, beim Aufbauen zu helfen. Er lädt eine Unmenge Leute ein – sogar ein paar von den Mietern. Nicht zu fassen, was? Wer lädt schon seine Mieter zu einer Party ein.« Die Eigentümer der Cottages am Rainbow Lake waren seit Generationen dieselben, und nur selten fand sich jemand darunter, der sein Häuschen weniger als zehn Jahre besaß. Catherines Großvater hatte das Anwesen als Teilzahlung für eine Schuld während der Depressionszeit erworben. Inzwischen gehörte es Catherines Mutter. Irgendwann – falls ihre Mutter tatsächlich nach Arizona zog, vielleicht schon sehr bald – würde sie es auf Catherine und ihren Bruder Gene überschreiben.

»Kommt Brian vorbei oder triffst du ihn am Laden?«, fragte Catherine.

»Am Laden. Jody kommt auch zur Party. Ich hab ihr gesagt, dass wir sie abholen. Ich hoffe, das geht in Ordnung.« Lynda trank ihr Wasser aus und stellte die leere Flasche auf den Küchenschrank.

Das Haus von Brians Familie – vor Jahren durch einen gewaltigen, allen Räumversuchen trotzenden Erdrutsch von der Hauptstraße abgeschnitten – gehörte zu den dreien am See, die inzwischen nur noch per Boot erreichbar waren.

Tom ließ ihr keine Zeit für eine Antwort. »Ich fahre dich«, sagte er. »Ich glaube, deine Mutter sollte ein bisschen allein sein, um sich von der Fahrt zu erholen.«

Catherine verkniff sich eine Erwiderung. »Wie lang soll die Party denn dauern?«

»*Open end*. Aber mach dir keine Sorgen. Brian hat gesagt, dass er mich danach nach Hause bringt.«

»Ich will aber, dass du Mitternacht wieder hier bist.«

»Ach Mom«, stöhnte Lynda. »Das ist ja dermaßen ungerecht.«

»Dann halb eins. Und nicht später.« Sie fixierte Lynda mit ihrem *Und-diesmal-mein-ich-das-ernst*-Blick, der immer noch magische Kräfte entfaltete.

»In Ordnung. Aber ich werd mich ganz schön bescheuert fühlen, wenn ich ihn bitten muss, die eigene Party zu verlassen, bevor sie zu Ende ist.«

Lynda ging sich umziehen, und Tom lehnte sich an den Schrank und streckte die Hand nach Catherine aus. Sie ließ sich von ihm umarmen, schlang ihm locker die Arme um den Hals. »Ich wollte damit nicht sagen, dass du nicht mitkommen kannst«, flüsterte er. »Ich dachte bloß, dass du vielleicht hierbleiben und dich eine Weile entspannen möchtest.«

Wäre ihr sein Blick entgangen, hätte sie auch aus seiner leisen, heiseren Stimme herausgehört, was er meinte. Drei ungestörte Stunden allein miteinander hatten sie nur sehr selten, von zwölfen ganz zu schweigen. Sie konnte es ihm kaum vorwerfen, dass ihn die Aussicht erregte.

Catherine fuhr ihm mit den Fingern durch den dichten dunklen Schopf und beugte sich zu ihm vor, um sich küssen zu lassen. »Ich glaube, ich nutze die Zeit vielleicht zu einem schönen, ausgedehnten Schaumbad.« Sie hatte das Leben, bei dem sie über jede Minute Rechenschaft ablegen musste und das sie bis zur Kündigung ihres Jobs vor zwei Monaten geführt hatte, immer noch nicht ganz hinter sich gelassen und musste sich selbst daran erinnern, dass ein Schaumbad nichts mehr war, das sie eigens einplanen musste.

Er presste die Wange an ihre und flüsterte ihr ins Ohr. »Wenn ich mir das auf dem Heimweg ausmale, lande ich womöglich im See.«

Sie lachte. »Wie schaffst du's nur, immer die richtigen Sachen zu sagen?«

»Ganz einfach. Ich hab die richtige Frau dazu.«

Als Catherine Lynda in der Diele hörte, wollte sie sich aus Toms Umarmung winden. Er lockerte seinen Griff, ließ sie aber nicht los. Catherine machte noch einen Versuch, ehe Lynda im Türrahmen erschien und es sowieso keine Rolle mehr spielte.

»Fertig?«, fragte Tom.

Lynda nickte. Sie hatte ihr schulterlanges Haar aufgesteckt und trug Khakishorts und ein leuchtend rotes Trägertop.

Wie immer, wenn Lynda sich zum Ausgehen anschickte, schossen Catherine ein halbes Dutzend Ermahnungen durch den Kopf, vom Rat, sich doch mit Sonnencreme einzuschmieren, bis zur Warnung, nicht gleich nach dem Essen schwimmen zu gehen. Sie hatte sich aber im Griff, nur einen Tipp musste sie loswerden: »Vergiss nicht, eine Jacke mitzunehmen.«

»Ich hab nur dieses Riesending dabei, das Daddy mir geschenkt hat. Hab vergessen, was anderes einzupacken.«

»Dann nimm doch meinen Pullover.«

»Es geht schon. Es …«

»Mir zuliebe.«

Sie stöhnte. »Wo ist er denn?«

»Im Schrank in der Diele.«

Lynda öffnete die Schranktür. »Meinst du das grüne Teil?« Sie hielt den Pullover vor sich hoch. Groß und weit mit Rollkragen und baumelndem Gürtel wirkte er wie ein Sechzigerjahrerelikt, das auch auf dem Flohmarkt keinen Käufer mehr gefunden hätte.

»Schön ist er ja nicht, aber warm. Und heute Abend draußen am See wirst du mir dankbar sein.

Lynda verzog das Gesicht. »Du willst mich wohl veräppeln, was? Du erwartest doch nicht, dass ich mich darin jemandem zeige.«

Tom nahm Lynda den Pullover aus der Hand und legte ihn ihr über die Schultern. »Willst du jetzt hier stehen bleiben und streiten oder Brian am Laden treffen?«

Einen Moment lang sah es tatsächlich aus, als würde Lynda überlegen. Dann seufzte sie noch einmal, nahm den Pullover von der Schulter und stopfte ihn in die Tasche.

Catherine brachte sie zum Wagen. »Denk dran – halb eins.«

»Mm-hm.« An Lyndas rechtem Ohr blitzten vier Goldringe; zwei weitere und ein kleiner Diamantstecker schmückten das linke – Zugeständnisse Catherines, ausgehandelt gegen das Versprechen, sich sonst nirgends mehr piercen zu lassen.

»Amüsier dich gut.«

»Klar.«

»Und mach nichts mehr aus für die Woche.« Sie konnte es sich nicht verkneifen.

»Nein.« Lynda stieg ein und wartete, dass Tom den Motor von Catherines Lincoln Navigator anließ. Als sie rückwärts die schmale Einfahrt hinunterfuhren, kurbelte sie das Fenster herunter. »Falls Jody anruft ... sag ihr, dass wir unterwegs sind und ich meinen Badeanzug jetzt doch nicht mitgenommen habe.«

Catherine winkte, wartete, bis sie nicht mehr zu sehen waren, und wollte ins Haus zurück. In letzter Minute aber schwenkte sie ab, um den Futterautomaten zu kontrollieren. Als sie um die Ecke bog, hörte sie schon ein warnendes Zwitschern. Und ein aufgebrachtes Eichhörnchen schoss, die Backen vollgestopft mit stibitzten Sonnenblumenkernen, an ihr vorbei.

Eine Brise fegte eine gelbe Pinienpollenwolke vom hölzernen Steg in den See. Sommer für Sommer überzogen die Pollen einen Monat lang alles mit ihrem feinen Staub. Vom Gipfel eines der Berge betrachtet, die den See umgaben, nahm dieser selbst eine gelbliche Färbung an und wirkte wie ein riesiger wirbelnder Topf voller blauer und gelber Fingerfarbe.

Der Juni war nicht Catherines liebster Monat am See. Seit sie erwachsen war, war ihr der Mai, ehe die sommerlichen Horden hier einfielen, oder der September, nach dem Labor Day, wenn die meisten Sommerhäuschen schon für den Winter geschlossen waren, sehr viel lieber. Aber als sie in Lyndas Alter war und mit ihrem Bruder den ganzen Sommer am See verbrachte, hatte natürlich auch sie die Tage gezählt, bis ihre Freunde eintrafen, und die ein, zwei Tage beklagt, die sie nach der Abreise der anderen noch blieben. Es waren die Zeiten, als die Mütter noch zu Hause blieben und im Sommer freihatten, und die Väter bereit waren, an den Wochenenden auch aus so fernen Orten wie San Francisco hierher zu pendeln.

Nur sechs Meilen vom Lake Tahoe entfernt, an dessen Ufer ein Grundstück so viel kostete wie am Strand von Malibu, waren die Schneefälle am Rainbow Lake zu heftig und die Straßen zu schmal, um im Winter befahrbar zu sein, was die Preise der Sommerhäuschen niedrig hielt. Auf diese Weise waren die Ferienhäuschen von einer Generation auf die nächste vererbt worden, und die kleine Gemeinde hatte sich weitgehend unverändert erhalten.

Falls ihre Mutter tatsächlich nach Arizona zog, würden Catherine und ihr Bruder für die Instandhaltung des Häuschens verantwortlich sein, das keiner von ihnen länger als ein paar Wochen im Sommer nutzte.

Was auch einer der Gründe für ihren Entschluss war, Tom zu ihrem vorehelichen Familientreffen hierher einzuladen statt an einen privateren Ort. Sie wollte sehen, wie ihm der See gefiel und ob sie auf seine Unterstützung zählen konnte, sollte sie beschließen, Genes Anteil zu übernehmen – falls der denn verkaufen wollte.

Einer plötzlichen Regung folgend, schlüpfte Catherine aus ihren Schuhen, wischte am Stegende Pollen weg, setzte sich hin und streckte die Füße ins kühle Wasser. Das von der Sonne aufgeheizte Holz brannte an ihren nackten Oberschenkeln. Sie wiegte sich nach rechts und links, bis aus Hitze angenehme, behagliche Wärme geworden war. Zufrieden schloss sie die Augen, lauschte dem durch die Pinien streichenden Wind und versuchte, sich zur Vorsicht zu mahnen und ihr neu gefundenes Glück nicht zu sehr zu genießen.

Ihre strenge deutsche Großmutter hatte ihr eingeflößt, die Schicksalsgöttinnen nicht durch allzu freudiges Gehabe herauszufordern. Und vor ihrer Begegnung mit Tom hatte dazu auch kaum Gefahr bestanden. Mit der Stelle, die sie nach der Scheidung von Jack angenommen hatte, um ihre Tage zu füllen, war sie zufrieden gewesen, und sie war auch gerne Lyndas Mutter, strahlende Freude jedoch war im engeren Bereich ihres Lebens nicht gerade die Landeswährung.

Erst als Tom in ihr Leben trat, spürte sie wieder, wie gern sie mit einem Mann zusammen war. Und Lynda gab Tom sogar eine Chance, was sie bei Catherines früheren Männerbekanntschaften nie getan hatte. Tom versuchte erst gar nicht, Lynda eine Vaterrolle vorzuspielen, und sie reagierte darauf mit zögernder Freundschaft, die – da war Catherine sich sicher – mit jedem Zusammensein wachsen würde.

Das Leben konnte gar nicht schöner sein.

Ja, nun hatte sie es ausgesprochen. Hatte tatsächlich die Schicksalsgöttinnen herausgefordert. Und statt sich ängstlich zu ducken, fühlte sie sich frei, lebendig und stark. Ein Glück, so vollkommen wie das ihre, konnte sich selbst beschützen.

2

Als Tom zurückkehrte, lag Catherine bis zum Kinn in Schaumblasen. In einer Hand die Champagnerflasche, in der anderen zwei langstielige Kelche, betrat er das Bad. Matt lehnte sie sich an die Kopfseite der gewaltigen Wanne mit den Klauenfüßen und lächelte. »Ein bisschen früh, meinst du nicht?«

»Solche Gelegenheiten haben wir zwei nicht oft. Die muss man feiern.« Er stellte die Gläser auf die geflieste Ablage und entkorkte die Flasche, schenkte ein und setzte sich zu ihr auf den Wannenrand. Bevor er einen Toast ausbrachte, beugte er sich vor und gab ihr einen langen Kuss. »Auf ein Leben voller Gelegenheiten.«

Sie stieß mit ihm an. »Und auf dich, dass du sie mit mir feierst.«

»Bis ich alt genug bin, um zu erkennen, dass der Schaum, in dem du sitzt, weit berauschender ist als der, der da in meinem Glas perlt.«

Sie nahm einen Schluck und leckte sich die Feuchtigkeit von den Lippen. »Und ich dachte schon, es sei dir gar nicht aufgefallen.«

Er warf ihr einen Blick zu, der ihr verdeutlichte, dass ihm nichts entgangen war. Langsam, bedächtig begann er kleine, entscheidende Schaumpartien von ihrem Körper zu entfernen, wobei er sie nie direkt berührte, aber eine elektrisierende und unmissverständliche Botschaft aussandte. Ihre Haut rötete sich vor Vorfreude. Ihr Atem ging flach. Einladend reckte sie sich ihm entgegen und bewegte die Beine, legte einen Fuß auf den Wasserhahn, den anderen auf den Stöpsel.

Tom war ein ideenreicher, fantasievoller Liebhaber, der

das Vergnügen, das er bereitete, genauso genoss wie jenes, das er empfing. In ihrem Liebesspiel hatte es nie einen peinlichen Moment, einen Misston oder Augenblick gegeben, wo sie nicht bereit gewesen war. Er empfand und verstand ihre Stimmungen, näherte sich ihr mit unfehlbarem Gespür nur dann, wenn sie am empfänglichsten für ihn war.

Wenn sie einmal über ihn nachgrübelte oder auch nur den leisesten Zweifel zuließ, so vielleicht den, dass er einfach zu vollkommen schien, um von dieser Welt zu sein. Oder sich vielleicht auch fragte, warum er ausgerechnet auf sie verfallen war, wenn er doch jede unverheiratete Frau hätte haben können – und auch viele der verheirateten, die sie kannte. Fast war es, als sei er, nur um sie zu treffen, zum Ball in den Country Club gekommen. Gleich beim Eintreten hatte sie gespürt, dass er sie anstarrte. Später erzählte er ihr, schon in diesem Augenblick habe er gewusst, dass sie die Frau war, auf die er sein ganzes Leben gewartet hatte. Er verfolgte sie mit zielbewusster Hingabe und Entschlossenheit, eroberte sie mit Charme, Humor und jener Lockerheit, mit der er Lynda als integralen Bestandteil der Gleichung akzeptierte – was kein anderer der Männer, die sie seit ihrer Scheidung kennengelernt hatte, auch nur versucht hatte.

»Steh auf«, befahl er.

Widerwillig versuchte sie, aus den wollüstigen Tiefen wieder aufzutauchen. Sie reichte ihm ihr Glas, erhob sich aus dem Wasser und stand immer noch schaumbedeckt vor ihm.

Als sie aus dem Wasser steigen wollte, meinte er: »Nein, bleib, wo du bist.« Er griff nach der Champagnerflasche und goss sich ein wenig in die Hand. Als es etwas angewärmt war, fuhr er ihr damit über die Schulter und den ganzen Körper nach unten. Er wiederholte das Ganze, bis sie ganz von schimmernden berauschenden Schaumperlen umhüllt war, stellte die Flasche dann beiseite, half ihr aus der Wanne und begann, sie mit der Zunge abzutrocknen.

Catherine schauderte, keuchte und hielt sekundenlang den

Atem an, ehe sie ihn seufzend wieder entweichen ließ. Er verweilte bei der Vertiefung über ihrem Schlüsselbein, schlürfte ihre Haut mit der Zungenspitze und nahm mit dem Champagner ihr Wesen in sich auf. Langsam bewegte er sich nach unten, bahnte sich einen Pfad zu ihrer Brust und der vor Leidenschaft hart gewordenen Warze. Leise, erwartungsvoll stöhnte sie auf, drängte ihn zum Weitermachen, suchte Erleichterung und genoss gleichzeitig den Weg dorthin.

Er blickte sie an, lächelte und zog sie in seine Arme.

»Von jetzt an wirst du jedes Mal, wenn du an dieses Haus denkst, an diesen Augenblick, an diesen ganzen Tag denken.«

»Nur an diesen einen Tag? Was ist mit all den anderen, die noch kommen werden? Wir haben noch viele Jahre vor uns.«

Er lachte unergründlich. »Ich liebe deinen Verstand.«

Nachdem er sie an sich gezogen hatte, damit sie durch den Türrahmen passten, schwang er sie im Schlafzimmer im Kreis, ehe er sie behutsam aufs Bett legte.

»Parzen, schaut ihr mir zu?«, flüsterte sie. »Beneidet ihr mich?«

Tom, der gerade sein Hemd aufknöpfte, blickte auf. »Wie bitte?«

»Ich hab's satt, ängstlich zu sein. Von jetzt an genieße ich mein Glück in vollen Zügen. Ja, ab morgen werde ich es von den Dächern rufen, damit es die ganze Welt hören kann.«

»Warum denn das auf einmal?«

»Weil ich verliebt bin – merkst du das nicht?« Und da war noch etwas, etwas, was sie ihm nie sagen würde, was sie sich selbst kaum einzugestehen wagte: Sie war nicht mehr mutterseelenallein.

Er warf sein Hemd und seine Jeans über den Stuhl neben dem Fenster und gesellte sich zu ihr ins Bett, packte sie bei der Taille und zog sie zu sich herunter. »Ich weiß nicht. Vielleicht solltest du es mir zeigen. Ich war immer eher körperlich als verbal.«

Sie richtete sich auf und setzte sich rittlings auf ihn, zog langsam die Nadeln aus ihrem Haar und schüttelte es dann aus. Der Wirkung ihrer bedächtigen Bewegungen voll bewusst, verlangsamte sie sie noch und betrachtete ihn mit verschleiertem Blick, während sie den Mund leicht öffnete und mit der Zunge die Lippe berührte.

Er legte ihr die Hand in den Nacken und zog sie zu sich hinunter, um sie heftig, fordernd zu küssen und damit den Tag zu beginnen, an den sie sich – wie er versprochen hatte – ihr Leben lang erinnern würde.

Nach einem zweiten Bad – um die klebrigen Champagnerreste abzuwaschen – kuschelte sich Catherine an Tom und ließ ihre Hand über seine Brust gleiten. Zwei Monate waren es noch bis zu seinem vierzigsten Geburtstag, und er besaß den Körper eines Zwanzigjährigen. Nein, das stimmte nicht. Er hatte den Körper eines Mannes, der etwas in sein Aussehen investierte. Viel investierte. Wenn er sich bewegte, spielten seine Muskeln. Sein Bauch blieb flach, ob eine schöne Frau den Blick abwandte oder ob sie ihn ansah. Körperliche Fitness besaß hohe Bedeutung für Tom und war durch seinen freundlichen Ansporn auch für sie wichtig geworden.

Dieser Ausflug war eine Art Prüfung. Für sie alle. Weshalb es auch eine so große Rolle spielte, dass alles gut lief. Bis jetzt hatten Tom und sie noch nie eine ganze Nacht miteinander verbracht. Catherine wollte Lynda behüten, sodass sie über ihre und Toms Beziehung glauben konnte, was immer sie wollte. Wenn Tom nun mit ihnen kam, ohne mit Catherine das Schlafzimmer zu teilen, hatten sie schon einmal den ersten Schritt getan. Keinen so großen, dass man Lynda ihrer Sicherheit beraubt hätte; doch es wurde Zeit, dass sie begriff, was es hieß, wenn er nicht nur mit ihnen zu Abend aß, sondern auch mit ihnen frühstückte.

Das Ringen um die getrennten Schlafzimmer hatte sie erst nach hartem Kampf für sich entschieden. Tom war überzeugt, dass Lynda nicht nur reif genug, sondern es ihr sogar gleichgültig war. Am Ende hatte er, wenn auch widerwillig, nachgegeben.

Tom nahm ihre wandernde Hand, zog sie an die Lippen und küsste sie. »Es gibt da etwas, worüber wir uns unterhalten sollten.«

»Du klingst so ernst.«

»Tut mir leid – das wollte ich nicht. Aber in gewissem Sinne ist es auch ernst. Es geht um Lynda. Ich weiß, ich hab gesagt, dass ich mich nicht einmische, und das will ich auch nicht, ich will nur eine etwas andere Sicht vorschlagen.«

»Auf was?«

»Darauf, dass sie jede Minute, die sie hier ist, mit uns verbringen soll. Ich weiß, was du in dieser Woche erreichen willst, aber ich glaube, du bist da auf etwas aus, was du eigentlich schon hast. Sie betrachtet uns schon als Familie, Catherine. Für sie ist es keine große Sache, das wir drei ständig zusammen sind. Wir lieben uns, sie liebt dich und akzeptiert mich, und ich finde, das ist eigentlich schon viel mehr, als wir zu diesem Zeitpunkt erwarten dürfen.«

Er rollte auf seine Seite, um sie zu mustern, als wolle er ihre Reaktion taxieren und seine Argumente danach ausrichten. »Ich fürchte, wenn wir sie nicht mit ihren Freunden zusammen sein lassen, wird sie auch nur ungern etwas mit uns unternehmen und nicht mit dem Gefühl nach Hause fahren, dass sie eine tolle Zeit hatte.«

»Ich weiß nicht ...«

»Hast du mir nicht erzählt, dass sie diese Freunde nur sieht, wenn sie hier ist?«

»Zum größten Teil schon.«

»Und dass sie sich schon seit Wochen wahnsinnig darauf gefreut hat?«

»Doch«, räumte Catherine ein. Vielleicht war es ja ein Fehler gewesen, hierherzukommen. Wenn sie Lynda für sich haben wollte, hätten sie an einen anderen Ort fahren müssen.

»Nun versetz dich mal an ihre Stelle. Wie würdest du es finden, wenn ...«

»Schon kapiert.«

»Außerdem ist das auch unser Urlaub. Auch wir haben ein Recht darauf, mal allein zu sein, genau wie Lynda.«

Bis hierhin hatte sie ihm zugehört. Sie versuchte, die sich einschleichende Enttäuschung zu ignorieren. Schließlich hatte er ja vor allem Rücksicht auf Lynda nehmen wollen. Natürlich ging es ihm auch darum, mit der Frau, die er liebte, allein zu sein, ja vielleicht war er da sogar ein bisschen egoistisch. Und hätte sie es denn wirklich anders gewünscht?

»Ich weiß nicht. Vielleicht hast du ja recht«, sagte sie. »Ich dachte nur, weil du und Lynda so wenig Zeit miteinander verbracht habt.«

»In Ordnung. Angenommen, sie würde eines Morgens erwachen und feststellen, dass sie mich nicht mag. Was würdest du tun?«

»So etwas passiert nicht.«

»Und wenn es passieren würde?«

Sie wusste nicht, worauf er hinauswollte. »Dann müsste ich sie auf andere Weise davon überzeugen, was für ein wunderbarer Mann du bist.«

»Und wenn das nicht funktionieren würde?«

Catherine stützte sich auf den Ellbogen.

»Wie meinst du das? Du willst mich doch nicht etwa fragen, für wen ich mich entscheiden würde, wenn es hieße: du oder Lynda?«

»Und wenn ich es täte?«

»Wozu erörtern wir eigentlich etwas, das sowieso nicht eintreffen wird?«

Er drehte sich auf den Rücken und setzte sich auf. »Vielleicht will ich einfach wissen, woran ich mit dir bin, wo ich stehe. Manchmal habe ich das Gefühl, ich rangiere da unter ›ferner liefen‹.«

»Du weißt genau, dass das nicht wahr ist.«

»Okay. Vielleicht nicht unter ferner liefen, aber definitiv an zweiter Stelle.«

Wie kam es, dass ihr Liebesspiel fast zu einem Streit ausgeartet war? War ihr da irgendwo etwas entgangen? »Hab ich etwas Falsches gesagt? Hab ich was gemacht? Was wird hier eigentlich gespielt?«

Einen Moment lang starrte Tom sie an, dann schüttelte er geschlagen den Kopf. »Es liegt nicht an dir – sondern an mir.« Zärtlich schob er ihr das Haar über die Schulter. »Ich war noch nie mit jemandem so glücklich. Offenbar kann ich's nicht lassen, nach dem Haar in der Suppe zu suchen, das mir zeigt, dass es gar nicht wahr ist. Selbstschutz, nehme ich an. Ich hab einfach Angst, verletzt zu werden.«

Das waren Worte, ihr das Herz zu erweichen. »Ich bin hier. Und ganz real. Und ich geh auch nicht weg. Und wenn es Probleme gibt, finden wir eine Lösung. Das verspreche ich dir.«

Er küsste sie hungrig, fordernd, und war sofort wieder bereit. Sie reagierte mit gleicher Heftigkeit, wollte ihm zeigen, wie tief sich sich ihm körperlich wie seelisch verbunden fühlte.

Am Abend aßen sie auf der Dachterrasse; es gab Brie und Sesamcracker, Kuchen, Apfelschnitze, dicke, saftige Weintrauben und einen exquisiten Cabernet Sauvignon, den Tom für einen besonderen Anlass in seinem Weindepot aufgehoben hatte. Sie lehnten sich in ihren Sesseln zurück, um sich von den letzten Sonnenstrahlen wärmen zu lassen, und redeten über die Pollen, über das Bürogebäude, das Toms Firma in Roseville gebaut hatte, und über die Gästeliste für ihre Hochzeit.

Sie wünschte sich eine kleine Feier. Er wollte, dass sie alle ihre Bekannten einlud, einschließlich fast sämtlicher Mitglieder des Country Clubs. Seine Bitte hatte sie verwirrt, bis er sie daran erinnerte, dass er – weil neu in der Gegend – im Nachteil sei und den Empfang als Gelegenheit sah, nicht nur ihre Hochzeit zu feiern, sondern auch Leute kennenzulernen. Dagegen ließ sich nichts einwenden: Dass er seine von Vernachlässigung und Armut geprägte Herkunft überwunden und es bis zum Vizepräsidenten einer Immobiliengesellschaft gebracht hatte, war eines der Dinge, die sie am meisten an ihm bewunderte. Trotzdem hätte sie ihre Hochzeit gern im kleinen Kreis gefeiert.

Als sie satt waren, nahmen sie die Weinflasche mit ins Haus und liebten sich mit derselben Leidenschaft und Begeisterung wie zuvor.

Dann – kurz ehe er zufrieden einschlief – stieß Tom noch einmal mit Catherine an und sagte ihr, sie habe ihm gezeigt, dass es keine Probleme gebe, die sie beide gemeinsam nicht meistern könnten. Sie sei die Frau, nach der er sein Leben lang gesucht und die zu finden er schon nicht mehr gehofft habe.

Catherine blieb in Toms Bett, bis sie sicher war, dass sie ihn – wenn sie ging – nicht mehr wecken würde. Sie schlüpfte in den Flanellmorgenmantel ihres Vaters, der, alt und abgetragen, zum Inventar der Hütte gehörte wie der geschnitzte Holzbär neben dem Eingang, und schlich auf Zehenspitzen in die Küche, um sich Apfelwein heißzumachen.

Apfelwein gönnte sie sich nur am See. Außer Wein und gelegentlich einem Glas Milch trank sie nur Kalorienfreies. Doch obwohl sie strenge Diät hielt und regelmäßig mit Tom Sport trieb, wurde sie die acht Pfund, die sie zwischen dreißig und vierzig zugelegt hatte, einfach nicht los. Jedes Jahr war es ein Pfund gewesen. Ihre Freundinnen sorgten sich wegen ihrer Geburtstage, weil sie die Vorstellung, älter zu werden, grässlich fanden. Sie machte sich Sorgen darum, wie viele Jahre und damit einhergehende Pfunde es noch brauchte, bis sie die nächste Kleidergröße kaufen musste.

Sie ging mit ihrem Getränk ins Freie, schnappte sich ein Kissen von einem der Gartenstühle und nahm es mit auf den Steg. Die Nachtluft hüllte sie in ihre kühle, duftende Umarmung. Sie blickte in den Himmel, eine schwarze Zeltbahn, die mit wundersamen, geheimnisvollen Sternenmustern bestickt war.

In solchen Augenblicken verweigerte sie sich innerlich Toms behutsamem Drängen, sich wieder in jene Sorte von Projekten einspannen zu lassen, die während ihrer Ehe mit Jack ihre gesamte Zeit verschlungen hatte. Als Ehrenamtliche hatte sie damals bei all den Organisationen mitgewirkt, die er für sein soziales Prestige für wichtig und entscheidend hielt. Sie erledigte die Arbeit, er die Auftritte bei den Veranstaltungen, wo man ihn dann wahrnahm und wo er Beziehungen knüpfen konnte.

Damals hatte der Aufbau seiner Karriere, das Bemühen darum, ihn mit den richtigen Leuten bekannt zu machen, sie genauso auf Trab gehalten wie ihn selbst. Als er dann ging und sie sich eine Stelle suchte und keine Zeit mehr hatte, die Kontakte wie ehedem weiterzupflegen, musste sie feststellen, dass die meisten der über die Jahre von ihr geschlossenen Freundschaften durch ein Band verknüpft waren, das sie nicht mehr in der Hand hielt.

Sie verstand Toms Wunsch, in ihr eine Partnerin zu finden, wie sie sie für Jack gewesen war, sah auch, welche Vorteile es ihm bringen mochte, konnte aber nicht mehr die einstige Begeisterung dafür aufbringen.

Was Tom gegenüber nicht fair war – sie wusste es. Und im Grunde war sie ja eine sehr faire Person. Kein Zweifel, sie würde all den Organisationen, die sie einst geführt und die dann sehr erfolgreich ohne sie weitergemacht hatten, wieder beitreten.

Sie betrachtete die Lichter auf der anderen Seeseite, versuchte das Haus der Winslows auszumachen und kam schließlich zu dem Schluss, dass es das Haus mit dem flackernden Feuer davor sein musste. Seit Jahren war sie nicht mehr dort gewesen, erinnerte sich aber an die großen Gesellschaften, die die Winslows damals gegeben, und die gewaltige Feuerstelle, wo sie für über fünfzig Leute auf einmal Fleisch gegrillt hatten.

In Catherines Jugend waren die Winslow-Jungs die wilden Kerle vom See gewesen. Zumindest einer der drei steckte immer in irgendeiner Bredouille. Der Jüngste war vier Jahre älter als Catherine. Alt genug für sie zwar, um sich in ihn zu verknallen, doch aus seiner Sicht zu alt, um ihr mehr als beiläufiges Interesse zu schenken.

Brians Vater war der mittlere Winslow, der einzige, der wegen einem seiner Streiche tatsächlich einmal im Gefängnis gelandet war. Jetzt besaß er eine Immobilienfirma, war glücklich mit seiner Highschool-Freundin verheiratet und lebte in einem Zweimillionendollarhaus in Carmichael.

Catherine trank ihren Apfelwein aus und stellte den Becher beiseite. Eine Mücke surrte in ihrer Nähe. Sie scheuchte sie weg und lehnte sich wieder an den Pfosten. Eine Weile saß sie völlig still und lauschte nur auf das Geräusch des ans Ufer rollenden Wassers, den Ruf einer Eule, die schwachen Bässe der Musik, die in einem der fernen Häuser gespielt wurde.

In diesem Moment wusste Catherine, dass sie, sollte ihre Mutter nach Arizona ziehen und ihr und Gene das Haus hinterlassen, es niemals verkaufen würde, egal, wie viel Mühe damit verbunden war. Hier fand sie Ruhe.

Und erst als diese Entscheidung getroffen war, merkte sie, wie sehr sie sie belastet hatte. Erst jetzt fühlte sie sich frei, an künftige Sommer mit Tom und Lynda zu denken und Pläne zu schmieden – für die Reisen, die sie im Juli zum Lake Tahoe machen würden, um sich das Feuerwerk anzusehen, für die Wanderung nach Desolation Valley. Dieser Ort sollte zu einem weiteren Bindeglied zwischen ihnen, einer weiteren gemeinsamen Liebe für sie werden. Auch wenn Tom sich noch nicht so begeistert von dem Haus zeigte, wie sie es sich gewünscht hätte, es würde sicher noch kommen. Vor allem, wenn sie es ein wenig herrichteten. Die Resopalarbeitsplatten in der Küche hatten sie zwar nie gestört, aber sie konnte

Toms Gefühle schon nachempfinden. Er hatte eben gern schöne Dinge um sich. Das war ihm wichtig. Im Grunde war das ein sehr bescheidener Wunsch.

Jäh kamen ihre mäandernden Gedanken zum Stillstand. Irgendetwas in ihrer geordneten, vertrauten Welt stimmte nicht mehr. Es war, als hätten die Sterne ihre Plätze vertauscht, oder als seien die Grillen verstummt oder … als ob das Feuer drüben bei den Winslows größer geworden sei und sich bewege.

Sie beugte sich vor und starrte aufmerksam auf das, was – dachte sie – eine optische Täuschung sein musste.

Bis es sich erneut bewegte.

3

Die sich bewegende Flamme loderte hell, verzehrte ihren Brennstoff – auf verdächtige Weise – in heftigen Schüben. Sie flackerte, blitzte auf, als ob sie zwischen den Bäumen ein bizarres Versteckspiel veranstalte.

Feuer bewegte sich nicht. Es blieb an Ort und Stelle. Bewegen konnte es sich nur, wenn sich das, was da brannte, bewegte.

Sie hielt den Atem an, bis ihre Lungen nach Luft lechzten. Die tanzende Flamme musste eine optische Täuschung sein – oder jemand, dessen Kleidung Feuer gefangen hatte.

Kostbare Augenblicke verstrichen, und sie hatte sich immer noch nicht von der Stelle gerührt. Sie konnte nicht. Solange sie blieb, wo sie war, solange sie nicht hineinging und anrief, konnte sie sich in die Suche nach einer anderen Erklärung flüchten.

Eine spöttische Stimme ließ sich aus einem der Winkel ihres Verstandes vernehmen, ein Echo der kühnen Gedanken, die sie sich an diesem Nachmittag gestattet hatte. Sie hatte gewusst, dass sie etwas riskiert hatte, als sie sich so vollständig und rückhaltlos zu ihrem Glück bekannte. Welcher größenwahnsinnige Stolz hatte sie nur dazu verleitet?

Hör auf, sagte sie sich. Sie stand auf und packte das Kissen. Wenn ihre Angst sie nicht zu einem Fall fürs Irrenhaus machte, dann diese hirnrissigen Gedanken.

Lynda hatte gesagt, ein Dutzend Kids wollten zur Party kommen. Warum nahm sie automatisch an, dass Lynda diejenige war, deren Kleidung Feuer gefangen hatte – falls, wenn überhaupt, jemandes Kleider Feuer gefangen hatten?

Der ermunternde Zuspruch hatte fast seine Wirkung getan. Sie war bereit zu akzeptieren, dass sie sich das Ganze nur eingebildet hatte, als sie die würgenden Laute eines startenden Bootsmotors hörte. Sie umklammerte das Kissen, wartete und sagte sich, dass das Geräusch von jedem der fünfzig Häuser auf der anderen Seeseite kommen konnte. Sogar jetzt suchte sie nach einer harmlosen Erklärung. Seit wann war sie ein solcher Feigling?

Bootsleuchten erschienen an der Anlegestelle der Winslows. Der Motor wechselte in einen niedrigeren Gang; die Lichter bewegten sich. Und schließlich bewegte sich auch Catherine. Sie hastete über den Pfad zur Hütte.

Eine Sirene zerriss die Nacht, übertönte das Motorboot und rief die freiwillige Feuerwehr zur Feuerwache hinter dem Laden.

Sie rannte schnell, murmelte ein Gebet. Bitte, Gott. Mach, dass Lynda in Sicherheit ist. Sie stieß gegen einen Stein, stolperte und trat dabei auf den Saum des Morgenmantels. Sie hörte das Geräusch des zerreißenden Stoffes und schrie leise auf.

Sie konnte sich jetzt keine Gedanken darum machen. Sie hatte keine Zeit für solche geringfügigen Verluste. Es war nur ein Morgenmantel, ein Stück Flanell, von einem Stoffballen geschnitten und an einem Fließband zusammengenäht, und etwas Besonderes nur aufgrund der Tatsache, dass er ihrem Vater gehört hatte.

Was spann sie da eigentlich herum? Wie konnte sie sich um einen Morgenmantel Gedanken machen, wenn – *lieber Himmel, es konnte doch nicht Lynda sein, die da brannte*. Nicht ihr schönes kleines Mädchen. Lynda war mit heiler Haut entronnen. Sie kam immer davon. Als jemand auf den Wagen ihres Vater aufgefahren war, war sie auch ohne einen Kratzer davongekommen. Sie hatte Glück gehabt. Sie hatte doch immer Dusel. Sie hatte Fußball und Softball gespielt, war gewandert und geschwommen und Rollschuh gelaufen. Sie hatte sogar an einem hundert Meilen weiten Fahrradrennen teilgenommen und sich niemals verletzt. Nicht ein einziges Mal.

Und sie war vernünftig. Ging keine Risiken ein. Sie hielt Skateboards für gefährlich, und konnte auch Snowboards nichts abgewinnen.

Es war nicht Lynda.

Es konnte einfach nicht sein.

Catherine schlug die Küchentür gegen den Schrank, als sie durchs Haus rannte. Sie riss eine Jeans aus dem Kleiderschrank und stolperte, während sie sie anzog, die Diele entlang zu Toms Zimmer.

»Tom – aufwachen. Es ist was passiert.« Sie traf den Lichtschalter und ging zum Schrank, um seine Kleider herauszuzerren. »Wir müssen zum Laden.«

Aus dem Tiefschlaf gerissen, reagierte er nur langsam. Sie erwartete eine andere Reaktion und verlor die Geduld. »Sofort.«

»Wovon redest du da?« Er rieb sich die Augen und setzte sich auf. »Was ist passiert?«

»Ich glaube, auf der Party hat jemand Feuer gefangen.« Von ihrer Befürchtung, dass es womöglich Lynda war, konnte sie ihm nichts sagen. Er würde es nicht begreifen, und sie hatte keine Zeit für Erklärungen. »Ich bin mir nicht sicher, aber es hat so ausgesehen. Ich habe das Feuer gesehen – und dann hab ich das Boot und die Sirenen gehört.« Sie warf ihm Unterwäsche und Socken hin und trat an den Schrank, um ihm ein Hemd und eine Hose zu suchen.

»Beruhige dich Catherine, und denk mal einen Augenblick nach. Offenbar meinst du, dass Lynda etwas zugestoßen ist. Aber wenn es so wäre, glaubst du nicht, dass uns schon jemand angerufen hätte? Die Winslows müssen doch wohl unsere Nummer haben.«

Das waren die Worte, die sie hören musste, die Logik, die die Gefühle in Schach hielt. »Ja ... *nein*. Ich weiß nicht. Aber auch wenn Lynda keine Verletzungen davongetragen hat, braucht sie uns jetzt.« Sie explodierte, als sie sah, dass er sich immer noch von der Stelle rührte. »Verdammt noch mal, Tom. Kommst du jetzt mit, oder muss ich alleine fahren?«

»Ich weiß ja nicht mal, wohin wir fahren.« Er schwang die Beine über die Bettkante.

»Zum Laden, wo auch das Boot hinfährt.«

Das Geräusch der Sirenen hatte sich verändert; jetzt riefen sie nicht mehr die Feuerwehr zusammen, sondern es handelte sich um das Tatütata eines Krankenwagens. Catherine hielt inne, um zu lauschen. »Irgendwas ist da faul. Das Boot kann noch nicht am Laden angekommen sein. Warum zieht die Feuerwehr da schon wieder ab?«

Sie warf sein Hemd nach ihm und rannte erneut durchs Haus, diesmal zur Vordertür hinaus, wo sie einen besseren Blick auf die Straße hatte. Rotes Blinklicht wurde von Häusern und Bäumen zurückgeworfen, als das Feuerwehrauto die schmale, kurvenreiche Straße entlangbrauste. Sie fuhr herum, um auf den See zu starren. Das Boot war noch da, bewegte sich langsam über das Wasser, als sei Zeit so reichlich vorhanden wie Pollen.

Konnten sie vom Boot aus das rote Blinklicht erkennen? Begriffen sie, dass die Männer von der Feuerwehr falsch informiert waren und nicht am Laden auf sie gewartet hatten? Sie versuchte, mental mit dem Steuermann des Boots Kontakt aufzunehmen, flehte ihn an, aufzupassen. Und erst da merkte sie, warum das Boot offenbar so langsam vorankam: es fuhr gar nicht zum Laden, es steuerte in ihre Richtung. Und zwar schon die ganze Zeit.

Sie griff nach dem Verandageländer, um sich festzuhalten. Tom trat zu ihr, knöpfte noch immer sein Hemd zu. Sie deutete auf das Boot. »Sie kommen hierher. Es ist Lynda. Sie bringen sie nach Hause.«

Tom blickte auf das Boot und den Feuerwehrwagen. »Sie treffen sich hier«, sagte er. »Von hier aus sind es zwanzig Minuten weniger zur Stadt.«

Dankbar für seine unerschütterliche Logik, legte sie ihm die Hand auf den Arm und räumte ein: »Das ist nicht mal mir eingefallen.«

»Es ist verrückt, hier rumzustehen und zu rätseln, was möglicherweise passiert sein könnte. Ich werd mal die Winslows anrufen. Wo hast du ihre Nummer?«

»In der Schublade unter der Mikrowelle liegt das Telefonbuch.«

»Daran hättest du eigentlich selbst denken können, Catherine«, schalt er sie sanft. »Irgendwie hab ich mir dich in Krisen robuster vorgestellt.«

Seine Worte schmerzten sie, weniger wegen des darin liegenden Vorwurfs als wegen des völligen Fehlens von Verständnis, das sich darin zeigte. »Erkundige dich, ob Lynda bei ihnen auf dem Boot ist.«

Er kam wieder zur Tür. »Und wenn sie nicht drauf ist?«

»Ich will mit ihr reden.«

Wieder allein, lauschte sie der Sirene und dem lauter werdenden Bootsmotor und merkte, dass sie fror und nicht nur eine Gänsehaut hatte, sondern dass ihr die Kälte bis in die Knochen drang. Sie schlug sich die Arme um den Oberkörper und starrte auf die Bootsscheinwerfer auf der anderen Seeseite.

In der Ferne hörte sie das schwache Heulen einer zweiten Sirene. Offenbar war auch ein Krankenwagen bestellt. War das gängige Praxis? Eine Vorsichtsmaßnahme? Oder schlichte Notwendigkeit?

Das Warten fiel ihr schwer. Sie war ein Mensch, der etwas zu tun haben musste.

Als Catherine Tom gerade ins Haus folgen wollte, kam er zurück. »Und?«

Statt etwas zu sagen, streckte er die Hände aus, um sie in seine Arme zu ziehen. Sie wich zurück. Sie war kein Kind, das umarmt werden musste. Sie war eine Mutter, die Antworten brauchte. »Was hast du herausgefunden?«

Töricht streckte er wieder die Hand aus. Sie stieß ihn weg. »Verdammt noch mal, sag mir, was passiert ist.«

»Was ist los mit dir? Ich versuch nur zu helfen.«

»*Dann sag es mir.*«

»Du hattest recht«, blaffte er zurück. »Lynda ist diejenige, die Brandverletzungen erlitten hat.«

Völlig reglos, mit hängenden Armen, die Hände zu Fäusten verkrampft, stand sie da. »Wie schlimm?«

»Sie wissen es nicht genau. Sie glauben – hat jemand gesagt –, dass die Kordel von ihrem Pullover am Grillrost hängen geblieben ist. Und sie hat Feuer gefangen und ist in Panik geraten. Als sie den Sweater nicht ausziehen konnte, ist sie losgerannt. Brian lief hinter ihr her und hat es geschafft, die Flammen zu ersticken. Aber da hatte sie schon Verletzungen davongetragen.

Nach den Worten des jungen Mannes, der es mir erzählt hat, hatte Lynda starke Schmerzen. Deswegen haben sie nicht gewartet, bis die Feuerwehr bei ihnen war. Ich denke, dass sie wohl ins Krankenhaus muss, um sich untersuchen zu lassen.«

»Es war nicht ihr Pullover«, sagte sie benommen. »Es war meiner. Ich hab sie überredet, ihn anzuziehen. Das hast es gehört. Ich hab ihr gesagt, dass sie ihn mitnehmen muss.« Schwindlig vor Sorge, begann sie zu zittern, erst nur ganz leicht, dann immer heftiger. Sie stützte sich mit der Hand an die Hauswand, um nicht umzufallen. »Es ist meine Schuld.«

»Und dabei ist es nicht mal so kalt. Sie hat wirklich keinen Pullover gebraucht.«

Statt ihre Schuldgefühle zu verstärken, brachten Toms Worte Catherine zu Bewusstsein, dass sie keine Zeit hatte, um sich in Selbstzweifeln oder Selbstmitleid zu ergehen. Der Boden war bereitet. Die Gefühle würden Wurzeln schlagen und später wachsen.

Als er sich ihr zuwandte, sah sie in seinen Augen nicht den Schmerz oder die Sorge, die sie erwartet hatte, sondern

Furcht. Sofort hatte sie den Verdacht, dass er etwas zurückhielt. Doch das war nicht Toms Art. Er hatte sie noch nie auf diese Weise zu schützen versucht.

Sie merkte, dass das Boot langsamer wurde. Es näherte sich dem Steg. Ohne ein Wort zu sagen, setzte sie sich in Bewegung. Ob er ihr folgte oder zurückblieb, war ihr in diesem Moment egal.

Catherine hatte Peter oder Julianne Winslow am Steuer erwartet. Doch es war einer der jungen Männer von der Party, den sie aber nicht wiedererkannte. Es dauerte einen Moment, bis sie die besorgten Teenagergesichter im offenen Bug des Boots überflogen und Brian ganz hinten entdeckt hatte. Er hielt Lynda in den Armen, ihr Gesicht ruhte an seinem Hals, ihr übriger Körper war mit einem Laken bedeckt.

Catherine griff nach der Leine, die einer der Jungs an Land warf, doch Tom kam ihr zuvor. Sie war so völlig auf Lynda konzentriert, dass sie nicht gemerkt hatte, wie er ihr folgte.

Der Motor verstummte und überließ es den Sirenen, nun gleichzeitig in einen treibenden Rhythmus zu verfallen, wobei ihr schrilles Geräusch von den umgebenden Bergen zurückhallte und das Gefühl von Dringlichkeit noch verstärkte.

Von der Handvoll von Jugendlichen an Bord blickte nur einer Catherine ins Gesicht: Brian. Sie versuchte, den Kloß der Angst, der ihr in der Kehle saß, hinunterzuwürgen und erstickte fast daran.

Rote Blinklichter durchzuckten die mondlose Nacht. Erst kam der Feuerwehrwagen in die Auffahrt gefahren, dann die Ambulanz. Tom vertäute das Boot und griff dann nach ausgestreckten Händen. Catherine sah sich von jungen Leuten umgeben, deren unmittelbare Aufgabe nun erledigt war und die keine Ahnung hatten, was sie mit sich anfangen sollten. Tom führte sie vom Anlegeplatz weg zum Haus hinauf. Nur Brian und Lynda blieben allein und verlassen auf dem Boot zurück.

Schau mich an. Sag was, befahl Catherine ihrer Tochter

schweigend. *Zeig mir, dass es dir gut geht. Nur das, damit ich mich an etwas festhalten kann.*

»Sie hat starke Schmerzen«, sagte Brian, »Ich glaube, wir sollten sie nicht bewegen, solange der Krankenwagen nicht da ist.«

Catherine nickte, gab – dankbar seinen besorgten Ton registrierend – seiner Bitte nach. Sie hörte, wie man hinter ihr Rettungsausrüstung auslud und Männer leise miteinander redeten. Hilfe war nahe. Sie sollte besser warten; wenn sie jetzt aufs Boot stieg, würde sie dort nur im Weg sein. Aber sie konnte nicht warten. Sie musste Lynda wissen lassen, dass sie da war.

Sie stieg ins Boot und kniete sich neben Brian. Er und Lynda waren triefnass. Sein Gesicht war bleich, die Lippen blau gefroren, er klapperte mit den Zähnen.

»Kaltes Wasser soll verhindern, dass eine Brandwunde tiefer wird, hab ich irgendwo gelesen«, meinte er als Reaktion auf ihren verwirrten Blick. »Ich hab sie in den See getragen. Das war noch das Beste, was ich tun konnte.« Er blickte Catherine an, und ein verzweifeltes Bedürfnis stand in seinen Augen.

Sie verstand dieses Bedürfnis zwar nicht, aber sie fühlte mit ihm. »Danke«, konnte sie nur erwidern. Behutsam berührte sie das Haar ihrer Tochter. Eine lange Strähne brach ab und zerfiel ihr in der Hand zu grobkörnigem Staub. Ein beißender Geruch, den sie erst gar nicht identifizieren wollte, stieg ihr in die Nase.

»Ich bin hier, mein Schatz«, flüsterte sie und traute sich nicht weiterzusprechen. Lynda musste glauben können, dass Catherine die Situation im Griff hatte und dass sie in Sicherheit war.

Schließlich hob Lynda, keuchend vor Anstrengung, den Kopf. »Es tut mir leid, Mommy. Es tut mir so leid.« Sie rang nach Luft. »Hilf mir. Bitte hilf mir. Es tut so weh.«

Ein mächtiger Scheinwerfer vertrieb die Nacht und schuf

einen Tunnel, dem die Rettungskräfte folgen konnten. Lynda blinzelte und wandte sich ab. Das Boot schaukelte. Catherine hörte Stimmen und spürte, wie jemand sie an den Armen nahm und auf den Steg hob, wo ein Mann mit einem Feuerwehrhelm und einer gelben Segeltuchjacke sie ruhig, aber beharrlich befragte. Sie antwortete wie ein Roboter, nannte mechanisch Namen und Adressen.

Als sie Lynda schreien hörte, konnte sie sich nicht mehr konzentrieren. Der Laut fraß sich in Catherine hinein wie eine Säure in ein Stück Stoff, hinterließ ein gezacktes klaffendes Loch, in dem sich eilends das Grauen breitmachte.

»Seien Sie vorsichtig«, flehte sie sie an. »Bitte … seien Sie vorsichtig.«

»Kommen Sie doch bitte mit zum Haus?«, meinte der Mann mit dem Klemmbrett. »Sie werden sie gleich aus dem Boot heben, da sind wir nur im Weg.«

Was war bloß los mit dem? Wie konnte er so einen Vorschlag machen? Wenn Lynda nun nach ihr verlangte und sie war nicht da? »Ich kann hier nicht weg.« Sie blickte an ihm vorbei auf ihre Tochter. »Vielleicht braucht sie mich.«

»Gibt es jemanden, der Sie zur Klinik bringen kann?«

»Mein Verlobter.« Sie hielt nach Tom Ausschau. In der stillen, ängstlichen Schar, die da ums Haus herumstand, hätte sie ihn eigentlich problemlos entdecken sollen, aber sie sah ihn nicht. »Welche Klinik?«

»Barton Memorial. Sie werden sie dort stabilisieren wollen, ehe *Lifeflight* sie nach Sacramento fliegt.«

»*Lifeflight?*« Das Wort traf sie wie ein Fausthieb. Von *Lifeflight* war manchmal in den Nachrichten die Rede, wenn es darum ging, jemanden nach einem wirklich ernsten Unfall zu retten. Wie konnte das mit ihrer Tochter zu tun haben? Hektisch forschte Catherine in den Gesichtern der Männer, die Lynda vom Boot hoben, hielt Ausschau nach einem Hinweis, dass sie ihre Aufgabe als hoffnungslos ansahen.

»Es tut mir leid – ich wollte Sie nicht erschrecken. Mit *Life-*

flight transportieren wir Menschen, die mehr Pflege brauchen, als wir ihnen bieten können. Ihre Tochter muss in eine Abteilung für Brandverletzungen, und hier haben wir keine.«

»Was ist mit Reno? Ist das nicht näher?«

»Mit dem Flugzeug ist es etwa gleich weit.« Er führte sie beiseite, damit sie den ankommenden Rettern nicht im Weg standen. »Außerdem gibt's in Sacramento dieses neue Shriner's Hospital.«

Lynda schrie erneut auf, als sie sie vom Boot und auf die Bahre hoben. »Sie legen sie auf den Rücken – da hat sie ihre Brandverletzungen. Jemand sollte ihnen Bescheid sagen ...«

»Sobald das Morphium wirkt, spürt sie den Schmerz nicht mehr.«

»Aber ihr Rücken? Sollten sie nicht ...«

»Sie müssen ihre Atemwege offen halten, und das können sie nicht, wenn sie auf dem Bauch liegt.«

»Ihre Atemwege?«

»Es ist nur eine Vorsichtsmaßnahme.«

Jeweils zwei Feuerwehrleute standen am Kopf- und Fußende der Trage, trugen sie von der Anlegestelle herunter und den Hügel hinauf. Lynda drehte den Kopf nach links und rechts und suchte nach einem vertrauten Gesicht. »Mommy? Wo bist du?«

Catherine rannte ihnen nach und rief: »Hier bin ich.« Sie erreichte die Bahre und griff nach Lyndas Hand. »Ich komme mit.« Nach Bestätigung heischend fixierte sie einen der Männer in Weiß.

»Sind Sie die Mutter?«

»Ja.«

»Sie müssen vorn mitfahren – und es kann nur einer mit.«

Wieder hielt Catherine nach Tom Ausschau. Sie entdeckte ihn auf der Veranda, wo er sich mit einem der Feuerwehrmänner unterhielt. »Ich bin gleich wieder da«, sagte sie zu Lynda. Zum Mann in Weiß meinte sie: »Fahren Sie nicht ohne mich weg.«

Sie rannte zu Tom und packte ihn am Arm, um auf sich aufmerksam zu machen. »Ich fahre mit Lynda in die Klinik. Hol meine Handtasche und komm mit dem Wagen nach.«

»Jetzt?« Er warf einen Blick auf die ringsum versammelten Menschen, als sei er der Gastgeber einer Party und könne nicht einfach verschwinden.

»Ja – jetzt gleich.« Und sofort verwandelte sich ihr Zorn in Zerknirschung. Er konnte ja nicht wissen, dass Lynda nach Sacramento geflogen wurde und dass sie dorthin fahren mussten, um sie zu sehen. »Vergiss meine Handtasche nicht«, sagte sie in versöhnlichem Ton. »Ich werde meine Versicherungskarte brauchen.«

»Wie komme ich denn zur Klinik?«

Sie war sprachlos. Tom war in verantwortlicher Stellung tätig. War einer, der Anweisungen erteilte, und nicht etwa Befehlsempfänger. »Ich weiß nicht. Frag doch jemanden!«

Er sagte noch etwas, aber sie war schon auf dem Weg zur Ambulanz und konnte ihn wegen des Motorengeräuschs nicht mehr hören. Ihre Hand lag bereits auf dem Türgriff, als sie merkte, dass Brian ihr gefolgt war.

Er streckte die Hand aus und drehte sie dann um. Lyndas Ohrringe lagen auf seiner Handfläche. »Sie waren heiß. Ich hab sie ihr abgemacht, damit sie sie ihr nicht mehr wehtun.«

Er wirkte verloren und verzweifelt. Er brauchte Trost, aber sie konnte ihm keinen geben. Sie steckte die Ohrringe in ihre Hosentasche und umarmte ihn rasch. »Danke – für alles.«

Zwei Männer, ein Feuerwehrmann und ein Sanitäter, kletterten zu Lynda in den rückwärtigen Teil des Wagens. Mit ruhiger Tüchtigkeit arbeiteten sie in dem beengten Raum, einer schnitt ihr die Kleider vom Leib, der andere hängte sie an einen Tropf.

»Wie sind die Schmerzen jetzt?«, hörte Catherine einen von ihnen fragen.

»Besser«, murmelte Lynda.

»Es werden hier keine Tapferkeitsmedaillen verliehen. Du

musst mir sagen, wenn's wehtut, damit ich was dagegen unternehmen kann.«

»Mach ich.«

Die ungeheure Erleichterung, die Catherine aus Lyndas Stimme heraushörte, ließ sie zusammenzucken. Lynda gab Schmerzen nie nach. Nicht einmal, als ihr ein Zahn abgebrochen war und der Nerv bloß lag, hatte sie Aspirin genommen.

Catherine spürte etwas in ihrer Hand und blickte hinab auf die Reste von Lyndas Haar, die zwischen ihren Fingern hängen geblieben waren. Sie rieb sie zwischen den Handflächen, bis sie zu feinen Pulver zerfielen.

So sehr sie sich auch bemühte, sie konnte die Tränen nicht zurückhalten. Was würde nur aus ihrer schönen, sorglosen Tochter werden?

4

Rick Sawyer entdeckte die dichten schwarzen Rauchschwaden des brennenden Wagens aus sechs Querstraßen Entfernung. Er tippte seinem Maschinisten auf den Arm und deutete in die Richtung. Steve McMahon nickte.

»Sieht aus, als würde der schon 'ne Weile brennen«, sagte Rick. Das Feuer loderte inmitten eines Wohnkomplexes im ärmeren Teil ihres Stadtbezirks und war höchstwahrscheinlich zur Vertuschung eines Diebstahls gelegt worden. Autos mit Leichen darin wurden nur selten an öffentlichen Orten in Brand gesteckt.

Steve verlangsamte das Tempo und betätigte die Hupe, als sie sich einer Kreuzung näherten, bog dann in die Wendespur ein, um den Stau zu umgehen. Obwohl es ihn nicht befriedigte, an einer so langweiligen Feuerwache zu arbeiten, mochte Rick seine Mannschaft und vor allem seinen Maschinisten.

Steve kannte seinen Bezirk wie seine Westentasche und war kein frustrierter Rennfahrer. Er fuhr das Feuerwehrauto mit einer Eleganz, die einem Sportwagenfahrer alle Ehre gemacht hätte, und besaß das untrügliche Talent, von dem Moment an, da sie am Schauplatz eintrafen, genau zu wissen, wie Rick das Feuer bekämpft haben wollte.

»Hey, Captain – schauen Sie mal da rüber«, sagte Paul Murdoch über die Sprechanlage.

Rick verrenkte sich auf seinem Sitz, um zum Rückfenster hinauszusehen, wo der Grünschnabel hindeutete. Paul hatte den Brand entdeckt. Angesichts seines ersten Einsatzes lächelte er so erwartungsfroh, dass er jeden einzelnen Zahn entblößte.

»So ist's recht«, signalisierte ihm Rick mit hochgerecktem Daumen und drehte sich kopfschüttelnd wieder herum.

Steve lachte. Über die Kopfhörer, mit denen das Führerhaus mit dem Rücksitz verbunden war, hatte er ihren Wortwechsel verfolgt. »Man vergisst, wie's war, als man selbst das erste Mal dabei war«, sagte er zu Rick, »bis einem so ein Greenhorn begegnet und einen dran erinnert.«

Rick arbeitete seit achtzehn Jahren bei der Feuerwehr Sacramento und erinnerte sich noch so deutlich an seinen ersten Einsatz wie an seine letzte Schicht. Seine Feuertaufe war denkwürdiger gewesen als die meisten – ein Lagerhausbrand, bei dem er einen überlebenden Landstreicher gefunden hatte, der nach allen Gesetzen der Medizin eigentlich längst hätte tot sein müssen. Nichts in den Jahren seither war dem Schrecken, den er in dieser Nacht empfunden hatte, auch nur nahe gekommen. Die, an die er sich jetzt erinnerte, waren die Geretteten. Der Mann, dessen Herz aufgehört hatte zu schlagen und der ihm drei Wochen später einen Kuchen auf die Feuerwache brachte; das fünfjährige Mädchen, das sie vom Grund des Schwimmbeckens heraufgezogen hatten und dessen Mutter die Kleine jedes Jahr am Tag ihrer Rettung zur Feuerwache brachte, um ihre Wiedergeburt zu feiern; der Dreizehnjährige, der ihnen einen Brief schrieb, in dem er sich für die Rettung seines Hundes aus einer brennenden Garage bedankte.

Steve bog in die Wohnanlage ein und fuhr zur Rückseite der Häuserreihe, wo sie von einem aufgeregt winkenden Mann begrüßt wurden. Der Wagen war ein Oldsmobile, Baujahr 74 oder 75, tiefergelegt, mit alten Felgen und schmalen Reifen, wie sie in vielen neuen Wagen als Ersatzreifen verwendet wurden. Rick rief die Zentrale an und sagte ihnen, dass keine Gebäude gefährdet seien und sie die Sache erledigen konnten, kletterte dann aus dem Führerhaus und ging zu dem Mann hinüber.

»Ich hab alle rausgeschickt«, sagte er. »Hab ihnen gesagt,

dass sie rausmüssen oder sie sitzen da drin in der Falle, wenn das Ding explodiert, und dass ich für den Fall für ihre Rettung keine Verantwortung übernehme. Dachte, das ist meine Pflicht, wo ich hier nun mal der Verwalter bin.«

Rick vergewisserte sich, dass seine Feuerwehrfrau Janet Clausen den Schlauch heruntergenommen hatte und der Grünschnabel nicht mit den Händen in den Taschen herumstand. »Waren denn Leute im Wagen?«

»Nein, in den Wohnungen. Der Wagen steht schon seit Wochen hier rum. Wurde eines Nachts hier abgestellt, war schon ausgeschlachtet, sodass keiner was damit anfangen konnte. Wir haben bei der Polizei angerufen. Die sagten zwar, sie kämen, sind aber nie aufgetaucht.«

»Also haben Sie die Wohnungen räumen lassen?«

»Hab alle rausgeschickt.« Er deutete auf eine Gruppe von Männern, Frauen und Kindern, vom Kleinkind bis zum Teenager, die die Aktion vom Bordstein aus aufmerksam beobachteten.

»Danke.« Er schüttelte dem Mann die Hand. »Wir wissen Ihre Hilfe zu schätzen. Erleichtert uns die Arbeit ungemein.«

Der Mann erstrahlte wie eine Taschenlampe bei Stromausfall. »Hey, kein Problem. Ich hab erlebt, wie diese Wagen, wenn sie erst mal brennen, hochgehen können, und ich wollte nicht, dass jemand zu Schaden kommt. Ich kümmere mich um meine Leute hier.«

»Ich werde das mit Sicherheit in meinem Bericht vermerken.« Behutsam manövrierte er den Mann vom Feuerwehrauto weg. »Und jetzt glaube ich, wär's besser, wenn Sie zu den anderen da rübergehen, damit wir das erledigen können.«

»Ja, gut.« Er grinste. »Will schließlich nicht in irgend'ner Opferstatistik auftauchen, nachdem ich alle anderen gerettet hab.«

Innerhalb von fünfundvierzig Minuten hatten sie das Feuer gelöscht, den gestohlenen Wagen bei der Polizei gemeldet, den Schlauch wieder aufgeladen und waren zur Wache zurückgekehrt, um Abendessen – Brathähnchen, Kartoffelsalat und grüne Bohnen – zu kochen.

Paul schaute vom Zwiebelschneiden auf. »Hey, Captain, darf ich Ihnen ein paar Fragen zu diesem Brand stellen?«

»Klar, nur zu.« Rick gab ein wenig Knoblauchpulver zur Mayonnaise und stellte die Schüssel beiseite.

»Am Tower haben sie uns gesagt, dass brennende Autos nicht explodieren. Und trotzdem haben Sie gesagt ...«

»Explodieren sie im Fernsehen?«

»Ja, andauernd. Aber ...«

»Dann muss das auch im wirklichen Leben so sein. Jedenfalls werden Sie nie jemanden davon überzeugen, dass Hollywood unrecht hat, also kann man sich die Mühe ebenso gut sparen.«

»Sie haben den Kerl also verarscht?«

»Ich hab mich bei ihm bedankt. Er hat das alles getan, weil er glaubte, das Ding könnte jeden Moment in die Luft fliegen. Das wollte ich ihm auf keinen Fall wegnehmen.«

»Dann hatten sie im Tower also recht? Autos explodieren nicht?«

Rick störte sich nicht an seinen Fragen. Berufsanfänger, die ihm wirklich Angst machten, waren solche, die aus dem Tower kamen und überzeugt waren, nun alles zu wissen. »Das hab ich nicht gesagt. Und sobald Sie das glauben, wird Ihnen einer in die Luft fliegen.«

Er öffnete die Gewürzgurken und reichte Paul eine halbes Dutzend zum Hacken. »Damit es zu einer Explosion kommt, muss der Tank unter Druck stehen. Wenn die Entlüftung aus irgendeinem Grund dicht oder der Füllstutzen verstopft ist, dann könnte er theoretisch in die Luft fliegen. Bei einem Unfall dagegen hat man es eher mit einem gerissenen Tank und schneller Verbrennung zu tun.

Man darf nicht vergessen, dass für den Laien zwischen Explosion und schneller Verbrennung nicht mal eine haarfeine

Trennlinie besteht. Wenn auch bei einer schnellen Verbrennung nicht alles durch die Luft fliegt, ist es doch wahnsinnig beeindruckend zu sehen, wie das Benzin ausläuft und alles im nächsten Umkreis in Flammen aufgeht.«

In Ricks Büro klingelte das Telefon des Captains und unterbrach die Lektion. Er wischte sich die Hände ab. »Bin gleich wieder da.«

Lyn Cassidy von der *Burn Association,* dem Verband für Brandverletzte, ersparte es sich, in der üblichen Ausführlichkeit auf den Grund ihres Anrufs hinzuführen, und kam sofort zur Sache. »Ich muss dich um einen großen Gefallen bitten. Ich weiß, ich hab dir versprochen, dass du den Sommer freinehmen kannst, aber ich bin verzweifelt. Vor zwei Tagen wurde ein Mädchen bei uns eingeliefert, und bis zum August haben wir niemanden, der den Fall übernehmen kann.«

Seinen letzten Brandverletzten hatte Rick im zurückliegenden Frühling aus seiner Obhut entlassen, einen schwierigen Fall, der vier Monate mehr als die verschriebenen zwölf in Anspruch genommen hatte. Zwar würde die Behandlung des Jungen noch Jahre dauern, doch war er emotional gefestigt genug, sodass Rick sich zurückziehen und der Junge anderweitig Hilfe suchen konnte.

»Was ist mit Faith?« Die beiden Jugendlichen, um die sie sich zuletzt gekümmert hatte, waren gleichzeitig aus dem Programm ausgeschieden.

Die zur Feuerwehr gehörige *Burn Association* teilte jugendlichen Opfern von Verbrennungen und ihren Familien Feuerwehrleute als Mentoren zu. Sie fungierten dann als Führer durch den Dschungel der Behörden und Brandverletztenprogramme sowie als einfühlsame Zuhörer, wenn die Jugendlichen oder ihre Eltern jemanden brauchten, mit dem sie reden konnten.

Rick war überzeugt, dass das Programm vor allem deswegen so gut lief, weil man die jeweiligen Paare so sorgfältig aufeinander abstimmte. Am besten, hatten sie festgestellt, kamen die Jugendlichen mit einer Person desselben Geschlechts zurecht – mit ganz wenigen Ausnahmen.

»Sie fährt nächste Woche nach Frankreich.«

»Und Sydney?«

»Schwanger.«

Davon hatte er noch nichts gehört und nahm sich vor, sie anzurufen und ihr und Manuel zu gratulieren, sobald er das Telefonat mit Lyn beendet hatte. »Wie alt ist das Mädchen eigentlich?«

Das Alter spielte eine wichtige Rolle. Der psychologische Schaden war nicht so groß, wenn das Körperbild des Patienten mental noch nicht zu stark verankert war.

Je jünger die Kids waren, umso bereitwilliger akzeptierten sie die Narben als Teil ihrer Person. War das Bild aber einmal fixiert, konnte die Veränderung verheerend sein und war es oft auch.

»Fünfzehn.«

Rick zuckte zusammen. »Wie schlimm ist es denn?«

»Zwanzig Prozent. Zum größten Teil am Rücken. Bisschen am Oberarm, Hals, ein Unterarm, aber nichts an Gesäß oder Kopf.«

»Mit einem Mädchen dieses Alters hab ich noch nie gearbeitet. Könnte das problematisch werden?«

»Keine Ahnung. Vielleicht«, fügte sie mit widerwilliger Aufrichtigkeit hinzu. »Du bist der einzige Mann, den ich überhaupt in Erwägung gezogen habe. Wenn du sie nicht nehmen kannst, warte ich, bis Faith wieder da ist.«

»Erzähl mir was von ihr.«

»Ihre Mutter beschreibt sie als extrovertierte und gesellige Person. Sehr hübsch. Cheerleader und Sportlerin. Gute Schülerin. Beliebt. Kein fester Freund. Geht zwar viel mit Freunden aus, aber noch nicht allein mit einem Jungen.«

»Wie ist es denn passiert?«

»Sie war auf einer Party in der Nähe ihres Sommerhauses am Lake Tahoe, und ihr Pullover hat Feuer gefangen. Sie ist in Panik geraten und losgerannt. Lief ein ganzes Stück, ehe einer der Jungs sie einholen konnte. Die Mutter ist alleinerziehend, aber es gibt einen Verlobten. Bin mir allerdings nicht sicher, wie viel Unterstützung von dem zu erwarten ist. Kommt mir ein bisschen oberflächlich vor.«

»Was meinst du damit?«

»Keiner, der in einer Krise bei der Stange bleibt. Jedes Mal, wenn ich in der Klinik war, hatte er sich irgendwohin verkrümelt und die Mutter suchte nach ihm.«

»Wie geht die Mutter damit um?«

»Sie steht noch immer unter Schock. Hab das Gefühl, als seien da irgendwelche Schuldgefühle im Spiel, aber sie redet nicht darüber. Jedenfalls nicht mit mir.«

»Gibst du mir zwei Stunden Bedenkzeit?« Wie man mit fünfzehnjährigen Jungs redete, wusste er; aber er hätte nie behauptet, auch etwas von Mädchen dieses Alters zu verstehen.

»Ich weiß, ich hab dir versprochen, dass du den Sommer freihast ...«

Seit acht Jahren werkelte er an seinem Haus herum. Irgendwie machte ihm das Leben trotz bester Absichten immer wieder einen Strich durch die Rechnung. »Das ist gar nicht der Punkt, Lyn«, sagte er. »Ich möchte mich nur nicht gerne auf etwas einlassen, wo ich vielleicht mehr Schaden anrichte als Nutzen bringen.«

»Du meinst, du kannst nicht mit ihr über Jungs reden. Du bist tausendmal besser, als wenn sie niemanden hätte. Und solltest du später den Eindruck haben, dass sie mal eine Frau zum Reden bräuchte, wird Faith dich bestimmt unterstützen.«

»Ich will wenigstens eine Nacht drüber schlafen.«

»In Ordnung. Aber kannst du mich morgen früh gleich als Erstes anrufen?«

»Wieso?«

»Weil ich um zehn mit der Mutter verabredet bin. Und ich

würde ihr gerne sagen, wann und ob sie auf uns zählen kann.«

»Und wenn ich Ja sage?«

»Dann ruf ich sie an und sag ihr, dass du auch zu unserem Treffen kommst.«

Rick zögerte. »Mit ihr zu reden und ein Gefühl für die ganze Sache zu kriegen, würde mir im Grunde die Entscheidung schon erleichtern. Sag ihr, dass ich komme, aber nicht, dass ich offiziell mit der Sache betraut bin.«

»Und wenn ich ihr sage, dass du in den ersten Tagen des Klinikaufenthalts zur Verfügung stehst, und es dabei belasse?«

»Klingt gut.« Rick legte auf und rief sofort Sandra Brahams, seine Nachbarin, an. Für den nächsten Morgen hatte er eine Holzlieferung vereinbart und brauchte jemanden, der zu Hause war und die Quittung unterschrieb.

»Bist du morgen früh – so etwa bis zwölf – daheim?«, erwiderte er auf ihr Hallo.

Sie lachte. »Gut, dass ich dich an der Stimme erkenne. Ja, zufällig bin ich zu Hause. Und wer liefert was?«

»Meeks Lumber bringt eine Ladung Rigipsplatten und das Holz für die hintere Veranda.«

»Und wo sollen sie es abladen?«

»In der Garage, wenn es geht.« Hätte er nicht fürs Wochenende schon jemanden bestellt, der ihm bei der Anbringung der Platten im Esszimmer und in der Küche helfen wollte, hätte er die Lieferung verschoben.

»Überstunden?«

Sandra kannte seinen Dienstplan fast genauso gut wie er selbst. Sie teilten sich einen Retriever-Labrador-Mischlingsrüden namens Blue, der bei ihr und Walt lebte, wenn Rick arbeitete, und bei ihm, wann immer der Hund Ricks Jeep in der Auffahrt entdeckte. »Vorgestern ist eine neue Patientin in die Klinik eingeliefert worden. Um zehn hab ich ein Treffen mit der Mutter und ihrem Verlobten.«

»Ich dachte, du wolltest dir ein paar Monate freinehmen.« – »Je nun, du weißt ja, wie so was geht.« Weiter hinten sah Rick die Flurbeleuchtung angehen, Vorbote der demnächst schrillenden Alarmglocken. »Ich muss los, Sandra. Es kommt gerade eine Meldung rein.«

»Bis morgen dann.«

Rick steuerte in die Küche, um das Essen wegpacken zu helfen. Der Neue trug ein Lächeln zu Schau, die restliche Crew blickte gottergeben. Rick schob den Kartoffelsalat in den Kühlschrank und ging zum Computer, um sich den Ausdruck mit allen Einzelheiten zu holen. Er gab Steve die Adresse und sagte seinen Leuten, dass sie es mit einer Frau zu tun hatten, die sich aus ihrem Wagen ausgesperrt hatte.

Steve fuhr auf den Parkplatz des Bel-Air-Supermarkts, wo sie auch für die Feuerwache einkauften. Rick sah sich nach einem blauen Acura um und entdeckte ihn am anderen Ende bei den Reinigungen.

»Hast du das Hähnchen aus dem Grill genommen?«, fragte Steve Rick.

»Ich nicht.« Rick stellte sein Mikrofon an und blickte nach hinten. »Hat sich einer von euch ums Hähnchen gekümmert?«

»Mm-mm«, sagte Janet.

»Welches Hähnchen?«, fragte Paul.

»Vielleicht sollten wir lieber 'ne Pizza bestellen, ehe wir von hier wegfahren«, meinte Rick.

»Scheiße – nicht schon wieder«, stöhnte Steve. »Ich hasse Pizza.«

»Schauen wir mal ...« Rick hob die Hände und bewegte sie, als wäge er ihre Optionen ab. »Verbranntes Brathähnchen ... Pizza. Ihr habt die Wahl.«

»Wie wär's mit Chinesisch?«

»Nicht genug Geld in der Essenskasse.«

»Mein Gott – was ist denn passiert? Letztes Mal, als ich nachgeguckt habe, hatten wir ein Plus von fünfzig Dollar.«

»Dieser Schweinebraten, den wir bei der letzten Schicht hatten, hat uns schwer reingerissen.«

»Äh … Captain …«, sagte Paul. »Ich glaub, da will jemand mit Ihnen reden.«

Rick blickte auf und sah eine Frau neben dem blauen Acura stehen. Er vermutete, dass es die Besitzerin war. Die Hände in die Hüften gestützt, funkelte sie ihn an, während ihre Lippen sich rasch bewegten und ihre Augen Feuer sprühten. Zu Steve sagte er: »Meinst du, sie will uns sagen, dass wir uns für Ihren Geschmack nicht schnell genug bewegen?«

»Nein – wahrscheinlich sagt sie, dass sie noch ein Hähnchen im Ofen hat und nach Hause will, ehe es verbrennt.«

Rick lachte. »Nur einer Idiotin würde so was passieren.«

5

Rick nickte der Rezeptionistin zu, als er das Foyer des Shriner's Hospital betrat, und ging zu den Aufzügen.

Er liebte dieses Gebäude. Während die meisten Krankenhäuser eng und abgeschlossen waren, hatte der Architekt hier eine sechs Stockwerke hohe Fensterwand errichtet. Sie ließ die Bäume und Wolken als Teil des riesigen Spielareals in der zweiten Etage erscheinen. Hier konnte der Geist der Kinder Freiheit atmen und in gewisser Weise am Außenleben teilhaben, während ihre Verletzungen sie gefangen hielten.

Er schaute im Pausenraum der Schwestern vorbei und nahm eine Tasse Kaffee mit – ein Requisit, das Behaglichkeit und Entspanntheit suggerieren sollte, wenn er Catherine Miller und ihrem Verlobten Tom Adams zum ersten Mal begegnete. Er wollte, dass sie ihn als Insider betrachteten, als Teil der Klinikroutine, jemanden, dem sie im Notfall ohne Weiteres vertrauen konnten.

Schon vor Jahren hatte er festgestellt, dass – wollte man Vertrauen erwecken – eher einfache Dinge den Ausschlag gaben: etwa der Eindruck, dass man dazugehörte, den eben eine Keramiktasse eher vermittelte als ein Pappbecher und den man eher machte, wenn man im Sprechzimmer des Arztes auf der Tischkante hockte statt auf einem Stuhl.

Wenn er die Anfangsbarrieren möglichst schnell durchbrach, konnte er sich umso rascher seiner eigentlichen Aufgabe zuwenden: Lynda beim Weiterleben zu helfen.

Das heutige Treffen war in Marcia Randolphs Büro angesetzt. Marcia war die Leiterin der plastischen Chirurgie und eine langjährige Freundin von ihm. Ihre Assistentin, eine junge Frau, der man gerade ihre Schwangerschaft anzusehen begann, lächelte, als sie Rick entdeckte.

»Sie wartet schon auf Sie.«

Rick warf einen Blick auf die Uhr an der Wand hinter ihm. Er war zehn Minuten zu früh.

»Ist sie schon lange da?«

»Etwa fünf Minuten.«

Auf ihren schwellenden Bauch deutend, fragte er: »War Marcia denn damit einverstanden?«

Sie lachte. »Ich musste ihr versprechen zurückzukommen. Sie wollte mir sogar eine Gehaltserhöhung geben, damit Mike daheimbleiben und sich ums Baby kümmern kann.«

Die Hand schon an der Bürotür, schob er noch nach: »Sehen Sie jetzt, was passiert, wenn man sich unentbehrlich macht?«

»Meinen Sie, ich sollte ein bisschen mehr Mist bauen?«

»Klar – aber erzählen Sie Marcia nichts davon.« Bevor er eintrat, brachte er seinen Gesichtsausdruck unter Kontrolle.

Eine Frau, die er auf Ende Dreißig schätzte, stand derart gedankenverloren am Fenster, dass sie ihn offenbar nicht eintreten hörte.

Sie trug eine weiße Leinenhose und ein zartgelbes ärmelloses Top, das eher einer Weste als einem Hemd ähnelte. Das Haar fiel ihr glatt und elegant geschnitten auf die Schultern, die eine unnatürliche Bräune aufwiesen. Die Bräune überraschte Rick.

Offenbar war die Frau wohlhabend und in einem Alter, in dem sich die meisten ihrer Altersgenossinnen mehr um Falten sorgten als um den Goldton ihrer Haut.

»Entschuldigen Sie«, sagte er leise, da er sie nicht erschrecken wollte.

Sie drehte sich zu ihm um und zwang sich zu einem höflichen Lächeln; doch die tief in den Höhlen liegenden Augen verrieten den Schlafmangel. »Sind Sie der Mann von der Feuerwehr?«

Er trat auf sie zu und streckte die Hand aus. »Rick Sawyer.« – »Catherine Miller.«

»Schön, nicht wahr?«

Er hatte sie verwirrt. »Was denn?«

»Die Aussicht. Ich hab Sie – als ich eintrat – aus dem Fenster blicken sehen.«

Sie drehte sich erneut zum Fenster um, als registriere sie die Aussicht erst jetzt. »Ja, das ist wahr.«

»Kann ich Ihnen etwas bringen lassen, während wir warten? Kaffee? Tee?«

»Kommt denn sonst noch jemand?«

Im Lauf der Jahre hatte es Rick mit vielen Eltern von Verbrennungsopfern zu tun gehabt, hatte jedes Maß an Schmerz erlebt, und dennoch hatte das erste Treffen immer wieder dieselbe ernüchternde Wirkung auf ihn. Die Ängste und Zweifel, häufig von durchdringenden Schuldgefühlen begleitet, waren nicht zu übersehen.

Meist versuchte er, die Verwandten während der schlimmsten Zeit damit zu trösten, dass er ihnen versicherte, dass es besser wurde, dass es immer besser wurde. Letztendlich aber war ihm klar geworden, dass die Reise selbst Teil des Heilungsprozesses war und nur im Rückblick verstanden werden konnte.

»Ich dachte, Ihr Verlobter wollte auch kommen.«

»Wir sollen nicht auf ihn warten – möglicherweise ist er heute Morgen nicht abkömmlich.«

Rick wartete noch einen Moment, um ihr zu verstehen zu geben, dass er sich alles anhören würde, was sie zu sagen hatte. Als dann aber nichts mehr kam, sagte er: »Dann können wir ja anfangen.«

Sie vertauschte ihren Fensterplatz mit einem Stuhl am Schreibtisch. Statt sich ihr gegenüber oder gleich auf den Tisch zu setzen, wodurch er auf sie herabgeblickt hätte, entschied sich Rick für den Stuhl neben ihr. »Da ich nicht weiß, wie viel man ihnen über meine Rolle bei Lyndas Genesung erzählt hat, werde ich sie Ihnen kurz darlegen.« Er erläuterte ihr in einfachen Worten, worum es ging, ließ sämtliche Namen der involvierten Hilfsorganisationen und Personen beiseite, um ihr vor allem nahezubringen, dass sie nicht alleine war.

»Haben Sie Lynda schon gesehen?«

»Ich dachte, ich schaue bei ihr vorbei, wenn wir hier fertig sind.«

»Sie wechseln gerade ihre Verbände. Deswegen bin ich schon früher heraufgekommen.« Catherine verschränkte ihre Hände im Schoß und starrte auf sie hinab. »Sie geben ihr was gegen die Schmerzen und ein Medikament, das zeitweise Amnesie bewirkt ...« Sie hielt inne und holte tief Luft, ehe sie fortfuhr. »Eines Tages wird sie mich fragen, aber ich glaube nicht, dass ich ihr sage, wie es war. Ob für mich oder für sie.«

Rick hatte genug gehört. Er musste nichts weiter über Catherine erfahren, um zu wissen, dass er mit ihr arbeiten konnte. Sie war eine Frau, die in den vor ihnen liegenden schweren Zeiten für ihre Tochter da sein würde.

»Lynda soll ja zu den Besten in ihrer Klasse gehören«, meinte er und wechselte bewusst das Thema.

Das rasche Lächeln, mit dem sie darauf reagierte, verwandelte sie. Rick war verblüfft. Ein wenig Schlaf, ein wenig Make-up, und Catherine Miller war nicht nur eine hübsche Frau, sondern eine, nach der man sich umdrehte. »Seit der dritten Klasse war sie immer unter den Besten.«

Catherine beugte sich nach vorn, und zum ersten Mal musterte sie Rick, als sähe sie ihn wirklich. »Sie ist ein außergewöhnliches Mädchen. Und ich werde alles tun, damit sie wieder in Ordnung kommt. Und das ist mein Ernst – alles.«

»Was meinen Sie mit *in Ordnung kommen?*«, erkundigte sich Rick vorsichtig.

Falls Catherine meinte, auf irgendeine Art bewerkstelligen zu können, dass ihre Tochter sich wieder völlig in die alte

Lynda zurückverwandelte, konnte das nur mit einer grausamen Enttäuschung enden. Zwar konnte Lynda wieder so klug, witzig und liebenswürdig werden wie zuvor, ihre körperliche Unversehrtheit aber war für immer dahin. Sie würde immer Narben tragen. Und wie die sich auf ihr seelisches Wohlbefinden auswirkten, hing zu einem beträchtlichen Teil von Catherine ab.

»Ich möchte, dass sie wieder so selbstbewusst wird wie vor dem Unglück. Sie soll begreifen, dass ihre Narben keine Rolle spielen. Und sie soll es nicht nur mit dem Verstand, sondern auch mit dem Herzen verstehen.«

Catherine stieß die Worte mit großer Heftigkeit hervor. Momentan fühlte sie sich ohnmächtig, konnte Lynda nicht helfen, doch das hielt sie nicht davon ab, eine Zukunft für sich und ihre Tochter zu entwerfen. Rick mochte die Frau nicht nur, er bewunderte sie.

»Leicht wird es nicht werden«, sagte er. »Lynda hat schon ein festes Körperbild, und es wird schwer für sie werden, ein neues zu akzeptieren.« Wenn schon Pickel bei Teenagern Krisen auslösten, dann konnten Brandnarben erst recht vernichtend wirken und häufig zu Persönlichkeitsänderungen führen.

Ein Geräusch im Vorzimmer lenkte Catherine ab.

Sie wartete, gespannt, voller Hoffnung, um dann mit leisem Achselzucken zu bemerken: »Tut mir leid, ich dachte, es sei Tom.«

»Wir können auch später weitermachen, wenn er hier ist«, meinte Rick. »Ich habe am Nachmittag frei. Und könnte noch einmal wiederkommen.«

»Das kann ich nicht verlangen.«

»Es macht mir nichts aus. Nennen Sie mir nur eine Zeit.«

Sie erwog sein Angebot. »Gibt es denn eine Nummer, unter der ich Sie erreichen kann? Es wäre mir schon lieb, wenn Tom hören würde, was Sie zu sagen haben, und ich möchte nicht, dass Sie es zweimal sagen müssen.«

Er zog eine Karte aus seiner Brieftasche und reichte sie ihr. »Hier stehen meine Dienstnummer, meine Privatnummer und meine Funkrufnummer drauf. Ich bringe Ihnen einen Feuerwehrkalender mit, aus dem Sie ersehen können, wann Sie mich im Dienst erreichen. Ich bin immer für Sie erreichbar, Tag und Nacht.«

»Meine Güte – das klingt ja, als würden wir Sie demnächst völlig in Beschlag legen.« Sie blickte auf die Karte. »Sie sind Captain? Was heißt das?«

Er lächelte. »Dass ich im Feuerwehrwagen vorne sitze statt hinten und dass ich nicht selber fahren muss.«

»Ich bin mir sicher, dass der Job ein bisschen mehr verlangt als das.« Sie starrte auf seine Karte, als wolle sie sie auswendig lernen. »Aus Ihrer Privatnummer ersehe ich, dass Sie in Placer County leben.«

»Loomis.«

»Wir sind aus Granite Bay.«

»Geht Lynda auch dort zur Schule?« Er war da, um etwas über sie in Erfahrung zu bringen, nicht um über sich zu reden.

Catherine nickte. »Diesen Herbst kommt sie in die vorletzte Highschool-Klasse.«

»Hat sie denn eine Klasse übersprungen?«

»Im November wird sie sechzehn.«

Noch sechs Monate hin. Das würde ein schwieriger Geburtstag werden.

»Engagiert sie sich in der Schule?«

Catherine schob sich eine Haarsträhne hinters Ohr, erschrak, wie seidig es sich anfühlte, so ganz anders als Lyndas ... Lyndas heutiges Haar, nicht das von früher. Wie aber war es früher gewesen? Drei Tage waren nicht lang genug, um es zu vergessen. Die Unmittelbarkeit des Augenblicks, egal wie zwingend sie auch sein mochte, konnte nicht das ganze vorherige Leben auslöschen. Sie würde sich erinnern. Sie brauchte nur etwas Zeit.

»Sie engagiert sich überall – Chor, Football, Theatergruppe, Cheerleader-Training.« Catherine hörte den Stolz in ihrer Stimme und hätte unter normaleren Umständen wohl etwas von der Unordnung hinzugefügt, die ständig in Lyndas Zimmer herrschte, und von den unzähligen Auseinandersetzungen, die sie deswegen am Telefon austrugen. Catherine hätte gerne den Rest ihrer beider Leben hinter Lynda hergeräumt, ihre aufwendige Hochzeit aufgegeben und irgendwo in aller Stille geheiratet, auf einer verlassenen Insel gelebt, alles, wenn sie nur noch einmal zurückgekonnt hätte und eines hätte ändern können: die Sache mit dem Pullover.

Hätte sie Lynda nur nicht diesen Pullover aufgedrängt. Die Erinnerung riss sie aus der Gegenwart und versetzte sie in eine Welt, die sie im Geiste nun immer bewohnen würde. Sie schüttelte den Gedanken ab, zwang sich zu einem Lächeln, und war unsicher, ob es gelungen war, bis Rick darauf reagierte.

»Angesichts all dieser Aktivitäten hat sie sicher viele und enge Freunde.«

»Jedes Mal, wenn ich heimkomme, ist der Anrufbeantworter voll – auch wenn ich nur ein paar Stunden weg war.« Tom hatte vorgeschlagen, statt der üblichen Nachricht die neuesten ärztlichen Befunde aufzusprechen, und es schien zu funktionieren. Am Vorabend hatte es ebenso viele Bitten um Rückruf gegeben wie Anrufer, die auflegten; und einige der Anrufer waren Freunde, von denen sie seit Jahren nichts gehört hatte.

Wieder hörte sie etwas im Vorzimmer. Und obwohl Catherine wusste, dass es nicht Tom war, blickte sie erneut zur Tür. Diesmal ging sie auf. Und nicht Tom, sondern ihr Bruder Gene erschien im Türrahmen. Sie stieß einen Willkommensschrei aus und sprang auf, um ihn zu begrüßen.

»Was machst denn du hier? Ich hab Mom doch gesagt, dass sie nicht anrufen soll.« Wie froh sie war, dass ihre Mutter nicht auf sie gehört hatte!

Mit seinen eins neunzig überragte Gene ihre eins fünfundsechzig um einiges. Als er sie umarmte und sie die Wange an seine Brust legte, spürte sie seinen starken, stetigen Herzschlag und empfand eine Geborgenheit, die Balsam war für ihr verwundetes Herz.

»Ich hätte ihr nie verziehen, wenn sie es mir erst bei meiner Rückkehr erzählt hätte, und das hat sie gewusst. Es tut mir nur leid, dass ich nicht früher kommen konnte. Ich habe den ersten freien Platz im ersten Flieger genommen, der aus Tokio rausging.« Er ließ sie los und betrachtete sie. »Du siehst ja furchtbar aus. Wo ist denn Tom? Irgendjemand muss ihm mal stecken, dass er sich besser um dich kümmern muss.«

Sie wich seiner Frage aus und wandte sich an Rick, um ihn abzulenken. »Gene, darf ich dich mit ...«

»Rick Sawyer. Na so was, das kann ja wohl nicht wahr sein. Wie lang ist es bloß her – fünfzehn Jahre, zwanzig?«

Rick schüttelte Gene die Hand. »Mindestens zwanzig.«

Catherine blickte von Gene zu Rick und wieder zu Gene. »Ihr kennt euch?«

»Wir waren an der Uni in derselben Verbindung.« Und an Rick gewandt meinte er: »Ich hatte ja keine Ahnung, dass du Medizin studiert hast.«

»Und nichts hätte mir ferner gelegen«, sagte Rick. »Ich bin bei der Feuerwehr.«

»Oh...« Er war eindeutig verlegen. »Ich dachte, Catherine unterhält sich mit einem von Lyndas Ärzten.«

»Er ist hier, um mir zu helfen ...« Sie versuchte, sich zu erinnern, doch ihr fiel nicht mehr ein, wobei ihr Rick helfen sollte. »Um mir Fragen zu beantworten.«

»Was für Fragen?«, fragte Gene.

»Fragen bezüglich all dessen, was nicht mit Medizin zu tun hat«, antwortete Rick an ihrer Stelle.

»Und du tust das, weil ...?«

Rick mochte den beschützenden Zug an Gene. Schon damals am College war er ein Kämpfer für die Schwachen gewesen.

»Feuerwehrleute engagieren sich traditionell bei der Hilfe für überlebende Brandopfer und bei der Unterstützung der Brandverletztenabteilungen in Kliniken. In Sacramento gehen wir noch einen Schritt weiter und teilen den Familien von Brandverletzten Freiwillige zu. Im ersten Genesungsjahr bleiben wir mit ihnen in Kontakt und tun, was wir können, um den Genesungsprozess zu erleichtern.«

»Klingt gut«, meinte Gene.

»Ja ...wirklich«, stimmte Catherine ihm höflich zu.

Rick wusste, dass es mehrerer weiterer Treffen bedurfte, bis Catherine bereit war, an mehr als die allernächste Zukunft zu denken, und dass er fürs Erste genug getan hatte. »Ich werde jetzt gehen«, sagte er zu Catherine. »Falls Sie mich brauchen sollten, Sie haben meine Nummer.« Er nickte Gene zu. »War schön, dich wiederzusehen. Bis später vielleicht.«

»Ja, das wäre schön.«

Rick verabschiedete sich und ging in die Intensivstation hinunter, um sich, ehe er nach Hause fuhr, ein wenig mit den Schwestern zu unterhalten. Die Schwestern verkehrten auf vertrauterem Fuße mit den Kindern und ihren Angehörigen als die Ärzte, und oft bekam er durch sie ein besseres Gefühl für die Feinheiten eines Falls.

So sehr er Catherine Miller auch mochte und glaubte, mit ihr arbeiten zu können, war er sich dennoch nicht sicher, ob er der ideale Betreuer für ihre Tochter war – einem Mädchen, das allen Erzählungen zufolge daran gewöhnt war, im Mittelpunkt zu stehen. Auch Ricks Schwester Cindy war auf der Highschool Cheerleader gewesen. Ein verunglückter Haarschnitt hatte sie genauso deprimiert wie ein Date mit dem Klassenstreber. Rick hatte sie damals nicht begriffen und verstand sie auch heute nicht – mit ihren Reisen nach Los Angeles, wo sie sich alle drei Jahre von ihrem Lieblingsschönheitschirurgen hier was liften und dort was wegschnippeln ließ.

Er hatte schon zu viele Kinder ohne Ohren und Nasen erlebt, zu viele Münder, die nicht mehr lächeln konnten, zu viele Hände ohne Finger, um mit einer Frau, deren Spiegel ihr lediglich Falten zeigte, Mitleid zu haben.

Die Intensivstation war geformt wie ein halbiertes Rad, in dem das Schwesternzimmer die Achse bildete. Alle Räume war groß und lichtdurchflutet, hatten Vorhänge in leuchtenden Farben und dazu passende Bettbezüge, Fernsehgeräte, Videorekorder, Videospiele und was immer sonst nötig war, um einen von Schmerz und Verlustgefühlen abzulenken.

Eine Schwester zwischen fünfzig und sechzig mit einem Rotschopf, wie ihn nur Chemie zustande bringt, sah auf und lächelte, als sie Rick erblickte. »Hey, lang nicht gesehen. Sind Sie wegen des Jungen hier, den sie eben eingeliefert haben?« Sie rollte ihren Stuhl zurück und griff nach einer Akte.

»Von dem Jungen weiß ich nichts.« Er beugte sich über den Schalter, sah eine offene Schachtel Süßigkeiten stehen und nahm sich ein Toffee. »Ich bin wegen Lynda Miller da.«

»Um ihren besonderen Charme mal an einem Mädchen auszuprobieren, wie?«

»Will es wenigstens versuchen.« Das Toffee klebte an seinen Zähnen. Er löste es mit der Zunge und erzeugte dabei einen schmatzenden Laut.

»Immer weiter so, dann haben Sie die besten Chancen. Nichts macht uns Mädels so an wie Schmatzgeräusche.«

Rick lachte. »Wenn das stimmt, brauch ich wohl ein bisschen mehr Übung.« Er nahm sich noch ein Bonbon.

Das Telefon läutete. Sie hob ab, legte die Hand über die Muschel und formte unhörbar mit den Lippen: »Sie liegt auf Station C.«

Er nickte und winkte ihr dankend zu.

Er war nicht gekommen, um sich Lynda vorzustellen. Wahrscheinlich würde sie sich sowieso nicht daran erinnern.

Auch wenn sie nicht gerade einen Verbandswechsel hinter sich hatte, waren die Schmerzmittelgaben in dieser Phase noch so stark, dass nur einzelne Momente in Erinnerung blieben.

Der Vorhang zur Station C war halb zugezogen, und Rick musste daran vorbei, wenn er einen Blick riskieren wollte. Lynda sah aus, wie erwartet – wirkte auf Vater oder Mutter entsetzlich verwundet, aber auf einen informierten Außenstehenden völlig normal. Die Maschinen und Monitore waren das Übliche, ebenso wie die Versorgungsschläuche. Das einzig Überraschende war der Teenager, der in der Ecke des Zimmers saß und mit an die Wand gelehntem Kopf schlief.

»Wer ist denn der Junge im Sessel da?«, fragte Rick die Schwester, als sie den Hörer auflegte.

»Er heißt Brian Winslow.«

Er registrierte den Namen, brauchte jedoch eine Weile, um die Verbindung herzustellen. Dann erinnerte er sich wieder, dass Lyn den Namen morgens erwähnt hatte, als er sich telefonisch bei ihr vergewissert hatte, ob die Verabredung noch galt. »Ist das nicht der Junge, der bei ihr war, als es passiert ist?«

Sie nickte. »Er war jeden Tag hier und auch in den meisten Nächten.«

»Ihr Freund?« Catherine hatte gesagt, Lynda habe keinen Freund, doch es war ja bekannt, dass Mütter ihren Kindern bei solchen Dingen immer ein, zwei Schritte hinterherhinkten.

»Ich glaube nicht. Wenigstens war das nicht mein Eindruck.«

Rick musterte ihn noch einmal. Er hatte auf Ladeklappen und Schlauchrollen von Feuerwehrautos geschlafen, aber er hatte es nie geschafft, auf einem Klinikstuhl einzuschlafen. Man musste schon todmüde und auch jung genug sein, um das zu tun, ohne einen steifen Hals zu fürchten.

»Hat sie viel Besuch?«

»Sie wolle niemanden sehen, hat sie ihrer Mutter gesagt – auch Brian nicht. Er saß draußen im Foyer, bis Catherine Lynda überredet hatte, ihn ins Zimmer zu lassen.«

Rick wusste Treue bei Freunden zu schätzen und hoffte, dass es nichts anderes war. Schuld war für einen Jungen in Brians Alter eine schwere und sinnlose Bürde. Denn fehlten einem die Jahre und die Weisheit zu der Einsicht, dass manchmal einfach Scheiße passierte, konnten die langfristigen Folgen verheerend sein. Irgendjemand musste sich um Brian kümmern.

Vielleicht konnte er das ja gleich mit übernehmen.

6

»Sollen wir runtergehen?«, fragte Gene.

»Wir sollten uns erst unterhalten.« Catherine wollte nicht, dass er Lynda unvorbereitet sah. Die würde zwar immer noch unter Schmerzmitteln stehen und sich später wahrscheinlich nicht an den Besuch erinnern, aber Catherine wollte kein Risiko eingehen. Angesichts des geröteten, geschwollenen Gesichts, der vielen Verbände, des an der Nase befestigten Schlauchs für die künstliche Ernährung, des Haars, das wie ein hässlicher Staubwedel nach allen Seiten abstand und hinten ganz fehlte, und der misstrauischen und verängstigten Augen musste sogar Catherine sich anstrengen, um die alte Lynda in ihr wiederzuerkennen. Gene würde es die Sprache verschlagen, egal wie gut sie ihn vorbereitete; Catherine wollte lediglich verhindern, dass man es ihm gleich anmerkte. Lynda hatte – abgesehen von der Sorge, ihren Onkel womöglich zu schockieren – auch so schon genug Probleme.

»Wie wär's mit einem Kaffee? Hast du denn schon gefrühstückt?« Er warf einen Blick auf sein Handgelenk. »Essen wir eben früh zu Mittag.«

Zwar hatte sie keinen Hunger, doch sie wusste, dass Gene etwas tun musste – etwas, von dem er glaubte, dass es ihr half.

In der Hinsicht ähnelten sie sich. Untätigkeit war ihr Feind. Ließ einem zu viel Zeit zum Nachdenken. Vor ihrer Scheidung hatte sie ein Jahr mit der quälenden Frage verbracht, wie ein Leben ohne Jack wohl sein würde, und die nächsten drei Jahre damit, ihre Befürchtungen auszuleben. Zu Beginn hatte die Einsamkeit sie wie ein Messer in der

Brust bei jedem Atemzug daran erinnert, dass sie allein schlief, allein aufwachte und allein ausging. Schließlich wurde ihr der Schmerz so vertraut wie zwei Platzdeckchen auf dem Tisch anstelle von dreien; so vertraut, dass sie den Moment seines Verschwindens nicht einmal bemerkte.

»Ein Kaffee wäre nicht schlecht«, sagte sie. »Unten gibt es eine Cafeteria.«

Er nahm ihre Handtasche und reichte sie ihr. »Ich weiß, dass ich mich wiederhole, aber ich muss Tom wirklich mal sagen, das er sich mehr um dich kümmern muss.«

»Sofern du ihn findest.« Sofort ärgerte sie sich, das gesagt zu haben.

»Was willst du denn damit sagen?«

»Nichts. Ich bin heute nur ein bisschen neben mir. Tom ist gestern zum See hochgefahren, um die Hütte winterfest zu machen. Seitdem hab ich nichts mehr von ihm gehört. Wenigstens nicht direkt. Er hat eine Botschaft auf dem Anrufbeantworter hinterlassen, der zufolge er es bis zum Abend nicht nach Hause schafft. Aber er sollte längst da sein. Er war hier, als ich die Verabredung mit Rick getroffen habe, und er wusste, dass ich ihn dabeihaben wollte. Zumindest hatte ich das angenommen.«

»Hast du versucht, ihn auf dem Handy zu erreichen?«

Sie nickte. »Und auch auf seinem Funkrufempfänger – mindestens zehnmal. Er geht nicht ran.«

»Klingt aber nicht nach Tom.«

»Er kann nicht so gut damit umgehen«, gestand sie ihm. »Seit wir hier sind, hat er mich schon ein paar Mal sitzen lassen. Er entpuppt sich als einer von denen, die Krankenhäuser nicht abkönnen.«

»Sag bloß nicht, dass er sich damit entschuldigt.«

»Natürlich nicht.« Wenigstens nicht mit diesen Worten. Tom hatte sich einfach andere Beschäftigungen gesucht, die ihn vom Krankenhaus fernhielten und stets in Form von Hilfsangeboten daherkamen. Sie war ihm zunächst dankbar gewesen, dann verwirrt und endlich verletzt. Sie wusste nicht mehr, was sie eigentlich empfand.

»Soll ich mit ihm reden?«

Im geschützten Innenraum des mit Kirschholz verkleideten Lifts fühlte sich Catherine versucht, ihren Frust und ihre Ängste bei ihrem Bruder abzuladen, wie sie es zur Zeit ihrer Scheidung getan hatte. Nur das Versprechen, das sie sich und Gene damals gegeben hatte, hielt sie davor zurück. »Ich komm schon klar«, sagte sie.

Sie holten sich Kaffee und, weil Gene darauf bestand, auch Sandwiches, nahmen sie mit ins Atrium und setzten sich an ein Westfenster.

»Und jetzt erzähl mal, wie es ihr geht«, sagte Gene. »Ich nehme an, deswegen sind wir hier – und nicht in ihrem Zimmer.«

Catherine nippte am Kaffee und stellte die Tasse ab. Sogar dieses Schlückchen war für ihren Magen zu viel. »Sie hat, was die Ärzte als zwanzigprozentige Verbrennungen bezeichnen. Sie berechnen das, um die Medikamente entsprechend zu dosieren und die Behandlung und noch was, an das ich mich nicht erinnere, anzupassen.

Verbrennungen zweiten Grades heilen von selbst ab, aber dort, wo sie Verbrennungen dritten Grades erlitten hat, muss Haut verpflanzt werden. Die schlimmsten Stellen sind die, wo das Oberteil geschmolzen ist und an der Haut geklebt hat.« Catherine erinnerte sich an den Tag, an dem Lynda das leuchtend rote Trägertop gekauft hatte. Sie waren im Sunrise-Einkaufszentrum gewesen und hatten nach einem Geschenk für Lyndas beste Freundin Wendy gesucht. Nach vierstündigem Bummel hatten sie die Mall mit einer neuen Hose für Catherine, dem Trägertop für Lynda und ohne Geschenk für Wendy verlassen.

»Man kann sogar den Umriss des Büstenhalters auf dem Rücken erkennen; er hat sie eine Weile geschützt.«

»Weiß sie, was passiert ist?«

»Sie erinnert sich an alles bis zu dem Augenblick, als man sie in den Krankenwagen gehoben hat. Danach sind ihre Erinnerungen nur noch bruchstückhaft. Jetzt ist sie schläfrig, muss sich andauernd erbrechen, döst fortwährend ein und wacht wieder auf, sodass ich nie weiß, wie viel sie von dem um sie herum mitbekommt.«

Gene biss von seinem Sandwich ab und legte es dann ebenfalls beiseite.

Die Ellbogen auf die Knie gestützt, beugte er sich nach vorn. »Wie lange, meinen die Ärzte, wird sie im Krankenhaus bleiben?«

»Drei bis vier Wochen. In zwei Tagen ist die erste Transplantation angesetzt. Sie wollen sehen, wie weit ihr Rücken von alleine heilt, ehe sie operieren.«

»Und von wo soll das Hautgewebe entnommen werden?«

»Vom Kopf und vom Gesäß. Sie wird sich mit zeitweiliger Kahlköpfigkeit und einem wehen Rücken abfinden müssen, aber so vermeiden sie Narben, die durch die Entnahme an exponierteren Stellen zwangsläufig entstehen würden.« Von Gene ermuntert, probierte Catherine das Sandwich und erstickte fast an dem Bissen.

Er gab es auf und legte ihr Sandwich neben seins. »Sie hatte so schönes Haar ...«

»Es ist nicht mehr so schön«, erwiderte Catherine leise. »Das meiste davon ist verbrannt.«

»Wächst es denn nach der Transplantation wieder richtig nach?«

»Letztendlich schon. Die Haut wird nicht so tief abgetragen, dass dadurch die Haarfollikel beeinträchtigt wären. Wäre sie ein Junge und würde als erwachsener Mann eine Glatze kriegen, würde man die Operationsnarben sehen, bei ihr aber wird es sich nicht weiter auswirken.«

»Weiß sie davon?«

»Sie hat mich mit den Ärzten reden hören, sicher, aber wie viel sie davon mitbekommen hat, das weiß ich nicht.« Catherine störte es nicht, so mit Fragen bombardiert zu werden. Es war Genes Art, mit Stress umzugehen.

»Wie kommt Mom mit dem Ganzen zurecht?«

»Die packt das schon irgendwie, aber ich mach mir trotzdem Sorgen. Gestern Abend musste ich eine Freundin bitten, sie abzuholen. Sie war so müde, dass sie sich kaum noch auf den Beinen halten konnte.«

»Wenigstens warst du nicht allein«, meinte er kryptisch.

Gene nahm die Rolle des großen Bruders ernst. Seit ihrem sechsten Lebensmonat, als ein Hund aus der Nachbarschaft versucht hatte, ihr Fläschchen zu stibitzen, war er ihr Beschützer gewesen.

»Tom war auch hier, Gene. Er hat uns nicht völlig im Stich gelassen.«

»Sieht nur sehr danach aus, was?«

Sie würde in Zukunft vorsichtiger sein müssen. Gene war zwar vielleicht nur schwer in Rage zu bringen, aber noch viel langsamer, wenn es ums Verzeihen ging. »Ich hatte, ehrlich gesagt, mehr Hilfsangebote, als ich gebrauchen konnte. Ich hab Mom die Nachrichten auf dem Anrufbeantworter daheim beantworten lassen, ihr aufgetragen, jedem auszurichten, dass Lynda weder Blumen noch Besuch haben darf, aber sie ruhig Karten schreiben können. Brian hat sich bereit erklärt, ein paar Freunde anzurufen, die dann alle anderen eventuell Interessierten benachrichtigen sollten.«

»Brian?«

»Brian Winslow. Der Unfall ist auf dem Anwesen seiner Eltern passiert. Wäre er nicht gewesen, hätte Lynda noch viel schlimmere Verbrennungen erlitten.«

»Okay, jetzt bin ich ja vorgewarnt. Wann kann ich sie sehen?«

»Sofort, wenn du willst. Inzwischen müsste sie wieder auf ihrem Zimmer sein.«

»Gibt es irgendwas, was ich wissen muss? Irgendwas, das ich nicht sagen oder tun darf?«

»Versuch nicht, ihr was einzureden. Sie weiß, wie schlimm ihre Verbrennungen sind.«

»Sie muss doch wahnsinnige Angst haben.«

Catherine lehnte sich an seine Schulter. »Genau wir ihre Mutter.« Catherines Handy unterbrach sie. »Ich sollte rangehen«, sagte sie und griff in ihre Handtasche. »Es könnte Tom sein.«

Er stand auf und schnappte sich ihre Teller und Tassen. »Ich sehe mal, dass ich das loswerde.«

»Würde es dir was ausmachen, raufzugehen und nachzuschauen, ob Lynda wirklich schon wieder in ihrem Zimmer ist?« Sie wollte nicht, dass er zuhörte, falls es Tom war.

»Und wenn sie oben ist?«

»Dann hol mich bitte.« Das Mobiltelefon klingelte erneut – aufdringlich, vielversprechend, enervierend. »Oh, das hab ich fast vergessen. Du musst einen Kittel überziehen, eh du reingehst«, rief sie ihm nach. »Bitte eine der Schwestern, dir zu helfen.«

Sie drückte auf den Empfangsknopf ihres Handys.

»Ich bin bei dir«, erwiderte Tom fröhlich auf ihr fragendes Hallo. »Soll ich dir irgendwas mitbringen?«

»Was machst du bei mir?« Sie versuchte erst gar nicht, ihre Irritation zu verbergen.

»Was hast du denn gedacht, was ich mit all dem Zeug, das ich mitgebracht habe, tun würde?«

»Wo warst du die ganze Zeit? Und warum bist du nicht an den Funkrufempfänger gegangen? Mein Gott, Tom, du hast doch gewusst, dass ich ganz krank bin vor Sorge. Du hast mir versprochen, dass du zu dem heutigen Treffen zurück sein willst.«

»Ich muss meinen Funkempfänger im Auto gelassen haben.«

Er log. Seine Stimme verriet es ihr. Aber weshalb? »Mag ja sein. Und was ist mit deinem Handy?«

»Was damit ist?«

»Warum hast du es denn nicht mitgenommen?« – »Hab ich doch. Sag bloß nicht, dass es schon wieder nicht funktioniert hat!«

»Komisch, als du vor deiner Abfahrt wegen des Golfturniers im Club angerufen hast, war es noch in Ordnung.«

»Auch außerhalb der Klinik passieren noch eine Menge Dinge, Catherine«, erwiderte er abwehrend. »Dir mag es zwar vorkommen, als sei alles zum Stillstand gekommen, aber wir anderen müssen trotz Lyndas Unfall irgendwie weitermachen.«

»Dessen bin ich mir bewusst.« Das Letzte, was sie jetzt wollte oder gebrauchen konnte, war ein Streit. Ihr fehlte einfach die Kraft für Auseinandersetzungen, von Versöhnung ganz zu schweigen.

»Offenbar bist du aus irgendeinem Grund sauer auf mich. Warum sagst du mir nicht, was los ist?«

»Ich bin nicht sauer, Tom. Ich bin erschöpft.«

»Es ist mehr als das.«

»Okay, vielleicht bin ich ja auch ein bisschen verärgert.« Sie ging zum Fenster, stellte sich in die Sonne und schloss vor dem blendenden Licht die Augen. Hätte sie Tom nur schon länger gekannt. Sie brauchte ihn jetzt nicht nur als Liebhaber, sondern als besten Freund; einen Freund von der Sorte, wie man sie in der Regel erst nach jahrelanger Freundschaft gewinnt. »Willst du mir das vorwerfen? Als du gestern vom See weggefahren bist, hast du gesagt, du wärst um zehn zurück, nicht später. Du hättest mich wenigstens anrufen können, um mir zu sagen, dass du aufgehalten worden bist – oder was immer sonst dich daran gehindert hat, heute Morgen hier zu sein.«

»Du hast recht. Ich werde mich von jetzt an bemühen, rücksichtsvoller zu sein. Ich bin es nur nicht gewöhnt, mich irgendwo abzumelden. Bis zu unserer Begegnung habe ich frei über meine Zeit verfügt.«

Das war eine so seltsame Bemerkung, dass sie um eine Antwort verlegen war. Sollte sie sie ihm nachsehen oder sich entschuldigen, weil sie ihm offenbar zur Last fiel? »Ich hab diese Freiheit schon so lang nicht mehr genossen, dass ich wohl vergessen habe, wie das war.«

»Mach dir keine Gedanken – ich verstehe das schon.«

»Du hast gefragt, ob ich was brauche. Ich könnte was Frisches zum Anziehen gebrauchen.«

»Du tust Lynda und auch dir keinen Gefallen, wenn du jede Minute in diesem Krankenhaus verbringst. Warum nimmst du dir nicht mal frei und kommst für ein paar Stunden nach Hause?«

Diese Diskussion hatten sie schon einmal geführt. Sie wich einer Fortsetzung aus, indem sie sagte: »Gene ist hier.«

»Ich dachte, du hättest gesagt, ihr erwartet ihn erst in zwei Wochen aus Japan zurück.«

»Mom hat ihm von Lynda erzählt, und er ist heimgeflogen, um zu sehen, ob er helfen kann.«

»Das ist ja wirklich bescheuert. Durch seine Reise hat er sich für eine Beförderung qualifiziert. Deine Mutter hätte ihn nicht anrufen sollen. Ich hätte das mit Sicherheit nicht gemacht. Er kann hier überhaupt nichts ausrichten. Außerdem geht es Lynda so weit doch ganz gut.«

»Es geht ihr nicht gut, Tom«, blaffte sie ihn an. »Von gut gehen ist sie weit entfernt.«

»Du weißt, dass ich's nicht so gemeint habe. Und auch dass ich, wenn es irgendwas gäbe, was ich für sie tun könnte, es sicher tun würde. Ich begreife nur nicht, was all die Leute, die im Krankenhaus rumhocken, ihr bringen sollen.«

Das war eins der Dinge, die sie ihm nicht erklären wollte, von dem sie wollte, dass er es von sich aus verstand. Doch sie hatte schon resigniert. »Ich brauche dich ebenso sehr, wie Lynda dich braucht.«

»Entscheide dich, Catherine. Entweder kümmere ich mich um die Dinge, die du mir aufgetragen hast, oder ich bleibe im Krankenhaus. Du kannst nicht beides haben.«

»Ich hätte nichts sagen sollen. Gehst du jetzt aus dem Haus?« – »Ich muss noch im Büro vorbeischauen.«

»Ich dachte, du hättest immer noch Urlaub.« Wann würde sie es endlich begreifen? »Schon gut. Komm einfach, sobald du kannst.«

»Brauchst du die Klamotten sofort? Wenn ja, kann ich versuchen, früher wegzukommen.«

»Ich bitte meine Mutter, dass sie unterwegs vorbeischaut und mir was mitbringt.«

»Wenn du meinst.«

»Ja.«

»Grüß Gene von mir.«

»Mach ich.«

Grußlos legte er auf.

Catherine traf Gene auf dem Flur vor der Intensivstation, wo er an der Wand lehnte und auf sie wartete. »Wie geht es ihr?«

»Sie ist ziemlich weggetreten. Ich hab versucht, mit ihr zu reden, aber ich glaube, dass sie mich nicht mal erkannt hat.«

»Das sind die Medikamente.«

»Wie lange geht das noch so weiter?«

»Solange sie sie braucht. Hier glaubt man an Schmerzmittel.«

»Hast du denn überhaupt schon mal mit ihr reden können?«

»Ein bisschen. Am schlimmsten ist es nach dem Verbandswechsel. Später ist sie dann wieder klarer.«

»Ist Tom unterwegs?«

Sie blickte zu Boden und wusste sofort, dass es ein Fehler war. Gene verstand die Signale ihres Körpers so gut wie Japanisch. »Er muss noch in seinem Büro vorbeischauen.« Sie hatte sich geschworen, nie wieder für andere Entschuldigungen zu finden. Wann hatte sie wieder damit angefangen?

»Es geht ihm doch gut?«

»Was meinst du damit?«

»Na ja, er ist nicht völlig am Ende, keine Katastrophe hat ihn gehindert, dich anzurufen.«

»Er war sehr beschäftigt und hat es vergessen. Ich hab ihn von Pontius zu …«

»Schon gut, Catherine. Du musst es nicht erklären.«

»Er mag keine Krankenhäuser.« Das hatte sie bereits erwähnt.

»Trotzdem …«

»Ich weiß. Aber ansonsten ist er wirklich großartig. Ich hab das Gefühl, ich bin überkritisch, wenn ich mich wegen dieser einen Sache beklage.«

»Macht dir keine Gedanken. Ich bin schon zu oft mit Steinen beworfen worden und will sicher jetzt nicht damit anfangen, auf andere zu werfen.« Gene legte ihr den Arm um die Schultern und drückte sie. »Wo wir vom Steinewerfen reden, was meint Jack?«

»Er hat uns am Abend ihrer Einlieferung hier getroffen, und er war gestern hier. Jetzt ist er in Dallas und bleibt noch die ganze nächste Woche. Eine der Schwestern hat mir erzählt, dass er mehrere Male von dort angerufen hat.«

»Macht Jack Schwierigkeiten wegen Tom?«

Sie wünschte, es wäre so einfach. »Das einzige Mal, wo sie sich getroffen haben, war am ersten Abend, und da war es für uns alle ziemlich schwer.« Gene schwieg, doch sie spürte seine Missbilligung. Wie konnte Tom darauf hoffen, eine Beziehung zu Lynda aufzubauen, wenn er beim ersten Mal, wo sie ihn wirklich brauchte, nicht da war? »Ich geh rein. Kommst du mit?«

»Ich bleibe bei euch, bis du mich rausschmeißt.«

Sie legte den Kopf an seine Schulter und presste die Lider zusammen, da ihr jäh und unerwartet Tränen in die Augen schossen. Warum um Himmels willen war sie nur so lange stark – bis endlich jemand nett zu ihr war? »Tut mir leid, dass Mom dich angerufen und aus deinen Besprechungen gerissen hat, aber ich bin wahnsinnig froh, dass du da bist.«

»Na klar. Ich musste kommen. Steht im Handbuch des großen Bruders unter ›Was tun, wenn der Tochter deiner Lieblingsschwester was Ernstes zustößt‹.«

»Ich bin deine einzige Schwester.«

»Was meinen Satz wohl völlig hirnrissig macht.« Er drückte ihr einen Kuss auf den Scheitel. »Jetzt muss ich ein Telefon suchen und Mom sagen, dass ich angekommen bin, ehe sie mich auf ihre Kummer- und Sorgenliste setzt.«

Catherine angelte sich ihr Handy aus der Handtasche. »Kannst meines benutzen.« Er griff danach, doch sie hielt es zurück. »Erst musst du mir versprechen, ihr zu sagen, dass ich toll aussehe und dass du überrascht bist, wie gut ich mich halte.«

Er schüttelte den Kopf. »Derart eklatante Lügen erzähle ich nur für dich.«

7

Rick kam gerade noch rechtzeitig nach Hause, um den Lieferwagen aus seiner Einfahrt biegen zu sehen. Er wartete, bis er in der engen Straße an ihm vorüber war, nickte dem Fahrer zu und fragte sich zerstreut, welcher Nachbar wohl das auf der Ladefläche liegende Redwood-Holz bestellt hatte. Die verräterischen Zeichen des Sommers im Vorgebirge: frisches Baumaterial. Zurzeit hatte offenbar jeder ein Projekt laufen. Sogar Sandra und Walt – die geschworen hatten, dieses Jahr freizunehmen – redeten davon, ein Gewächshaus zu bauen.

Blue kam auf ihn zugetrottet. Er bellte einen lakonischen Gruß, während sein Schwanz aufgeregt Halbkreise schlug. Rick kletterte aus dem Jeep, kraulte dem Hund eine Weile die Ohren. Er verwöhnte Blue, ließ ihn überall im Haus herumlaufen, ließ ihn schlafen, wo er wollte – in kalten Nächten auch auf dem Bett –, teilte sich sein Essen mit ihm und genehmigte ihm sogar hin und wieder einen heimlichen Schluck Bier. Rick empfand es als – im Grunde – geringe Gegenleistung für die Gesellschaft, die Blue ihm dafür leistete. War Rick zu Hause, war Blue zweifellos sein Hund. War er jedoch auf der Wache, so hörte Blue auf Sandra und Walt. Dieses Arrangement ging auf Blue selbst zurück, war etwa zwei Monate, nachdem Sandra und Walt Blue aus dem Tierheim geholt hatten, getroffen und im Laufe der vergangenen zwei Jahre verfeinert worden.

Nach Sandra Ausschau haltend ging Rick ums Haus herum und fand sie schließlich in der Garage, die ihm auch als Werkstatt diente. Von der Quadratmeteranzahl fast so groß wie der Rest des Hauses, war sie das Erste, was Rick gebaut hatte. Zwei Jahre lang hatte er hier gewohnt, ehe die Arbeit an dem halb ausgebrannten Anbau so weit fortgeschritten war, dass er einziehen konnte.

Sandra hielt seinen Lieferschein in der einen Hand, einen Bleistift in der anderen. »Oh, hallo«, meinte sie, ihn erblickend. »Wollte mich nur vergewissern, dass auch alles geliefert worden ist. Wie läuft es in der Klinik?«

»Ich glaube, es war ein bisschen zu früh. Die Mutter braucht noch Zeit, muss sich erst in das alles hineinfinden, ehe ich sie mit all den Informationen über Selbsthilfegruppen und Therapietreffen zuschütte.«

»Mädchen oder Junge?«

»Mädchen – fünfzehn.«

Sie verzog das Gesicht. »Schlimm?«

»Schlimm genug. Das Gesicht ist zwar nicht betroffen, aber das wird sie wohl erst viel später zu schätzen wissen.« Rick besprach seine Fälle häufig mit Sandra. Wenn es darum ging, die Psyche eines Teenagers zu ergründen, gab es keine bessere Zuhörerin und Ratgeberin. Diese Gabe, behauptete sie, habe sie sich während ihrer zwanzigjährigen Lehrtätigkeit an der Highschool angeeignet. Rick glaubte eher, dass es mit ihrer Fähigkeit, hinter die Oberfläche zu blicken, zu tun hatte.

»Falls überhaupt«, fügte er hinzu. »Es ist alles relativ. Jemandem zu sagen, er solle dankbar sein, dass er nur eine Hand verloren hat, indem man ihm jemanden zeigt, der einen Arm eingebüßt hat, macht es ihm nicht leichter, einen runtergefallenen Zettel aufzuheben.«

Blue kam in die Garage gelaufen, sprang sofort auf die Rigipsplatten, nahm darauf Platz und schlug mit dem Schwanz einen Bogen. »Komm da runter«, befahl ihm Sandra.

Fragend blickte er auf Rick. »Ja, sie hat recht«, bestätigte Rick. »Es wird noch Tage dauern, ehe ich das Zeug anbringen kann, und dann will ich nicht erst deine Pfotenspuren abwischen müssen.«

»Walt hat eine Plane, die er dir borgen kann.«

»Danke. Wahrscheinlich ist es besser, wenn ich das Zeug jedes Mal, wenn ich herkomme, vor Augen habe, sonst verschiebe ich es auf den Sankt-Nimmerleins-Tag. In letzter Zeit lebe ich nach dem Motto ›Aus den Augen, aus dem Sinn‹.«

»Wenn es bei dir ausreichen würde, die Dinge vor Augen zu haben, hättest du diese Regale doch sicher schon längst montiert.«

Er lachte leise. »Der Punkt geht an dich.«

»Tja, ich geh jetzt mal lieber. Hab Walt versprochen, mich nach den Preisen von Gewächshausöfen zu erkundigen. Er tut zwar immer noch so, als wär das nur so 'ne Idee, aber im Grunde war er fest entschlossen, sobald er gemerkt hat, wie früh er in einem Gewächshaus Tomaten ernten kann.«

»Danke, dass du die Lieferung für mich angenommen hast.«

»Kein Problem.« Sie blickte auf Blue. »Kommst du?«

Er blieb sitzen, als gehorche er einem Befehl.

»Hab auch gar nicht damit gerechnet, undankbares Vieh.«

Rick begleitete sie zu dem Loch im Zaun, der die Grenze zwischen ihren Grundstücken markierte. Als sie gegangen war, wandte er sich an Blue. »Komm, schauen wir mal, was wir zum Mittagessen finden.«

Er werkelte viel an seinem halb fertigen Haus herum – diesem unendlichen Projekt, neuen Winchester-Haus, Heim des begabten Handwerkers mit dem bescheidenen Einkommen. Es störte ihn nicht, weil er alles genauso machte, wie es ihm immer vorgeschwebt hatte. Er fuhr einen zehn Jahre alten Jeep und hatte ein Zehntausenddollarbad neben seinem Schlafzimmer. Für den offenen Kamin im Wohnzimmer hatte er jeden Stein persönlich aufgelesen, und sechs Monate hatte er damit verbracht, die Kassettentüren für das ganze Haus zu schreinern. Er kochte in einer tragbaren Mikrowelle oder auf dem Gasgrill auf der Terrasse und aß von einer Tür, die er auf zwei Sägeböcken aufgebockt hatte. Wenn das Haus einmal fertig war, würde er in der Küche Granitarbeitsplatten haben, einen Fliesenboden und weiß gekalkte Schränke aus Pinienholz, das er ergattert hatte, als er zufällig Zeuge eines Scheunenabrisses wurde.

Die neuen Schränke, die er während der letzten beiden Winter getischlert hatte, standen mit Plastikfolie abgedeckt in einer Garagenecke, wo sie durch einen speziell für sie angefertigten Rahmen vor Beschädigung durch Anstoßen oder Vorbeischrammen geschützt waren. Alles, was er brauchte, waren noch einige Baumaterialien, Geld und Zeit für den Einbau, und die Sache würde Gestalt annehmen. Das mit den Baustoffen war einfach, das Geld dafür schon fast vorhanden – noch ein paar Gehaltszahlungen, und das angepeilte Budget für die granitenen Abdeckplatten und den Fliesenboden war beisammen. Über die Zeit würde er sich später Gedanken machen.

Das Haus war sein Hobby, das einzige, das er sich leisten konnte, seit er und Barbara zu dem Schluss gelangt waren, dass sie sich lang genug mit ihrer hoffnungslosen Situation herumgeschlagen hatten und sich besser trennen sollten.

Da er eine heftige Abneigung gegen Mietwohnungen hegte, hatte er seinen Anteil am gemeinsam erworbenen Vermögen genommen und ein teilweise ausgebranntes Haus mit zwei Hektar Land in den Hügeln gekauft. »Heruntergekommen« wäre wohl eine noch zu freundliche Beschreibung für Haus und Grundstück gewesen. Er hatte den größten Müllcontainer gemietet, den er finden konnte, und ihn wöchentlich leeren lassen. Und sogar so hatte er drei Monate gebraucht, um das Grundstück freizuräumen.

Nun, nach acht Jahren, waren nur noch die Küche, das Esszimmer und ein paar Kleinigkeiten wie der Schrank in seinem Schlafzimmer fertigzustellen. Letzte Weihnachten hatte Sandra bei ihrer jährlichen nachbarschaftlichen Zusammenkunft laut darüber sinniert, ob Rick das Arbeitstempo wohl absichtlich verlangsamt hatte, weil er gar nicht fertig werden wollte. Er hatte gelacht über diese Idee, seither aber oft daran denken müssen. Denn was sollte er schließlich mit sich anfangen, wenn das Haus erst einmal fertig war?

Vor dem Kühlschrank stehend und auf eine Eingebung wartend, brach er abwesend ein Stück Hotdog ab und gab es Blue. Der Hund schnappte danach, als sei es Eis und als habe er Zahnschmerzen, trug es in die Mitte des Zimmers und musterte Rick dann enttäuscht.

»Okay, es ist eben kein Steak. Bring's wieder zurück, und ich schau mal, was ich sonst noch finde.«

Blue ließ es auf die nackten Sperrholzdielen fallen.

»Verstehst du mich etwa nicht?« Rick hob die Wurst des Anstoßes auf und warf sie in den Abguss. »Wie wär's mit einem Thunfischsandwich?«

Es folgte ein leises Winseln, dann frustriertes Gebell. »Okay, dann also Hundekuchen.«

Er nahm die Schachtel aus dem einzigen Küchenschrank, den er hatte stehen lassen, und warf Blue einen der knochenförmigen Hundekuchen zu. »Kommst gar nicht auf die Idee, ihn mit mir zu teilen, was?«

Blue ignorierte ihn und eilte mit seinem Preis ins Freie. Seine Krallen klickten auf der Metalldichtung der Garagentürleiste und des Zementbodens. Rick lauschte aufmerksam, zählte die Schritte. Und tatsächlich blieb der Hund vor den Gipsplatten stehen.

Er war gerade aufgesprungen, um Blue daran zu erinnern, dass er auf den Platten nichts verloren hatte, als das Telefon klingelte.

»Rick – ich bin's, Lyn. Wie war denn das Treffen?«

»Nicht so gut, wie ich mir gewünscht hätte, aber ich probier es morgen noch mal. Ihr Bruder ist aus Japan eingeflogen, und ich hab die beiden allein gelassen. Hatte den Eindruck, als wär da was mit dem Verlobten im Busch, das früher oder später zu Problemen führen könnte, aber vielleicht hab ich da auch was in die falsche Kehle gekriegt.«

»Vor zwei Stunden ist auch noch ein Junge eingeliefert

worden. Steht ziemlich übel um ihn, aber sie glauben inzwischen, dass er es schafft.«

»Der aus Fairfield?« Rick hatte auf dem Nachhauseweg in den Nachrichten von dem Brand gehört und fragte sich, ob es derselbe Junge war, von dem die Schwester nun sprach.

»Er ist der einzige Überlebende einer siebenköpfigen Familie. Sieht aus, als sei es Brandstiftung gewesen. Könnte was mit dem Bruder zu tun haben, der zu einer Jugendbande gehörte.«

Lyn war keine Klatschtante und hatte nur selten Zeit für beiläufige Gespräche. Sie wollte auf etwas hinaus.

»Wär es dir lieber, wenn ich den Jungen nehme statt der kleinen Miller?«

»Eigentlich hatte ich gehofft, dass du vielleicht bei ihm vorbeischauen könntest, wenn du Lynda besuchst. Wenigstens bis wir jemanden in Fairfield finden, der den Fall übernehmen kann. Der Polizei zufolge hat er keine Verwandten mehr in der Gegend, und ich dachte, es ist vielleicht hilfreich, wenn er jemanden zum Reden hat.«

Rick hatte seit Langem aufgehört, auf Gerechtigkeit zu hoffen oder daran zu glauben, dass gute Menschen belohnt und schlechte bestraft wurden. Es war einfach nicht so. Es gab nichts, was dieser Junge getan haben konnte, kein Verbrechen, das groß genug, keine Sünde, die schlimm genug war, um so etwas auf ihn herabzubeschwören. »Wie heißt er denn?«

»Ray Tatum. Er ist siebzehn und lässt sicher mit sich reden – das heißt, wenn er es kann. Er ist einer der Kandidaten für die Abschlussrede an seiner Highschool, und einem seiner Lehrer zufolge, den sie in den Nachrichten interviewt haben, hätten ihn sowohl Harvard als auch Stanford gerne als Studenten aufgenommen.«

»Mein Gott, was für eine Verschwendung. Wissen sie schon, wer es war?«

»Angeblich gibt es zwei Augenzeugen.«

»Die an Amnesie erkranken werden, sobald der Fall vor Gericht kommt«, meinte Rick.

»Ich weiß nicht. Die Leute in der Nachbarschaft sind ziemlich erschüttert. Sie haben es satt, sich ihr Leben von dieser Gangsterbande bestimmen zu lassen.«

»Auch wenn einige der Gangster ihre eigenen Kinder sind? Die Veränderungen, die hier nötig sind, lassen sich sehr viel leichter beschwören als in die Tat umsetzen.«

»Zugegeben.«

Rick starrte auf das Loch in der Esszimmerwand, auf das er seit acht Jahren starrte, und beschloss, noch an diesem Tag etwas dagegen zu unternehmen. Das Herunterreißen der Wandplatten war eine gute Methode, um Dampf abzulassen, und wenn das Zeug erst einmal weg war, ging das Anbringen der neuen Platten auch viel schneller vonstatten. »Ich ruf dich morgen an und sag dir, wie es mit Lyndas Mutter gelaufen ist. Im Moment höre ich einen Hammer meinen Namen rufen.«

8

Lynda erwachte zum inzwischen schon vertrauten Piepen und Summen der Geräte an ihrem Bett. Sie öffnete die Augen nur einen Schlitz weit, bereit, sie sofort wieder zuzuklappen, sollte sie jemanden im Zimmer vorfinden. Der einzige Ort, an dem sie allein sein konnte – so schien es ihr –, war in ihrem Kopf, und dorthin flüchtete sie sich, wann immer es möglich war.

Sie sah niemanden. Sogar der allgegenwärtige Brian war nirgends zu entdecken.

So sehr sie ihre Mutter, ihren Onkel und ihre Großmutter auch liebte, sie war an einem Punkt angelangt, wo sie bei ihrem Anblick am liebsten laut geschrien hätte. Seit über einer Woche liefen sie alle mit demselben Ausdruck herum, dieser »Oh, arme, arme Lynda«-Mitleidsmiene. Nur Brian behandelte sie wie sonst. Ein Verhalten, das sie nicht begriff und dem sie nicht traute. Er hätte schon am ersten Tag, als er sah, dass sie überleben würde und er ihr nicht mehr helfen konnte, verschwinden sollen.

Sie konnte einfach nicht verstehen, warum er andauernd da war, vor allem, wo sie jetzt so furchtbar aussah und sie all diese Dinge mit ihr anstellten. Eine Weile hatte sie gedacht, dass er sich vielleicht schuldig fühlte, aber er hatte sie schließlich davor bewahrt hatte, völlig in Flammen aufzugehen, sodass er eigentlich ein ziemlich gutes Gefühl hätte haben sollen.

Manchmal war ihr seine Anwesenheit ganz recht, vor allem, wenn sie sich abreagieren musste. Dann hörte er ihr zu und nickte hin und wieder, als verstehe er sie. Alle anderen, mit denen sie zu reden versuchte, sagten Dinge, von denen sie sich einbildeten, dass sie ihr ein besseres Gefühl verschafften – ob sie nun einen Sinn ergaben oder nicht.

Wie konnten sie nur an diesen Quatsch glauben? Hatten sie keine Augen im Kopf? Ihr Leben war zu Ende. Wenigstens ihr bisheriges Leben, das sie sich heftiger zurückwünschte als je etwas zuvor.

Sie brauchte niemanden, dem sie leidtat. Und wenn sie noch einmal hören musste, dass alles wieder in Ordnung käme oder wie gut der Arzt doch sei oder wie viel Glück sie gehabt habe, dass die Verbrennungen am Rücken und nicht im Gesicht waren, dann würde sie ihnen sagen, dass sie keine Ahnung hatten und sie in Ruhe lassen sollten.

Diese niemals laut geäußerten Worte waren ihre heimliche Flucht aus dem Dasein der idealen Tochter, Nichte, Enkelin.

Verdammt. Nun heulte sie schon wieder. Tag und Nacht unter Beobachtung, war es schwer, seine Tränen zu verbergen. Irgendjemand kriegte es immer mit und machte ein Mordsaufhebens davon, ihr ein Taschentuch zu holen, ihr die Hand zu halten oder etwas Bescheuertes zu sagen wie beispielsweise, dass sie ruhig weinen dürfe.

»Dein Mittagessen ist da«, verkündete eine tiefe männliche Stimme.

Lynda schreckte auf. Sie hatte niemanden eintreten hören, folglich musste der Mann schon eine ganze Weile da sein. Sie öffnete die Augen und entdeckte ihn am Fenster. Er stand auf und trat ans Bett. Sie wusste, dass sie ihn schon einmal gesehen hatte, allerdings nur kurz und erst nach ihrer Einlieferung.

Sie veränderte ihre Stellung, um ihren guten Arm – genauer gesagt ihren besseren Arm – zu bewegen und sich mit dem Zipfel des Lakens über die Augen zu wischen. »Wer sind Sie?«

»Rick Sayer.«

Sie wollte nicht seinen Namen wissen, sondern warum er hier war. »Das hab ich nicht gemeint.«

»Ich bin Feuerwehrmann von der *Burn Association*.«

»Vom See?« Die Männer, die ihr geholfen hatten, waren in ihrer Erinnerung ununterscheidbar. Sie erinnerte sich nur an Uniformen, jede Menge Uniformträger.

Er schüttelte den Kopf. »Von der hiesigen Feuerwehr.«

»Warum sind Sie gekommen?«

»Um dir und deiner Mutter zu helfen – wenn ich kann.«

»Wenn Sie können? Bitten Sie jetzt um Erlaubnis oder stellen Sie Ihre Fähigkeiten infrage?« Die Worte kamen undeutlich und unartikuliert aus ihrem Mund, so wie Komiker manchmal Besoffene nachahmen. Sie versuchte, die Zunge zu bewegen, um die Trockenheit zu mildern, doch es half nicht. Es half nie.

Langsam verzog er die Lippen zu einem Lächeln. »Ziemlich aufgekratzt heute, wie? Heißt das, dass es dir besser geht?«

Jetzt erinnerte sie sich wieder an ihn. Er war schon einige Male in ihrem Zimmer gewesen, aber nie lange geblieben. »Wo ist meine Mutter?«

»Mit deinem Onkel in die Cafeteria gegangen, um einen Kaffee zu trinken.«

Lynda schob den Fuß unter der Decke hervor und gab dem Tablett mit ihrem Mittagessen darauf einen Tritt.

»Keinen Hunger?«

»Nicht nach dem Zeug.«

»Dann bitte doch um was anderes. Sie bringen dir alles, was du willst.«

»Ach ja? Warum bringen sie mir dann einen Milchshake, obwohl ich einen Salat haben wollte?«

Rick zog einen Stuhl heran und setzte sich neben sie, lehnte sich zurück und platzierte die Füße auf dem Bettrahmen. »Trink den Milchshake, und ich sorge dafür, dass du deinen Salat kriegst.«

»Ich will den Milchshake aber nicht.«

»Schau mal – es gibt nur ein paar wenige Schlachten, die du hier gewinnen kannst. Die Kalorienanzahl, die du täglich zu dir nehmen musst, gehört nicht dazu, sodass du hier lieber kapitulieren und dir was anderes aussuchen solltest.«

»Ich kann nicht alles essen, was sie mir vorsetzen.«

»Und warum nicht?«

Sie wollte ihm schon dieselbe Antwort geben, die sie ihrer Mutter gegeben hatte, wusste aber, dass er sie ihr nicht abnehmen würde. »Weil ich zu dick werde.«

»Wenn du die Verbrennungen nicht hättest und immer so essen würdest, dann hättest du recht damit. Du würdest zunehmen. Jetzt aber hat dein Körper andere Bedürfnisse. Er benötigt die zusätzlichen Kalorien für die Heilung, und wenn du sie nicht auf irgendeine Weise zu dir nimmst, kommst du ganz schön in die Bredouille.«

»Wie denn das?«

»Du kennst doch dieses Zeug, das deine Haut absondert, diese gelbliche Flüssigkeit, die du beim Verbandswechsel auf deinen Verbänden siehst?«

Sie sah ihn an, verärgert, dass dieser Fremde so viel über sie wusste, während sie von ihm keine Ahnung hatte.

»Es ist das gleiche Zeug, das auch aus einer Platzwunde quillt, wenn man sich etwa das Knie aufschlägt, reines Protein. Nur tritt es bei dir jetzt überall auf dem Rücken und an den Armen aus. Wenn du das auf diese Weise verloren gehende Protein nicht durch deine Ernährung ersetzt, stellen die Organe, die für ihre Funktion Protein benötigen, ihre Tätigkeit ein.« Er beugte sich ein wenig nach vorn und senkte die Stimme zu einem verschwörerischen Flüstern. »Willst du nicht mal wissen, was sie mit dir anstellen müssen, wenn das geschieht?«

»Das juckt mich überhaupt nicht.« Sie glaubte ihm nicht. Sie behandelten sie hier wie ein kleines Kind. Alle miteinander. Sogar ihre Mutter. Keiner hörte auf sie. Egal, worum es ging, immer trugen *sie* den Sieg davon. Was immer sie von ihr verlangten, sie musste ihnen gehorchen. Sie betasteten, drückten und maßen alles, was sie ihr verabreichten und was wieder aus ihr herauskam. Sie sagten ihr sogar, wann sie zu schlafen und wann sie aufzustehen hatte. Nur dieses eine Mal wünschte sie sich das Recht, Nein zu sagen.

»Oh doch, das tut es«, versetzte er mit Furcht einflößender Gewissheit.

Anstatt die Sache weiterzuverfolgen, ging sie zum Angriff über. »Wer hat Ihnen eigentlich gesagt, dass Sie hier reinkommen dürfen?«

»Ich gehöre hier quasi zur Einrichtung. Ich komme und gehe, wie es mir passt.«

»Nicht, wenn ich den Schwestern sage, dass ich Sie nicht hier haben will.« Sie bluffte. War ja sowieso egal, was sie wollte; niemand kümmerte es, am wenigsten die Schwestern. Ihre Wünsche waren denen doch gleichgültig.

Rick zog seinen Stuhl noch näher heran und stützte den Ellbogen auf das Bett. »Ich weiß, dir ist, als hättest du die Kontrolle über alles verloren, was dir wichtig ist, und als ob dir permanent jemand sagen würde, was du darfst und was nicht, aber das mit dem Essen, das werden sie durchziehen bis zum bitteren Ende. Wenn du nicht selbst isst, schieben sie dir wieder den Schlauch durch die Nase und in den Magen runter.«

Er klang so verdammt selbstsicher. »Warum sollte ich Ihnen glauben? Sie sind schließlich nur Feuerwehrmann.« Nun hatte er es doch noch geschafft, sie zu erschrecken. Und er durfte nicht wissen, wie sehr.

Noch ehe er etwas erwidern konnte, fuhr sie fort. »Ich werde wieder gesund. Das sagen alle.« Aber immer ein bisschen zu fröhlich, vor allem Tom. Und wenn *er* es sagte, hatte sie stets das Gefühl, als fehle es ihm genauso an der nötigen Überzeugung wie ihr selbst.

»Und sie haben auch recht. Aber es ist eine gemeinsame Aufgabe. Und es wird Zeit, dass du deinen Teil dazu beiträgst.«

Er griff nach dem Milchshake und reichte ihn ihr.

Sie zögerte. »Sind Sie deswegen hier – um mich dazu zu bringen, dieses Zeug zu trinken?«

»Ich habe gehört, dass du den Schwestern das Leben schwer machst«, gestand er. »Und ich dachte, dass vielleicht ein paar deutliche Worte nötig sind, damit du begreifst, was hier Sache ist. So ist es nun mal – schlicht und einfach. Du kannst dich weiterhin gegenüber allen, die dir zu helfen versuchen, wie ein kleines Miststück aufführen – und du solltest inzwischen wissen, dass das die Sache für alle nur erschwert – oder aber du kooperierst und wirst dann hin und wieder auch deinen Willen kriegen.«

»Dann hab ich ja quasi eine Wahl.«

»Genauso sehe ich das auch.«

Sie nahm das Glas und rührte die cremige Schokoladenmasse mit dem Strohhalm. Erdbeergeschmack war ihr lieber, doch hatte sie auf die diesbezügliche Frage die Antwort verweigert.

Vorsichtig nahm sie einen Schluck. Obwohl ihr die Kapitulation schwerfiel – ähnlich schwer wie eine Entschuldigung, wenn man wusste, dass man nichts falsch gemacht hatte –, wollte sie nicht, dass man ihr wieder den Schlauch in die Nase steckte. Allein beim Gedanken an das Gefühl hätte sie am liebsten geschrien, um sich geschlagen oder Dinge geworfen. Am meisten aber wünschte sie, dass dieser Albtraum endete. Sie wollte aufwachen und ihr altes Leben wiederhaben.

Verdammt, nun heulte sie schon wieder. Wie albern. Und auch noch vor ihm. Wahrscheinlich glaubte er, er sei der Grund. Sie wollte nicht, dass er sich eine derartige Macht über sie einbildete, wusste aber auch nicht, wie sie ihn vom Gegenteil überzeugen konnte, ohne mehr von sich preiszugeben, als ihr lieb war.

Rick reichte ihr ein weiteres Taschentuch. »Brian hat mir erzählt, dass du Cheerleader bist.«

»Ich war Cheerleader.«

»Für ihn bist du's immer noch.«

»So? Unwahrscheinlich.« Um ihm keine Gelegenheit zu geben, sie erneut zum Trinken aufzufordern, tat sie es, ehe er etwas sagen konnte.

»Du hast also aufgehört, bist aber noch nicht dazu gekommen, es jemandem zu erzählen?«

»Was geht Sie das eigentlich an?«

»Nichts.«

Seine Antwort überrumpelte sie. »Ich hab's meine Mom erledigen lassen.«

»Verstehe.«

»Nein, tun Sie nicht. Sie verstehen überhaupt nichts. Sie kommen hier rein und tun, als ob Sie mich kennen, als ob Sie wüssten, was ich durchmache, aber das stimmt nicht.« Endlich hatte sie eine Zielscheibe für ihren Zorn gefunden, jemanden, an dem ihr nichts lag und bei dem sie sich nicht später entschuldigen musste. »Sie sind genau wie alle anderen, die hier reinkommen – und mir sagen, was ich zu tun und zu denken habe, was ich fühlen soll und wann ich es fühlen soll. Sie haben nicht die geringste Ahnung, wie es ist, in meiner Haut zu stecken.«

»Du hast recht. Ich kenne dich nicht. Aber ich verstehe, was du durchmachst.«

»Ja. Klar.«

Statt ihr etwas zu erwidern, rollte Rick seinen Ärmel hoch und zeigte ihr seinen Arm. »Verleiht mir das ein bisschen Glaubwürdigkeit?«

Fasziniert und entsetzt starrte sie auf das Patchwork aus glänzender Haut und gerippten Narben, das sich auf der Innenseite seines Arms vom Handgelenk bis zum Ellbogen erstreckte. Würde so ihr Rücken später mal aussehen?

Irgendwie hatte sie immer gewusst, dass sie hübsch war. Die Leute sagten es ihr ja auch ständig. Aber bis zu dieser Geschichte hatte sie nie wirklich darüber nachgedacht. Es war nur etwas, das sie wusste, so wie ihre Lungen wussten, wie man nach dem Ausatmen wieder Luft einsog. Und plötzlich war alles anders. Sie war nicht mehr hübsch. Würde es nie wieder sein.

Sie merkte, dass Rick eine Reaktion von ihr erwartete. »Wie ist es passiert?«

»Ein Feuerwehrmann ist durch ein Dach gestürzt, und ich hab reingegriffen, um ihn rauszuziehen.«

»Und haben Sie es geschafft? Haben Sie ihn rausgezogen?«

»Letztendlich schon.«

»Hat er es auch geschafft?«

»Nein.«

Die Frage hatte sich aufgedrängt. Die Antwort erschütterte sie. Manchmal tat ihr der Rücken so weh, dass sie sich sagte, Sterben wäre besser gewesen. Jetzt wusste sie, dass das ein Irrtum war. Sie wollte nicht, dass die Leuten in der Vergangenheit von ihr redeten. Sie wollte ihre Freunde wiedersehen.

Und ihre Mutter ... wie würde es der dann wohl gehen? Ihr Vater würde ihren Tod sicher kaum mitkriegen. Aber ihr Onkel Gene und Grandma Phyllis würden sie vermissen. Tom wäre es egal. Das hätte sie vielleicht stören sollen, tat es aber nicht.

»Ich hatte mich schon gewundert, warum Sie mitten im Sommer lange Ärmel tragen«, sagte sie.

Rick lächelte und rollte den anderen Ärmel zurück. Auch hier hatte er Brandnarben. »Ich trage dieses Hemd, weil es das einzig saubere im Schrank war. Wäsche nimmt nicht die erste Stelle auf meiner Prioritätenliste ein.«

»Und Ihre Frau?«

»Ich hab keine. Und als ich noch eine hatte, habe ich mich auch nicht besser um meine Wäsche gekümmert.«

Kein Wunder, dass er nicht mehr verheiratet war. »Werden sie angestarrt, wenn Leute Ihre Arme sehen?«

»Zuweilen – so wie auch ich Jugendliche mit orangefarbener Irokesenfrisur anstarre. Das ist die menschliche Natur, Lynda. Neugier gehört einfach zu unserer psychischen Grundausstattung.«

»Ich will aber nicht, dass die Leute mich anstarren.«

»Oh doch, das willst du. Du willst nur, dass es aus den richtigen Gründen geschieht. Und das wirst du auch wieder erleben.«

»Tom meinte, wenn ich mich nur geschickt anziehe, wird niemand die Narben bemerken. Er will mir eine komplette neue Garderobe kaufen, wenn ich hier rauskomme. Er sagte, ich kann seine Kreditkarte haben und auf die Preise brauch ich überhaupt nicht zu achten.«

»Das ist sehr großzügig von ihm«, erwiderte Rick vorsichtig.

»Eigentlich ist es nichts Besonderes. Er hat Geld wie Heu.«

»Deinen Vater habe ich bis jetzt noch nicht kennengelernt. Lebt er in Sacramento?«

»Carmichael. Aber er ist häufig auf Geschäftsreisen und öfter unterwegs als zu Hause.« Sie wollte ihm nicht den Eindruck vermitteln, dass sie ihrem Vater gleichgültig war. Lynda trank ihren Milchshake aus und stellte das leere Glas auf das Tablett zurück.

Rick warf einen Blick auf das übrig gebliebene Essen. »Wenn du die Hälfte vom Hamburger isst, sag ich ihnen, dass sie dich bis zum Abendessen in Ruhe lassen sollen.«

Sie zog ein Gesicht. »Und wenn ich stattdessen die Plätzchen esse?«

»Alle?«

Sie zögerte. »Ich sollte lieber erst mal eins probieren.«

»Die sind nicht schlecht. Ich hab eins gegessen, als ich drauf gewartet habe, dass du aufwachst.«

»Verstößt das nicht gegen die Regeln? Wie sollen Sie da denn wissen, wie viel ich esse?«

»Ich werd es ihnen sagen.«

»Her damit.« Sie biss davon ab. Wie bei Chocolate Chip Cookies so üblich, schmeckten sie nicht übel. »Kann ich wirklich alles haben, was ich will? Ich muss dieses Zeug nicht essen, solange ich nur irgendwas esse?«

»Innerhalb vernünftiger Grenzen schon.«

»Wie wäre es zum Beispiel mit Krebsfrikadellen – aus dem California Café?«

»Das ließe sich sicher machen.«

Sie versuchte, sich aufzusetzen. Sofort wurde sie brutal an den Grund ihres Hierseins erinnert. Mit einem Aufschrei sank sie auf die Matratze zurück.

»Willst du, dass ich die Schwester rufe?«

Der Schmerz verschlug ihr die Sprache. Sie nickte.

Er machte durch die Glasscheibe ein Zeichen. »Sie kommt«, sagte er.

»Meine Mutter – könnten Sie sie suchen? Bitte?«

Sobald die Schwester ins Zimmer trat, verließ Rick den Raum, um Catherine zu suchen. Nach jeder Begegnung wurde er zuversichtlicher, dass er mit Lynda und ihrer Mutter zusammenarbeiten konnte. Gegenüber Tom hatte er zwar Vorbehalte, doch die erstreckten sich in eine Richtung, die nichts mit Lyndas Betreuung zu tun hatten. Tom mochte irgendwann einmal zum Problem werden. Allerdings hätte es Rick auch überrascht, wenn Tom noch allzu lange bei der Stange blieb, und folglich wollte er nicht zu viele Gedanken auf ihn verschwenden.

9

Tom griff über den Tisch und zupfte Catherines Kragen zurecht. »Das stört mich schon, seit ich hier angekommen bin. Du musst in Eile gewesen sein, als du heute Morgen aus dem Haus gegangen bist. Weißt du, was du brauchst? Einen Spiegel neben der Hintertür, damit du einen prüfenden Blick hineinwerfen kannst, ehe du das Haus verlässt.«

»Du hast recht. Ich hatte es eilig.« Trotz des gestellten Weckers hatte sie verschlafen. Wäre nicht der Laster der Müllabfuhr langsam und stockend auf seiner wöchentlichen Tour durch die Nachbarschaft gekrochen, läge sie womöglich noch immer im Bett. »Ich wollte Lynda noch vor dem Verbandswechsel sehen.«

»Wir haben heute Nachmittag eine Verabredung mit Roger Chapman. Er schiebt uns, um mir einen Gefallen zu tun, zwischen zwei Termine, und ich will nicht zu spät kommen.«

»Wer ist Roger Chapman?«

Er stöhnte frustriert auf und schüttelte den Kopf. »Catherine, langsam musst du wieder besser zuhören. Ich hab dir vor zwei Tagen von ihm erzählt. Er ist der beste Anwalt in der Stadt. Wir haben verdammtes Glück, dass er bereit ist, Lyndas Fall zu übernehmen.«

Jetzt fiel der Groschen. »Ich hab dir gesagt, dass ich die Winslows nicht verklagen will, Tom. Ich begreife nicht, wie du auf die Idee kommst, dass ich es mir anders überlegt haben könnte.«

»Ich dachte, wenn ich dir zwei Tage Zeit lasse, kommst du zur Besinnung.«

»Es war ein Unfall, Tom.« Irgendwie war es ihr nicht gelungen, ihm ihre Sicht der Dinge zu vermitteln. »Warum um

Himmels willen sollte ich jemanden wegen eines Unfalls vor Gericht zerren?«

»Werd endlich erwachsen, Catherine. Das wird andauernd gemacht. So läuft es nun mal auf der Welt. Warum, glaubst du denn, gibt es so viele Versicherungsgesellschaften?«

»Tja. Aber bei mir läuft es nicht so.« Sie griff nach ihrer Tasse und nahm einen Schluck des inzwischen kalt gewordenen Kaffees. Ihr Magen verkrampfte sich protestierend. »Ich brauche etwas zu essen.«

Tom stand auf. »Ich hole dir was. Was möchtest du?«

Sie versuchte, sich zu erinnern, was sie zuletzt ohne Widerstreben zu sich genommen hatte. »Toast – Vollweizen.«

»Ohne alles?«

»Mit Marmelade. Traubengelee, falls sie welches haben. Und Milch.« Er setzte sich in Bewegung. »Warte. Bring mir einen Donut. Aus Hefeteig. Mit viel Zuckerguss.«

Er reagierte, als habe sie ihn um Schierling gebeten. »Bist du dir sicher?«

»Ein Donut wird mir ja wohl nicht schaden, Tom.« Sie hätte ihn lieber nicht fragen sollen. Für Tom waren Süßigkeiten gleichbedeutend mit Drogen – eine gleichermaßen zerstörerische Sucht.

»In deinem Alter – in unserem Alter«, korrigierte er sich rasch, »fällt jede Kalorie ins Gewicht.«

»Schon gut.« Es brauchte jetzt nur noch ein Sätzchen von ihm, um das Fass zum Überlaufen zu bringen. »Toast ist okay.«

Er lächelte, da er seine gute Tat vollbracht hatte. »Bin sofort wieder da.«

Wie zu dieser Tageszeit üblich, war das Atrium von den Geräuschen spielender Kinder erfüllt: Gelächter, Triumphgeschrei bei den Gewinnern eines Spiels, Stöhnen bei den Verlierern. Ganz normale Geräusche. Die täuschten.

Was nämlich hier normal war, wurde einen Schritt vom Eingang entfernt zur Abweichung. Das lachende kleine Mädchen, das auf den Schultern seines Vater ritt, sah aus wie kleine Mädchen überall, bis man bemerkte, dass es keine Füße hatte. Mit unvorstellbarer Entschlossenheit hatte ein Junge im Rollstuhl gelernt, ohne Finger die Funktionselemente zu betätigen. Ein tapsender Zweijähriger trug fleischfarbene Kompressionskleidung, als handle es sich dabei um einen Spielanzug.

Zwei Wochen früher hätte sich Catherine nicht vorstellen können, Teil dieser Welt zu sein. Und erst recht nicht, wie leicht sie sich daran gewöhnen würde. Sie wusste nicht, ob sie sie sich etwas auf ihre Anpassungsfähigkeit zugutehalten oder sich über ihre mangelnde Sensibilität wundern sollte.

Der Wandel hatte sich so rasch vollzogen, dass es ihr zuweilen schwer begreiflich war, wie schwierig das alles für Tom sein musste. Wenn er angesichts eines der kleinen Triumphe Lyndas mitleidig statt erfreut reagierte, war Catherine zwischen Verständnis, Nachsicht und Zorn hin- und hergerissen.

»Bitte schön.« Tom nahm Toast und Milch vom Tablett. »Tut mir leid wegen dem Donut, Catherine. Ich hab mich blöd ausgedrückt und ich fürchte, ich hab deine Gefühle verletzt.« Er setzte sich neben sie und legte ihr mit besitzergreifender Geste die Hand auf den Schenkel. »Nur muss ich jedes Mal, wenn ich deine Mutter sehe, dran denken, dass du und Lynda dieselben Gene habt. Ich weiß, dass du mal nicht so aussehen willst wie sie, und ich finde, es ist meine Aufgabe, dich dabei nach Kräften zu unterstützen.«

Ihre Mutter war zweiundsechzig, ging täglich schwimmen, führte für die Naturschutzbehörde Wandergruppen in die Berge, half jedes Frühjahr bei der Rettung kranker und gestrandeter Meeressäuger und trug Konfektionsgröße vierundvierzig. »Ist dir schon mal in den Sinn gekommen, dass dein Schlankheitsfimmel ein bisschen neurotisch sein könnte?«

»Je dünner man ist, umso länger lebt man, das ist immer

wieder nachgewiesen worden. Und ich will, dass wir ein langes, langes Leben miteinander haben.«

»Deine Einstellung hat also überhaupt nichts mit Mode oder Jugendwahn zu tun?« Sie suchte absichtlich Streit mit ihm und hatte keine Ahnung weshalb. Noch am Morgen hatte sie daran gedacht, wie sehr sie ihn vermisste, die vertrauten Gespräche, das Herumalbern, die stillen Momente, die Berührungen, die Zärtlichkeit. Sie brauchte den Mann, der mit einem Lächeln die Wolken vertrieb, sehnte sich nach dem, der durch ein Wort ihre Stimmung hob.

»Natürlich hat es damit zu tun. Ich bin ein Mann. Jeder, der dir erzählt, dass ihm das Gewicht einer Frau egal ist, lügt.«

»Und wenn sich schließlich herausstellen würde, dass ich doch wie meine Mutter bin? Würdest du mich dann verlassen?« Warum tat sie das?

»Du willst doch auf etwas hinaus, Catherine. Warum rückst du nicht mit der Sprache heraus?«

»Was wäre, wenn ich die Verbrennungen erlitten hätte und nicht Lynda?« Die Frage überraschte sie nicht weniger als ihn.

»Willst du eine ehrliche Antwort?«, fragte er nach kurzem Nachdenken.

»Ja.«

»Ich weiß nicht.«

Sie konnte sich nicht vorstellen, dass ein Messer sie mehr geschmerzt hätte als diese Worte. »Verstehe«, sagte sie leise.

»Nein, das tust du nicht. Das bildest du dir nur ein. Ich könnte unmöglich voraussagen, was ich angesichts einer solchen Katastrophe empfinden würde, und es wäre unehrlich, so zu tun, als spielte es keine Rolle. Alles, was ich dir versichern kann, ist, dass ich lang genug bliebe und mich ernstlich darum bemühen würde, diese Gefühle zu überwinden.«

Sie wollte eben darauf antworten, als sie aufblickte und Rick auf sich zukommen sah. »Darüber müssen wir uns noch unterhalten«, meinte sie. »Ich will nicht, dass Lynda etwas davon erfährt.«

»Es geht nicht nur um mich, Catherine. Nicht ich bin hier völlig aus dem Tritt geraten ist, sondern du. Du hilfst Lynda nicht, indem du sie derart abschirmst.« Er hatte Rick entdeckt und stöhnte auf. »Mein Gott, muss der Kerl eigentlich nie arbeiten?«

Rick hatte Catherine und Tom bereits erblickt, als er aus dem Aufzug trat, doch waren sie so in ihr Gespräch vertieft, dass er sie nur ungern unterbrach. Tom wirkte defensiv – seine Körpersprache signalisierte Verschlossenheit und Argwohn. Catherine sah aus, wie Rick sie kennengelernt hatte, erschöpft und sich mit letzter Kraft an das klammernd, was ihr noch von ihrem Leben geblieben war.

Als sie aufblickte und ihn erkannte, schenkte sie ihm ein Lächeln, das eine fürsorgliche Saite in Rick anrührte.

»Ich wusste nicht, dass Sie hier sind.« Sie rückte zur Seite, um ihm am Tisch Platz zu machen. »Waren Sie schon bei Lynda?«

»Ich komme eben aus ihrem Zimmer.« Einen Moment lang überlegte er, ob er Catherine vielleicht noch eine Weile verschweigen sollte, dass Lynda sie brauchte. Aber sie brauchte nicht ein paar krisenfreie Minuten, sondern eher einige Tage. »Sie hat mich gebeten, Sie zu suchen.«

»Geht's ihr nicht gut?«

»Sobald sie ihre Spritze hat, geht es ihr wieder gut. Und inzwischen isst sie auch schon.« Er wollte, dass sie auf dem Weg zu Lyndas Zimmer an etwas Positives dachte.

»Wie um alles in der Welt haben Sie das denn geschafft?«

»Ich hab dir doch gesagt, dass die Schwestern sie dazu bringen werden, sobald du ihnen den Rücken kehrst und sie machen lässt«, meinte Tom und blickte Zustimmung heischend auf Rick.

»Tut mir leid, aber da bin ich anderer Ansicht.« Rick hatte das Eindruck, als seien das nicht die Worte, die Tom zu hören gewohnt war. »Lynda braucht alle Unterstützung, die sie kriegen kann, auch wenn sie sich manchmal nicht gerade dankbar dafür zeigt.«

Das Haar fiel ihm in die Stirn und fast in die Augen und vermittelte nicht gerade den professionellen Eindruck, den er in Toms Gegenwart gerne gemacht hätte. Er hob die Hand, um es zurückzustreichen. Wenn er sich nicht bald die Haare schneiden ließ, würde er sie ankleben müssen.

Catherine starrte auf seinen Arm. »Ich wusste nicht ...«

Er hatte Lynda seine Narben gezeigt, um seine Glaubwürdigkeit unter Beweis zu stellen, gegenüber Catherine war das nicht nötig. »Ist schon lange her«, sagte er. »Und hat nichts mit dem zu tun, was ich mache oder warum ich hier bin.«

»Vermutlich nur ein Arbeitsunfall«, erwiderte Tom in wegwerfendem Ton.

Rick hatte nicht vor, sich mit Tom Adams in einen Weitpinkelwettbewerb zu begeben. Er mochte ihn nicht, hatte ihn von Anfang an nicht ausstehen können, doch Tom war ein wesentlicher Bestandteil von Lyndas Genesung. Wenn Rick seine Abneigung nicht in den Griff bekam, konnte er Lynda und Catherine kein tatkräftiger Unterstützer sein. »Keiner, über den man gern allzu viel nachdenkt.«

Catherine erhob sich. »Gene wollte in ein paar Minuten hier sein«, sagte sie zu Rick. »Würde es Ihnen was ausmachen, auf ihn zu warten und ihm zu sagen, wohin wir gegangen sind?«

»Das ist nicht nötig«, warf Tom ein. »Ich warte auf Gene.«

Normalerweise tat Rick alles, um sich aus Familiendynamiken herauszuhalten. Ausgerechnet diesmal aber stapfte er mitten hinein. »Ich hatte sowieso vor, mich mal mit Gene zu unterhalten.«

Worauf Tom mit einer unverhohlen besitzergreifenden, wenn auch irritierenden Geste den Arm um Catherine legte. Rick hätte am liebsten laut aufgelacht.

»Ich weiß zwar nicht, was genau Sie hier machen«, meinte

Tom, »aber schön zu wissen, dass Sie für solche Dinge zur Verfügung stehen.«

Catherine sank bei Toms herablassender Bemerkung in sich zusammen. Der Blick, den sie Rick zuwarf, heischte Verständnis. »Sehe ich Sie später noch?«

Rick ignorierte Tom ausdrücklich. »Ich werde heute Abend um die Abendbrotzeit versuchen vorbeizukommen.« Er würde Lyndas Arzt fragen, ob er ihr die Krebsfrikadellen bringen durfte und dann im Restaurant eine Dauerbestellung in Auftrag geben, bis sie sich daran satt gegessen hatte.

»Danke.« Einen Moment lang erhellte ein Lächeln ihr Gesicht. Tom schob sie sofort zum Aufzug, und sie musste über die Schulter zurückrufen: »Für alles.«

»Gern geschehen.«

Rick schüttelte den Kopf und schob die Hände in die Taschen. Was zum Teufel sah eine Frau wie Catherine wohl in einem Burschen wie Tom? Er hatte Frauen gekannt, die ihre Seele für Reichtum und eine gesellschaftliche Position eingetauscht hatten und mit dem Handel zufrieden waren. Dieser Typ war leicht wiederzuerkennen. Und mit Catherine nicht zu verwechseln. Doch andererseits, was wusste er schon von ihr?

»Rick«, rief Gene. »Ich hatte gehofft, wir sehen uns, ehe ich wieder hier weg muss.«

Rick schüttelte Genes ausgestreckte Hand. »Wann soll's denn losgehen?«

»Morgen früh. Ich wollte eigentlich nicht, aber der Vorstand will mich bei der letzten Verhandlungsrunde unbedingt dabeihaben.«

»Catherine hat erzählt, dass du ins Bankgeschäft gegangen bist.«

»Ziemlich weit vom Ingenieurwesen entfernt, was?« Gene hatte auf dem Stuhl Platz genommen, den Catherine verlassen hatte. »Wie alle anderen bin ich dort gelandet, wo die Jobs waren. Und du?«

»Ich habe früher für einen Abgeordneten gearbeitet, bis ich mal an einer Feuerwache vorbeikam, um einen Freund zu einem Angelausflug abzuholen. Der eine Besuch hat genügt, ich wusste, dass ich meine Berufung gefunden hatte.«

»Und du machst deinen Job immer noch gern?«

Gene hatte die Frage besser formuliert als die meisten, doch Rick hatte das Ganze mit seinen Collegefreunden schon oft genug durchexerziert, um zu wissen, was er wirklich wissen wollte. Wie konnte jemand, der an der University of California einen hervorragenden Abschluss gemacht hatte, sich mit einem Job zufriedengeben, bei dem man sich die Hände schmutzig machte? Wo waren da die geistigen Herausforderungen, die Aufstiegschancen? Mit anderen Worten: Wo war das Geld?

Er hatte schon vor langer Zeit aufgegeben, Leuten erklären zu wollen, was ihn an der Tätigkeit des Feuerwehrmanns so faszinierte. Es war eine jener Fragen, die einer, der erst danach fragen musste, nie im Leben verstehen würde.

»Sehr«, erwiderte Rick.

»Ich wünschte, ich könnte das auch von meinem Job behaupten. Es gibt Tage, da überlege ich mir nur, wie ich mich vorzeitig pensionieren lassen kann.«

Genes ehrliche Antwort überraschte Rick. »Zum Fischen wirst du dann ja auch nicht mehr viel kommen.« Im College hatten er und Gene zu einer Gruppe von Burschen gehört, die zwei-, dreimal im Jahr ihr Geld zusammenlegten, um ein Boot zu mieten und zum Hochseeangeln aufs Meer hinauszufahren.

»Ich spiele jetzt Golf, aber das mache ich wegen der Geschäftskontakte, nicht zur Erholung.«

»Ich hab einen Kumpel, der draußen in der Bodega Bay einen Charterservice betreibt. Bin noch nie mit leeren Händen heimgekommen, wenn ich mit ihm rausgefahren bin. Ruf mich an, wenn du wieder zurück bist, dann machen wir was aus.« – »Wie erreiche ich dich?«

Er griff nach seiner Brieftasche und erinnerte sich, dass er sie im Löschzug hatte liegen lassen. »Catherine hat meine Nummer.«

Gene wirkte verwirrt. »Hat Tom mir nicht erzählt, dass sie es sich anders überlegt hat und doch nicht mit deiner Organisation zusammenarbeiten will?«

»Falls es so sein sollte, hat sie mir bisher nichts davon gesagt. Was merkwürdig ist, weil ich sie und Tom eben zu einer Elterngruppe in Stockton für nächsten Mittwoch angemeldet habe. Außerdem hat sie einen Termin bei der Leiterin der *Burn Association*, um gemeinsam zu beraten, ob Lynda diesen Sommer das *Burn Camp* besuchen sollte.«

»*Burn Camp?*«

»Wir schicken junge Brandverletzte aus dem gesamten Bundesstaat für eine Woche in die Berge. Sie müssen mal mit anderen Jugendlichen zusammenkommen, die dieselben Probleme haben, denen dieselben Operationen bevorstehen, und sie sollen dort vor allem die Chance haben, mal einfach nur Teenager zu sein.«

»Freut mich für Lynda, dass Catherine so was ins Auge fasst. Ich habe schon befürchtet, sie versucht das ganz alleine durchzuziehen, wie alles andere seit ihrer Scheidung.« Genes offenes Gesicht verdunkelte sich. »Hast du Jack schon kennengelernt?«

»Er war schon vor meiner Ankunft da und auch bereits wieder weg.«

»Der Dreckskerl hat Catherine erzählt, dass er geschäftlich verreisen muss, und ich hab ihn gestern auf der Bank getroffen.«

»Jack ist Lyndas Vater?« Er hatte es zwar angenommen, sich aber schon zu oft bei solchen Dingen getäuscht, um irgendetwas vorauszusetzen.

»Ja – bedauerlicherweise. Er hat Lynda genauso wenig verdient wie Catherine. Alles, was Jack macht, ist nur Show. Dürfte Lynda Blumen im Zimmer haben, würde er den ganzen Raum damit vollstellen. Er gibt Geld für sie aus, Zeit hat er keine für sie.«

Gene sah auf seine Uhr. »Apropos Zeit, ich sollte die Zeit, die mir noch bleibt, mit Lynda verbringen.« Er erhob sich. »Ich melde mich wegen des Angelausflugs. Vielleicht können wir Catherine und Lynda ja überreden mitzukommen.«

Rick fiel auf, dass Tom keine Erwähnung fand, und fragte sich, ob das wohl ein Lapsus oder Wunschdenken war. Er räumte die Tassen ab und trat ans Fenster, betrachtete die Skyline von Sacramento und dachte sich dabei, dass die Psychodynamik einer Familie doch in vielem der von Städten glich, die voller verborgener Geheimnisse und gefährlicher Gassen waren. Allerdings gab es für Städte wenigstens Stadtpläne. Bei Lynda und Catherine war er ganz auf sich allein gestellt.

10

»Alles in Ordnung?«, fragte Catherine.

»Natürlich«, erwiderte Tom etwas zu rasch. »Warum auch nicht?«

»Wir sitzen seit einer halben Stunde im Wagen und du hast bisher nichts als Ja oder Nein gesagt.«

»Wahrscheinlich habe ich einfach schon zu viel gequatscht. Oder vielleicht auch zu viel gehört. Hattest du nicht gemeint, dass das Treffen nur eine Stunde dauern sollte. Ist dir klar, dass wir über zwei Stunden da drin gesessen haben?«

Natürlich war ihr Toms Unsitte, alle fünf Minuten auf seine Armbanduhr zu starren, nicht entgangen.

»Es waren diesmal so viele neue Leute dabei. Die wollten nur sicherstellen, dass wir uns miteinander wohlfühlen. Das dauert eben seine Zeit.«

»Ich muss dir was sagen, Catherine. Ich weiß nicht, wie viele dieser Sitzungen ich noch durchhalte. Als diese Frau davon zu reden begann, wie die Ärzte die neuen Ohren ihrer Tochter annähen wollen, wäre ich am liebsten aufgestanden und aus dem Raum gelaufen.«

»Ich gebe zu, es war nicht ganz leicht, sich das anzuhören, aber …«

»Ich begreife nicht, was es Lynda helfen soll, wenn wir uns solchen Dingen unterziehen. Wichtig für sie ist doch nur, dass sie aus der Klinik kommt und einkaufen geht. Es wird schwer genug werden, etwas zu finden, das diese grässlichen Anzüge kaschiert, die sie dann tragen muss. Was nützt es uns, wenn wir uns die Horrorgeschichte einer verantwortungslosen, dummen Frau anhören, die ihr Kind mit Zündhölzern hat spielen lassen?«

»Sie hat ihren Sohn nicht mit Zündhölzern spielen lassen, Tom. Er hat sie in einer Schublade gefunden.«

»Hätte sie sie irgendwo hingelegt, wo er nicht an sie rangekommen wäre, hätte sie ihren süßen Kleinen noch und nicht ein Kind, das die Ärzte erst wieder zu etwas rekonstruieren müssen, bei dessen Anblick nicht alle anderen Kinder schreiend vom Spielplatz laufen.«

»Das ist nicht fair.«

»Genau das wird sich dieser kleine Junge für den Rest seines Lebens Tag für Tag vorsagen – darauf kannst du wetten.« Er drückte die Arme durch und schob sich in seinen Sitz zurück, und sein Wunsch, irgendwo anders zu sein und das Thema zu wechseln, war so deutlich erkennbar wie die Fliegen, die an der Windschutzscheibe klebten. »Es tut mir leid, dass er Verbrennungen erlitten hat, und auch, dass seine Mutter damit klarkommen muss, aber das heißt nicht, dass ich es mir das ganze nächste Jahr Monat für Monat anhören will. Denn ich kann was Besseres und mit Sicherheit Konstruktiveres mit meiner Zeit anfangen.« Er entspannte die Arme, aber nicht seine Haltung. »Und du auch.«

Sie verschränkte die Arme vor der Brust und blickte auf die Reihen der Rebstöcke, die sich wie Fächer in den Händen einer rasenden Tänzerin zu öffnen und zu schließen schienen, während sie draußen an ihrem Fenster vorüberglitten. »Es gibt da etwas, über das ich schon länger mit dir reden wollte. Ich weiß, du wolltest nur helfen, als du Lynda versprochen hast, ihr neue Kleider zu kaufen, aber ...«

»Du hättest sehen sollen, wie sie gestrahlt hat. Ich habe mich gefühlt wie der Weihnachtsmann bei der Bescherung.«

»Hast du ihr tatsächlich gesagt, dass du ihr neue Kleider kaufen würdest, damit sie ihren Kompressionsanzug kaschieren kann?«

»Natürlich hab ich das.«

»Ich erzähle ihr die ganze Zeit, dass sie so, wie sie ist, okay ist, und du machst mir alles kaputt, indem du ihr sagst, du bezahlst ihr die neuen Kleider, damit sie ihre Mängel kaschieren kann.«

»Das ist aber jetzt wirklich bescheuert, Catherine. Bei dir klingt das so, als würde ich mich ihrer schämen.«

»Genau den Eindruck machst du, Tom. Du bist ein wunderbarer Mensch, äußerst großzügig, aber manchmal sagst du Sachen, die wirklich nicht durchdacht sind. Wir müssen vorsichtig sein bei Lynda. Für sie ist doch jetzt schon unumstößlich klar, dass sie nicht mehr hübsch ist. Wir müssen sie davon überzeugen, dass sie sich irrt, und nicht Dinge tun, die diese Einstellung bei ihr noch verstärken.«

»Willst du, dass ich sie anlüge?«

Catherine blieb die Luft weg und der Mund stand ihr offen. »Begreifst du nicht? Genau das meine ich. Ich weiß, für dich ändern Lyndas Verbrennungen nichts, aber so, wie du redest, kommt es ganz anders rüber.«

Lange Zeit sagte er nichts. »Das wird dich jetzt schmerzen, und es tut mir leid, aber wenn du Lynda helfen willst, musst du dich hinsichtlich der Männer und ihrer Einstellung zu den Frauen mit einigen Fakten vertraut machen. Aussehen *spielt* eine Rolle. Wenn du ihr einredest, dass dem nicht so sei, und sie dazu bringst, dir zu glauben, sorgst du dafür, dass sie immer wieder verletzt wird. Angenommen, sie findet tatsächlich irgendeinen komischen Kauz, dem es nichts ausmacht. Was für ein Typ, meinst du, wird das sein? Sicher keiner von ihrem Kaliber. Also ich meine, dass sie was Besseres verdient.«

»Das ist doch wohl nicht dein Ernst.« Das war doch nicht möglich. Sie durchforstete ihr Gedächtnis nach Gründen, weshalb sie sich in ihn verliebt hatte, erinnerte sich an seine Fürsorglichkeit und Zärtlichkeit, die Art, wie er Lynda akzeptiert hatte. Die Männer, mit denen sie vor Tom ausgegangen war, hatten ihr unmissverständlich klargemacht, dass sie keinesfalls vorhatten, für das Kind eines anderen Mannes den Vater zu spielen.

Dies – hatte er eingeräumt – sei die erste Krise, mit der er je konfrontiert worden sei. Bis zu diesem Zeitpunkt war sein Leben so durchschnittlich und gewöhnlich gewesen wie ordinäres Toastbrot, hatte er seine Entscheidungen ohne emotionale Beteiligung getroffen. Sie konnte nicht von ihm erwarten, dass er es schon beim ersten Mal richtig machte.

»Das gilt nicht nur für mich; alle Männer sind so, ob sie es nun zugeben oder nicht. Denk drüber nach, Catherine! Welcher Mann oder auch welche Frau, möchte sich mit jemandem sehen lassen, der durch seine Behinderung alle Aufmerksamkeit auf sich zieht? Das ist vielleicht nicht fair, und auch nicht richtig, aber Aussehen ist wichtig. Wenn wir Lynda jetzt dabei helfen können, das, was ihr passiert ist, zu verbergen, wird sie das Übrige später selber begreifen.«

»Hat der Anblick von Ricks Narben deine Meinung über ihn etwa geändert?«

Es dauerte eine Weile, bis er ihre Frage registriert hatte. »Du meinst den Feuerwehrmann?« Er lachte. »Nichts könnte meine Meinung über ihn ändern. Mit solchen Typen habe ich es auf den Baustellen ständig zu tun. Ich weiß, was ich zu erwarten habe.«

»Wie lange kennen wir uns jetzt eigentlich?«, überlegte sie laut.

»Was hat denn das damit zu tun?«

»Ich bin irritiert – wie kann es sein, dass wir schon so lange zusammen sind und so wenig voneinander wissen?«

»Es handelt sich um eine Meinungsverschiedenheit, Catherine, und nicht um den Weltfrieden.«

Dass er seine Ansicht als Meinung und nicht als unumstößliche Tatsache betrachtete, machte ihr wieder Mut. Mit Meinung ließ sich leichter umgehen. »Wir sind wieder da, wo wir angefangen haben. Verstehst du jetzt, warum ich diese Treffen für so entscheidend halte, auch wenn wir uns dort unbehaglich fühlen? Es ist wichtig zu erfahren, was andere Leute mit ihren Kinder durchgemacht haben und wie sie damit umgegangen sind, damit wir nicht die gleichen Fehler machen wie sie.«

»Offenbar hast du deine Entscheidung bereits getroffen. Und da das, was ich sage oder fühle, sowieso keine Rolle spielt, kann ich nur noch eines tun – nämlich ein paar Grundregeln einführen. Von jetzt an werde ich nicht mehr versuchen, dich vom Besuch dieser Treffen abzuhalten – nur bitte mich nicht, dich zu begleiten. Und erzähl mir nichts darüber, wenn du nach Hause kommst. Ich will es nicht hören.«

Sie wartete lange, ehe sie darauf antwortete. »Das wird nicht gut gehen, Tom.«

Er wandte sich ihr zunächst unsicher, dann mit einem Ausdruck größter Erleichterung zu. »Gott sei Dank. Ich bin derselben Meinung, wollte es aber nicht sagen – nicht nach allem, was du durchgemacht hast.«

Ihr Magen krampfte sich zusammen, und sie spürte ein saures Brennen in der Kehle. Schlug er ihr wirklich vor, was sie da vermutete? Sie musste sich verhört haben. Ihr Herz raste, während sie die Möglichkeit erwog. Schließlich fragte sie vorsichtig: »Was willst du damit sagen?«

»Dasselbe wie du. Ich habe diese Redewendung von den widrigen Winden, die nichts Gutes bringen, nie begriffen, bis uns das passiert ist. Ich hasse den Gedanken, dass Lynda diese Verbrennungen erleiden musste, damit wir begreifen, wie grundlegend verschieden wir sind, aber so ist es nun mal. Auf lange Sicht hat sie uns eine Menge Kummer erspart.«

Nur ihr Stolz und ihre Selbstschutzmechanismen hielten Catherine davon ab, ihm zu sagen, dass es ihr in ihrer Beziehung darum gegangen war, gemeinsam etwas zu tun und nicht die Beziehung zu lösen. Doch der Stolz hinderte sie nicht, noch hinzuzufügen: »Das war's dann also? Die Verlobung ist gelöst? Du hast kein Interesse daran, mich oder Lynda wiederzusehen?«

Als ob er merkte, dass er zu rasch zu weit gegangen war, begann er nun einen neuen, langsameren Tanz. »Ich sage nur, dass wir einander mehr Zeit geben, ein wenig Abstand nehmen sollten. Einander ein bisschen mehr Raum lassen sollten.«

»Ich dachte, diese Art von Begrifflichkeit wäre seit den Achtzigern *out.*«

»Du weißt, was ich meine? Vor dem Unfall hättest du nie so mit mir geredet.«

Sie konnte es nicht abstreiten. »Das ist der Stress.« Warum verteidigte sie sich eigentlich?

»Stress verändert den Menschen nicht, er bringt nur das zum Vorschein, was in ihm ist.«

Sie dachte darüber nach. »Glaubst du das wirklich?«

»Ja.« Er wollte sie trösten und legte ihr die Hand auf den Oberschenkel. Er sah sie an und dieses Mal lange genug, um zu erkennen, dass er einen Fehler gemacht hatte. »Oh Gott. Ich hab dich missverstanden, oder? Du wolltest dich gar nicht trennen. Es tut mir leid, Catherine. Ich wollte dich nicht verletzen, das war wirklich das Letzte, was ich wollte.«

Sie stieß seine Hand weg. »Dein Timing ist wirklich beschissen, Tom. Wie soll ich das bloß Lynda erklären? Sie wird glauben, dass es ihre Schuld ist.«

Der gequälte Ausdruck verschwand. »Hast du gehört, was du eben gesagt hast?«

»Wovon redest du eigentlich?«

»Vielleicht ist das ja das eigentliche Problem, Catherine. Bei dir kommt Lynda immer an erster Stelle. Wenn du auch mich hin und wieder so behandelt hättest, wäre vielleicht alles anders gekommen.«

»Tausch doch einfach mit Lynda, Tom, dann setz ich dich gerne an die erste Stelle.«

Sie umklammerte den Türgriff. Sie hätte ein Jahreseinkommen gegeben, um wieder in der Stadt zu sein und aussteigen zu können, statt hier mit ihm auf einem abgelegenen Abschnitt der Schnellstraße im Wagen zu sitzen, wo sich rechts und links meilenweit nur Felder erstreckten.

Sie wollte nicht, dass er sah, wie sehr er sie verletzt hatte. »Falls du recht hast und Stress tatsächlich unser wahres Wesen zum Vorschein bringt, dann hast *du* dich ja wohl als Feigling entpuppt.«

»Nur weil ich keine Krankenhäuser mag, bin ich noch lange kein Feigling.«

»Ich bin ja so bescheuert. Ich hab Entschuldigungen für dich erfunden. Für alles und jedes. Und oft habe ich sie selbst fast geglaubt.«

»Nur so weiter, gib mir nur die Schuld, wenn du dich dann besser fühlst. Ich kann das vertragen.«

Seine Worte klangen wie auswendig gelernt. »Wie lange weißt du denn schon, dass du weg willst?«

Er veränderte die Sitzhaltung. »Warum soll denn das eine Rolle spielen?«

»Weil es mir wichtig ist.« Das war der Mann, der ihr versprochen hatte, sie immer zu lieben, der ihren Hoffnungen und Träumen gelauscht und gelobt hatte, sie wahr zu machen. Wie war es möglich, dass sie in nur sechs Monaten von dort nach hier gelangt waren? War das die Lebensdauer seiner Liebe?

Immer noch zögerte er.

»Sag es mir.«

»Du verstehst das einfach nicht.«

»Was sollte es denn ändern?«

»Ich will, dass wir Freunde bleiben.«

»Freunde? Wir sind nicht mehr auf der Highschool, Tom.«

»Wir werden einander wohl unweigerlich wieder begegnen. Wir gehen auf dieselben Partys, gehören zum selben Club, haben dieselben Freunde.« Er senkte die Stimme, bis nur noch ein gequältes Flüstern zu hören war. »Warum das Ganze schwieriger machen, als es sowieso schon ist?«

»Diesen Freunden habe ich dich vorgestellt.« Tom war neu in der Gegend, als sie sich kennengelernt hatten, erst kurz zuvor aus Südkalifornien zugezogen und auf der Suche nach gesellschaftlichen und geschäftlichen Kontakten. »Zu diesen Partys bist du nur meinetwegen eingeladen worden.«

»Weswegen ich nicht will, dass irgendjemand sich zwischen uns entscheiden muss. Vielleicht waren sie ja zunächst deine Freunde, Catherine, jetzt aber kriegen sie Dinge von mir, die du ihnen nicht geben kannst. Ich bin zu einem wichtigen Teil des Geschäftslebens geworden.«

Konnte es sein, dass er ihr drohte? Glaubte er wirklich, dass die Freunde, die ihr während der Scheidung von Jack und danach die Treue gehalten hatten, sie jetzt verlassen würden? »Du hast mir immer noch nicht geantwortet. Wie lange weißt du schon, dass du gehen willst?«

»Seit die Ärzte uns gesagt haben, dass Lynda für immer entstellt bleiben wird.« Catherine wollte etwas sagen. Er hob abwehrend die Hand. »Spar dir die Mühe. Ich weiß, wie furchtbar das klingt. Und denk nicht, ich hätte nicht mit mir gerungen. Ich hab seither kaum an etwas anderes denken können. Aber ich kenne mich und weiß, wie schwer mir der Umgang mit Behinderten fällt. Früher oder später würde Lynda es merken, und es würde alles nur noch schlimmer machen.«

»Du willst mir also erzählen, dass du das im Grunde für Lynda tust. Ist das richtig?« Der Scheißkerl schaffte es, alles so zu drehen und zu wenden, dass er am Ende gut dastand. War sie so blind – oder hatte sie sich so verzweifelt einen neuen Mann in ihrem Leben gewünscht –, dass sie diesen Zug an ihm vorher nicht bemerkt hatte? Und wie war es möglich, dass ihr, obwohl sie es jetzt wusste, zumute war, als müsse ihr das Herz brechen?

»Ich wusste, dass du es nicht verstehst. Wie solltest du auch?« So wie er es sagte, klang es, als sei sie nicht fähig, komplexe Gedanken zu erfassen. »Doch ehe du mich zu sehr verurteilst, möchte ich etwas zu meiner Verteidigung sagen. Du hast, was Lynda betrifft, einen Vorteil. Sie ist dein eigen Fleisch und Blut. So fällt es dir leichter, hinsichtlich ihres Aussehens Zugeständnisse zu machen. Und du bist eine Frau. Du hast keine Ahnung, wie es ist, wenn wichtige Leute dich nicht nach deinem eigenen Wert beurteilen, sondern nach dem Menschen an deiner Seite.«

Das Traurigste daran war, dass er tatsächlich glaubte, was er da sagte.

»Wo immer wir hingehen würden, wann immer wir jemand treffen würden, wäre ich gezwungen, die Sache mit Lynda zu erklären. Und müsste mir dann von Männern anhören, dass es ihnen leidtue, wo sie doch in Wirklichkeit nur denken, dass sie froh sind, nicht an meiner Stelle zu sein.«

»Du bist ein richtiges Arschloch.« Über sie mochte er ja sagen, was er wollte, aber nicht über Lynda. »Ich kenne keinen einzigen anderen Mann, der so denkt wie du.«

»Oh? Und warum ist Jack dann nicht geblieben? Lynda ist seine eigene Tochter, und er war noch viel schneller aus ihrem Krankenzimmer draußen als ich.«

»Jack hat es nie irgendwo ausgehalten.«

»So sind wir eben. Ich sage ja nicht, dass es richtig ist, aber du kannst das Denken der Männer über solche Dinge genauso wenig verändern wie die Anzahl der Wochentage. Aber halt einem normalen Hetero-Mann einen Reizwäschekatalog von *Victoria's Secret* unter die Nase – und es ist völlig egal, wer es ist –, und die Reaktion wird dieselbe sein.«

»Das spielt zwar hier keine Rolle, aber was hat das alles mit dir und mir zu tun?«

»Ich war auf ein solches Problem einfach nicht gefasst. Als ich dich bat, mich zu heiraten, dachte ich, dass Lynda in zwei Jahren im College und wir beide allein wären. Jetzt aber mit dem Unfall hat sich alles verändert.«

»Aber du willst, dass wir trotzdem Freunde bleiben.«

»Als ich sagte, dass sich alles verändert hat, habe ich damit nicht meine Gefühle für dich gemeint. Ich liebe dich immer noch. Und ein Teil von mir wird dich immer lieben.«

»Ich kann es nicht fassen, was du da sagst.«

»Ich sag es nicht nur, ich meine es auch.«

Aus Angst vor dem, was sie womöglich in Toms Augen entdeckte – sollte sie einen Blick riskieren –, starrte sie auf die Rücklichter des Mustang, dem sie seit Stockton gefolgt waren. Gerne hätte sie sich eingeredet, dass er sich in einen gänzlich anderen verwandelt hatte, einen, den er stets vor ihr verborgen hatte. Sie hatte ihm vertraut. Hatte geglaubt, dass er ihrer Tochter, die sie mehr liebte als ihr Leben, ein guter Vater sein würde. Wie hatte sie sich nur so täuschen können? Was war das nur mit ihr und den Männern? Erst Jack und jetzt Tom! Schließlich sah sie ihn an. Ihr wurde eng um die Brust; Tränen brannten ihr in den Augen. Lieber Gott, was war nur mit ihr los? *Ich liebe diesen Kerl.* Nach allem, was passiert war, was er zu ihr gesagt hatte, waren ihre Gefühle für ihn immer noch da.

Es dauerte eine Weile, bis man aufhörte, einen Menschen zu lieben. So war es bei ihr immer gewesen. Sie hatte erst an einem Sonntagmorgen vom See zurückkommen und Jack mit einer anderen im Bett erwischen müssen, damit die Verletztheit die Liebe endlich überwog.

Eine innere Stimme sagte ihr, dass es mit Tom nicht so lange dauern würde. Sie würde aufhören, ihn zu lieben – und zwar schon bald. Schließlich würde sie ihn für all das, was er über Lynda gesagt und gedacht hatte, hassen. Sie brauchte nur ein bisschen Zeit.

»Wir werden keine Freunde bleiben«, sagte sie leise.

»Jetzt gleich wäre das sicher schwierig – das ist mir klar.«

»Es wird niemals geschehen.«

»Warum willst du uns das Ganze noch schwerer machen?«

»Dir ist es doch scheißegal, wie schwer es für mich ist. Du machst dir nur Sorgen darum, welchen Eindruck es macht, wenn bekannt wird, dass du mich fallen gelassen hast, während Lynda noch in der Klinik war.« Sie würde nicht zulassen, dass er sie ein weiteres Mal manipulierte. »Ich will, dass du mich ins Krankenhaus bringst – und zwar auf der Stelle.«

»Und wie kommst du dann nach Hause?«

»Du hast nicht aufgepasst, Tom. Das ist mein Wagen. Die Frage muss lauten: Wie kommst du nach Hause?«

»Das muss doch alles gar nicht so sein.«

»O doch.« Schließlich fasste sie ihn in den Blick. »Und was ›unsere‹ Freunde angeht? An deiner Stelle würde ich mich allmählich nach neuen umsehen. Zweifellos werden die Männer im Club immer noch gern eine Runde Golf mit dir spielen oder das Geld nehmen, das du so reichlich verlierst, aber die Einladungen zu den Partys werden von ihren Frauen verschickt. Und keine der Frauen, die ich kenne, kauft ihre Unterwäsche bei *Victoria's Secret*. Sodass es unwahrscheinlich ist, dass sie dein Vergleich beeindruckt.«

»Das Mäuschen brüllt, oder wie?«

»Ich bin Löwe, Tom. Und du tätest gut daran, das nicht zu vergessen.«

11

Catherine stand vor Lyndas Krankenzimmer, unentschlossen, ob sie ihr gleich von Tom erzählen oder warten sollte, bis ihre Tochter wieder zu Hause war. Lynda würde sicherlich spüren, dass etwas nicht stimmte. Nun, da sie weniger Schmerzmittel bekam, nahm sie auch ihre Umwelt wieder differenzierter war.

»Mom?« Lynda kam mit Brian im Schlepptau aus Ray Tatums Zimmer. »Was machst denn du hier? Ich dachte, ihr fahrt nach dem Treffen nach Hause.«

»Ich bin vorbeigekommen, um zu sehen, wie dir die neue Mütze steht«, erwiderte sie mehr als einen Tick zu fröhlich. Als man Lyndas Kopf rasiert hatte, um Haut für die Transplantation zu entnehmen, hatte der Arzt an der Stirn und an den Schläfen einen Haarkranz stehen lassen, den sie in lockigen Fransen unter einem weichen Hut oder einer Baseballkappe hervorlugen ließ. Nach der ersten Operation schenkte ihr Rick eine Mütze von seiner Feuerwache. Und nun brachte er ihr bei jedem Besuch eine neue mit, wobei jede das Logo einer anderen Feuerwehr aus der Umgebung zeigte.

Lynda tastete befangen nach dem Mützenrand und den Haaren, als wolle sie sich vergewissern, dass sie noch da waren.

Als sie merkte, dass der Verband im Nacken bloßlag, zupfte sie an der Mütze und zog sie ein Stückchen hinunter.

»Ich glaube, ich mag die da am liebsten«, sagte Brian. »Das Blau betont ihre Augenfarbe.«

Lynda sah ihn an und schenkte ihm ein schüchternes Lächeln.

Jeden Abend schickte Catherine ein Stoßgebet gen Himmel, dass Brian doch am nächsten Tag wieder ins Krankenhaus kommen möge.

Und was diesen Punkt anging, wurden ihren Gebete erhört. Er war Lyndas Verbindung zur Außenwelt, der Welt von Teenagern, Musik und Fast Food, geworden.

Als sie von Krebsfrikadellen endlich genug hatte, sprang er in die Bresche und versorgte sie mit Hamburgern und Pommes, Pizza und Tacos, konsumierte bis zum letzten Kartoffelstäbchen genau die gleichen Portionen und ließ sie nicht aufhören, bis der Kalorienbedarf für den jeweiligen Tag gedeckt war.

»Wie geht es denn Ray heute?«, fragte Catherine.

»Ganz gut«, erwiderte Lynda. »Die Polizei hat eine Verwandte von ihm in Kansas aufgetrieben. Eine Tante, glaube ich. Sie soll schon unterwegs sein.«

Sie gingen in Lyndas Zimmer. »Spricht er mit dir über das, was ihm zugestoßen ist?«

»Er hat mir einiges erzählt«, sagte Brian. »Aber es ist immer wieder das Gleiche. Er wiederholt immer wieder, wie er versucht hat, seine kleine Schwester zu retten. Als ob er sich selber davon überzeugen wollte, dass er alles Menschenmögliche getan hat. Ich weiß nicht, ob ihm jemand gesagt hat, dass sie es nicht überlebt hat, deswegen sage ich auch nichts. Ich hör ihm nur zu.«

»Die meiste Zeit ist er ziemlich weggetreten«, meinte Lynda. »Er weiß, dass er Verbrennungen hat, aber ich glaube nicht, dass er realisiert, wie schlimm sie sind. Wenigstens spricht er nie davon.«

»Gestern mussten sie noch ein Stück von seiner Hand amputieren«, sagte Brian.

»Die Finger sind jetzt alle weg«, fügte Lynda hinzu. »Das ist so entsetzlich. Er ist der Quarterback seiner … war es jedenfalls.« Sie blieb vor dem Spiegel über dem Waschbecken stehen und betrachtete sich darin. »Was für ein Glück ich doch hatte, dass mir das nicht passiert ist«, sagte sie leise.

Darauf, dass Lynda Einsicht zeigte und ihre Verletzungen aus einem anderen Blickwinkel betrachten konnte, hatte Catherine gewartet. Denn dies konnte ihr niemand abnehmen, sie musste es selbst spüren.

Nun konnte auch der geistige Heilungsprozess beginnen. »Ich habe plötzlich solche Lust auf ein Eis. Möchte sonst noch jemand?«

Lynda saß auf der Bettkante. »Du bist so leicht zu durchschauen, Mom.«

»Klingt gut«, meinte Brian.

Lynda blickte von Brian zu ihrer Mutter und wieder zurück. »Wenn ich hier rauskomme, werde ich nie wieder Eis essen.«

»Marshmallow-Eisbecher, um genau zu sein«, korrigierte sie Brian. »Wie steht es mit Ihnen, Mrs Mil... Catherine?«

Sie lächelte. »Gut gemacht, Brian.« Seit Tagen forderte sie ihn auf, das mit der Mrs Miller doch endlich zu lassen. »Bring doch gleich drei mit.« Denn was waren, im großen Maßstab betrachtet, schon ein paar Hundert oder Tausend Kalorien? Einen Monat lang Marshmallow-Eisbecher und Tom konnte ihren Freunden erzählen, dass er sie verlassen musste, weil sie sich gehen ließ. Und die würden das natürlich ohne Weiteres nachvollziehen können. Meinte wenigstens er.

»Ich besorg das Eis, aber ich bin gleich wieder da«, sagte Brian schon an der Tür.

Catherine fiel es nicht schwer, ihm zuzulächeln. Sie hatte den Jungen wirklich gern. »Wir warten auf dich.«

Lynda stieg aus dem Bett und nahm auf dem Schaukelstuhl Platz. Catherine legte ihre Tasche in den Schrank und leistete ihr Gesellschaft, setzte sich an ihrer Stelle aufs Bett. »Wie geht's deinem Kopf?«

»Schlechter als meinem Rücken, aber es geht schon.«

»Ich hab heute Nachmittag versucht, Grandma zu erreichen, aber sie war nicht daheim.« Catherines Mutter war der einzige Mensch, den sie kannte, der kein Handy besaß. »Hast du sie heute gesehen?«

»Sie kam mit Onkel Gene auf dem Rückweg vom Flughafen vorbei. Er hat mir diese Tücher mitgebracht.« Sie deutete auf den Stapel ordentlich gefalteter, lebhaft gemusterter Tücher, der auf dem Regal neben dem Fernseher lag. »Aber er meinte, die Mützen, die Rick mir geschenkt hat, sähen besser aus.«

»Ich bin froh, dass er wieder zu Hause ist.« Und dafür gab es mehr Gründe, als Lynda vorerst wissen musste.

»Ich auch. Er hat gesagt, Rick nimmt ihn mit zum Hochseefischen und dass ich mitkommen kann, wenn ich will.«

»Oh?«

Weshalb sie Genes Interesse, etwas mit Rick zu unternehmen, überraschte, wusste sie nicht so genau. Wenn man davon absah, dass sie Absolventen derselben Universität waren, schienen sie so wenig gemeinsam zu haben.

»Und was hast du ihm geantwortet?«

»Kommt nicht infrage.«

Trotz der dunklen Wolke, die seit dem Gespräch mit Tom auf ihr lastete, musste Catherine lächeln. »Man kann nie wissen, vielleicht würde es dir ja gefallen.«

Lynda zog eine Grimasse und schüttelte sich. »Brians Eltern waren auch da. Sie wollen wissen, ob sie was für mich tun können. Ganz egal, was ich sage, sie fragen immer wieder. Vielleicht sollte ich mir was ausdenken.«

»Sie fühlen sich einfach schlecht wegen der ganzen Sache.«

»Es war doch nicht ihre Schuld.«

»Das ändert nichts daran. Sie sind eben nette Leute, und nette Leute reagieren so.«

»Wie war euer Treffen?«

Die Frage klang durchaus unschuldig, doch an der Art, wie sie gestellt wurde, nahm Catherine etwas wahr, das sie in Alarmbereitschaft versetzte. »Interessant.«

»Ist das alles?«

»Es ist über vieles geredet worden, das auf uns nicht zutrifft.«

»Zum Beispiel?«

»Die jüngsten Fortschritte in der Gesichtsrekonstruktion.«

»Oh.«

Catherine lehnte sich nach vorn und nahm Lyndas Hand. »Was willst du denn wirklich wissen?«

»Ich hab mich gefragt, was mit Tom ist. War er denn nicht dabei?«

Hätte sie geahnt, dass Lynda darauf hinauswollte, hätte sie sie nicht gefragt. »Ich nehme an, dass er inzwischen zu Hause ist«, antwortete sie wahrheitsgemäß, wenn auch ausweichend.

»Er kommt nicht gern in die Klinik, oder?«

Sie holte tief Luft. »Nein.«

»Ist es wegen mir?«

»Wie? Wegen dir?«

»Dass er wegbleibt.«

Lynda ließ sich nicht mehr mit einfachen Antworten abspeisen; dennoch war Catherine noch nicht bereit, ihr die ganze Wahrheit zu sagen. »Er mag keine Krankenhäuser.«

»Ich auch nicht, aber wenn jemand, den ich liebe, im Krankenhaus läge, würde ich ihm zuliebe hingehen.«

Offenbar irritierte Toms Abwesenheit Lynda schon eine ganze Weile. »Tom ist offenbar nicht der Mann, für den ich ihn gehalten habe.«

»Ihr habt euch gestritten, oder? Ich spüre doch, dass sich was verändert hat.«

»Es war mehr als nur ein Streit, Lynda. Tom und ich haben uns heute Abend getrennt.«

»Meinetwegen – oder?«

»Ja – und ich weiß nicht, ob ich dir je genug dafür danken kann. Du hast mich vor einem Riesenfehler bewahrt.«

»Ich dachte, du liebst ihn.«

»Das hab ich auch gedacht. Woran du erkennst, dass sogar ich Fehler machen kann.« Sie zwang sich zu einem Lächeln. »Nicht allzu viele und sicher auch nicht allzu oft, aber ein schwerer Fehler ist genauso schlimm wie viele mittlere.«

»Es tut mir leid.«

Catherine griff nach Lyndas anderer Hand und blickte ihr in die Augen. »Da gibt es nichts zu bedauern, hörst du? Wäre das alles nicht passiert, hätte ich Tom geheiratet. Und wahrscheinlich hätte es auch eine Weile funktioniert. Bis ich ihn einmal gebraucht hätte. Dann wäre ich allein gewesen. Du hast mich vor dem größten Fehler meines Lebens bewahrt.«

»Ich dachte, Daddy wäre dein größter Fehler gewesen.«

»Du bist das Beste, was mir je passiert ist. Und da ich dich ohne ihn nicht hätte, kann er unmöglich ein Fehler gewesen sein.«

»So was sagen Eltern immer.«

»Weil Eltern so denken.«

Lynda setzte sich ein wenig aufrechter hin. »Und was jetzt?«

»Ich weiß nicht. Bis jetzt hatte ich noch nicht viel Zeit zum Nachdenken. Als Erstes sollte ich wohl die Reservierung für die Kirche rückgängig machen. Und dann wären da die Einladungen ... und der Catering-Service.«

»Hast du mir nicht erzählt, dass Tom sich um all das gekümmert hat?«

»Wir haben's zusammen gemacht.« Damals hatte sie gedacht, er tue es für sie, inzwischen aber war ihr klar geworden, dass er es nur getan hatte, um sicherzustellen, dass auch alles seinen Vorstellungen entsprach.

»Aber wollte nicht er dafür aufkommen?«

»Du führst doch was im Schilde.«

»Es ist sein Geld – soll er sich doch drum kümmern. Wenn er nicht rechtzeitig absagt, verliert er seine Anzahlung.«

»Das scheint dich nicht besonders zu stören.« Mit Sicherheit nicht genug, um Catherines Besorgtheit zu rechtfertigen.

»Du hast Tom gemocht, und ich hab ihn nicht gehasst und folglich auch nie was gesagt. Aber jetzt hasse ich ihn und hoffe daher wirklich, dass du nicht vorhast, noch mal mit ihm anzufangen.«

»Das ist völlig unmöglich.«

»Gut.«

Brian stieß die Tür auf. »Sie hatten ein Sonderangebot für Bananensplit. Ich hab drei mitgebracht. Ich hoffe, das ist okay.«

»Darüber müssen wir uns noch länger unterhalten«, sagte Catherine zu Lynda.

»Okay, aber nicht jetzt.«

»Soll ich gehen und später wiederkommen?«, fragte Brian.

Catherine hätte beinahe bejaht, blickte dann aber fragend auf Lynda. In den zweieinhalb Wochen, die sie im Krankenhaus war, hatte Brian Lynda mehr Aufmerksamkeit geschenkt als Tom ihr während ihrer gesamten Verlobungszeit. Catherine fasste einen raschen Entschluss, was für sie eher ungewohnt war. Über die meisten Dinge – auch Tom – dachte sie sorgfältig nach. »Ich habe Lynda eben erzählt, dass Tom und ich nun doch nicht heiraten werden.«

»Mom«, jammerte Lynda. »Das braucht er doch nicht zu wissen.«

»Vielleicht muss ich's nicht wissen«, sagte Brian. »Aber ich bin froh, dass Sie's mir gesagt haben. So trete ich wenigstens in kein Fettnäpfchen, weil ich irgendwas Falsches sage.« Er öffnete die Tüte und reichte Lynda einen großen Becher, Löffel und Serviette. »Es geht mich ja nichts an, aber ich finde, Tom ist ein ganz schöner Idiot, dass er sich von Ihnen so abservieren lässt.«

Dass er glaubte, sie habe Schluss gemacht, oder wenigstens tat als ob, gefiel ihr. Es hätte zwar keine Rolle spielen sollen, aber angesichts ihres schwer angeschlagenen Egos war es schön, sich ein wenig bauchpinseln zu lassen.

Die Tür öffnete sich erneut. Lächelnd lugte Rick durch den

Türspalt. Er trug Uniform, was seine Erscheinung so überraschend veränderte, dass er sie alle verblüffte. »Schaut ja hier fast nach einer Party aus.«

Rick Sawyer war ungefähr der Letzte, den Catherine jetzt sehen wollte. Beinahe zumindest. »Ich dachte, Sie arbeiten heute.«

»Das tue ich auch.« Er blickte auf Lynda. »Wir kamen von einem Einsatz zurück und da dachte ich mir, ich schau mal bei dir und Ray vorbei. Hübsche Mütze, übrigens.«

»Wir haben Ray besucht«, meinte Lynda. »Es geht ihm ganz gut.«

»Er hat mir davon erzählt.« Rick warf einen Blick in den Eiscremekarton. »Er hat mir auch berichtet, dass du ihm einen Vortrag über Ernährung gehalten hast und darüber, wie man das System hier am besten ausnutzt.«

»Er ist ein netter Typ«, sagte Brian. »Auf diese Weise seine Familie zu verlieren, ist wirklich scheiße.«

»Und seine Hand«, fügte Lynda hinzu.

»Er hat's mir erzählt«, meinte Rick.

Catherine hielt sich zurück, während sie redeten. Es war das erste Mal, dass sie Rick in Uniform sah. Irgendwie wirkte er unzugänglicher. Zu attraktiv. Klischee hin oder her, an dem vom Mann in Uniform war etwas dran.

»Da ich sehe, dass du hier in besten Händen bist«, meinte er an Lynda gewandt, »verschwinde ich gleich wieder. Genieß dein Eis.« Er blickte zu Catherine hinüber. »Begleiten Sie mich noch nach draußen?«

Als sie zögerte, fügte er hinzu: »Ich habe eine neue Mütze im Wagen und vergessen, sie mitzubringen.«

Verwirrt spielte sie mit, weil es Rick war und er, wie sie ihn bisher kennengelernt hatte, nie grundlos etwas verlangte. »Klar – gute Idee.« Sie stellte ihren Becher auf den Abstelltisch und meinte: »Bin gleich wieder da.«

Als sie auf dem Korridor waren, nahm Rick sie am Arm und führte sie in ein leeres Untersuchungszimmer. »Ich habe eben einen Anruf vom Captain der Wache dreizehn bekommen. Tom war in einen Unfall verwickelt. Es geht ihm gut«, fügte er rasch hinzu. »War nur ein kleines Stoßstangengerangel. Nicht mal der Airbag ist aufgegangen. Den Sanitätern zufolge war nichts bei ihm festzustellen, nicht mal ein Bluterguss, doch er hat drauf bestanden, in die Klinik gebracht und von einem wirklichen Mediziner untersucht zu werden. Außerdem hat er verlangt, man solle Sie anrufen und Ihnen sagen, dass er auf dem Weg in die Notaufnahme sei.« Das Nächste ging ihm nur zögernd über die Lippen. »Und er murmelte ständig davon, dass *Sie* an dem Unfall schuld seien.«

Catherine lehnte sich an die Wand zurück und schloss die Augen. Wurde der Tag denn immer noch schlimmer?

»Der Captain am Unfallort ist einer der *Burn-Camp*-Betreuer, und als Tom ihm erzählte, wo Sie waren, und zu alledem auch noch meinen Namen erwähnte, hat er die Verbindung hergestellt. Er hat mich angerufen, um mir zu sagen, dass Tom – na ja, Sie können es sich schon vorstellen.«

»Wir haben uns gestritten.«

»Sie schulden mir keine Erklärung. Ich wollte erst gar nicht kommen, aber dann dachte ich, vielleicht könnten Sie ja eine kleine Vorwarnung gebrauchen, um Lynda aus dem Ganzen raushalten zu können.«

»Vielen Dank.« Sie legte die Hand auf den Türknauf. »Hat dieser Captain zufällig erwähnt, ob Tom mit jemandem zusammen war?«

»Er war allein.«

Sie runzelte die Stirn. »Was für einen Wagen hat er gefahren?«

»Einen grünen Lincoln Navigator.«

Sie explodierte. »Dieser Scheißkerl! Hat gewartet, bis ich in der Klinik bin, und dann meinen Wagen genommen.«

»Sobald ich auf der Wache bin, rufe ich bei der Polizei an. Mal schauen, ob ich herauskriegen kann, wohin man ihn abgeschleppt hat.«

Nun, da sie ohne Wagen war, musste sie sich darum kümmern, dass jemand sie abholte. Wenn sie ihre Mutter darum bat, würde die wissen wollen, warum Tom keine Zeit hatte. Verdammt. Sie hatte wirklich keine Lust, an diesem Abend mit noch einem Menschen über Tom zu reden.

Catherine zuckte zusammen, als es an der Tür klopfte.

»Mrs Miller?« Die Nachtschwester schaute ins Zimmer. »Ein Anruf für Sie. Mr Adams. Er meinte, er sei im Sutter Hospital und müsse sofort mit Ihnen sprechen.«

»Vielen Dank. Ich komme gleich.« Zu Rick sagte sie, »Vielen Dank auch. Noch einmal. Zum hundertsten Mal. Ich weiß nicht, was ich getan hätte, wenn Tom mich ohne diese Vorwarnung damit konfrontiert hätte.«

»Sie hätten es genommen, wie es gekommen wäre, wie immer.« Er wartete, um ihr dann zu folgen, doch sie machte keine Anstalten, den Raum zu verlassen. Schließlich sagte er: »Ich bin hier nicht in meinem Dienstbezirk und kann daher nicht bleiben, aber wenn Sie mich noch brauchen, können Sie mich auf der Wache erreichen.«

Sie nickte. »Werden Sie morgen hier sein?«

Er hatte auf dem Heimweg auf ein paar Minuten vorbeischauen wollen, um dann den Rest des Tages mit dem Ankleben und Verputzen von Rigipsplatten zu verbringen. »Ich habe den ganzen Tag frei, falls Sie was brauchen.«

»Ich bitte Sie nur ungern darum, aber ich will meine Familie nicht in die Sache hineinziehen, ehe es wirklich sein muss, und ich brauche morgen unbedingt meinen Wagen. Wissen Sie, ob er noch fahrtüchtig ist?«

»Nein, aber wenn ich mich erkundige, wohin er abgeschleppt wurde, werde ich auch danach fragen.«

»Ah, Mist – daran hab ich auch nicht gedacht. Ich kenne keine Werkstätten. Wo kann ich hingehen, um ihn reparieren zu lassen?«

»Fragen Sie Ihre Versicherung. Vielleicht wollen die, dass Sie den Wagen zu einer ihrer Vertragswerkstätten bringen.«

Mit jedem Satz ließ er sich stärker in ihr Leben hineinziehen. Wenn er noch einigermaßen bei Sinnen war, musste er jetzt die Beine in die Hand nehmen und die Flucht ergreifen. Lyn hatte ihm am Morgen die Möglichkeit dazu eröffnet. Inzwischen stand nämlich eine Feuerwehrkollegin zur Verfügung, die Lyndas Fall übernehmen konnte. Er hatte das Angebot abgelehnt.

Doch er konnte seine Meinung noch ändern. Er hatte sich einen freien Sommer verdient. Sein Haus brauchte ihn, verdammt. Der Hund war genauso vernachlässigt wie der Garten, den er eine Woche vor der Begegnung mit Catherine und Lynda anzulegen begonnen hatte. Wenn er nicht ein bisschen mehr Zeit mit dem Hund verbrachte, würde Blue endgültig bei den Nachbarn einziehen.

Und dann sah er in Catherines große braune Augen und erblickte darin die Angst, die Verwirrung, den Schmerz. Denn sie hatte jenen Schutzschild verloren, der in der Überzeugung besteht, dass nur den Kindern anderer Leute Schlimmes zustößt. Das rief einen Beschützerinstinkt bei ihm wach, den er besser nicht empfinden sollte. Geradezu verrückt aber wäre es, wenn er danach handeln wollte. Sie hatte eine Familie, die sich um sie kümmern konnte. Sie brauchte ihn nicht.

Sie hielt sich die Hände vors Gesicht, als versuche sie so, den überwältigenden Ansturm der Probleme von sich fernzuhalten. Sekunden später ließ sie Hände wieder sinken. »Ich sollte wohl lieber ans Telefon gehen – ich muss Tom fragen, wo er versichert ist, damit ich die Sache morgen in Angriff nehmen kann.«

»Haben Sie heute Abend eine Mitfahrgelegenheit?«

»Brian nimmt mich sicher gerne mit – auch wenn es ein Riesenumweg für ihn ist.«

Er nickte. »Lassen Sie mich wissen, wann Sie morgen früh abgeholt werden wollen.«

»Macht es Ihnen wirklich nichts aus?«

»Ganz sicher nicht.« – »Danke.« Und sie schenkte ihm ein Lächeln. »Noch einmal.«

»Aber das würde ich doch …«

»Jetzt sagen Sie bloß nicht, dass Sie nur Ihren Job machen. Sie tun weit mehr als nur Ihre Pflicht. Das weiß ich, und Sie wissen es auch. Aber ich verspreche Ihnen, dass ich Sie nicht noch mal in diese Lage bringe.«

Er wusste nicht so recht, ob er erleichtert oder enttäuscht sein sollte.

Während er zum Einsatzwagen zurückging, gelangte Rick zu dem Schluss, dass Tom ganz einfach ein Arschloch war. Denn einer, der nicht kapierte, was er an Catherine und Lynda hatte, der hatte sie auch nicht verdient.

12

Janet stieg vom Trittbrett des Einsatzwagens, als sie Rick aus dem Krankenhaus kommen sah. »Alles in Ordnung?« Sie kletterte zu Paul, dem Neuen, auf den Rücksitz.

»Ja, alles bestens.« Sobald er im Führerhaus saß, deutete Steve auf den Computer.

»Vor zwei Minuten hat die Zentrale angerufen. Sie wollten wissen, ob wir einen Einsatz übernehmen, ein Tier retten können.«

»Was ist es denn?«

»Katze in einer Wand.«

»Und was hast du ihnen gesagt?«

»Dass wir kommen, sobald wir einsatzbereit sind.« Er grinste. »Ich dachte mir einfach, wir sollten sicherstellen, dass Paul möglichst viele Erfahrungen sammelt, ehe er uns verlässt.«

Die Neuen verbrachten während ihrer ersten zwei Dienstjahre jeweils sechs Monate auf vier verschiedenen Wachen. Noch eine weitere Woche, dann hatte Paul die ersten zwei Monate seines ersten Turnus hinter sich. Er war der Einzige von den zwanzig aus seiner Abgangsklasse, der tatsächlich ein Feuer bekämpft hatte, und der Einzige, der bei einer Wildwasserübung über Bord gegangen war.

Rick setzte den Kopfhörer auf und drückte den Mikroknopf auf dem Armaturenbrett.

»Hier Wagen sechsundsiebzig.«

Dann drückte er den Unterwegs-Knopf auf dem Computer und den Knopf an seinem Kopfhörer, der die Verbindung zu seiner Mannschaft trennte. Durch die Sirenen und das Kompressorhorn hatte er auf dem einen Ohr bereits einen beträchtlichen Gehörverlust erlitten und schützte mit fanatischem Eifer, was ihm geblieben war.

Normalerweise genoss er die erzwungene Stille. Sie verschaffte ihm Zeit, über seine jeweiligen Projekte nachzudenken, vor allem, wenn es sich um knifflige Dinge handelte. Er versuchte, sich auf seinen halb fertigen Verputz zu konzentrieren, aber immer wieder schweiften seine Gedanken zu Catherine.

In den zehn Jahren seit seiner Scheidung war er zwar hin und wieder mit Frauen ausgegangen, doch nie hatte sich daraus etwas Ernsthaftes ergeben. Er wartete auf Schmetterlinge im Bauch, einen Himmel voller Geigen und die tiefe Überzeugung, dass er eine Frau gefunden hatte, die – auch wenn sie beide fünfundachtzig sein würden – immer noch mit ihm scherzen, duschen oder im Gras liegen würde, um im August die Sternschnuppen zu beobachten. Er wollte sich einfach nicht mit dem Augenblick zufriedenzugeben oder mit einer Frau, die in schweren Zeiten kniff. Er wollte eine Beziehung, eine Geliebte, eine Freundin, die blieb.

Er hatte den Tod der Liebe einmal erlebt und hatte einfach nicht das Herz oder den Mut, das alles noch einmal durchzustehen.

Steve hielt vor einem zweigeschossigen Ziegelhaus und blieb im Wagen sitzen, während Rick und die beiden Teammitglieder zur Haustür gingen. Eine Frau, die – vermutete Rick – zwischen achtzig und neunzig war, öffnete die Tür, kaum dass sie angeklopft hatten.

»Ach, bin ich froh, dass Sie endlich da sind. Tut mir wirklich leid, dass ich Sie noch so spät anrufen musste, aber ich wusste nicht, was ich sonst hätte tun sollen.« Sie blickte auf und entdeckte den Einsatzwagen. »Oh je, ich wusste nicht, dass Sie damit kommen würden. Ich hab denen doch gesagt, dass es nur was Kleines ist. Sie hätten auch in einem Pkw kommen können. Jetzt glauben die Nachbarn, dass ich wieder was auf dem Herd hab stehen lassen.«

»Tut uns leid – aber die Stadt stellt uns nun mal nichts anderes zur Verfügung. Wir kommen im Einsatzwagen oder gar nicht. Und nun erzählen Sie mir doch, was Sie auf dem Herzen haben?«

Sie hielt die Tür auf und machte ihnen Platz.

»Kommen Sie bitte rein, kommen Sie rein.«

Als alle drei drin waren, schloss sie die Tür und führte sie in ein nach hinten gelegenes Schlafzimmer.

»Mein Sohn ist momentan nicht in der Stadt. Normalerweise erledigt er solche Sachen für mich – oder aber mein Nachbar. Aber der arbeitet nachts und ist daher auch nicht zu Hause. Sie sehen also, ich hatte wirklich keine andere Wahl.«

»Warum glauben Sie denn, dass die Katze in der Wand ist?«, fragte Rick.

Sie warf ihm einen strafenden Blick zu, der ihn an die Reaktion seiner Mutter auf dumme Fragen erinnerte. »Hören Sie doch selbst.« Sie klopfte neben der Schranktür an die Wand und bedeutete ihm, indem sie den Finger auf die Lippen legte, zu schweigen. Tatsächlich ertönten ein klagendes Miauen. »Na?«

»Sie haben recht«, gab Rick zu. »Das klingt nach einer Katze.« Er trat an die Wand und klopfte wieder, um die Stelle genauer einzugrenzen.

»Soll ich das machen, Captain?«, fragte Janet.

Er lachte leise über ihren indirekten Versuch, ihm zu Hilfe zu kommen. Sie hatte die Ergebnisse seines von der Stadtverwaltung angeordneten Hörtests im Vormonat abgeholt und war überzeugt, dass er allmählich taub wurde. »Ich glaube, ich schaffe das schon. Ihr könnt die Säge und ein paar Planen aus dem Wagen holen.«

»Was haben Sie vor?«, fragte die Frau.

»Ein Loch in die Wand schneiden. Die Katze ist zu weit unten, als dass wir von oben an sie rankommen könnten.«

»Oh je, was soll ich denn mit einem Loch in meiner

Wand?« Sie presste die Hand auf ihren ausladenden Busen. »Oder reparieren Sie das auch wieder?«

»Nein, das tun wir leider nicht.«

»Sind Sie auch sicher, dass es keine andere Möglichkeit gibt?«

»Ich wüsste keine.«

»Was würde passieren, wenn ich sie einfach da ließe, wo sie ist? Ist es nicht denkbar, dass sie da von alleine wieder rausfindet?«

»Wenn sie alleine da rauskommen könnte, hätte sie das längst getan.«

Er verstand ihr Zögern, verstand, dass sie ihre Wand nicht beschädigt haben wollte. Aber er würde nicht weggehen, wenn er wusste, dass da ein Tier verhungerte, nur weil seine Rettung Scherereien verursachte.

»Also, ich kann Sie ja nicht zwingen, uns ein Loch in Ihre Wand schneiden zu lassen, aber ich kann Ihnen versprechen, dass es früher oder später sowieso dazu kommt. Denn wenn diese Katze da drin stirbt, wird der Gestank Sie aus dem Haus treiben. Und Sie werden nicht eher wieder einziehen können, bis Sie jemanden gefunden haben, der Ihnen die Wand einreißt und den Kadaver beseitigt.«

»Oh je. Ich hatte ja keine Ahnung.«

»Es ist wohl nicht Ihre Katze?«

Sie schüttelte den Kopf. »Ich hab mir immer eine gewünscht, aber mein Mann hatte eine Allergie. Nach seinem Tod bin ich dann viel gereist – an all die Orte, die er nie mit mir besuchen wollte – und war fast nie daheim.«

Janet und Paul kehrten zurück. Rick ließ sie Bett und Fußboden mit Planen abdecken. Er fand die Pfosten, indem er klopfte und horchte, wie sich der Klang von hohl zu massiv veränderte. Nachdem er ihre Lage mit einem Bleistift markiert hatte, schnitt er einen senkrechten Schlitz in die Wand. Als er sich mit der Säge dem zweiten Pfosten näherte, registrierte er Pauls Miene. Seine Augen waren riesengroß, der

Mund stand ihm offen, und sein Ausdruck lag irgendwo zwischen Entsetzen und Faszination. Ganz offensichtlich erwartete er, dass Blut aus dem Einschnitt gespritzt kam.

Rick machte etwa vierzig Zentimeter vom ersten entfernt den zweiten senkrechten Schlitz in die Wand und anschließend noch einen quer verlaufenden ganz oben. Er zwängte die Spitze des Brecheisens in den dritten Schnitt, stemmte und drückte. Und die Wand zerriss an der Naht, etwa einen halben Meter oberhalb der Katze. Er hielt seine Taschenlampe in das Loch.

Ein entsetztes Augenpaar leuchtete zurück. Die Katze war kopfüber mit zur Decke weisenden Pfoten eingeklemmt, das schwarze Fell mit weißem Staub bedeckt. Sie begann zu schnurren, und zwar so laut, dass Paul und Janet es auf der anderen Bettseite noch hörten.

»Geht's ihr denn gut?«, fragte Janet.

»So weit ich sehe, ja«, erwiderte Rick.

»Darf ich mal sehen?«, bat die Frau.

Rick trat beiseite. »Fassen Sie sie aber nicht an«, meinte er warnend.

»Oh je, das ist aber eine Hübsche, was?«, sagte sie und hatte das Loch in ihrer Wand zeitweise vergessen.

»Soll ich sie rausholen, Captain?«, fragte Paul. »Katzen mögen mich.«

Rick hatte schon zu viele Tiere in Krisensituationen erlebt, um ihnen zu trauen, egal, wie laut sie auch schnurrten. Aber er war willens, dem Neuen eine Chance zu geben. »In Ordnung, aber ziehen Sie Handschuhe an.«

»Ich will nicht respektlos sein, Captain, aber wenn ich einen Handschuh da reinstecke, mach ich dem armen Ding nur noch mehr Angst. Mit Katzen kenn ich mich aus. Ich sag Ihnen, sie mögen mich.«

Einige Dinge konnte man nicht lehren; die musste man durch Erfahrung lernen. Rick schüttelte den Kopf und trat zurück. »In Ordnung – probieren Sie 's.«

»Hallo, Kätzchen«, gurrte Paul leise. »So ist's brav.« Langsam griff er hinein und redete dabei die ganze Zeit. Etwa eineinhalb Sekunden lang ging alles gut. Dann ließ die Katze wie auf Kommando ein hohes Fauchen ertönen, spuckte, knurrte und schlug die Krallen in Pauls Arm. Paul riss die Hand zurück und stieß mit dem Ellbogen gegen die Kommode. Einen Moment lang war Rick nicht sicher, ob der Schrei von Paul oder der Katze stammte.

»Gott, nehmt das Vieh weg.«

Rick nahm an, dass die Katze genauso wenig auf Pauls Arm hocken mochte, wie der sie dort haben wollte, sodass er nur danebenstand und abwartete. Und tatsächlich benutzte die Katze Paul nur als Sprungbrett, um aufs Bett und dann auf den Boden zu flüchten.

»Undankbares kleines …«

»Vorsicht«, warnte Rick.

Janet aber konnte sich nicht mehr beherrschen und bog sich vor Lachen.

Die alte Frau trat zu der Katze, die sich in einen Winkel verzogen hatte. Redete eine paar Sekunden auf sie ein, streichelte ihr den Kopf und hob sie hoch. »Mich mögen sie auch«, sagte sie zu Paul.

Das war zu viel für Rick. Er brüllte vor Lachen.

»Jetzt schauen Sie sich das an«, stöhnte Paul entrüstet und streckte die Hand aus. »Sehen Sie, was mir das Biest angetan hat.«

»Oh je«, meinte die Frau. »Sie sollten das einem Arzt zeigen. Ich hab mal von einem Mann gehört, der wegen eines Katzenbisses seinen Daumen verlor.«

»Stimmt das, Captain?«, fragte Paul, und seine Empörung verwandelte sich in Sorge.

»Kann durchaus sein«, meinte Rick. »Sobald wir hier aufgeräumt haben, bringen wir Sie ins Krankenhaus und lassen Sie mit Antibiotika behandeln.«

Als sie wieder zum Wagen zurückkamen, ging Janet zu

Steve. »Du hast was versäumt. Der Neue hat seine Feuertaufe bekommen.«

Steve grinste. »Und sich dabei doch sicher auch einen neuen Namen verdient.«

»Ach, nun kommt aber, Leute. Ich wollte doch nur helfen«, stöhnte Paul.

Janet bedachte ihn mit einem unbarmherzigen Grinsen. »In der unabgekürzten Form heißt er jetzt – Paul ›Katzen mögen mich‹ Murdoch«, verriet sie Steve. »Aber ich finde, das gute alte ›Cats‹ geht besser ins Ohr.«

»Ihr erzählt das doch nicht weiter, oder?« Wäre er schon etwas länger in der Abteilung gewesen, hätte er gewusst, dass sein flehentlicher Tonfall sein Verderben besiegelte. »Das wird mir ewig nachhängen.«

»Aber nein.« Rick schlug ihm auf die Schulter. »Zehn oder fünfzehn Jahre nach Ihrer Pensionierung wird sich keiner mehr dran erinnern.«

Auf dem Weg zum Krankenhaus dachte Rick an seinen ersten Hausbrand: wie er innerlich derart aufgewühlt gewesen war, dass er überhaupt nicht spürte, wie seine Füße den Boden berührten; wie sein Hauptmann den Schlauch genommen und ihm das Strahlrohr in die Hand gedrückt hatte; und wie ihm das Herz so laut in der Brust pumperte, dass er überzeugt war, jeder müsse es hören. Er hatte das Feuer sofort entdeckt – ein tiefes oranges Glühen an der hinteren Hauswand. Er hatte es mit einem erstickenden Nebel attackiert, doch das hatte nicht gereicht. Er hatte den Wasserstrahl erneut darauf gerichtet. Und dann noch einmal. Und immer noch hatte es gebrannt, als werde es von einer höllischen Glut genährt.

Er hörte, wie die Feuerwehrleute das Dach aufschnitten. Aus dem hinteren Teil des Hauses schrie jemand, dass man das Feuer gefunden habe. Verwirrt hatte Rick den Regler losgelassen, sodass der Wasserstrahl unterbrochen war. Der Rauch war durch das Lüftungsloch im Dach abgezogen, und die Atmosphäre im Zimmer hatte sich, während sie zurückwichen, geklärt.

Rick hatte mit offenem Mund auf sein Feuer gestarrt: ein Neonlicht in einem eingebauten Aquarium.

Sein Captain, ein barscher Mann, der zwei Jahren vor seiner Pensionierung stand, hatte Rick mitgeteilt, dass er eben die wichtigste Lektion gelernt hatte, die man bei der Feuerwehr lernen konnte: Nimm nie etwas für selbstverständlich.

Seit jenem Tag hatte Rick kein brennendes Gebäude mehr betreten, ohne sich diese Lektion in Erinnerung zu rufen.

13

Catherine beugte sich in Brians Ford Explorer nach vorn und winkte dem Wächter am Tor. Er lächelte und drückte auf den Knopf, der die schweren Metallstangen zur Seite gleiten ließ und ihnen damit Zutritt zur Siedlung an der Granitbucht gewährte. Sie warf einen Blick auf die Uhr am Armaturenbrett. Sie waren länger in der Klinik geblieben als sonst, und als Brian mitbekommen hatte, dass sie ein Taxi rufen wollte, hatte er darauf bestanden, sie selbst nach Hause zu bringen. Es würde zwei Uhr früh werden, bis er selbst daheim war.

»Hast du deine Mutter angerufen und ihr gesagt, dass du später kommst?« Nie hatte sie Lyndas Freunden eine derartige Frage gestellt. Und das war nur eine der Veränderungen, die drei Wochen mit ihrer Tochter im Krankenhaus bei ihr bewirkt hatten. Offenbar machte sie sich jetzt um alles Sorgen, da sie einfach kein Leben mehr führte, wo Unfälle nur den anderen zustießen.

Er fuhr durchs Tor und den Hügel zu Catherines Haus hinauf. »Sie ist diese Woche am See.«

»Fehlt er dir denn nicht, der See?«, fragte sie vorsichtig. Sie kannte Brian nicht gut genug, um zu wissen, weshalb er jeden Tag in die Klinik kam, sie wusste nur, wie dankbar sie ihm dafür war. Etwas zu sagen oder zu tun, das ihm das Gefühl gab, nicht willkommen zu sein, war das Letzte, was sie wollte. Lynda wollte immer noch keinen von ihren Freunden sehen – auch Wendy nicht, die zeit ihres Lebens ihre beste Freundin gewesen war. Sie weigerte sich sogar, mit ihnen zu telefonieren. Sie sei noch nicht so weit, meinte sie, und Catherine drängte sie nicht und war zuversichtlich, dass sich

Lynda, sobald sie erst einmal aus der Klinik war, wieder mehr wie sie selbst fühlen würde.

»Manchmal schon«, gab Brian zu. »Aber es wäre einfach nicht mehr dasselbe.«

Sie konnte das so gut nachfühlen. »Es wird schon wieder so. Du musst dir nur ein bisschen Zeit lassen.«

»Glauben Sie, dass auch Lynda nichts weiter braucht?«

Sie seufzte. »Ich wünschte, ich wüsste, was sie braucht. Ich würde Himmel und Erde in Bewegung setzen, um es ihr zu beschaffen.« Nicht gebraucht hatte Lynda allerdings, und das wusste sie, dass Tom sie beide sitzen ließ.

»Sie hat Angst.«

»Ich weiß ...«

»Ich sage ihr immer wieder, dass es niemanden kümmern wird, wie sie aussieht, aber sie glaubt mir nicht.«

»Ihr selbst macht es was aus. Wenn sie in den Spiegel blickt, erkennt sie sich nicht wieder, und sie fürchtet, dass es ihren Freunden genauso geht.« Sie hatte anderen Eltern zugehört, die über ihre Kinder sprachen, und ihren Worten bruchstückhafte Beschreibungen und Erklärungen von Lyndas Gefühlen entnehmen können.

»Das ist verrückt.«

»Für dich und mich vielleicht, aber nicht für sie. Man hat ihr den Kopf rasiert, sie am ganzen Körper verbunden, ihr Rücken wird ihr Leben lang von Narben verunstaltet sein. Wir wissen nicht wirklich, was sie durchmacht, ebenso wenig, wie sie weiß, wie es für uns ist, ihr dabei zuzuschauen.«

»Ich hab schon daran gedacht, nicht mehr so oft zu kommen.«

Das waren die Worte, die sie befürchtet hatte. »Aber?«

»Ich könnte nicht ganz wegbleiben.« Er blieb in der Auffahrt stehen, schaltete den Motor aber nicht aus. »Sie betont immer wieder, dass sie niemanden dort haben will, aber wenn ich mich verspäte, fragt sie mich jedes Mal, warum.«

Brian kommt, weil Lynda ihm leidtut. Catherine hatte gehofft, er komme, weil sie Freunde waren. Sie empfand eine beschützende, unangebrachte Zornesregung, doch Gott sei Dank war sie verschwunden, ehe sie sich zu etwas Unüberlegtem hinreißen ließ. Von allen Männern in Lyndas Leben hatte sich Brian als der loyalste erwiesen; seine Gründe sollten da keine Rolle spielen. »Sie wird bald wieder zu Hause sein.« Der Rest ihrer Botschaft – dass er dann weiterleben könne wie zuvor – blieb unausgesprochen.

»Wussten Sie, dass sie mir erzählt hat, ich solle sie nach ihrer Entlassung nicht mehr besuchen?« Er fuhr mit den Händen über das mit Leder überzogene Steuerrad und starrte geradeaus.

»Nein.« Catherine wusste nicht, was sie darauf erwidern sollte.

Er drehte ihr das Gesicht zu und lächelte verlegen. »Ich hab ihr gesagt, dass ich nicht käme, um sie zu sehen, sondern weil ich auf ältere Frauen stehe.«

In irgendeiner anderen Nacht hätte Catherine über die unverschämte Erklärung gelacht. Obwohl sie wusste, dass seine Aussage nicht einmal genug Wahrheit enthielt, um einen Verdächtigen am Lügendetektor vorbeischlüpfen zu lassen, hatte die Erfahrung mit Tom sie so mitgenommen, dass sie sich seltsam geschmeichelt fühlte. »Und was hat sie dazu gesagt?«

»Ich weiß nicht mehr.«

»So schlimm, was?«

Er lachte. »Sie findet Sie ziemlich cool.«

»Ich finde sie auch ziemlich cool.« Catherine griff nach der Türklinke. »Danke fürs Heimbringen.«

»Morgen früh holt Rick Sie ab?«

Sie nickte.

Vor einem Monat hatte sie Brian kaum gekannt und Rick noch nie gesehen. Jetzt verließ sie sich, wenn man Gene einmal ausnahm, mehr auf sie als auf Männer, die sie ihr Leben lang gekannt hatte. Vielleicht sollte sie sich in Zukunft an

Kurzzeitbeziehungen halten. Die schienen am besten zu funktionieren.

Catherine bat Brian, vorsichtig zu fahren, verabschiedete sich und blieb am Eingang stehen, bis er aus der Auffahrt gebogen war. Als seine Rücklichter um die Ecke verschwanden, seufzte sie und betrat ihr leeres, stilles Haus. Die Orientierungslampen, eine im Wohnzimmer und eine im Büro hinten, leuchteten ihr zum Dielenschrank, wo sie ihre Handtasche verstaute. Ein schwacher, penetranter Putzmittelgeruch erinnerte sie daran, dass Mittwoch war und Juli, ihre Zugehfrau, da gewesen war, die dreimal die Woche ein Haus voller unbenutzter Räume schrubbte und auf Hochglanz brachte.

Trotz der Entscheidung, bis zur Hochzeit nicht zusammenzuwohnen, hatte Tom zu Catherines und Lyndas Leben gehört wie die dritte Strähne eines Zopfs. Wohin sie auch blickte, entdeckte sie Erinnerungen an ihn, vom Humidor auf dem Couchtisch, der mit seinen kubanischen Schmuggelzigarren gefüllt war, über die ungelesenen *Wall Street Journals,* die sich neben dem Sofa stapelten, bis zum Gin aus Bombay in der Bar. Sie spürte seine Gegenwart in den Möbeln, die sie auf sein Drängen hin umgestellt hatte, den Schränken, die mit seinem Lieblingsnahrungsmitteln gefüllt waren, und sogar in ihrem eigenen Kleiderschrank, in dem wegen der Geschenke, die er ihr gemacht hatte, sein Geschmack vorherrschte.

Um dem, wenn auch nur vorübergehend, zu entkommen, griff sie nach ihrem Schlüssel und ging ins Freie, um die Post hereinzuholen. Die trockene, warme Luft umfing sie besitzergreifend, als sie von ihrer klimageregelten Insel herabstieg. Grillen, Frösche und die Kompressoren der Klimaanlage schufen eine vertraute, misstönende Harmonie. Ein Vollmond warf lauernde Schatten zwischen die alten Eichen. Wie immer, wenn sie sich nachts ins Freie wagte, empfand Catherine quälende Unruhe. Ihre Furcht war eher kreatürlich als vernünftig, ausgelöst und wach gehalten von Berichten über einen weiteren Berglöwen, den man in noch einer Hügelgemeinde gesichtet hatte – Berichte, die es in der Sauregurkenzeit auf die erste Seite schafften.

Von Jägern nach Kalifornien gebrachte und hier ausgesetzte wilde Truthähne waren die Lockvögel für das halbe Dutzend, das man bisher in der Gegend entdeckt hatte. Tagsüber liefen die Truthähne – eine Mischung aus Kuriosität und Ärgernis, die von den meisten toleriert, von anderen verflucht wurden – frei auf den riesengroßen manikürten Rasenflächen umher.

Catherine hatte den Berglöwen, der sie regelmäßig heimsuchte, zwar nie erblickt, aber sie hatte seine Pfotenabdrücke am Koi-Teich gesehen und fand insgeheim Gefallen daran, dass etwas so Wildes und Freies in ihrem geordneten Leben existierte. Ohne den Berglöwen würde sie in die Nacht hinaustreten, ohne zu lauschen, in die Schatten starren, ohne zu sehen, und nie jenen Argwohn erfahren, der sie – wenn auch nur für die Zeit, während der sie zum Briefkasten ging – vergessen ließ, dass ihr normales Alltagsleben um sie herum zerbrach wie Fensterscheiben bei einem Erdbeben.

Sie wartete, bis sie wieder im Haus war, um einen Blick auf den mehr als fingerdicken Briefstapel zu werfen. Das meiste davon war für Lynda, Karten und Briefe von Freunden, die entschlossen waren, auf die eine oder andere Weise zu ihr durchzudringen. Der Rest war eine Mischung aus Werbebroschüren und Rechnungen. Die Werbung landete im Mülleimer, die Rechnungen auf einem immer höher werdenden Stapel, den sie sich eines Tages, bald, vornehmen würde.

Sie warf einen Blick darauf und dachte, dass es schon verdammt bald sein musste. Am besten gleich. Stattdessen aber ging sie zum Kühlschrank, nahm die am Vorabend geöffnete Flasche Chardonnay heraus und schenkte sich ein Glas ein. Sie war auf dem Weg auf die hintere Terrasse, als das Telefon klingelte.

»Hörst du eigentlich mal deinen Anrufbeantworter ab?«

Ihre Mutter. Ungefähr die Letzte, mit der sie sich jetzt auseinandersetzen wollte. »Alles in Ordnung, Mom. Wie geht's dir? Warum bist du um die Zeit noch wach?«

»Tom scheint die Zeit nicht zu kümmern. Der hat heute Abend schon dreimal angerufen und nach dir gefragt. Er hätte ein halbes Dutzend Nachrichten auf deinem Anrufbeantworter hinterlassen, sagt er. Ich weiß, es geht mich ja nichts an, aber habt ihr beiden vielleicht gestritten?«

»Können wir uns morgen darüber unterhalten?«

»Dann habt ihr also gestritten.«

»Mom – bitte. Ich will jetzt wirklich nicht über Tom reden. Ich bin müde und möchte nur noch ins Bett. Ich hab morgen einen langen Tag vor mir.« Sie hatte es gesagt. Hatte sich vor ihrer Mutter eine Blöße gegeben.

»Soll ich vorbeikommen?«, fragte sie, und ihre Stimme war ganz weich vor Verständnis.

Ihre Güte ließ Catherine fast die Fassung verlieren. »Nein, alles in Ordnung. Ich muss nur ein bisschen allein sein.«

»Na ja, wenn du mich brauchst, ich bin für dich da. Jederzeit. Mach dir keine Sorgen, dass du mich aufwecken könntest. Ich bin gerade mitten in einem tollen Buch, das ich, wie es aussieht, nicht mehr aus der Hand legen werde, sodass ich wahrscheinlich sowieso die ganze Nacht aufbleibe.«

So gern Phyllis Martin auch las, nie hätte sie zugelassen, dass ein Buch sie um ihren gesamten Nachtschlaf brachte. Dazu liebte sie den Tag denn doch zu sehr und würde ihn nie einem Nickerchen opfern.

»Ich hab dich lieb, Mom.«

»Ach Liebes, ich dich auch.« Sie wartete einen Moment und fügte hinzu: »Es hat aber nichts mit Lynda zu tun, nicht wahr? Tut mir leid, ich musste das fragen.«

»Lynda ist ganz okay. Ja, mehr als das, sie ist wirklich toll. Ich glaube, meine Tochter und ich sind dabei, Freundinnen zu werden.«

»Hab ich dir doch gesagt. Geduldig sein, im Gespräch bleiben, irgendwann finden Mütter und Töchter dann schon zusammen.«

Catherine nahm einen Schluck Wein. Sie behielt ihn auf der Zunge, nahm einen zweiten, um die feinen Aromen auszukosten. An diesem Abend ging es ihr nicht um den Geschmack des Weines. Auf das Schlückchen folgte ein kräftiger Schluck. Sie klemmte sich das schnurlose Telefon unters Kinn, nahm die Flasche in die eine und das Glas in die andere Hand und ging hinaus, um sich auf die Terrasse zu setzen.

Während sie sich in ihrem Sessel niederließ, fragte sie: »Hast du immer noch vor, Freitag zu fahren?« Ihre Mutter pilgerte einmal pro Jahr nach Washington, wo sie und mehrere Freundinnen aus ihrer alten Studentenverbindung auf Bainbridge Island ein Haus mieteten. Sie nahmen das Haus für den ganzen Monat, ohne jedoch feste Ankunfts- oder Abfahrtstage zu verabreden.

»Eigentlich schon – es sei denn, du brauchst mich hier. Ich wollte aber diesmal nicht so lange bleiben. Ich möchte zu Lyndas Entlassung zu Hause sein. Wir sollten was machen, damit es was Besonderes wird.«

»Warten wir doch noch ein Weilchen mit unseren Plänen.« Erst der Wagen, dann die Party. Catherine schenkte sich nach, lehnte sich zurück und starrte auf die Lichtermeer, das das Tal zwischen ihr und Sacramento füllte. Hitze erhob sich in Wellen aus den Quadratkilometern von Beton und Asphalt, die inzwischen das reiche Farmland bedeckten, und ließ die Lichter verschwimmen, sodass sie funkelten wie ferne Sterne.

»Und was willst du stattdessen tun?«

»Ich weiß nicht«, sagte sie und hörte selbst, wie müde sie klang.

»Was ist denn los mit dir, Catherine? Ist da irgendwas, das du mir nicht sagen willst? Hast du Angst?«

»Ich bin nur ausgelaugt, Mom«, meinte sie ausweichend.

»Morgen früh geht es mir wieder besser. Wenn ich ausgeschlafen bin.«

»Tut mir leid. Ich hab dir ja gesagt, dass ich dich nicht bedrängen will. Sag's mir einfach, wenn du so weit bist.«

»Danke.«

»Gut, dann lese ich mal lieber weiter, damit du Tom anrufen kannst.«

»Wir sprechen uns morgen.« Catherine drückte auf den Aus-Knopf und legte den Hörer auf den Tisch. Wenigstens war sie jetzt vorgewarnt, wusste, dass Tom wieder nach ihr suchte. Und dass sie nicht ans Telefon gehen durfte.

Als sie später den Weinrest in den Kühlschrank stellte und ihr Glas ausspülte, fiel ihr Blick auf den Stapel unbezahlter Rechnungen. Wie hatte sie nur so dumm sein können und sich von Tom überreden lassen, ihren Job zu kündigen? Ihr lächerlicher Lohnzettel – wie Tom ihre Abrechnung genannt hatte – hatte für sie und Lynda Monat für Monat den Unterschied zwischen knapp und komfortabel bedeutet. Sie schafften es auch ohne dieses Geld, aber eben nur gerade so.

Im einem Moment der Begeisterung über seine bevorstehende Freiheit und wegen seines Schuldgefühls, weil sie ihn mit einer anderen Frau im Bett erwischt hatte, hatte Jack den maßlos optimistischen Unterhaltsvorschlägen ihres Scheidungsanwalts mit nur geringfügigen Abänderungen zugestimmt. Sobald die erste Unterhaltszahlung von seinem Konto auf ihres überwiesen wurde, hatte er jedoch seine Großzügigkeit bedauert und war erneut vor Gericht gezogen – allerdings erfolglos. Von allen Glückwünschen, die sie auf die Bekanntmachung ihrer bevorstehenden neuerlichen Heirat erhalten hatte, war keine begeisterter gewesen als die Jacks.

Falls die Ereignisse dieses Tages irgendeinen Silberstreif erkennen ließen, dann war es die Aussicht, Jack zu erzählen, dass die Hochzeit abgesagt war. Catherine genoss sie einen Moment lang, obwohl sie um ihre Vergänglichkeit wusste.

Seit ihrer Scheidung hasste sie ihre Abhängigkeit von Jack und hatte sich auf den Tag, an dem der Unterhalt endete, fast genauso gefreut wie er. Dass sie selbstgerecht für sich beanspruchte, Jacks Zahlungen natürlich zu verdienen, machte es auch nicht besser; sie konnte die Tatsache, dass er das Geld verdiente, mit dem sie ihre Rechnungen bezahlte, nicht verdrängen. Während ihrer Ehe hatte sie das Gefühl, ihren Anteil am Einkommen mehr als verdient zu haben, so wie es auch bei Tom gewesen wäre.

Sie lebte in finanzieller Leibeigenschaft. Hatte sich selbst eingeredet, dass Tom Freiheit bedeuten würde. Doch alles, was er ihr bot, war nur ein neuer goldener Käfig. Seltsam, wie die trüben Fakten dem, was vom Glanz der Liebe noch übrig war, den Garaus machten.

Allein im dunklen, stillen Haus und mit nur ihren Gedanken als Gesellschaft rang Catherine um Antworten.

Wie hatte sie sich nur in einen Mann wie Tom verlieben können? Welcher Charakterfehler, welches tief sitzende Bedürfnis, welcher Zwang hatte bewirkt, dass sie gegenüber der Wirklichkeit des Mannes in der umwerfend attraktiven Verpackung so blind gewesen war?

Was immer sie auch an diesem Abend verloren hatte, ihr Selbstbewusstsein hatte den verheerendsten Schlag erlitten. Zweimal hatte sie ihr Herz Männern geschenkt, die sie verlassen hatten. Wer war wirklich für das Tun der Männer verantwortlich – sie oder die Männer?

Eine der häufigen Vorhaltungen ihres Vaters kam ihr wieder in den Sinn. *Einmal reingelegt: Er soll sich schämen! Zweimal reingelegt: Fass dich an die eigene Nase!*

Mit einem raschen Seufzer holte sie Luft.

Sie war allein. Wieder einmal. Die Freude, die mit dem Wissen verbunden war, dass es jemanden gab, der das Leben mit einem teilte, war dahin. Jahrelang hatte sie versucht, Alleinsein nicht mit Einsamkeit gleichzusetzen, aber nie das richtige Rezept dafür gefunden und schließlich akzeptiert, dass sie eben als Hälfte eines Paars am besten funktionierte. Welche Ironie, dass ihr die Fähigkeit, einen Gleichgesinnten zu finden, so völlig abging.

Wenigstens verstand sie ihr Scheitern jetzt. Sie würde keinen Versuch mehr wagen. Früher hatte sie die Liebe über die Selbsterhaltung gestellt, aber der Schmerz war zu groß und stahl ihr zu viele Jahre.

Sie würde wieder arbeiten gehen, weil sie es musste, aber diesmal würde sie sich nicht nur einen Job suchen, nein, sie würde eine Karriere anstreben, auch wenn sie dafür noch einmal aufs College musste. Sie würde ihre Tage mit der stimulierenden und herausfordernden Tätigkeit des Geldverdienens erfüllen, so wie Jack und Tom und Gene und alle anderen Männer, die sie kannte, es taten. Zum Teufel mit den Nächten. Sie würde einen Weg finden, sie durchzustehen, bis die Einsamkeit so natürlich und selbstverständlich wurde wie das Atmen.

Catherine schaltete das Licht aus und ging Richtung Treppe, zu ihrem Schlafzimmer. Sie streckte die Hand nach dem Geländer aus und erstarrte. Sie konnte nicht hinaufgehen. Noch nicht. Tom hatte zwar nie die ganze Nacht in ihrem Bett verbracht, aber sie hatte sich so oft vorgestellt, wie es sein würde, zu erwachen und ihn zu sehen, dass es ihr zur Gewohnheit geworden war.

Sie ging ins Wohnzimmer und rollte sich auf dem Sofa zusammen. Ihre erste Prüfung in der neuen unabhängigen Welt, die sie sich selber schaffen wollte, und schon versagte sie. Nicht gerade ein vielversprechender Anfang.

Morgen würde es besser klappen. Musste einfach. Gebrochene Herzen störten das Alltagsleben, und Lynda brauchte sie.

Das Telefon klingelte. Einmal, zweimal, dreimal, viermal, ehe der Anrufbeantworter anlief. Catherine lauschte, wie ihre eigene Stimme fröhlich den neuesten Bericht über Lyndas Befinden zum Besten gab und dann den Anrufer einlud, eine Nachricht zu hinterlassen. Erwartungsvoll hielt sie den Atem an, wartete darauf, dass Toms Stimme ihr gestand, er habe einen furchtbaren Fehler gemacht und wolle sie um Verzeihung bitten – während sie die ganze Zeit wusste, dass nichts, was er sagte, den Riss in ihrer Beziehung noch kitten konnte. Da sie wusste, was er empfand, konnte sie sich nicht mehr darauf verlassen, dass er ihre Tochter unverletzt ließ, und Lynda kam an erster Stelle. So war es immer gewesen und würde es immer sein. Es hatte weder mit Opfer noch übertriebener mütterlicher Hingabe zu tun – es war einfach so.

Einen Moment lang folgte einfach nichts. Schließlich machte es Klick, und es hatte etwas Endgültiges.

Catherine drehte ihr Gesicht ins Kissen und weinte stumm.

14

Rick betätigte die Klingel an Catherines Haustür, trat dann beiseite und steckte die Hände in die Gesäßtaschen seiner Jeans. Während er wartete, musterte er die beeindruckenden Türflügel. Sie bestanden aus Hunderten schräg angeschliffener Glasstücke, die in Blei gefasst zu einem Art-déco-Muster angeordnet waren und von dunklem, schönem Mahagoniholz gerahmt wurden. Verblüffend in Entwurf und Ausführung besaß die Türe die Qualität eines Museumsstücks und wirkte an diesem Haus im Rancherstil ein wenig fehl am Platz.

Zweifellos ging dieser leicht zu überwindende Eingang mit einer Alarmanlage einher, die genauso beeindruckend war wie der Rest des Hauses. Menschen, die in gesicherten Wohnanlagen lebten, legten großen Wert auf ihre persönliche Sicherheit wie die ihres Hab und Guts. Sie meinten, das Recht zu haben, die Früchte ihres hart verdienten Geldes zur Schau zu stellen, allerdings nur vor denen, die sie auch sehen sollten. Zufällig Vorbeikommende waren nicht willkommen, wurden nicht geduldet.

Als Rick gerade zum zweiten Mal klingeln wollte, ging die Tür auf. »Es tut mir leid«, sagte Catherine. »Ich habe mit dem Versicherungsmakler telefoniert. Bitte kommen Sie doch herein.«

Sie trug ein blassblaues Baumwollkleid, ärmellos und schlicht, das über den Knien endete und die Hüften umspielte, als sei es für sie geschneidert worden. Ihre Sandalen waren aus Ledergeflecht, die Beine nackt, die Haare hatte sie so verdreht und hochgesteckt, dass die Enden abstanden. Ein schmales Goldband umschlang ihr Handgelenk, doch der

Verlobungsring, den sie am Abend zuvor noch getragen hatte, war verschwunden. Rick registrierte das alles mit einem Blick und zwang sich dann, woandershin zu schauen – auf den Perserteppich, der den Marmoreingang schützte, den Kristalllüster, der genau in der richtigen Höhe hing, um nachts durch die Glastüren sichtbar zu sein.

»Hübsch«, bemerkte er.

»Ja«, erwiderte sie ohne rechte Begeisterung. »Mir hat der Blick gefallen, Jack das Haus. Oder er hat es wenigstens geglaubt. Sobald wir eingezogen waren, wurde ihm klar, dass es doch nicht das war, was er sich vorgestellt hatte. Nicht groß genug. Weswegen ich immer noch hier bin und er in diesem hotelähnlichen Komplex, den er in Carmichael hat bauen lassen.«

Von außen hatte Rick das Haus auf vier- bis fünfhundert Quadratmeter geschätzt. Jack musste schon seltsame Freunde haben, wenn das nicht ausreichte, um sie zu beeindrucken.

Er folgte ihr durchs Foyer und ins Wohnzimmer, das sich zur Küche hin öffnete. Eine Fensterwand ging aufs Sacramento Valley hinaus – beziehungsweise auf das, was durch den Nebel davon erkennbar war. »Was haben Sie über den Wagen herausgefunden?«

»Der Kühler ist undicht, sodass man nicht damit fahren kann. Toms Versicherer wollte ihn zu einer ihrer Vertragswerkstätten abschleppen lassen, aber ich sagte ihm, dass ich meinen eigenen Mechaniker hätte.« Sie grinste verlegen. »Und dann konnte ich mich nicht mehr an den Namen erinnern, den Sie mir genannt hatten, sodass ich sagte, ich würde zurückrufen.« Sie ging in die Küche und nahm eine Tasse aus dem Schrank. »Kaffee?«

Lieber nicht. Er hatte ein Dutzend Dinge zu erledigen, und Kaffee mit Catherine gehört nicht dazu. »Bitte – schwarz.«

Sie schenkte ihm aus einer Edelstahlkanne ein und reichte ihm die Tasse. »Als ich heute Morgen mit Tom telefoniert habe, sagte ich ihm, dass ich entweder seinen Wagen konfisziere, bis meiner wieder repariert ist, oder er dafür sorgen muss, dass ich einen Mietwagen kriege.« Diesmal lächelte sie. »Er hat eine Corvette. Raten Sie mal, wofür er sich entschieden hat?«

Rick saß auf einem der Barhocker an der Küchentheke und probierte den Kaffee. Er war gut. Besser als gut – der beste, den er seit Langem getrunken hatte. Dass es womöglich eher an der Gesellschaft lag als am Getränk, hätte er nicht gelten lassen.

»Angesichts des schweren Tags, den Sie gestern hatten, sind Sie ja heute in sehr gehobener Stimmung.«

»Ich weiß, das hab ich mir auch schon gedacht. Es ist schon erstaunlich, was ein wenig selbstgerechte Empörung fürs Ego tun kann. Ich bin heute erwacht und war so wütend auf Tom, auf das, was er getan hat, dass ich an nichts anderes mehr denken konnte.«

Wenn sie überhaupt geschlafen hatte, so nicht sehr lange. Das Make-up half, aber er konnte die dunklen Ringe unter ihren Augen trotzdem sehen. »Er ist ein Idiot«, sagte Rick, ohne nachzudenken. Als er ihre überraschte Reaktion bemerkte, fügte er rasch hinzu: »Tut mir leid. Ich hatte kein Recht, das zu sagen.«

»Warum haben Sie es gesagt?«

»Weil ich manchmal ziemlich taktlos sein kann.«

»Das habe ich nicht gemeint. Ich wollte wissen, warum Sie Tom für einen Idioten halten.«

Sagte er ihr jetzt die Wahrheit, so überschritt er eine Grenze, die sie benötigten, um ihre professionelle Beziehung aufrechtzuerhalten. Er war da, um Lynda zu helfen. Wenn er darüber hinausging und sich auf eine persönliche Beziehung einließ, so würde das seine Arbeit und die Arbeit der *Burn Association* beeinträchtigen. »Er hätte sich und allen anderen eine Menge Ärger ersparen können, wenn er gestern Nacht ein Taxi gerufen hätte.«

»Oh ...«

Das war offensichtlich nicht das, was sie von ihm hatte hören wollen. Sie hatte Schmerzen und wollte etwas, das den Schmerz betäubte, und keine Begründungen. Er wechselte das Thema. »Hat Lynda inzwischen schon anderen Freunden erlaubt, sie zu besuchen?«

»Brian ist noch immer der einzige.«

»Man sollte sie vielleicht ermuntern, noch ein, zwei andere Leute zu sehen. Je länger sie es aufschiebt, umso schwieriger wird es.«

»Ich werde sie heute mal darauf ansprechen.« Sie griff nach einem Schwamm und wischte über die makellose Arbeitsfläche. »Ich sollte Sie nicht länger aufhalten. Es gibt sicher eine Menge Dinge, die Sie heute noch erledigen wollen.«

»Nichts, was sich nicht auch verschieben ließe.«

»Ich hole meine Handtasche, dann können wir gehen.«

Rick trug seine Tasse zum Ausguss, spülte sie aus und stellte sie in die Spülmaschine. Während er wartete, trat er ans Fenster und blickte hinaus auf das große Grundstück. Die Gartengestaltung wirkte so üppig und teuer wie das ganze Haus. Ein Redwood-Pfad führte zu einem unregelmäßig geformten Pool am Fuße des Hügels. Von einem Moos-Felsen-Wasserfall gespeist, wirkte der Pool eher natürlich als künstlich angelegt, ein Effekt, den die Schwimmbeckenbauer in diesen Breiten häufig anstrebten, doch nur selten erreichten.

Der Unterhalt dieses Anwesens hätte die Hälfte seines Gehalts verschlungen. Und wenn man Steuern und Versicherungen dazurechnete, wäre für Notwendigkeiten wie Essen nichts mehr übrig geblieben.

»Ich kann mich völlig in dieser Aussicht verlieren«, sagte Catherine, während sie herankam und sich neben ihn stellte. »Vor allem nachts, wenn man die Verschmutzung nicht sehen kann.«

»Ich habe eben den Pool bewundert.«

»Den haben sie fantastisch hingekriegt, nicht wahr? Lynda

und ihre Freunde haben sich früher ständig darin getummelt, aber dann kam sie auf die Highschool und hat als Cheerleader angefangen und war kaum noch zu Hause. Vielleicht wird sie ja jetzt ...« Sie blickte zu Rick auf. »Ich wünschte, ich wüsste, worauf ich mich einzustellen habe. Bis jetzt lag ich mit all meinen Vermutungen, was sie tun oder fühlen würde, falsch.«

»Zum Beispiel?«

»Sie kapselt sich völlig von ihren Freunden ab. Ich habe sie immer damit geneckt, dass ich sie ohne den ans Ohr gepressten Telefonhörer nicht wiedererkennen würde.«

»Haben Sie sich schon mit der Psychologin unterhalten?«

Sie schüttelte den Kopf. »Ich wollte sehen, ob sie sich nicht selber dazu durchringt. Aber inzwischen wird die Zeit knapp. Nächste Woche kommt sie nach Hause und ich kann unmöglich für sie lügen, wenn jemand anruft oder plötzlich vor der Haustür steht.«

»Wollen Sie, dass ich mit ihr spreche?«

Sie sah ihn an.

»Ich bin mit meiner Weisheit am Ende. Ich nehme jede Hilfe, die ich kriegen kann.«

Gerade als er antworten wollte, stieg ihm die Andeutung eines leisen, blumigen Dufts in die Nase. Catherine musste Parfüm aufgelegt haben, als sie ihre Handtasche geholt hatte. Von dem bezaubernden Duft angezogen, musste er sich schwer zusammenreißen, um sich nicht weiter vorzubeugen. Einen Moment lang führte ihn seine Fantasie in verbotene Gefilde, und er stellte sich vor, wie es wäre, sie in seinen Armen zu halten und ihren Geruch einzuatmen.

Der plötzliche Umschwung in seinen Gedanken verblüffte ihn. Er braucht Zeit zum Nachdenken, Zeit, seine Gefühle zu sortieren.

Zeit, um sich selbst den Kopf zurechtzusetzen. Wenn es eine sichere Methode gab, seine Arbeit als Freiwilliger bei der *Burn Association* kaputt zu machen, dann diese. Aber es war mehr als das. Mit jedem Freiwilligen standen die Arbeit und der Ruf der ganzen Organisation auf dem Spiel.

Er rückte von Catherine ab und verschränkte als zusätzliche Sicherheit die Arme vor der Brust. »Lyndas Empfinden ist völlig natürlich. Bis zu einem gewissen Grad machen alle Jugendlichen das durch. Für sie spielt es keine Rolle, wie wir oder ihre Freunde sie sehen, wichtig ist, wie sie sich selber sieht. Manchmal entsteht dieses Bild durch den Spiegel, manchmal hat es auch mit dem unachtsamen Blick einer Verkäuferin in einem Laden zu tun.«

»Ich danke Gott für Brian. Wenigstens weiß sie, dass es einen Menschen in ihrem Alter gibt, den ihre Brandwunden nicht abstoßen.«

Rick spürte, wie sie ihn ansah, und riskierte es, den Blick zu erwidern. Ihre Augen waren erfüllt von der Hoffnung, der er bei den Eltern brandverletzter Kinder immer wieder begegnete. Sie wollten unbedingt daran glauben, dass alles wieder gut wurde, dass die Narben nicht so schlimm werden würden, wie man ihnen erzählt hatte, dass der plastische Chirurg hinsichtlich fehlender Nasen und Ohren, Augenbrauen und Lippen Wunder wirken und Fremde ihrem Kind nicht nur entsetzte Blicke zuwerfen würden.

Die Akzeptanz vollzog sich in kleinen, scheinbar folgenlosen und dennoch wunderbaren Schritten: dem ersten Witz, einer Träne, die über einen traurigen Film statt über die Schmerzen vergossen wurde, Zorn über eine Ungerechtigkeit, die nichts mit dem Brandunfall zu tun hatte. Das waren die Augenblicke, wenn die Narben an die zweite Stelle und hinter die Persönlichkeit zurücktraten, wenn die Eltern ihr verlorenes Kind wiederentdeckten.

»Lynda glaubt, dass Brian sie besucht, weil sie ihm leidtut«, sagte Rick.

»Hat sie Ihnen das erzählt?«

»Auf viele verschiedene Weisen. Genauso wie sie mir indirekt ihre Überzeugung mitteilt, ich käme nur, weil es eben mein Job ist, oder dass Sie und der Rest der Familie kommen, weil Sie es müssen. Dessen ist sie sich momentan völlig sicher, und es ist unmöglich, sie von etwas anderen zu überzeugen.«

»Und wie kann ich ihr dann helfen?«

»Sie machen genauso weiter wie bisher. Und sobald sie dazu bereit ist, sorgen wir dafür, dass sie mit einer neutralen Person sprechen kann – jemand, der dasselbe durchgemacht hat wie sie, dem sie ihr Herz ausschütten, den sie anbrüllen oder vor dem sie sich bemitleiden kann und sich keine Sorgen darum machen muss, dass sie sich später dafür entschuldigen muss.«

Catherine betrachtete ihn lange. »Es ist mir peinlich, das zu sagen, aber ich glaube, so allmählich begreife ich, was Sie tun und warum ich Sie brauche. Und wichtiger noch, warum Lynda Sie braucht. Warum wir alle Sie brauchen.«

Rick lächelte. »Ich hab Ihnen ja gesagt, dass es eine Weile dauern würde.«

»Es gibt so vieles, das ich nicht weiß – um ihr dabei zu helfen, wieder ein ganzer Mensch zu werden.«

»Ich habe auch nicht alle Antworten parat, und einige von denen, die ich habe, sind vielleicht die falschen für Lynda. Ich weiß aber, wie wir jemand finden, der – falls nötig – ihr oder Ihnen helfen kann.«

»Sie haben es mir schon einmal gesagt, aber ich hab es wieder vergessen – wie lange betreuen Sie uns?«

Etwas an der Art, wie sie fragte, flößte ihm gleichzeitig Hoffnung und Besorgnis ein. »Ein Jahr lang.«

»Das ist ein ganz schönes Stück Lebenszeit.«

»Es würde Sie überraschen, wie schnell diese Zeit vergeht.«

Das Telefon klingelte. Catherine ignorierte es. »Ich glaube, wir sollten losfahren. Ich habe Tom einen Mietwagen in Roseville besorgen lassen, damit Sie mich nicht bis in die Stadt mitnehmen müssen.«

»Das wäre aber nicht nötig gewesen.«

Sie warf ihm einen Blick zu, nicht den raschen, mit dem man Bekannte musterte, sondern den langen und herzlichen, der einem Freund galt. »Kennen Sie das Sprichwort, dass uns das Leben nichts nimmt, ohne uns etwas zurückzugeben?«

»Ich habe es schon gehört.«

»Mein Vater hat es oft gesagt. Stammte zwar nicht von ihm. War keine *seiner* Redensarten – die er sammelte wie andere Leute Baseballkarten und die er zu jeder Gelegenheit parat hatte.« Sie verstummte lange genug, um zu lächeln. »Ich weiß nicht, ob ich es schon verstehe, aber ich glaube, Sie sind unser Segen, der Ausgleich für das, was Lynda und ich jetzt durchstehen müssen.«

Rick war in seinem Leben schon manches geheißen worden, aber »Segen«, das war etwas Neues. »Danke.« Er zögerte. »Aber könnte das mit dem ›Segen‹, wenn es Sie nicht stört, unter uns bleiben? Ich würde nicht wollen, das so was in der Abteilung die Runde macht.«

Sie errötete. »Tut mir leid – ich habe wieder mal laut gedacht. Ich wollte Sie nicht in Verlegenheit bringen.«

»Ich bin nicht verlegen.« Aber er war es. Komplimente stürzten ihn immer in Verlegenheit.

»Nicht verlegener als ein Kater, der auf dem falschen Fuß aufgekommen ist und versucht, es zu überspielen?«, neckte sie ihn.

»Okay, ein bisschen vielleicht.«

Sie wühlte in ihrer Tasche nach dem Schlüsselbund. »Nach all den Jugendlichen und Eltern, mit denen Sie das Programm durchgezogen haben, finde ich es unglaublich, dass Sie immer noch erröten, wenn Ihnen jemand was Nettes sagt.«

Diese Frotzelei war eine Seite Catherines, die er bisher nicht an ihr wahrgenommen hatte. »Ich war nur nicht darauf vorbereitet. Die meisten Leute sparen sich ihre maßlosen Komplimente auf, bis sie mich besser kennen.«

Sie lachte. »Das ist ja ermutigend.«

Wieder klingelte das Telefon. Rick war verblüfft, wie unbekümmert sie es klingeln ließ. »Wie machen Sie das?«, fragte er und folgte ihr zur Tür.

»Ich hab dem Krankenhaus meine Privatnummer gegeben. Die Nummer, die auch meine engsten Verwandten benutzen, wenn sie mich erreichen müssen. Wenn ich alle Anrufe auf dieser Leitung beantworten sollte, hätte ich für nichts sonst mehr Zeit.«

Sie schloss die Haustür ab, und auf dem Weg zum Feuerwehrwagen fragte Rick: »Sie stellen Ihre Alarmanlage nicht an?«

»Sie ist gar nicht angeschlossen. Früher ist sie ständig von allein losgegangen, sodass ich sie nach Jacks Auszug abstellen ließ. Lieber riskiere ich, dass mir was geklaut wird, als mich von dem Ding mitten in der Nacht zu Tode erschrecken zu lassen.«

»Ich habe einen Hund, der mich ab und zu besucht und zuweilen mein Haus bewacht. Soweit ich das sehe, bin ich sicher, solange der Dieb im Kaninchenkostüm aufkreuzt und versucht, Hundefutter zu klauen.«

Catherine lachte. »In meiner Kindheit hatten wir auch so einen. Mein Vater kaufte ihn für die Fasanenjagd. Einmal war er auch auf der Jagd dabei, aber irgendwie hat der Hund den Mann, der sein Leben lang Vögel geschossen hat, davon überzeugt, dass das eigentlich blöd ist. Dad hat uns alle verblüfft, als er danach heimkam, seine Gewehre verkaufte, den Hund aber behielt.«

Rick hielt Catherine die Tür des Führerhauses auf und ging um den Wagen herum, um selbst einzusteigen. Wo er den Feuerwehrwagen früher wegen seiner verstärkten Federung, seines starken Motors und seiner gewaltigen Zugkraft geschätzt hatte, sah er jetzt nur noch die Dellen und Kratzer.

Als er schließlich rückwärts aus der Auffahrt stieß, wusste er nicht mehr, was ihn mehr ärgerte, seine Sorge wegen des Aussehens des Fahrzeugs oder seine Sorge, was Catherine davon hielt.

Wegen der Freizeitsegler, die es zum Folsom Lake zog, und des Krankenwagens, der zu einem Unfall an einer der Kreuzungen vor ihnen raste, war der Verkehr auf dem Douglas Boulevard noch schlimmer als sonst. Rick bog ab und wechselte Richtung Olive Ranch. Beim Abbiegen deutete er auf Barton nach Norden. »Hier geht es zu meinem Haus.«

»Wie weit ist es?«

»Zwei Meilen. Abfahrt Laird.«

»Vor ein paar Jahren, als ich ans Umziehen dachte, habe ich mir dort ein paar Grundstücke angesehen«, sagte Catherine. »Ich wollte damals irgendwo wohnen, wo ich, wenn ich zur Tür hinausgehe, keinen Nachbarn mehr sehen muss.«

»Bei mir sind es die Autos. Ich wollte weg vom Autolärm.«

»Und ist es Ihnen gelungen?«

»Eine Weile schon. Aber ich wusste, dass es nicht für immer sein würde. Auburn kriecht den Hügel runter und Roseville kriecht ihn rauf. Ich bin genau in der Mitte, umgeben von großen Flächen noch unerschlossenen Lands. Eben haben sie ein paar Filetstücke an meiner Straße aufgeteilt, sodass es nicht mehr lang dauern wird, bis wir statt Vogelzwitschern Baulärm hören werden.«

»Klingt ja beunruhigend.«

»Ja, ich find die Vorstellung, dass ich meinen kleinen Paradieseswinkel aufgeben muss, nur damit jemand anders seinen haben kann, zum Kotzen.«

Sie lachte. »Gut ausgedrückt.«

Rick bog auf dem Sierra College Boulevard nach links und dann wieder nach rechts ab. Der Autoverleih befand sich hinter einem Videoverleih. Catherine hatte die Tür schon aufgemacht, ehe Rick den Motor ausschaltete.

Sie wandte sich zu ihm um. »Sehe ich Sie später?«

Sein unmittelbarer Gedanke war, Ja zu sagen. Er hatte schon den Mund geöffnet, um es zu tun, als ihm einfiel, dass es keinen Grund gab, sie an diesem Tag wiederzusehen – zumindest keinen, der irgendetwas mit seiner Arbeit mit Lynda zu tun hatte. »Wahrscheinlich nicht. Ich hab einiges zu erledigen, das ich schon länger aufgeschoben habe.«

Falls sie enttäuscht war, ließ sie es sich nicht anmerken. Sie stieg aus und warf sich den Riemen ihrer Tasche über die Schulter. »Dann bis morgen.«

Heiße, trockene Luft blies durch das Führerhaus, wie eine gewaltige Hand, die die Klimaanlage wegfegte und ihn warnte, dass dies kein Tag war, an dem ein vernünftiger Mensch sich körperlich verausgabte. »Ich arbeite.«

»Oh ... dann hab ich wohl den Kalender, den Sie mir gaben, falsch gelesen. Ich dachte, Sie hätten vier Tage frei.«

»Normalerweise schon. Ich arbeite für jemanden, der im letzten Jahr eine Schicht für mich übernommen hat.«

Sie machte einen verwirrten Eindruck. »Ich habe heute Morgen erfahren, dass Lyndas Freunde für ihre Heimkehr am Freitag eine Überraschungsparty planen. Ich weiß, dass sie Sie gerne dabeihätte. Können Sie kommen?«

Er hätte es gerne bejaht, verbot es sich aber, und erwiderte, »Vielleicht. Ich werde Ihnen Bescheid geben.«

Sie nickte. »Tja, noch mal vielen Dank.«

»Gern geschehen.« Mit einem dummen, erwartungsvollen Lächeln auf den Lippen – für den Fall, dass sie sich ein letztes Mal umdrehte – wartete er, bis sie im Gebäude verschwunden war. Kaum war sie außer Hörweite, stieß er eine derartige Salve von Flüchen aus, dass er seine ganze Mannschaft zum Erröten gebracht hätte.

Nach zehn Jahren und mehr missglückten Beziehungsversuchen, als er erinnern wollte, hatte er endlich eine Frau getroffen, bei der allein der Gedanke an sie ihn zum Lächeln brachte und ihn an Chancen denken ließ statt an Straßensperren.

Scheiße, wie hatte er nur so dumm sein können? Wie hatte er es zulassen können? Catherine Miller hatte sich noch keine vierundzwanzig Stunden von einem Mann verabschiedet, den sie genug geliebt hatte, um ihn heiraten zu wollen. Es war unmöglich, dass sie schon wieder zu einer Beziehung bereit war, auch wenn man sie natürlich hätte fragen können.

Und genau das konnte er nicht.

Sie brauchte Zeit. Viel Zeit. Und er würde sich vollständig von der *Burn Association* zurückziehen müssen, ehe er ihr seine Gefühle gestehen konnte. Wenn er es jetzt tat, so bedeutete das, dass er ihr und Lynda die notwendige Hilfe genau in dem Moment verweigerte, wo sie sie am notwendigsten brauchten.

Zum Teufel. Was für eine Alternative. Catherine jetzt, genau wie Tom, im Stich zu lassen, um später zurückzukehren und ihr zu sagen, dass er es nur getan habe, damit sie schließlich zusammen sein konnten; oder es ein Jahr lang aushalten und ein kühles, strikt professionelles Interesse in die Sache einbringen. Dazu musste er sich – völlig – aus ihrem Privatleben heraushalten. Er hatte sowieso schon viel zu viel Zeit in der Klinik verbracht. Seine Rolle in diesem Prozess war die des Unterstützers der Eltern, nicht die eines Beziehungspartners. So wie es – bis zu diesem Zeitpunkt – immer gewesen war.

Verdammt. Ein ganzes Jahr? Unmöglich. Er würde das nie schaffen. Was das Verbergen seiner Gefühle betraf, war er kaum besser als Blue. Hätte man ihm einen Schwanz gegeben, hätte er bei jeder Begegnung mit Catherine gewedelt.

15

Lynda stand vor dem Spiegel und zupfte sich etwa das zehnte Mal an diesem Morgen den Hemdkragen zurecht. Wenn er stand, verbarg er den Verband im Nacken; sank er zusammen, sah es aus, als trüge sie unter dem Hemd einen wirklich hässlichen Rollkragenpullover. Rollkragenpullis aber trugen mitten im kalifornischen Sommer nur Verrückte. Oder Brandverletzte. Aber wer wusste das schon?

Sie drehte sich zur Seite, um zu sehen, wie fett sie durch die Schlauchverbände wirkte. Sie bedeckten ihren ganzen Körper, vom Hals bis zu den Schenkeln, aber das Hemd und die Hose waren so weit, dass sie auch Größe vierzig hätte haben können und man es trotzdem nicht bemerkt hätte.

Sie beugte sich näher zum Spiegel, zupfte links an ihrem Pony, plusterte ihn rechts ein wenig auf. Dann schob sie ihre Mütze zurecht, und ihr Haar war wieder genauso wie vorher. Es war seltsam, wie schnell sie sich an die kurzen Haare gewöhnt hatte. Nicht an den rasierten Kopf. Aber an den Pony. Der Rest befand sich bereits jenseits des stachligen Bürstenstadiums, war zu einem weichen Flaum herangewachsen, der, wie ihre Physiotherapeutin meinte, an Weihnachten lang genug sein würde, um sich zu locken.

Was die Locken betraf, die waren ihr egal. Sie wollte nur, dass ihre Haare lang genug wurden, damit sie die Narben im Nacken verbargen.

Ein inzwischen vertrautes zweifaches Klopfen verriet ihr, dass Brian vor der Tür stand. Er wartete ein paar Sekunden, ließ ihr Zeit, sich etwas überzuziehen, falls nötig, und trat ein.

Er trug ein neues Hemd oder wenigstens eins, das sie nie

zuvor gesehen hatte, und eine leichte Baumwollhose statt der gewohnten Jeans. »Du siehst gut aus«, lobte sie ihn.

»Danke. Du auch.«

»Ja, sicher.« Sie streckte die Arme aus, um ihm zu zeigen, wie weit ihr das von ihrem Vater geborgte Hemd war. »Wie frisch der *Cosmopolitan* entstiegen.«

Er grinste. »Vielleicht eher der *GQ*, aber trotzdem – ziemlich cool. Wer weiß, vielleicht könntest du einen neuen Modetrend kreieren.«

Sie erwiderte sein Lächeln und vereitelte damit ihren Versuch, sich verstimmt zu geben. »Was machst du eigentlich hier? Ich dachte, du kämst später bei uns vorbei.«

Er setzte sich auf den Metallstuhl neben sie, schlug ein Bein über die Lehne und streckte das andere aus. »Ich musste ein paar Sachen für meinen Vater abliefern. Sein Botenjunge hat einen besser bezahlten Job gefunden.«

»Dann arbeitest du jetzt für deinen Vater?«, fragte sie vorsichtig. Sie wusste, dass er eine Entschuldigung brauchte, wenn er sie nach ihrer Entlassung aus dem Krankenhaus nicht mehr besuchte, und war neugierig, welche es sein würde. Zumindest waren die Verpflichtungen eines Jobs etwas Vernünftiges, etwas, das sie ihm glauben konnte, wenn sie es sich lang genug einredete.

»Ich hab das letzten Sommer schon probiert. Mom meinte, nie wieder würde sie einen von uns für Dad arbeiten lassen. Ich helfe nur aus, bis er einen anderen gefunden hat.«

»Wann, hast du gesagt, fängt das Football-Training wieder an?« Wenn ihm selbst kein Grund einfiel, würde sie ihm dabei helfen. Alles war besser als eine lahme Entschuldigung, die sie nicht einmal sich selber abgenommen hätte.

»Ist noch zwei Wochen hin.« Er starrte sie an, und seine Augen blickten weich und warm, als ob er ihre Gedanken lesen könnte. »Du suchst doch nicht zufällig nach einem Grund, mich loszuwerden, oder?«

»Warum denn das?«, fragte sie abwehrend.

»Ich weiß nicht. Das musst *du* mir verraten.« Sie verschob ihre Antwort, machte einen Buckel, rollte die Schultern und machte mechanisch die Bewegungen, die er kannte.

Seit Tagen fühlten sich ihre Arme und ihr Nacken schon an, als ob ständig ein Moskitoschwarm über sie herfalle. Jeder, den sie fragte, erwiderte ihr, dies gehöre zum Heilungsprozess und werde achtzehn Monate oder länger anhalten.

»Juckt es wieder so schlimm?«, fragte Brian.

»Es treibt mich noch mal zum Wahnsinn.«

»Soll ich die Schwester rufen?«

Sie schüttelte den Kopf. »Sie haben mir schon Benadryl gegeben.«

Die Hände auf den Knien, rutschte er nach vorn. »Ich hab ein Entlassungsgeschenk für dich.«

»Echt?« Sie freute sich wahnsinnig – obwohl sie eigentlich damit hätte rechnen können. Brian tat ständig solche Sachen für sie – ähnlich wie sie es vielleicht von einem großen Bruder erwartet hätte, hätte sie einen gehabt. Oder auch von einer wirklich guten Freundin. Wie Wendy. Nur dass Wendy nicht nur eine gute, sondern sogar Lyndas beste Freundin war. Oder es wenigstens gewesen war, bevor Lynda sich wie ein Miststück verhalten und sich geweigert hatte, sie zu sehen oder auch nur mit ihr zu telefonieren. Wendy fehlte ihr. Und sie musste wirklich unbedingt mit ihr reden. Es gab einfach Sachen, die sie einem Jungen nicht erzählte, nicht mal einem Jungen wie Brian. Etwa wie sie sich, wenn sie nachts allein war und nichts hören konnte außer den sie bespitzelnden Maschinen und den über langweilige Themen tratschenden Krankenschwestern, manchmal vorstellte, wie es sein würde, wenn Brian mehr als nur ein Freund wäre.

»Es ist im Auto«, sagte Brian. »Ich hebe es auf, bis du nach Hause kommst.«

»Gib mir wenigstens einen Tipp.«

»Es ist rund. Und mehr sag ich nicht, also versuch gar nicht erst, mir was anderes zu entlocken.«

Das Herz schlug ihr bis zum Hals, und eine süße Sekunde lang stellte sie sich vor, er habe ihr einen Ring gekauft. Keinen Verlobungsring, so doof oder verzweifelt war sie nun doch nicht. Aber etwas Schlichtes, etwas, das bedeutete, dass sie mehr als nur Freunde waren. Und als die verrückte Sekunde vorbei war, ging sie darauf ein. »Soll ich raten?«

»Rate, so viel du willst.«

»Sagst du's mir, wenn ich's erraten habe?«

»Nöö.«

»Das ist aber nicht fair.«

Er lachte und griff nach ihrer Hand. »Es wäre nicht fair, wenn ich zuließe, dass du dir selber die Überraschung verdirbst.«

Nie zuvor hatte er ihre Hand genommen. Er hatte ihr über die Wange gestrichen, wenn sie heulte, ihr das Haar verstrubbelt, als es das erste Mal geschnitten worden war, mit ihrer Mütze herumgespielt und ihr geholfen herauszufinden, wie sie am besten aussah, aber nie hatte er absichtlich etwas so Intimes getan. Lynda war ratlos. Sollte sie nun Hand in Hand mit ihm einfach so stehen bleiben oder ihre Hand wieder zurückziehen, sich durchs Haar streichen und so tun, als ob nichts geschehen wäre?

Ihre Blicke begegneten sich, und Brian meinte: »Ich muss dir wegen heute was sagen. Ich weiß nicht ...«

Und da ging die Tür auf und ihre Mutter trat ein. Lynda ließ Brians Hand los, als sei sie bei einem Fehltritt erwischt worden. Sie wusste nicht, ob sie ihrer Mutter für die Unterbrechung dankbar sein oder sich über sie ärgern sollte.

»Und? Freust du dich, endlich hier rauszukommen?«, fragte Catherine fröhlich.

»Ich dachte, du wolltest dich noch von allen verabschieden.« Ihre Mutter hatte die Hälfte des Vorabends damit verbracht, ihr von den für Schwestern, Therapeuten, Ärzten und Sozialarbeitern gekauften Geschenken zu erzählen, sie im Detail zu beschreiben und sich laut zu fragen, ob sie wohl die richtige Wahl getroffen hatte. Seit Tom sich verabschiedet hatte, stellte sie eine Menge solcher Fragen, und Lynda wusste nicht, was sie damit anfangen sollte. Ihre Mutter war doch immer der Überzeugung gewesen, sie kenne alle Antworten. Auf sämtliche Fragen.

Bei all den zu erledigenden Dingen hatte Lynda geglaubt, sie würden nicht vor Mittag aus der Klinik herauskommen. Und jetzt war es noch nicht einmal zehn.

»Hab ich schon gemacht, die Ansprachen allerdings ein bisschen abgekürzt, weil ich ja wusste, dass du wartest.«

»Ich hab mich noch nicht von Ray verabschiedet.«

Catherine lächelte Brian an. »Machen wir deiner Meinung nach vielleicht zu viel Wirbel um diesen Abschied, weil Lynda ja schon in zwei Tagen zur Physiotherapie und zum Verbandswechsel zurückkommt?«

»Mein Dad hat mir eingeschärft, auf solche Fragen nicht zu antworten.«

Catherine lachte. »Kluger Mann.«

Wieder ging die Tür auf. Jack hatte ein Lächeln im Gesicht so breit und groß wie der Strauß aus Rosen und Orchideen, den er im Arm hielt. »Wie geht's meinem Mädchen denn heute?« Er fegte in den Raum und drückte Lynda einen Kuss auf die Wange. »Bereit, den Laden in die Luft zu sprengen?«

Catherine starrte auf die protzigen Blumen, die ihre Tochter so klein erscheinen ließen, und auf die angespannten Linien um Jacks Mund, als er nicht mehr lächelte. Sie waren einander am Vorabend begegnet, als er eines seiner Hemden für Lynda vorbeigebracht hatte. Ganz entgegen dem, was man sonst von ihm kannte, hatte er das Hemd vorgeschlagen, als Lynda ihm erzählte, sie brauchte, bis ihr Rücken wieder verheilt und die Verbände weg seien, etwas Leichtes und Weites zum Anziehen. Am Tag nach ihrer Trennung von Tom hatte er eine seltsame Wende vollzogen. Erst war sie misstrauisch gewesen, hatte geglaubt, Tom und Jack seien irgendeine unheilige Allianz eingegangen. Doch Jacks Reaktion auf ihre Erklärung, dass die Verlobung gelöst sei, war zu aufrichtig gewesen, um gespielt zu sein.

Jack fluchte – das hatte sie schon vorher gewusst – und verstummte dann, was sie ebenfalls erwartet hatte. Es war komisch, wie gut sie ihn immer noch kannte, trotz der Verwandlung, die er angeblich damals mit vierzig durchgemacht hatte.

Nicht erwartet hatte sie den ehrlichen Ausdruck von Bedauern, dass es zwischen ihr und Tom nicht geklappt hatte. Zum ersten Mal wirkten seine Gefühle nicht völlig selbstsüchtig, was ihn ebenso sehr zu überraschen schien wie sie.

»Ich wusste nicht, dass du vorhattest, heute Morgen dabei zu sein«, sagte Catherine.

»Ich auch nicht«, gestand er. »Und dann wurde mir klar, dass ich nirgends lieber sein möchte.«

Catherine blickte auf ihre Tochter. Lynda versuchte, ein Lächeln zu unterdrücken, voller Angst, zu viel Freude über die launenhafte Zuneigung ihres Vaters zu zeigen, sich zu verletzbar zu machen. »Musst du gleich wieder weg oder kannst du ein paar Minuten bleiben? Lynda und Brian wollten sich noch von einem Freund verabschieden.«

Er warf einen Blick auf seine Uhr. »Ich habe ein bisschen Zeit.« Zu Lynda meinte er: »Geht ihr zwei mal los. Ich warte hier auf euch – wenn ihr nicht zu lange wegbleibt.«

Lynda schien unschlüssig, wo sie mit den Blumen hinsollte. Catherine nahm sie ihr ab und legte sie aufs Bett. »Die halten noch eine Weile.«

»Wir sind in Rays Zimmer, falls jemand nach uns sucht.« An der Tür wandte sie sich an ihren Vater. »Danke für die Blumen. Und dass du dran gedacht hast.«

Als sie gegangen war, wischte sich Jack über die Stirn. »Bin ich wirklich so schlimm, oder sieht sie mich nur so? Wie kann sie glauben, dass ich den Tag ihrer Entlassung vergesse?«

»Sie kann dich einfach nicht einschätzen, Jack. Einmal bist

du ein erstaunlicher, fürsorglicher Vater, um dann gleich wieder für Wochen aus ihrem Leben zu verschwinden. Sie hat Angst, sich auf dich zu verlassen.«

»Ich bin eben manchmal beschäftigt …«

»Bitte – lassen wir das Thema. Du bist, was du bist. Und daran wird nichts etwas ändern.«

»Was ist denn das? Kein Vortrag über das Vatersein? Willst du mir nicht mal erzählen, was mir alles entgeht, weil ich nicht öfter da bin?« Er hob die Hand, um ihrer Antwort zuvorzukommen. »Tut mir leid. Das war nicht nötig. Und auch nicht fair. Du hast mir nie was vorgeworfen, das nicht gestimmt hätte.«

Sich zu entschuldigen war nicht Jacks Stil. Einige Male war er zwar in die Nähe einer Entschuldigung gekommen, aber nicht ein Mal in all den Jahren, die sie ihn kannte, damit herausgerückt, indem er direkt sagte, dass ihm etwas leidtat. »Was ist hier eigentlich los?«

Er sah sie an und blickte dann weg, starrte an die Wand, als ob dort plötzlich ein echter Monet aufgetaucht wäre. »Wie es aussieht, werde ich wieder Vater.«

Sie holte Luft. Sie hatte nicht einmal gewusst, dass er eine feste Beziehung hatte. »Und wann?«

»In sechs Monaten.«

»Seit wann weißt du es?« Sie wusste nicht, warum das eine Rolle spielte, nur, dass es so war.

»Seit etwa einer Woche. Als ich hier rauskam, bin ich direkt zu Michelle.« Sein Mund verzog sich zu einem ironischen Lächeln. »Auf der Suche nach einem ruhigen Hafen im Sturm, nachdem du diese Bombe mit dir und Tom hast platzen lassen.«

»Und wie fühlst du dich?«, fragte sie vorsichtig.

»Wie in der Falle. Wenigstens am Anfang hab ich's so empfunden. Heute Morgen aber … ich weiß nicht. Ich bin zweiundvierzig Jahre alt. Ich denke immer wieder dran, wie alt ich sein werde, wenn das Kind mit dem College fertig ist. Ich werd aussehen wie sein Großvater. Mann, ich werd auch alt genug dafür sein.«

Sie konnte ihn einfach nicht bedauern. Ihr erster Gedanke galt Lynda und was es für sie bedeuten mochte, die wenige Zeit, die Jack für sie erübrigte, auch noch mit einem Geschwister teilen zu müssen. »Ich nehme an, Michelle will das Kind behalten?«

»Sie ist völlig weg – hat sich immer ein Baby gewünscht, sagt sie, und ist bereit, es auch allein großzuziehen, sollte ich kein Interesse dran haben.«

Jack hatte schon ein erstaunliches Talent, willige und formbare Frauen aufzutun. »Ganz so leicht, wie die Sitcoms uns glauben machen, ist es nicht. Du solltest ihr raten, sich mal mit ein paar alleinerziehenden Müttern zu unterhalten, bevor sie noch mehr solche Statements abgibt.«

Er betrachtete sie lange. »Du und Lynda, ihr kommt doch ganz gut klar.«

»Nach welchem Maßstab«, blaffte sie, »beurteilst du denn unser Leben? Woher willst du denn wissen, was deine Tochter empfindet, wenn sie bei einem Football-Spiel als Cheerleader mitwirkt und in die Tribüne hochschaut und dort oben immer nur ihre Mutter entdeckt? Oder die Schulaufführung, die du letztes Jahr versäumt hast? Und das sind lediglich die Kleinigkeiten, Jack. All die Wochenenden, die sie bei dir verbringen sollte, an denen du aber immer ›Geschäftstermine‹ hattest, all die Male, die du ihr versprochen hast, sie von deinen Reisen anzurufen, und es dann vergessen hast, all die Geschenke ›für ein Mädchen eines bestimmten Alters‹, die du ihr gemacht hast, weil du keine Ahnung hattest, wer deine Tochter eigentlich ist – du ahnst ja nicht einmal, was du ihrem Selbstvertrauen durch diese beiläufige, heimtückische Vernachlässigung antust.«

Frustriert riss sie die Hände in die Höhe. »Jetzt halte ich dir doch den Vortrag, den ich dir nicht halten wollte. Wie schaffst du das nur?«

Er ignorierte ihre Frage. »Woher soll ich wissen, wie sie ist oder was sie braucht, wenn ich sie nie sehe?«

»Ganz genau«, sagte Catherine erschöpft.

»Wir hatten diese Diskussion doch schon mal, oder?«

»So oft, dass ich gar nicht dran denken will.«

»Und was hab ich gesagt?«

Es überraschte sie nicht, dass er es nicht wusste. »Du hast versprochen, dich in Zukunft mehr anzustrengen.«

»Was offenbar nicht geklappt hat.«

»Offenbar.«

»Und glaubst du nicht, dass ich es beim zweiten Mal besser hinkriegen könnte?«, fragte er.

»Ich wüsste nicht, warum.«

»Trotzdem – ich hab ja schließlich nicht die Wahl. Michelle hat mir gesagt, dass sie das Baby mit mir oder ohne mich bekommen will.«

»Das ist verrückt, Jack. Ich bin die Letzte, mit der du dich über deine bevorstehende Vaterschaft austauschen solltest. Ich bringe nicht mal die Großherzigkeit auf, mich für dich zu freuen.«

»Nein, aber du wirst sie aufbringen. Du bist der großzügigste Mensch, den ich kenne. Zurzeit machst du dir Sorgen um Lynda, und nichts, was ich dir sagen könnte, wird dich überzeugen, dass ich von nun an ein besserer Vater sein werde. Aber ich werde es sein. Du wirst es erleben.«

»Tu das nicht. Ich will mich nicht auf dich verlassen. Ich will lieber weiterhin denken, dass du ein Arschloch bist, und mich dann von den seltenen Malen, wo du mal was Nettes tust, überraschen zu lassen.«

»Es tut mir leid.«

Noch eine Entschuldigung? Zwei an einem Tag? Sie wartete auf den Blitzstrahl, den Donnerschlag. »Wir haben eine Willkommensparty für Lynda vorbereitet, mit der wir sie überraschen wollen.« Sie blickte auf ihre Uhr. »Sie beginnt in eineinhalb Stunden.«

»Ich kann nicht. Ich habe eine Besprechung. Ich habe …« Er schwieg und runzelte die Stirn. Es war, als ob er seine Worte automatisch geäußert hätte und jetzt, in diesem Moment, zum ersten Mal hörte, wie hohl sie klangen. »Ich werde da sein.«

Catherine spürte ein Flattern in der Brust, ein Gefühl, das sie zwar kannte, aber nicht gleich identifizieren konnte. Und dann wusste sie, was es war. Hoffnung. Sie war ihr nicht willkommen. Ihr ganzes Erwachsenenleben hindurch hatte Hoffnung stets zu Enttäuschung geführt. Ohne Hoffnung hatte sie zu leben gelernt, und Enttäuschung konnte ihr – verdammt noch mal – gestohlen bleiben.

»Komm, wenn du kannst. Aber ich rechne lieber nicht mit dir. Und ich werde auch Lynda nichts davon sagen.«

»Ich nehme an, das hab ich verdient.«

»Nimmst du an?«

»Okay. Ich hab's verdient. Aber ich werde mich ändern. Von jetzt an wird sie erleben, dass sie sich auf mich verlassen kann.«

Catherine blickte ihn nur an.

»Das hab ich wohl schon öfter gesagt, wie?«

Von den eigenen Worten verurteilt. Catherine seufzte fast vor Erleichterung. Darum, dass auch diese Hoffnung sterben würde, musste sie sich keine Gedanken mehr machen. Sie war schon gestorben.

16

Brian band Lyndas Kittel zusammen, befestigte ihr die Maske über der Mütze und zupfte die Schutzkleidung zurecht, die sie trugen, wenn sie Ray besuchten. Er wollte nach ihrer Schulter greifen, so als wolle er sie herumdrehen, um sie zu inspizieren, als ihm einfiel, dass er sie an dieser Stelle nicht anfassen durfte. Und auch nicht an der Taille. Oder im Kreuz.

Nachdem er nun dreieinhalb Wochen mit ihr im Krankenhaus verbracht hatte, hätte das Wissen, wo er sie berühren durfte und wo nicht, eigentlich selbstverständlich sein sollen. Doch er vergaß es immer wieder. Wenigstens momentweise. Es hatte damit zu tun, dass sie sich fast nie beklagte. Er hatte einmal eine Schwester zu Catherine sagen hören, dass Lynda ständig Schmerzen habe, dass sich nur die Stärke der Schmerzen ändere, je nachdem, wann sie zuletzt ihre Schmerzmittel eingenommen hatte. Er hätte gerne geglaubt, dass er genauso stark sein würde, war sich allerdings durchaus nicht sicher.

Nie hatte er einen Menschen wie sie gekannt. Seine Freunde, vor allem die aus der Football-Team, wurden immer wieder übel zugerichtet und verletzt. Aber verglichen mit Lynda waren sie wie Kinder.

»Du bist fertig, oder«, sagte er. Seine Belohnung war ein Lächeln hinter der Maske, das ihre Augen aufleuchten ließ.

»Soll ich dich auch fertig machen?«, fragte sie.

Sie sagte oder fragte immer solche Sachen – auf die er zwar eine rasche, klugscheißerische Antwort gehabt hätte, doch die würde er ihr niemals geben. Nicht ihr. Sie mochte ja eine der besten Schülerinnen an ihrer Highschool sein, aber über

Jungs und wie sie tickten, hatte sie noch eine Menge zu lernen.

Er schlüpfte in den Kittel und wandte ihr den Rücken zu. »Ich hab für heute Abend ein paar Videos ausgeliehen. Ich dachte, wir könnten es uns auf dem Sofa deiner Mom bequem machen, Popcorn essen und deine Freiheit feiern.«

»Was hast du denn ausgesucht?«

»*Halloween* – eins, zwei und drei.«

Sie riss ungläubig die Augen auf. »Du nimmst mich wohl auf den Arm.«

Er stöhnte. »Erzähl mir bloß nicht, dass du zu den wenigen gehörst, die *Halloween* nicht toll finden.«

»Iiihh.«

»Nicht? Nicht mal den ersten, wo …«

»Lieber würde ich mir *The Three Stooges* angucken.«

Er grinste triumphierend. »In Wirklichkeit waren die *Halloween*-Filme nämlich alle ausgeliehen, sodass ich fünf *Three Stooges* mitgebracht habe. Wir veranstalten einen *Three-Stooges*-Marathon.«

»Das ist nicht wahr. Keiner mag diese Burschen wirklich. Alle tun immer nur so.«

Er liebte ihr Lachen. Das nie falsch oder gezwungen klang und ihm immer ein gutes Gefühl gab, vor allem, wenn er es war, der sie zum Lachen gebracht hatte. »Okay – du hast gewonnen. Du darfst es dir aussuchen.« Er beugte sich zu ihr vor. »Diesmal.«

»Egal was? Sogar einen Frauenfilm?«

»Du treibst es ja ganz schön weit.«

»Ich kenne einen Superfilm. Nein, sagen wir zwei.«

»Ich kann es kaum erwarten.«

Wieder bildeten sich Lachfältchen um ihre Augen. »*Während du schliefst.*«

»Und?«, fragte er vorsichtig.

»*Verrückt nach Mary.*«

Er lachte. »Ich glaube, das werd ich schon aushalten.« Er

zog die Maske übers Gesicht und griff nach der Tür, drückte sie auf und ließ sie eintreten.

Ray hob den Blick vom Fernseher, als er sie hereinkommen hörte. »Hey – wie geht's euch denn?« Er sprach langsam, artikulierte jedes Wort nur mit Mühe und unter Schmerzen. »Heute ist der große Tag, was?«

Brian stand direkt neben Lynda, sodass Ray beide sehen konnte, ohne dass er den Kopf drehen musste. Seit drei Wochen besuchten sie Ray, und seit drei Wochen wartete Brian darauf, dass sich eine Besserung bei ihm einstellte – wie es bei Lynda geschehen war; vielleicht nicht so dramatisch, aber zumindest ein Hinweis darauf, dass er sich allmählich erholte. Doch er sah immer gleich aus, nicht besser, nicht schlechter.

Nach seinen Hautverpflanzungen sorgten die Schmerzmittel dafür, dass er sich kaum der Sätze erinnerte, die er wenige Minuten zuvor gesagt hatte. Brian und Lynda ergänzten die Lücken, fügten Dialogteile ein, die nie stattgefunden hatten, bis das Ganze so bizarr wurde, dass auch Ray es merkte und alle lachten.

In Verbände gewickelt, die den größten Teil seines Körpers bedeckten, sah er aus wie eine halbfertige Mumie. Am Anfang hatten sie über Unverfängliches gesprochen – Schule und Football und Mädchen. Später hatten sie sich darüber unterhalten, was geschehen würde, wenn Ray die Klinik verließ und bei einer Tante, die er kaum kannte, in einem Städtchen leben würde, das er niemals gesehen hatte, und wie schwer es ihm – bei seinem Aussehen – wohl fallen würde, neue Freunde zu finden.

Rays Freundin hatte ihn zweimal besucht und ihm dann gesagt, ihre Mutter wolle nicht, dass sie die weite Autofahrt allein mache. Auch Freunde waren gekommen, die meisten aber nur ein einziges Mal. Als Lynda davon hörte, begann sie, ihn mehrmals täglich zu besuchen. Brian schaute, ehe er abends nach Hause fuhr, immer noch einmal bei ihm vorbei, blieb manchmal nur ein, zwei Minuten, einmal sogar über eine Stunde.

Er und Lynda taten, was sie konnten, aber sie waren nicht Rays wirkliche Freunde, nicht seine Familie. Sie hatten keine gemeinsame Geschichte, keine gemeinsamen Erinnerungen, und Brian fragte sich zuweilen, ob sie nicht alles noch schlimmer machten.

Auch wenn ihre Besuche inzwischen nichts mehr mit Mitleid zu tun hatten, es ließ sich nicht leugnen, dass sie aus Mitleid damit begonnen hatten.

Lynda legte sanft die Hand auf Rays Arm, wie sie es jedes Mal tat. »Ich kann es kaum erwarten, hier raus und wieder in mein eigenes Zimmer zu kommen.«

»Ja, aber übermorgen ist sie wieder da«, meinte Brian.

»Dreimal die Woche. Nicht zu glauben, was? Ich nehme an, sie glauben mir nicht, dass ich daheim meine Übungen mache. Aber wenigstens werde ich dich sehen. Und Brian hat gesagt, er will mich hin und wieder herbringen, sodass er dich auch besuchen kann.«

Ray sah Brian an. »Weißt du noch, diese Bücher auf Kassette, von denen du mir erzählt hast?«

»Lehrbücher oder Romane?«

»Beide. Ich habe mich mit der Schwester darüber unterhalten, und sie will mal schauen, was sie in Erfahrung bringen kann. Könntest du vielleicht noch mal mit mir drüber reden – falls sie es vergisst.«

»Ich bring dir die, die ich zu Hause habe, dann kannst du schon mal anfangen. Und musst nicht warten.«

»Danke ... Ich bin nämlich gar nicht so scharf drauf, so viel fernzusehen.«

»Also, ich bin inzwischen ganz süchtig nach einer der Seifenopern«, gestand Lynda verlegen. »*General Hospital.*«

»Die hat meine Mom sich auch immer angeschaut«, meinte Ray.

Brian öffnete ein steriles Mullpäckchen und wischte Ray

damit den Mundwinkel. Als er mit seinen Besuchen begonnen hatte, hatte er noch gezögert, weil er Ray nicht in Verlegenheit bringen wollte.

Doch dann war das Sabbern eines Tages einfach zu offensichtlich geworden, um ignoriert zu werden, und er hatte die Gelegenheit ergriffen. Damals hatten sie ihr Gespräch einfach fortgesetzt, als ob nichts geschehen sei, und der einzige Hinweis war eine Träne, die über Rays nicht verbrannte Wange rollte und einen kleine, runde Spur auf dem Kopfkissen hinterließ.

»Die ist auch nicht übel«, meinte Brian. »Ich hab sie mir auch schon angesehen. Spannende Plots, jede Menge Verwicklungen, gut geschrieben. Wahrscheinlich werde ich …«

»In Wirklichkeit will er sagen, dass sie ein paar scharfe Tussis in der Serie haben«, warf Lynda ein.

Ray ließ sich mit seiner Antwort Zeit, hielt die Augen geschlossen, die Zähne aufeinandergepresst, als warte er auf das Abebben einer Schmerzwelle. Schließlich sah er Lynda an und versuchte zu lächeln. »Vielleicht versuch ich es mal.«

»Soll ich die Schwester rufen?«

»Nein …« Er holte Luft. »Doch, vielleicht solltest du das.«

Lynda drückte auf den Knopf, der am Laken befestigt war. »Ich muss jetzt los. Meine Mom wartet. Aber wir sehen uns. Übermorgen. Ruf mich an, wenn du was brauchst. Oder wenn du einfach nur reden willst. Ich hab dir meine Nummer in die Schublade gelegt.«

»Meine auch«, sagte Brian.

»Danke, euch beiden. Ihr wart wirklich toll.«

Die Schwester trat ein. »Was kann ich für dich tun, Ray?«

Brian blickte Lynda an und machte ein Zeichen in Richtung Tür. Sie nickte. »Bis später«, sagte sie zu Ray.

Ray hatte wieder die Augen geschlossen.

Sie gingen hinaus und zogen Kittel und Masken aus. »Ich glaube, er sah heute ein bisschen besser aus, findest du nicht?«, fragte Lynda.

Brian hatte gerade sagen wollen, er finde, Ray sehe schlechter aus. »Ja – hm. Glaub schon.«

Lynda seufzte. »Ich weiß, es stimmt nicht. Du musst nicht so tun als ob.«

»Warum hältst du eigentlich seinen Arm immer so?« Schon lange hatte er sie das fragen wollen, und erst jetzt fand er den Mut.

»Ich tue es einfach.« Sie wandte den Blick ab. »Wahrscheinlich könntest du keinen Sinn darin entdecken.«

»Probier's doch erst mal.«

»Ich will ihm zeigen, dass er es immer noch wert ist, berührt zu werden, und sein Arm ist die einzige Stelle, wo ich ihn anfassen kann.«

Sie sprach so leise, dass er den Kopf zu ihr hinunterbeugen musste.

»Du hast recht. Das kapiere ich nicht. Warum soll er denken, er sei es nicht wert, berührt zu werden?«

Sie blickte auf. Ihre Gesichter waren nur noch Zentimeter voneinander entfernt.

»Weil ich das Gefühl habe«, flüsterte sie, »dass ich es nicht mehr bin.«

Schlichte Worte, doch Worte, die ihm das Herz brachen. »Da irrst du dich aber.« Er umschloss ihr Gesicht mit den Händen und sah ihr in die Augen. »Schon seit Wochen will ich dich berühren, hab aber immer Angst, dir wehzutun.«

Sie versuchte, sich abzuwenden, doch er hielt sie fest. »Bitte«, sagte sie mit stockender Stimme. »Kein Mitleid. Das könnte ich nicht ertragen.«

Schließlich tat er das, was er schon seit Wochen hatte tun wollen: Er küsste sie.

Im ersten Moment war sie zu überrascht, um zu reagieren. Und dann gaben ihre Lippen nach, und er schmeckte eine Süßigkeit, wie er sie noch nie gekostet hatte. Er hatte etwas beweisen wollen, und stattdessen versank er nun fast in diesem Augenblick.

Seine Stirn an ihre gepresst, sagte er leise: »Mitleid ist so ungefähr das Letzte, was ich für dich empfinde.«

Sie wich zurück. »Warum hast du das getan?«

»Weil ich wollte.«

»Das glaub ich dir nicht.«

»Okay – ich hab's getan, weil da einer hinter mir steht und mir eine Knarre ins Kreuz drückt.«

Sie begann zu lächeln. »Na ja, wenn du ihn nur so davon abhalten konntest, dich zu erschießen …«

Der Kuss hatte eine Tür zwischen ihnen aufgestoßen, von deren Existenz er nichts geahnt hatte. Jetzt waren sie mehr als nur Freunde.

Er hatte keinen Namen dafür, doch was es auch war, es war einfach nur wunderbar.

»Was hast du heute in drei Wochen vor?«

»Ich weiß nicht. Wahrscheinlich Physiotherapie oder was ähnlich Schlimmes. Wieso?«

»Mein Vater kennt jemanden von der *Lilith*-Tour und hat gemeint, er könnte mir, wenn ich will, zwei Tickets besorgen.«

»Oh, wow! Das wär ja toll. Das ist ja supercool.«

»Meinst du, du musst deine Mutter vorher fragen?«

»Weshalb? Sie verbietet mir nie …« Sie hielt inne, weil ihr etwas einfiel. »Oh, du meinst, weil ich vielleicht immer noch meine Verbände tragen muss. Sie kann mich nicht ewig einsperren.«

»Ich sag meinem Dad, dass er die Tickets besorgen soll, und wenn du nicht mitkommen kannst, machen wir was anderes.« Er streckte die Hand aus. »Wenn wir uns jetzt nicht beeilen, sucht deine Mutter uns noch.«

Zögernd legte sie ihre Hand in die seine. »Das mit *Lilith* ist ja so toll. Wendy wird unglaublich neidisch sein.«

Als sie vor Lyndas Tür standen, meinte Brian: »Ich habe noch einiges für meinen Dad zu erledigen, sodass ich nicht weiß, wann ich bei euch bin.«

»Mach dir deswegen keine Gedanken. Meine Mom macht wahrscheinlich sowieso ihren Mittagsschlaf.«

»Dann also bis später.« Er wollte sie noch einmal küssen, doch es war weder die Zeit noch der Ort dafür.

»Bis dann.« Sie betrachtete ihn lange, ehe sie die Hand auf den Türknauf legte, um hineinzugehen.

Brian winkte, wandte sich dann ab und ging davon. Später versuchte er, sich ins Gedächtnis zu rufen, wie er in seinen Wagen gekommen war, doch seine einzige Erinnerung war Lyndas Lächeln – wie sie ihn beim Abschied angelächelt hatte.

17

»Du scheinst ja wirklich bester Laune zu sein«, meinte Catherine.

Lynda lächelte. Nicht einmal das heftige Jucken, das eingesetzt hatte, kaum dass sie in den Wagen gestiegen war, konnte ihr die Heimfahrt vermiesen. »Ich bin frei!«, rief sie aus. »Kannst du dir überhaupt vorstellen, was für ein Gefühl das ist!«

»Ich glaube, ich habe eine ziemlich gute Vorstellung davon.«

Alles wirkte anders: größer, lauter, schmutziger, sauberer, strahlender. Es fielen ihr Dinge auf, die sie nie zuvor bemerkt hatte, etwa, wie viele Tauben auf einer Reklametafel sitzen und alle in dieselbe Richtung gucken konnten, und wie viele Autos auf der Straße waren, obwohl gar keine Stoßzeit war. Sie sah Blumen, deren Namen sie nicht kannte, von denen sie aber wusste, dass sie Jahr für Jahr um diese Zeit an dieser Stelle blühten.

»Wann kriegen wir eigentlich unser eigenes Auto wieder?«, fragte sie. »Das hier stinkt.«

»Das ist das Raumspray, das sie benutzen, um den Zigarettengestank zu überdecken.«

»Hättest du dir nicht ein anderes geben lassen können?«

»Die haben alle so gerochen, und ich dachte, ich würde den Lincoln nach zwei Tage zurückbekommen. Jetzt meinen sie, dass es mindestens noch eine Woche dauert.

»Es soll heute heiß werden«, sagte sie und wechselte das Thema. Wenn sie noch weiter über den Wagen redeten, würden sie am Ende noch auf Tom zu sprechen kommen. Bloß das nicht.

»In der Zeitung stand, dass es möglicherweise vierzig Grad werden könnten.«

»Wenn ich nur schwimmen gehen könnte.«

»Du musst warten, bis du …«

»Ich weiß, Mom. Hab nur laut gedacht.« In letzter Zeit musste ihre Mutter zu allem ihren Senf dazugeben, zu all den Warnungen der Ärzte, Krankenschwestern oder Sozialarbeiter, *doch* vorsichtig zu sein, die Dinge langsam anzugehen, oder auch hinsichtlich dessen, was sie durfte oder nicht durfte.

Der einzige Mensch, den sie nicht zitierte, war Rick, wenigstens nicht im Hinblick auf Regeln und Einschränkungen. Von ihm erzählte sie nur Positives oder lustige Anekdoten von seiner Arbeit.

Wahrscheinlich war dies nicht der richtige Zeitpunkt, um ihr von dem Konzert zu erzählen, doch Lynda musste es jemandem mitteilen. »Weißt du noch, wie ich Dad letztes Jahr erzählt habe, dass ich zu meinem Geburtstag nach Denver fliegen will, um das *Lilith*-Konzert zu besuchen?«

»Und er sagte, dass er keinen Urlaub bekäme, um dich zu begleiten.«

»Weißt du noch, wie ich trotzdem fahren wollte und gesagt habe, ich würde das Geld von meinen Ersparnissen nehmen, aber du das nicht wolltest?«

»Nun spuck es schon aus, Lynda.«

»Stell dir vor, ich sage dir, dass ich dieses Jahr die Gelegenheit dazu habe? Nicht nach Denver zu fliegen«, fügte sie rasch hinzu, »sondern nach Concord. Das ist nur zwei Stunden von hier entfernt.«

»Wann?«

»In drei Wochen.«

Catherine antwortete nicht sofort. »Wahrscheinlich könnten wir uns um Karten bemühen, aber verlass dich nicht drauf. So beliebt, wie diese Tour ist, kann ich mir nicht vorstellen, dass sie nicht schon ausverkauft ist.«

Die Hoffnung in Lyndas Stimme war nicht zu überhören. »Brian hat zwei Karten. Er will mich mitnehmen.«

»Du willst mich wohl auf den Arm nehmen.«

»Warum bist du so überrascht?«, schoss Lynda zurück, und ihre Stimme klang zutiefst verletzt.

»Du musst aufhören, alles so persönlich zu nehmen. Vor ein paar Wochen hab ich erfahren, dass *Lilith* nach Concord kommen, und Onkel Gene Tickets besorgen lassen. Ich wollte dich zu deiner Entlassung damit überraschen.«

Statt sich gescholten zu fühlen, war Lynda ganz aufgeregt. »Das heißt doch, dass du dich bei den Ärzten erkundigt hast und dass es bis dahin in Ordnung ist, wenn ich eine Massenveranstaltung besuche.«

»Solange du dich weiter so gut erholst wie bisher.«

»Super.« Sie konnte es kaum erwarten, es Brian zu erzählen. Und Wendy. Sie musste eine Gelegenheit finden, um Wendy und Brian einander vorzustellen. Weder sie noch Wendy waren je mit jemandem ausgegangen, den die andere nicht gekannt hatte. Und der halbe Spaß beim Sichverabreden lag schließlich im Darüberreden am Tag danach.

Wenn sie nach Hause kam, würde sie als Erstes Wendy anrufen. Und sich entschuldigen. Und sie fragen, was sie die ganze Zeit gemacht hatte. Und ihr alles aus dem Krankenhaus erzählen. Und von Brian. Vor allem von Brian.

Sie waren zu Hause. Beinahe.

Catherine hielt vor dem Tor, doch statt sie einzulassen, griff der Wächter nach dem Telefonhörer und machte einen Anruf. Dann beugte er sich zu ihnen hinunter, winkte Lynda zu und schenkte ihr ein breites, verschwörerisches Lächeln. Sie winkte etwas *zu* begeistert zurück und zuckte zusammen, als sie den Arm senkte. Es war unglaublich, wie rasch die Haut sich dort, wo Rücken und Arme verbunden waren, anspannte, und wie weh es tat, sie locker zu halten.

Sobald sie um die Ecke bogen, entdeckte Lynda die an der Straße aufgereihten Autos. Alle Parkplätze auf beiden Straßenseiten waren besetzt. Dutzende von Eichen trugen rote und weiße Schleifen, und Dutzende ihrer Freunde säumten, rote und weiße Ballons über sich haltend, die Auffahrt. Ein Banner spannte sich über die gesamte Breite der Garage. Darauf war zu lesen: WILKOMMEN DAHEIM, LYNDA.

Catherine ergriff Lyndas Hand. »Ich hoffe, das ist okay für dich. Sie wollten das machen, und ich hatte nicht das Herz, es ihnen abzuschlagen.«

Lynda nickte, erschrocken und aufgeregt, erfreut, aber auch ein wenig besorgt. »Ich dachte, die wären alle sauer auf mich.«

Brian stand am Ende der Auffahrt, einen riesigen rotweißen Teddybären in Arm, der ein zweites, allerdings kleineres Willkommen-daheim-Banner trug. Lynda begann zu heulen. Catherine grub in ihrer Tasche nach einem Papiertaschentuch.

Als Catherine am oberen Ende der Auffahrt anhielt, kreisten ihre Freunde den Wagen ein, riefen Grüße und Genesungswünsche, herzliche und warme Worte, die in einer ganzen Gefühlswoge aufgingen. Lynda war nicht die Einzige, die heulte. Sogar Brian blinzelte Tränen weg, als er die Wagentür aufriss.

Nur die Umarmungen fehlten. Niemand fasste sie an. Sie wussten einfach nicht, wie sie sie anfassen sollten. Sie lachte über die verlegenen, seltsamen Dinge, die gesagt wurden, und begann wieder zu heulen, als sie Wendy weinen sah. Als sich die Stimmung etwas beruhigte, schlug Catherine vor, das Ganze doch in die klimatisierten Innenräume zu verlagern und mit der Party zu beginnen.

Da alle wissen sollten, wie sehr sie sie vermisst hatte, ging Lynda von Gruppe zu Gruppe und bemühte sich, keinen auszulassen. Niemand erkundigte sich nach ihren Brandverletzungen. Kein Einziger ihrer Schulkameraden und Freunde. Es war, als ob sie sich alle verabredet hätten. Zunächst war Lynda dankbar dafür. Sie hatte genug von dem Thema und wollte einfach nur wieder normal sein, auch wenn es nur für zwei Stunden und nur Illusion war. Nach einer Weile aber dämmerte ihr, dass die Verdrängung des Offensichtlichen sie nicht zu einem Teil der Gruppe machte, sondern sie ausschloss. Sie waren wie Schauspieler in einem bizarren Stück mit Dialogen, die nichts mit der Realität zu tun hatten.

Sie unterhielt sich gerade mit dem Mädchen – das ihren Platz in der Cheerleader-Truppe eingenommen hatte – über einen Lehrer, als es klingelte. Obwohl sie wusste, dass ihre Mutter zur Türe gehen würde, benutzte sie es als Vorwand, um wegzukommen. Mit der Ersatzfrau Smalltalk zu machen, war nicht so leicht, wie sie gedacht hatte.

Durch die Glasscheibe erkannte sie Rick, noch ehe sie die Tür öffnete. Ihn hier zu haben – genau das brauchte sie jetzt. Durch ihn hatte sie immer gleich ein besseres Gefühl. Galant verbeugte er sich und überreichte ihr feierlich eine neue knallrote Mütze für ihre Sammlung. Vorn war mit fetten weißen Buchstaben ein Satz aufgestickt, mit dem er ihr an einem ihrer besonders schwarzen Tage im Krankenhaus Mut gemacht hatte: MANCHMAL LIEGT WAHRER MUT IN EINEM LÄCHELN.

Sie sah ihn an und zwang sich zu einem Lächeln.

»Geht's dir nicht so toll?«

Sie schüttelte den Kopf und gestand: »Es ist einfach nicht dasselbe.« Verdammt. Nun heulte sie schon wieder.

Er bedeutete ihr mit einer Geste, ins Freie zu kommen. »Erzähl mir, was sich verändert hat.«

Sie trat auf die Veranda und schloss die Tür hinter sich. »Alles ... und wahrscheinlich auch ich. Sie sind alle gleich geblieben, aber ich nicht. Ich fühle mich als Außenseiterin.«

»Dir ist etwas zugestoßen, das keiner deiner Freunde nachvollziehen kann. Sie können es zwar probieren, aber egal, wie sehr sie sich auch bemühen, sie werden nie wissen, was du durchgemacht hast und warum es dich verändert hat. Das heißt nicht, dass du nie wieder dazugehören wirst, es heißt nur, dass du dir Zeit lassen musst, um die schweren Tage als das stehen zu lassen, was sie sind, und dich daran zu erinnern, dass du den letzten überstanden hast und auch diesen überstehen wirst.«

»Niemand kümmert es, was mir passiert ist. Sie fragen nicht mal danach. Und wenn ich versuche, ihnen davon zu erzählen, wechseln sie das Thema.« Sie hatte schließlich die Nase voll gehabt von dem verlegenen Schweigen und versucht, es zu durchbrechen, doch sie ließen es einfach nicht zu.

»Warte und denk mal kurz nach. Wenn es niemanden kümmern würde, wären sie dann alle hier?«

»Sie kennen meine Freunde nicht. Für eine Party tun die alles.«

»Du bist offenbar ein bisschen gereizt.«

Bei ihrer Mutter oder Brian, ihrer Großmutter oder auch Onkel Gene war sie nie so. Nur bei Rick. Bei ihm nahm sie kein Blatt vor den Mund.

»Ich bin müde.«

»Das war ein langer Tag für dich.« Er lehnte sich mit der Schulter an die Hauswand. »Soll ich sie alle nach Hause schicken?«

»Wie denn das?«

»Ich könnte ihnen erzählen, die Ärzte hätten eben entdeckt, dass du dir im Krankenhaus einen Virus eingefangen hast, der Pickel hervorruft und äußerst ansteckend ist.«

Sie lachte. »Das würde hinhauen, hundertprozentig. Und ich bräuchte mir auch keine Sorgen mehr drum zu machen, dass noch mal einer wiederkommt.«

»Willst du, dass ich mit ihnen rede, ihnen ein bisschen erkläre, was du hinter dir hast?«

Er hatte ihr erzählt, dass ein Teil des Mentorenprogramms darin bestand, die Jugendlichen am ersten Tag ihrer Rückkehr in die Schule zu begleiten, um dort über die Brandverletzungen aufzuklären. Zunächst war das Programm auf die unteren Klassen ausgerichtet gewesen, doch es stellte sich heraus, dass es in der Highschool noch viel stärkere Wirkung entfaltete. Wie bei allem, was er unternahm, stellte Rick klar, dass eine solche Versammlung kein verpflichtender Teil des Programms war. Sie konnte auch ebenso gut Nein sagen. Er war der Einzige in ihrem Rehabilitationsprogramm, der ihr diese Wahl ließ.

»Danke«, sagte sie. »Aber ich glaube nicht, dass sie bereit sind, sich sämtliche grausigen Einzelheiten anzuhören.

»Vielleicht unterschätzt du sie ja.«

»Vielleicht ...«

»Lass mich wissen, falls du deine Meinung ändern solltest.« Er drückte sich von der Wand ab. »Ich geh rein, um deine Mom zu begrüßen. Und dann muss ich los, um ein paar Sachen für die Küchenschränke zu besorgen, die ich gestern aufgehängt habe.«

Sie wollte nicht, dass er ging. Ihn auf der Party zu haben, hieß, jemanden zur Seite zu haben, der verstand, ohne dass man ihm alles erklären musste. »Es ist erst halb vier.«

»Der Laden ist in Florin. Wenn ich nicht in ein paar Minuten losfahre, komme ich auf der Sunrise in den Stau.«

»Sie hätten uns im Krankenhaus anrufen sollen. Wir hätten Ihnen die Sachen mitbringen können.«

Er tippte an den Rand ihrer Mütze und schob sie ihr ein wenig in die Stirn. »Pass auf – könnte sein, dass ich demnächst mal auf dein Angebot zurückkomme.«

Sie schob die Mütze wieder zurück und beendete das, was inzwischen ein Abschiedsritual zwischen ihnen geworden war. »Danke für die Mütze.«

»Gern geschehen.« Er hielt ihr die Tür auf. »Kommst du?«

Sie schüttelte den Kopf. »Ich bleibe noch eine Weile hier.«

»Aber nicht mehr zu lange, ja? Und nicht in der Sonne.«

»Jaa, jaa, jaa.«

Er lachte. »Bin wohl nicht der Erste, der dir das heute sagt.«

»Links anstellen bitte.«

»Falls ich dich nicht mehr sehe, du weißt, wo du mich erreichen kannst, falls du was brauchst.«

»Sagen Sie Mom, dass ich hier draußen bin, ja? Und auch, sie soll sich keine Sorgen machen, ich bleibe nicht mehr lange.«

Sie wartete, bis er wieder im Haus war, ehe sie den gekiesten Pfad entlangeilte, der um das Gebäude herumführte. Sie würde es sowieso nicht lange im Freien aushalten – die Hitze machte sie jetzt schon ganz schwindlig –, aber sie wollte ihre Freiheit einen Moment lang genießen und nahm an, dass die Terrasse der einzige Ort war, wo sie ungestört sein würde.

Doch sie hatte sich getäuscht. Sobald sie sich der Hausecke näherte, hörte sie Stimmen. Frustriert überlegte sie, ob sie sich den Gästen auf der Terrasse anschließen oder nach einem anderen Ort zum Zurückziehen suchen sollte. Oder aber sie gab einfach auf und ging wieder zu den anderen hinein. Während dieser kurzen Zeit hörte sie genug, um zu merken, dass sie das Gesprächsthema war.

Sie wusste, dass es gefährlich war, da stehen zu bleiben und zu lauschen, dass sie sich entfernen sollte, ehe sie etwas hören musste, das sie nicht hören wollte, aber die Botschaft erreichte ihre Füße erst, als es schon zu spät war.

»Ich wette, Shawn ist jetzt ganz schön froh, dass sie sich damals getrennt haben. Er könnte ja jetzt an Brians Stelle sein.«

»Du meinst, in der Falle?«

Jemand lachte. Jemand anders stimmte ein.

»Hey, sei nicht so gierig«, protestierte eine weitere Stimme. »Ich bin an der Reihe.«

Als Lynda der schwache Geruch des Marihuanarauchs in die Nase stieg, fiel der Groschen.

Jemand hustete.

»Mein Gott, könnt ihr euch vorstellen, dass euch der ganze Kopf kahl rasiert wird?«, sagte ein Mädchen.

»Muss sie sich jetzt auch den Rücken rasieren?«

Es folgte weiteres Gelächter und: »Idiotin! Sie haben nicht das Haar genommen, nur die Haut.«

»Was sollen eigentlich diese Ponyfransen? Sie glaubt doch nicht, dass sie damit jemanden zum Narren halten kann.« Das kam von einem Jungen.

»Es ist sicher schrecklich, wenn sie in den Spiegel schauen muss, um ihn zu kämmen.« Das war wieder ein Mädchen.

»Vielleicht tut sie's ja nicht. Ich würde es nicht tun.«

»Findet ihr das nicht furchtbar traurig?« Wieder eine weibliche Stimme. »Sie war mal so hübsch.«

Lynda hatte genug gehört. Noch länger zu bleiben war, als würde man sich Nadeln ins Bein stecken, um auszuprobieren, wie stark man blutete. Doch noch ehe sie sich in Bewegung setzen und in Sicherheit bringen konnte, hörte sie die Worte, die ihr das Herz brachen.

»Ich hab Wendy und Brian in der Küche miteinander reden hören. Er hat ihr erzählt, dass er sich für das, was Lynda passiert ist, verantwortlich fühlt, und er deswegen die ganze Zeit bei ihr war.«

»Blödmann.«

Alle lachten.

Lynda wurde speiübel. Sie spürte, wie sich ihr Magen verkrampfte und die Kehle brannte. Lieber Gott, das durfte nicht passieren. Nicht hier. Nicht jetzt. Nicht, wo sie sie womöglich entdecken konnten. Sie durften auf keinen Fall wissen, dass sie alles gehört hatte. Sie presste sich die Hand auf den Mund und schluckte. Heftig. Wieder und wieder, bis sie sich sicher war, dass die Krämpfe aufgehört hatten.

Niemand durfte sie sehen. Nicht so. Wenn sie aber jetzt verschwand, würden sie sie suchen. Und dann wüssten alle Bescheid.

Oh Gott. Wie ihr der Rücken juckte. Und die Arme. Schlimmer als je zuvor. Sie musste kratzen. Nur ein einziges Mal, sonst hielt sie es nicht mehr aus.

Sie grub sich die Finger in die Ellbogen. Und stöhnte vor

Schmerz. Aber es war ein guter Schmerz, ein blind machender, brennender Schmerz, der bewirkte, dass einem Hören, Sehen und Fühlen verging.

Jemand kam aus dem Haus. Sie weinte fast vor Erleichterung, als sie sah, dass es Rick und keiner ihrer sogenannten Freunde war.

»Geht es dir gut?«, fragte er, als er näher trat.

Sie wusste nicht, wie sie ihm antworten wollte.

»Geht es dir gut?«, fragte er wieder. Und als sie diesmal nicht antwortete, hielt er ihr die Hand unters Kinn und zwang sie, ihn anzuschauen. »Sprich mit mir«, verlangte er.

Sie schüttelte den Kopf.

»Was ist denn los?«

»Mein Arm. Er hat ja so furchtbar gejuckt. Ich hab mich gekratzt. Ich hab nicht nachgedacht.«

»Komm rein.« Er trat zur Seite, um sie vorbeizulassen, dann hielt er sie vor der Tür an, zog sich das Hemd aus der Jeans und benutzte den Saum, um ihr die Tränen von den Wangen zu tupfen. »Blinzle mal.«

»Was?«

»Wenn du reingehst und aussiehst, als hättest du geheult, dann werden alle fragen, was los ist. Ich glaube nicht, dass du das jetzt gebrauchen kannst.«

Irgendwie wusste er, dass die Tränen nichts damit zu tun hatten, dass sie sich selbst wehgetan hatte. Sie folgte seinem Rat, blinzelte und atmete tief durch. »Und jetzt?«

»Los.«

Sie zögerte. »Ich kann nicht.«

»Denk an die Mütze.«

»Was?«

»Echter Mut liegt manchmal in einem Lächeln.«

»Scheiß auf den Mut.«

»Das kann man zwar nicht, aber ich hab's kapiert.«

Er hatte recht. Sie musste zurück ins Haus, und sie wollte ihnen nicht zeigen, dass sie verstört war. Sie wischte sich die

Augen, rieb sich die Wangen, um Farbe zu kriegen, und atmete tief durch. »Okay. Ich bin bereit.«

Er folgte ihr ins Haus, nicht so rasch, dass man sah, dass sie zusammen gewesen waren, sondern nur so schnell, dass sie seine Unterstützung spürte. Lynda ging ins Wohnzimmer, ergriff ein Glas und schlug mit einem Untersetzer dagegen, um sich Gehör zu verschaffen.

»Hallo, Leute. Ich wollte euch danken für euer Kommen – und dafür, dass ihr so tolle Freunde seid.« Wenn sie das über die Lippen brachte, dann konnte sie alles sagen. »Ich gebe es nur ungern zu, aber als die Ärztin meinte, dass ich schnell müde werden würde, hab ich es ihr nicht geglaubt. Und jetzt ratet mal? Sie hatte tatsächlich recht.«

Sie blickte sich im Zimmer um, um zu sehen, wer fehlte. Doch es spielte eigentlich keine Rolle. Wenn einige von ihnen so über sie redeten, dann taten es alle.

»Tut mir leid, dass ich mich verabschiede, noch ehe die Party zu Ende ist, aber ich hab keine andere Wahl, sonst schlafe ich mitten im Gespräch mit einem von euch ein. Und wenn ich das täte, würdet ihr am Ende noch hinter meinen Rücken über mich tuscheln. Und das will ich mit Sicherheit nicht. Wer weiß, was dabei herauskäme?«

Sie spürte Brian, der sich ihr näherte und neben sie stellte, und wusste, dass er Angst hatte, ihr vielleicht zu nahe zu treten, aber sie wusste auch, dass sie den Rest ihrer geplanten Rede nicht durchstehen würde, wenn sie ihm jetzt einen Blick zuwarf.

Sie blickte stattdessen auf Rick. Er machte ihr Mut, sodass sie lächeln konnte. »Noch einmal vielen Dank für die Party – euch allen. Ich kann euch gar nicht sagen, wie toll es für mich war, da um die Ecke zu biegen und euch alle zu entdecken.«

Sie musste hier weg, ehe sie ein weiteres Mal zu heulen begann. Sie spürte schon, wie ihr die Schluchzer wie ein dicker Kloß im Hals steckten und die Tränen in ihren Augen brannten. »Ich gehe jetzt nach oben. Bis später dann.«

Wie auf Bestellung läutete es an der Haustür. Sie nützte dies als Gelegenheit, sich zu verabschieden und sich gleichzeitig all die falschen Erklärungen, wie schön es doch sei, sie wieder dazuhaben, zu ersparen.

Als sie die Tür aufmachte, drückte ihr ihr Vater einen weiteren riesigen Blumenstrauß in den Arm und beugte sich vor, um sie zu küssen. »Ich hoffe, ich bin nicht zu spät dran«, meinte er strahlend.

Mit flehendem Blick wandte sie sich nach Rick um.

»Sie kommen gerade rechtzeitig, um für Lynda den Kuchen anzuschneiden, während sie nach oben geht, um sich ein wenig hinzulegen.«

Jack ignorierte Rick. »Alles okay, Süße?«

»Ich bin einfach nur müde«, erwiderte sie ihm. Sie gab ihm die Blumen zurück. »Sagst du bitte Mom, dass sie sie ins Wasser stellen soll?«

»Aber klar, natürlich, was immer du willst, Schatz.«

Sie trat vor, um ihn auf die Wange zu küssen. »Danke, dass du gekommen bist.«

Sie begann, die Treppen hinaufzusteigen. Wendy beeilte sich, ihr zu folgen. Als Lynda sie sah, drehte sie sich um und sagte gerade so laut, dass Wendy es hören konnte: »Dich will ich nicht mehr sehen. Nie wieder.«

Wendy blickte fassungslos, dann niedergeschmettert. »Was hab ich denn getan?«

»Such dir eine andere Freundin. Eine, die es ertragen kann, sich morgens im Spiegel zu betrachten.«

»Was soll denn das heißen?«

»Frag Brian. Da ihr ja so gute Freunde seid, kann er dir sicher dabei helfen, es herauszufinden.« Sie hätte sich eigentlich gut fühlen sollen, nachdem sie das letzte Wort gehabt hatte. Doch sie empfand nur eine schreckliche Leere.

18

Der Granit war der Wahnsinn. Genau das, was er sich für seine Arbeitsplatten vorgestellt hatte: anthrazitgraue, cremefarbene, malvenlila und braune Maserungen auf rötlich braunem Hintergrund. Nach fünf Jahren Planung und mit dem Vorsatz, die ganze Gegend nach dem passenden Farbton abzugrasen, hatte Rick seine Suche am selben Tag beendet, an dem er sie auch begonnen hatte.

Und das Beste dabei war, dass er auch noch zweitausendfünfhundert Dollar von den dafür veranschlagten achttausend gespart hatte.

Nein, das Beste war der Druck, unter den er sich selbst gesetzt hatte, um vor Einbau der Arbeitsplatten rechtzeitig mit dem Beizen, Lackieren und Montieren der Schränke fertig zu werden. Ein ganzer Nachmittag verging ohne ständige Gedanken an Catherine, die bewirkten, dass er sich auf nichts anderes mehr konzentrieren konnte.

In den eineinhalb Wochen seit Lyndas Entlassungsparty hatte er drei Schichten pro Wochen gearbeitet, das Unterteil für den neuen Abguss fertiggestellt, das Esszimmer gestrichen und einen neuen Bodenbelag für die Küche bestellt – eine Terrazzofliese, die perfekt zum Rotbraunton des Granits passte.

Rick überprüfte seine Ohrstöpsel und setzte seine Ohrenschützer auf, ehe er die Tischkreissäge für den letzten Schnitt am Frontrahmen des Küchenschranks einschaltete.

Obwohl er sich weiter beschäftigt hielt, um nicht an Catherine denken zu müssen, konnte nichts den streunenden Assoziationen Einhalt gebieten, die ihn vom Geruch des Sägemehls zu Bäumen, von Bäumen zu an Bäumen befestigten

Bändern und schließlich zu Catherines Augen führen, die so einladend aufgeleuchtet hatten, als sie ihn bei der Party entdeckte. Oder anderen Assoziationen, die von der drückenden Nachmittagshitze zum Schweiß führten, der ihm über den Rücken rann, und bis hin zu jenem Sommerkleid, das sie bei ihrer letzten Begegnung getragen hatte, oder zu der Art, wie sich ihr weiches Haar an die feuchte Haut ihres Nackens schmiegte.

Er hatte sich damit abgefunden, dass er sich nachts durch nichts von ihr ablenken konnte. Ein Jahr war eine lange Wartezeit für einen Menschen, der sein ganzes Leben lang gewartet hatte, um eine Frau wie sie zu finden. Immer wieder verspürte er tagsüber den verrückten Wunsch, sie nach hundert unwichtigen Dingen zu befragen – ihrer Lieblingsjahreszeit oder ihrem Lieblingsrestaurant, ob sie ein Morgen- oder Nachtmensch war, ob sie gern las, ob sie bestimmte Filme lieber im Kino oder auf Video sah, ob sie Hunde mochte, ob Blue ihr wohl gefallen würde …

Doch zuerst kam Lynda. Nach der Party hatte er zwei Feuerwehrkolleginnen angerufen, die für die *Burn Association* arbeiteten, und sie zu den dramatischen Stimmungsumschwüngen befragt, die Lynda durchmachte, und wie er ihr dabei helfen könne. Sie hatten ihm zwar einen besseren Einblick in ihren seelischen Aufruhr verschafft, ihr vermindertes Selbstbewusstsein, ihre beeinträchtige Frustrationstoleranz, aber ihm nicht sagen können, wie er es ihr erleichtern konnte. Sie brauchte Zeit, um selbst ihren Weg zu finden und zu erkennen, dass die Menschen, die sie liebte, für sie da waren, wenn sie sie brauchte.

Rick beendete den Schnitt, schaltete die Säge aus, blickte auf und sah Blue im Kücheneingang stehen. Wenn Rick die Säge laufen ließen, blieb er zwar im Haus, zeigte sich allerdings nur, wenn er etwas wollte.

Rick hob einen der Ohrenschützer. »Was ist los?«, fragte er. Blue gab einen Belllaut von sich. Das Telefon.

Zweimal Bellen hätte bedeutet, dass jemand die Auffahrt heraufkam.

Er erreichte den Apparat, als eben der Anrufbeantworter anlief.

»Rick, hier Catherine. Tut mir leid, dass ich Sie jetzt schon bis nach Hause verfolge, aber ich hab mich gefragt ... ob es Ihnen etwas ausmachen würde, vorbeizuschauen ... das heißt, wenn Sie zufällig in der Gegend sind.«

Niemand befand sich je zufällig »in der Gegend«, wo Catherine wohnte. Man fuhr entweder gezielt hin oder überhaupt nicht. »Momentan bin ich zwar voller Sägemehl, aber in so etwa einer halben Stunde könnte ich bei Ihnen sein.«

»Ich würde Sie wirklich nicht drum bitten, aber ich brauche Ihre Hilfe. Lynda geht es nicht gut.«

»Seelisch oder körperlich?«

Nach einer längeren Pause sagte sie: »Seelisch. Irgendetwas ist auf dieser Party passiert, aber sie will mir partout nichts davon erzählen. Sie will ihre Freunde nicht mehr sehen – nicht mal Brian. Ray ist der Einzige, mit dem sie redet, und ihn sieht sie nur, wenn sie zu ihrer Physiotherapie geht. Ich hatte gehofft, dass Sie sie vielleicht dazu bringen können, Ihnen zu sagen, was los ist.«

»Und wie geht es ihr sonst?«

»Meinen Sie, ihren Verletzungen?«

»Ist sie in der Lage, einen kleinen Ausflug mit dem Wagen zu machen?« Er wusste nicht so recht, wie er sie zum Reden bringen sollte, lediglich, dass es in einer neutralen Umgebung vermutlich leichter fallen würde.

»Die Fahrt ins Krankenhaus scheint ihr nichts auszumachen. Wenigstens hat sie sich nie beklagt. Doktor Randolph meint, in einer Woche ist sie bereit für die Druckverbände, das heißt, dass sie alle ärztlichen Erwartungen übertrifft.« Sie senkte die Stimme zu einem Flüstern. »Ich denke, eine Autofahrt ist völlig unproblematisch.«

»Legen Sie doch alle Medikamente, die sie in den nächsten zwei Stunden einnehmen muss, bereit, damit wir, wenn ich komme, gleich losfahren können. Aber sagen Sie ihr nicht, dass ich komme.« Da er nicht wusste, wo sie hinfahren würden, hatte er auch keine Ahnung, wie lange sie wegbleiben würden. »Wenn wir schnell sind, hat sie keine Zeit, sich irgendeinen Grund zu überlegen, weshalb sie es ablehnen könnte.«

»Ich bewahre immer ein extra Medikamentenset in meiner Handtasche auf. Das werde ich Ihnen mitgeben.«

Rick dachte, sie wolle auflegen, als sie noch hinzufügte: »Sie haben uns gefehlt.«

Er legte der flüchtigen Bemerkung zu viel Bedeutung bei, gab sich nur einen Moment lang dem aufwallenden Glücksgefühl hin, ehe er es beiseitewischte. »Ich habe an meiner Küche gearbeitet.«

»Ich verstehe nicht. Warum arbeiten Sie denn an Ihrer Küche? Ist etwas passiert?«

»Ich habe mir da vor acht Jahren etwas gekauft, das sich lächerlicherweise eine renovierungsbedürftiges Haus nannte, und mich seitdem von Zimmer zu Zimmer vorangearbeitet. Die Küche und das Esszimmer hab ich mir für zuletzt aufgespart.«

»Sie renovieren selber?«

»Wenn ich Zeit dazu finde.« Er wusste sofort, dass er etwas Falsches gesagt hatte.

»Es tut mir leid. Sehen Sie jetzt, wie gefährlich es war, mir zu sagen, dass Sie immer Zeit hätten? Ich hätte Sie fragen sollen, ob Sie zu tun haben.«

»Ich hätte Ihnen gesagt, dass ich nichts zu tun habe, sodass es keinen Unterschied gemacht hätte.«

Blue kam heran, um sich kraulen zu lassen. Als Rick ihn ignorierte, stemmte er sich gegen sein Bein und setzte sich dann auf seinen Fuß.

»Ich würde mir Ihr Projekt wahnsinnig gerne mal ansehen. Das heißt, natürlich nur, wenn Sie Führungen zulassen.«

Er lachte. »Lassen Sie mich wissen, wenn Sie mal fünf Minuten freihaben. So lange dauert es nämlich ungefähr.«

»Ich freue mich schon darauf.«

Auch Rick freute sich. Mehr, als er ihr zeigen wollte.

»Wohin fahren wir?«, fragte Lynda beinahe aggressiv, als Rick rückwärts aus der Auffahrt stieß.

»Zu einer Freundin von mir.« Die Idee war ihm auf der Fahrt gekommen, und er hatte Sandra angerufen, um sie zu fragen, ob sie dazu bereit war.

»Schon kapiert – Sie wollen mir zeigen, wie das Leben nach dem Brandunfall aussieht. Hätten Sie mich vorgewarnt, hätte ich Ihnen gleich sagen können, dass Sie das lieber lassen sollen. Die Sozialarbeiterin hat schon in der Klinik eine ganze Parade von Brandopfern bei mir antanzen lassen. Ich weiß nicht, warum alle meinen, Verbrennungen zu erleiden sei, als würde man einer Verbindung beitreten. Ich bin ich. Ich bin nicht wie alle anderen. Sie können nicht ...«

Rick fuhr an den Straßenrand und hielt an.

»Was ist los? Was machen Sie da?«

»Ich suche nach deinem Abschaltknopf.«

»Weshalb? Können Sie es nicht ertragen, wenn man Ihnen widerspricht? Oder geben Sie es auch auf.«

»Auch?«

»Ach, vergessen Sie's.«

Rick wandte den Kopf und sah sie an. »Ich gebe nicht so leicht auf, Lynda. Und du bist noch lange nicht unausstehlich genug, als dass ich es auch nur in Erwägung ziehen würde. Und nun erzähl mir doch mal, wer dich deiner Meinung nach alles im Stich gelassen hat?«

»Alle.«

Sie verbarg sich hinter einer Mauer des Zorns. Wenn er sie noch ein bisschen heftiger drängte, würde sie platzen. »Das muss ja ein beschissenes Gefühl sein.«

Und das reichte dann. Ein wenig Mitgefühl, ein wenig Verständnis, und sie brach in Tränen aus. Er griff in die Türablage und tastete darin, bis er eine Serviette gefunden hatte. »Tut mir leid, was Besseres habe ich nicht.«

Sie wischte sich die feuchten Augen, schnäuzte sich, sah ihn an und fragte: »Wo fahren wir eigentlich hin?«

Er fuhr wieder an und winkte dem Wächter, als sie durch das Tor fuhren. »Wie schon gesagt, zu einer Freundin.«

»Ich weiß schon – einer Freundin, die auch Brandverletzungen hat«, meinte sie tonlos.

»Falscher könntest du gar nicht liegen. Na ja, vielleicht wenn du in *Titanic Teil zwei* investieren würdest. Sandra hat nie Verbrennungen erlitten und keine Ahnung davon, was das bedeutet. Aber sie ist eine wahnsinnige nette Frau.«

»Ihre Freundin?«

Er lachte. »Wieder falsch. Sandra Brahams ist einer der glücklich verheiratetsten Menschen, die ich überhaupt kenne.«

»Dann begreife ich nicht, weshalb ich sie kennenlernen soll.«

»Ich dachte, es wäre vielleicht gut für dich, mal von all den Krankenhäusern, Ärzten, Verbandswechseln, Therapien und all dem Gerede über Verbandswechsel, Therapien, Ärzte und Krankenhäuser wegzukommen.«

»Was macht sie denn?«

»Sie ist Lehrerin.«

»Oh, verstehe. Sie beschäftigt sich mit Problemkindern, und Sie denken, sie weiß schon, wie sie mich zu behandeln hat.« – »Warst du eigentlich schon immer so misstrauisch?«

Sie dachte über seine Frage nach, ehe sie antwortete. »Nein – wenigstens glaube ich es nicht.«

»Was ist passiert? Es können doch nicht nur die Verletzungen sein.«

»Es ist ein ganzer Haufen von Dingen.«

»Zum Beispiel?«

»Dass Tom meine Mutter hat sitzen lassen, zum Beispiel.«

Damit hatte er nicht gerechnet und wusste nicht, was er darauf erwidern sollte.

»Er hat's meinetwegen getan.«

»Und war die Tatsache, dass er sie sitzen gelassen hat – wie du dich ausdrückst –, denn unbedingt was Negatives?« Er ließ es darauf ankommen. Er hatte keine Ahnung, wie Lynda zu Tom stand.

Sie veränderte ihre Sitzhaltung, glättete eine Falte in dem synthetischen Schaffell, das er ihr über den Sitz gelegt hatte, damit die Rückenlehne schön weich war. »Sie findet das nicht oder will es wenigstens alle glauben machen.«

»Und was glaubst du?«

»Dass sie ohne ihn verdammt viel besser dran ist. Er ist ja ein solcher Loser.«

»Dann hat du deiner Mutter damit, dass Tom sie deinetwegen verließ, ja offenbar einen Riesengefallen getan.« Er ordnete sich ein, um abzubiegen, und wartete, bis der Verkehr an ihnen vorübergerauscht war. »Ich weiß nicht so recht, wo da das Problem sein soll.«

»Das hat Mom mir auch erzählt.« Sie musterte ihn. »Warum sind Sie eigentlich nicht verheiratet?«

»Ich war es mal, aber es hat nicht hingehauen.«

»Und weshalb nicht?«

Sie stellte ihn auf die Probe, wollte wissen, ob der Informationsfluss nach beiden Seiten verlief. »Ich war nicht ehrgeizig genug, konnte ihr nicht den Lebensstil bieten, den sie sich wünschte, und sie war zu ehrgeizig, um sich mal freizunehmen und was mit mir zu unternehmen. Es war die klassische Kombination zwischen einer Karrieristin und einem Durchschnittstypen; aber das ist uns erst klar geworden, als wir schon jahrelang verheiratet und in unserer Beziehung ziemlich festgefahren waren.«

»Wo ist sie denn jetzt?«

»Houston. Hat dort ihre eigene Computerfirma.«

»Sehen Sie sie noch manchmal?«

»Wir schreiben uns hin und wieder E-Mails, und wenn sie in die Stadt kommt, um ihre Familie zu treffen, versuchen wir, uns zum Lunch oder Dinner zu verabreden, aber allmählich stellen wir fest, dass uns die Gesprächsthemen ausgehen. Ich weiß nicht, wie lange wir die Sache noch aufrechterhalten.«

»Ich glaube, mein Dad will wieder mit meiner Mom zusammenkommen, jetzt wo Tom weg ist.«

Das war nicht gerade die beste Neuigkeit, die er an diesem Tag hörte. Es gab ein Dutzend Dinge, die er gern gesagt hätte, aber keine, die er sagen sollte, sodass er den Mund hielt.

»Er kommt in letzter Zeit häufig vorbei. Jeden Tag, um genau zu sein. Mom behauptet, es hätte nichts mit ihr zu tun, er versuche zu lernen, ein richtiger Vater zu sein, aber irgendwie ergibt das alles keinen Sinn.«

Rick sah eine Hirschkuh und verlangsamte das Tempo. »Guck mal …« Er deutete auf eine Gruppe von Eichen und schickte eine stummes Dankgebet für die Ablenkung gen Himmel. »Sieh mal, die Hirschkuh.«

»Toll«, flüsterte sie. »Ach, sehen Sie mal, da ist noch eine.«

Eine zweite Hirschkuh trat vorsichtig zwischen den Bäumen hervor, die Ohren gespitzt, lauschend, bereit, beim geringsten Anlass davonzuspringen. Rick wusste, dass sie, sobald er anhielt, flüchten würden, sodass er sein Tempo auf Kriechgeschwindigkeit drosselte und langsam vorbeifuhr.

»Als ich klein war, sind sie bis zu unserem Wochenendhaus gekommen, aber inzwischen sind zu viele Leute da oben«, sagte sie. »Behauptet wenigstens Onkel Gene. Jetzt haben wir Bären. Aber sie kommen nur nachts, sodass wir sie nie wirklich zu sehen kriegen, nur die Sachen, die sie anstellen.«

»Ich habe gehört, dass Gene dich nach Japan eingeladen hat.« Genes Vorgesetzte hatten ihn zu einem sechsmonatigen Aufenthalt überredet, um die restlichen Einzelheiten der Fusion auszuarbeiten.

Sie sah ihn an. »Woher wissen Sie das?«

»Er hat vor seiner Abreise bei mir vorbeigeschaut, um sich

eine meiner Hochseeangelrollen auszuleihen.« Sobald sie an den Tieren vorbei waren, beschleunigte er wieder.

Lynda griff nach einer CD-Hülle und betrachtete sie abwesend. »Warum besuchen Sie mich eigentlich nicht mehr? Als ich in der Klinik war, sind Sie jeden oder fast jeden Tag gekommen. Hab ich irgendwas falsch gemacht?«

Scheiße, sie hatte es schon wieder geschafft – hatte ihn übertölpelt, sodass er krampfhaft nach einer Antwort suchte. »Ich kann mir schon vorstellen, warum du das denkst, aber du täuschst dich diesmal.« Er musste ihr auf irgendeine Art die Wahrheit sagen, ohne allzu viel preiszugeben. »Ich habe mich zurückgezogen, weil ich dir und deiner Mutter zu nahe gekommen war, um meine Aufgabe noch so erfüllen zu können, wie es von mir erwartet wird. Ich habe mich zu sehr in euer Leben hineinziehen lassen, um meine Objektivität wahren zu können. Und das war weder für dich noch für mich gut.«

»Sie können also nicht mein Freund sein?«

»Ich kann dein Freund sein, nur nicht dein bester Freund. Das ist Brians Job. Oder Wendys.«

Sofort wurde sie zornig. »Sie haben mit meiner Mutter über mich gesprochen. Das finde ich zum Kotzen. Was hat sie Ihnen erzählt?«

»Sie macht sich Sorgen um dich.«

»Das also ist der Grund, warum Sie mich heute sehen wollten? Weil sie Sie angerufen hat?«

»Ja.«

»Bringen Sie mich nach Hause.«

»Nein.«

»Dann halten Sie an, und ich gehe zu Fuß.«

Sie heulte wieder. »Sag mir, was passiert ist, Lynda. Was hat Brian getan?«

»Ich will nicht darüber reden.«

Rick bog in Sandras Auffahrt ein und hielt an. Sandra war klug genug, nicht herauszukommen, ehe sie in Hausnähe waren, sodass sie Zeit hatten. »Ich werde dir was über Männer und Frauen erzählen, das zu lernen mich zweiundvierzig Jahre gekostet hat. Wenn du aufpasst, wird es dir das Leben unendlich erleichtern.«

Sie wischte sich die Wangen am Ärmel ab und sah ihn herausfordernd an. Sie war bereit, ihm zuzuhören, aber nicht allzu lange.

»Meiner Frau brach das Herz, als wir unser Baby verloren. Ich brach es ihr ein zweites Mal, als ich ihr rosa Rosen kaufte. Ich wusste, dass Barbara gelbe Rosen liebt, aber ich entschied mich für rosarote, weil rosa für Mädchen ist und unser Baby ein Mädchen war. Barbara dachte, ich habe ihre Schwäche für gelbe Rosen vergessen oder es sei mir nicht wichtig genug gewesen, welche zu finden. Sie sagte aber nichts, und warum sie zwei Tage lang nicht mit sprach, erfuhr ich erst, als wir drei Jahre später geschieden wurden.«

»Sie hätte was sagen sollen. Das war nicht fair.«

»Das kann man leicht sagen, wenn es um jemand anderen geht. Sehr viel schwerer ist es, wenn es einen selber betrifft. Was immer zwischen dir und Brian auch vorgefallen ist, es handelt sich vielleicht um eine ganz andere Sorte von Missverständnis, aber du wirst es nie erfahren, wenn du nicht mit ihm redest.«

Sie schwieg lange. »Hätte ich nur diesen verdammten Pullover nicht angehabt …«

»Aber du hattest ihn an, und du kannst es nicht mehr rückgängig machen.«

»Wenn ich nur nicht davongerannt wäre.«

»Du hast getan, was dein Unterbewusstes dir diktiert hat. Vor der Gefahr laufen wir alle davon.«

»Brian nicht«, sagte sie leise. »Er ist mir nachgelaufen.«

»Gib ihm eine Chance. Wenn er es nicht verdient, dann wirst du es wenigstens wissen.«

»Glauben Sie, zwischen Ihnen und Ihrer Frau hätte sich etwas verändert, wenn sie Ihnen das mit den Blumen gesagt hätte?«

»Letztlich wohl nicht. Wir waren einfach zu verschieden, als dass unsere Ehe hätte funktionieren können. Aber es hätte uns eine Menge Kummer und Missverständnisse erspart.«

Sie lächelte zögernd. »Meine Mom ist nicht besonders ehrgeizig. Haben Sie das gewusst? Sie sagt immer, es ist ihr egal, wo wir leben, solange wir nur ein Dach überm Kopf haben.«

Rick lehnte den Kopf gegen die Rückenlehne des Sitzes, schloss einen Moment lang die Augen und versuchte, so zu tun, als habe er es nicht gehört. Lynda als aufgewühlte Überlebende eines Brandunglücks, die versuchte, ihren Platz in einer kopfstehenden Welt zu finden, war etwas, womit er würde umgehen können. Lynda als Kupplerin, das war ihm zu viel.

»Da sitzt ein Hund mitten auf der Straße und starrt uns an«, sagte Lynda.

Rick öffnete die Augen und erblickte einen offensichtlich verwirrten Blue, die ihn seinerseits anstarrte. Es war das erste Mal, dass Rick Sandra und Walts Auffahrt benutzt hatte, und dies hatte Unordnung in Blues geordnetes Dasein gebracht. Unordnung in Blues Leben und willkommene Abwechslung in Ricks Gesprächsthemen.

19

Catherine öffnete die Gas- und Stromrechnung und hielt überrascht die Luft an. Dass sie hoch sein würde, hatte sie gewusst – die Anzahl der Vierzig-Grad-Tage in einer Reihe waren rekordverdächtig, und Lyndas wegen hatte sie das Haus noch weiter heruntergekühlt als sonst –, aber sie hatte keine Ahnung, dass sie so hoch ausfallen würde. Noch zweihundert Dollar mehr und es wäre so viel wie ihre monatliche Abzahlung für das Haus.

So konnte es wirklich nicht weitergehen. Sie musste einen Job finden. Und zwar bald. Oder ein paar Aktien verkaufen. Oder einige Sonderausgaben einsparen, wie beispielsweise die Putzfrau, die dreimal die Woche kam, oder den Gärtner, der zweimal kam. Dann war da auch noch die Wartung des Pools. Wie schwierig würde es wohl sein, das Wasser selbst zu testen und die Chemikalien eigenhändig zuzusetzen? Sie hatte den Burschen beobachtet, als er dachte, es sei niemand zu Hause, und er hatte weniger als zehn Minuten dafür gebraucht. Zweihundert Dollar im Monat für zehn Minuten Arbeit? Wenn sie einen solchen Job finden könnte, bräuchte sie sich um die Bezahlung ihrer Rechnungen keine Sorgen mehr zu machen.

Sie hätte den Country Club aufgegeben, wäre Tom nicht gewesen. Der wollte ja unbedingt Mitglied werden. Aber eher biss sie sich in den Hintern, als dass sie ihm die Möglichkeit bot, sich dort an ihrer Stelle einzukaufen. An ihrem Tiefpunkt – als er für zweieinhalb Wochen verschwunden war, Lynda in eine weitere Depression versank, ihr Bruder sich für weitere sechs Monate nach Japan verabschiedet hatte, als Jack ihr mitteilte, sein Unternehmen befinde sich in einer Flaute und er müsse womöglich vor Gericht gehen, um ihre Unterhaltszahlungen zu reduzieren, als sie eine Hose aus dem Schrank zog und den Reißverschluss nicht mehr zubrachte –, da hatte sie sich ernsthaft gefragt, ob Tom ihr den Heiratsantrag gemacht hatte, weil er sie wollte, oder ob es ihm nicht vielmehr um ihre Clubmitgliedschaft gegangen war.

Sie hatte sich aber im Nu erholt, als jemand von der Reinigung anrief und ihr mitteilte, dass man einen Fehler gemacht und ihr die Hose einer anderen Kundin geschickt hatte. Von jemandem, der für seine Größe – überlegte Catherine – offenbar viel zu dünn war.

»Ich bin zu Hause«, rief Lynda an der Haustür. »Wo bist du?«

Catherine weinte fast, als sie hörte, wie optimistisch ihre Tochter klang. »Danke, Rick«, murmelte sie leise, als sie ihren Stuhl zurückschob.

»Ich bin hier drin«, rief Catherine zurück.

»Wo hier?«

»In meinen Büro. Aber warte, ich komme raus.« Sie wollte nicht, dass Lynda die Rechnungen sah, die sich auf ihrem Schreibtisch stapelten.

Lynda stand vor dem Kühlschrank und suchte nach etwas Essbarem, als Catherine sie entdeckte. »Wo ist denn Rick? Hast du ihn nicht gebeten hereinzukommen?«

»Er baut irgendwelche Schränke ein und musste wieder zurück. Aber ich soll dir ausrichten, dass er nächste Woche versucht vorbeizuschauen. Ich hab ihn zum Abendessen eingeladen, damit er auch wirklich kommen muss.«

Die Idee verblüffte Catherine. Sie hatte noch nie daran gedacht, Rick zum Essen einzuladen. »Und was hat er gesagt?«

»Dass wir ihn nicht zu bekochen bräuchten, um ihn in unser Haus zu locken. Aber ich habe ihm erzählt, dass du liebend gern Martha Stewart spielst.«

Sie stöhnte. »Das hast du nicht gesagt.« Auch wenn sie

nicht so recht wusste, wie Rick sie sehen sollte – so wollte sie nicht von ihm gesehen werden.

»Vielleicht nicht mit diesem Worten, aber wie auch immer, es hat funktioniert. Du sollst ihn anrufen und ihm sagen, ob es dabei bleibt und wann er kommen soll.«

»Lynda …« Catherine wusste – egal wie sie sich jetzt auch ausdrückte –, was sie jetzt zu sagen hatte, musste sie in Lyndas Augen als Snob erscheinen lassen. »Ich weiß nicht, ob es eine gute Idee ist, Rick zum gesellschaftlichen Umgang mit uns zu ermuntern.«

Als sie nichts ihr Zusagendes im Kühlschrank fand, öffnete Lynda den Tiefkühlschrank. »Warum nicht?«

»Weil es ihn bei der *Burn Association* in eine schwierige Lage bringen könnte. So sehr du ihn auch als deinen Freund empfindest – und ich bin froh, dass es so ist -«.

»Er ist doch auch dein Freund, oder?«

»Ja«, erwiderte sie unbestimmt.

»Dann begreife ich nicht, wo das Problem liegt.«

Catherine konnte stehen bleiben und sich mit Lynda streiten oder aber die erstaunliche Stimmung ihrer Tochter genießen. Sie beschloss, die Debatte auf später zu verschieben. »Wie ich sehe, hast du einen schönen Nachmittag verbracht?«

»Einen Supernachmittag. Ich habe eine tolle Frau kennengelernt. Du würdest sie mögen, Mom. Sie ist Ricks Nachbarin. Die ihn übrigens für den fantastischsten Typen auf der ganzen Welt hält – abgesehen von ihrem Mann natürlich.« Sie hatte die Eiscreme entdeckt.

»Mm, lecker – meine Lieblingssorte. Du hast wohl eingekauft, während ich weg war.« Sie wandte sich zu Catherine um. »Möchtest du welche?«

Catherine dachte an den Schrecken, den sie mit der nicht passenden Hose erlebt hatte, und wusste, dass es nur eine Frage der Zeit und von einigen Geburtstagen war, bis es tatsächlich so weit sein würde. Doch das lag noch in der Zukunft. Dieser Augenblick mit Lynda war real und hier und jetzt. »Klar, warum nicht?«

Lynda öffnete erneut den Kühlschrank. »Haben wir noch Schokoladensauce?«

»In der Tür.«

Lynda nahm die Flasche in die Hand und betrachtete das Etikett. »Ist das das Zeug, das Tom gekauft hat, mit dem Rum drin?«

»Das hab ich schon weggeschmissen.«

»Gut gemacht, Mom. Wenn du ihn jetzt auch noch dazu bringst, seine Sachen aus der Garage abzuholen.« Sie reichte Catherine zwei Schälchen, ehe sie die Schokolade in die Mikrowelle stellte.

»Ich habe ihm eine Nachricht auf seinem Anrufbeantworter hinterlassen, dass er noch eine Woche Zeit hat, und ich danach eine sehr nette karitative Spende in seinem Namen tätigen werde.«

Lynda lächelte. »Lass mich das tun. Bitte.«

»Gerne, nur zu. Aber er hat noch zwei Tage Zeit.«

»Das ist so typisch für dich, Mom. Machst dir Sorgen um einen Kerl, der dich wie Scheiße behandelt hat.«

»Pass auf ...«

»... was du sagst«, führte Lynda ihren Satz zu Ende.

»Vergiss Tom. Erzähl mir von dieser Frau, die Rick dir vorgestellt hat.«

Lynda goss die Schokoladensauce über das Eis, leckte einen Tropfen von ihrem Finger und fischte zwei Löffel aus der Schublade. »Sie heißt Sandra. Sie ist alt – älter als du, aber sie wirkt nicht alt. Du weißt, was ich meine?«

»Wie Tante Eva.«

»Ja, genau.« Sie ließ ihre Schultern kreisen und lehnte sich, nach Erleichterung für den dauernden Juckreiz suchend, an den Kühlschrank.

»Wann hast du das letzte Mal deine Medikamente genommen?«

»Ich muss sie jetzt nehmen, aber ich will dir vorher von Sandra erzählen.« Sie griff nach ihrer Schüssel und begann, den Rücken an den Edelstahl gepresst, zu essen. »Sie ist so cool, Mom. Du wirst mir nicht glauben, was sie mir gezeigt hat. Ich hab einen wilden Vogel Sonnenblumenkörner aus meiner Hand fressen lassen. Sandra füttert sie ständig so. Sie kommen einfach zu ihr.«

»Was für Vögel denn?«

»Hausgimpel. Aber das ist noch nicht alles. Warte, bis du das gehört hast – sie steckt sich Schläuche ins Haar, mit roten Stöpseln am Ende, in denen ist Zuckerwasser, und es kommen tatsächlich Kolibris, um daraus zu trinken.«

»Und damit hast du den ganzen Nachmittag zugebracht?«

»Damit und mit Quatschen. Ich hab ihr geholfen, die Futterschläuche zu reinigen – sie hat Dutzende davon. Das Zuckerwasser für die Kolibris – sagt sie – muss im Sommer jeden Tag gewechselt werden, sonst verbreitet sich darin ein Bakterium, das die Vögelchen umbringen kann. Hast du das gewusst?«

»Nein«, gestand Catherine. »Ich dachte, wenn sie leer sind, füllt man sie einfach wieder auf.«

»Ich will einen vor meinem Fenster befestigen. Es gibt welche, die an Glasscheiben haften, sodass man die Vögel ganz aus der Nähe beobachten kann. Und ich dachte, wir könnten ein paar gewöhnliche Futterautomaten für den Hof besorgen.«

Zum ersten Mal, seitdem Lynda ihre Verbrennungen erlitten hatte, fand Catherine ein Stück von dem glücklichen, sorglosen Mädchen wieder, das sie einmal gewesen war. Ihr ging das Herz auf vor lauter Freude darüber, dass es in der emotional angeknacksten jungen Frau noch immer dieses Mädchen gab.

Nachdem Lynda ihr Eis ausgelöffelt hatte, stellte sie die Schüssel in den Abguss. »Ich geh mal rauf.«

»Es ist aber noch früh. Sollen wir uns nicht einen Film ausleihen?«, meinte Catherine, die nicht wollte, dass der Moment so rasch vorüberging. »Oder noch besser, wie wär's mit einem Spielchen? Ziemlich lange her, dass du mich das letzte Mal beim Scrabble geschlagen hast.«

»Ha. Dich würde ich auch mit verbundenen Augen schlagen. Du bist eine miese Scrabble-Spielerin, Mom.«

»Was hältst du von Monopoly?« Lynda hatte an diesem Tag einfach schon zu viel hinter sich, um ihn allein in ihrem Zimmer ausklingen zu lassen.

»Vielleicht – aber erst, wenn ich Wendy und Brian angerufen habe.«

Catherine schickte Rick im Geiste einen dankbare Umarmung. Er hatte etwas fertiggebracht, das sie fast für unmöglich gehalten hatte. Und da es so leicht war, etwas Falsches zu Lynda zu sagen, schwieg Catherine lieber und nickte nur.

Lynda lächelte. »Hab dich überrascht, was?«

»Das ist noch viel zu schwach ausgedrückt.«

»Falls Daddy vorbeikommt, während ich telefoniere, meinst du, du könntest ihm verklickern, dass ich beschäftigt bin, ohne ihn zu verletzen?«

»Ich könnte es probieren.«

»Danke, Mom.«

Catherine machte eine wegwerfende Handbewegung. »Jaa, jaa, jaa.«

Lynda eilte zur Treppe, erinnerte sich an ihre Tabletten und kam wieder zurück. Sie wollte bei ihren Anrufen ungestört sein, und das Jucken wurde allmählich wieder richtig übel. Allein in ihrem Zimmer lehnte sie mehrere Kissen an das Kopfbrett ihres Betts und machte es sich mit dem schnurlosen Telefon im Schoß darauf bequem. Sie versuchte, zu überlegen, was sie sagen wollte, doch außer der Tatsache, dass es ihr leidtat, fiel ihr einfach nichts ein. Bei Wendy wusste sie, was sie zu erwarten hatte. Wendy würde stinkig sein, aber sie würde ihr zuhören. Und ihr – letzten Endes – verzeihen.

Bei Brian war sich Lynda da nicht so sicher. Sie hatte ihm

genügend Zeit gelassen, um eventuell auf den Gedanken zu kommen, dass er ohne sie und ihre Probleme besser dran war.

Da sie über Brian sprechen musste, ehe sie mit ihm sprach, beschloss sie, zunächst Wendy anzurufen.

Nach dem zweiten Klingeln meldete sich Wendys Mutter.

»Hi, ich bin's, Lynda. Ist Wendy zu Hause?«

»Lynda – wie geht es dir denn? Ich wollte dich und deine Mutter schon die ganze Zeit besuchen, aber Wendy meinte, du könntest momentan niemanden sehen.«

»Inzwischen geht es mir besser.« Offenbar hatte Wendy ihrer Mutter nicht erzählt, was tatsächlich vorgefallen war. »Sie können jederzeit vorbeikommen. Nur bringen Sie nichts zu essen mit. Aus irgendeinem Grund bringen uns die Nachbarn ständig Sachen vorbei, sodass wir überhaupt keinen Platz mehr im Kühlschrank haben.«

»Ich versuche, morgen vorbeizuschauen. Wendy wird es leidtun, dass sie deinen Anruf verpasst hat.«

»Sie ist nicht da?« Lynda hätte es sich denken können. Es war Samstag, und an Freitag- und Samstagabenden war Wendy nie zu Hause.

»Sie ist mit ein paar Freunden zum See gefahren. Aber ich werde ihr ausrichten, dass du angerufen hast.«

»Danke.«

»Pass auf dich auf.«

»Mach ich.« Lynda drückte auf den Knopf, um die Verbindung zu unterbrechen. Sie hatte schon den Finger gekrümmt, um Brians Nummer zu wählen, hielt dann jedoch inne.

Was, wenn er auf ihre Entschuldigung nichts erwiderte? Sollte sie ihm erzählen, wie sehr ihr sein Geschenk gefallen hatte? Oder dass sie sich die Kate-Wolf-CD nach der Party immer wieder angehört hatte, dass er recht hatte und ihr die Musik und die Texte genauso gut gefielen, wie er ihr vorausgesagt hatte? Lag ihm überhaupt noch etwas daran?

Da sie merkte, dass sie dabei war, sich den Anruf bei ihm

auszureden, wählte sie die Nummer und hielt, während sie dem Klingeln lauschte, den Atem an.

Es meldete sich eine Frau mit deutschem Akzent.

»Könnte ich vielleicht mit Brian sprechen?«, fragte Lynda hastig.

»Es tut mir leid. Er ist nicht da.«

Es war das erste Mal, dass sie ihn anrief und er nicht ans Telefon kam. »Ich bin eine Freundin von ihm, Lynda Miller. Können Sie mir sagen, wann er wieder nach Hause kommt?«

»Oh, Miss Miller. Ich weiß, wer Sie sind. Geht es Ihnen denn inzwischen besser?« Die Frau sprach in kurzen und sorgfältig betonten Sätzen.

»Ja, es geht mir gut. Danke der Nachfrage.«

»Mr Winslow ist schon heute Morgen an den See gefahren. Die ganze Familie ist dort. Er hat auch eine Freundin mitgenommen. Ich dachte, das seien womöglich Sie.«

»An den See?«, wiederholte sie benommen und spürte einen Kloß im Hals.

»Ja. Aber heute Abend wollte er wieder zu Hause sein. Soll er Sie dann vielleicht zurückrufen?«

»Ja – nein, ich werde mich bei ihm melden. Morgen.« Das würde sie zwar nicht tun, aber irgendetwas musste sie ja sagen.

»Er hat so viel Nettes von Ihnen erzählt. Ständig erzählt er von Ihnen. Sie müssen ein sehr nettes Mädchen sein. Ich bin so froh, dass Sie jetzt nicht mehr in der Klinik sein müssen.«

»Danke.« Lynda verabschiedete sich, ließ den Hörer aufs Bett sinken und schlug die Hände vors Gesicht.

Sie hatte beide verloren, und alles durch ihre Schuld. Sie hatte sich selber klargemacht, dass das, was sie auf der Party über Brian und Wendy gehört hatte, nicht stimmen konnte. Zumindest damals nicht. Aber inzwischen war es wahr geworden.

Sie konnte keine Freundin mehr sein. Für niemanden. Nicht mal für Ray. Als sie das letzte Mal in der Klinik gewesen war, hatte sie den Besuch bei ihm ausfallen lassen, weil sie Angst hatte, er würde sie wieder nach Brian fragen, und ihr fielen keine Lügen mehr ein, um zu erklären, warum er nicht mehr mitkam. Sie wollte nur noch nach Hause und sich in ihrem Zimmer verkriechen. Wenigstens hatte sie ja ein Zuhause. Er hatte nichts und niemanden.

Kein Wunder, dass Brian sie nicht mehr mochte. Sie war egoistisch, egozentrisch und hässlich. Ihr ganzer Rücken und ihre Arme sahen zum Kotzen aus. Sie konnte sich gut vorstellen, wie sie auf ihn wirken musste. Sie war kahlköpfig und musste blöde Mützen tragen. Welcher Junge, der noch bei klarem Verstand war, würde mit ihr etwas zu tun haben wollen?

Sie verstand jetzt, wie es sich anfühlte, wenn einem das Herz brach, und warum man diesen Ausdruck verwendete. Ihr war wirklich zumute, als hätte man ihr Herz entzweigerissen oder, wenn nicht entzweigerissen, dann vielleicht zerquetscht. Sogar wenn sie nur zu atmen versuchte, tat es weh.

Und alles war ihre Schuld. Genau wie die Verbrennungen ihre Schuld waren. Wenn sie nur nicht davongelaufen wäre.

Wie hatte Bian sie nur so küssen können, wie er es im Krankenhaus getan hatte? Das war das Schlimmste. Er hatte ihr Hoffnung gemacht, hatte ihr ein tolles Gefühl gegeben. Sie fühlte sich so armselig. Es brauchte nur einen Kuss, und schon glaubte sie an ein Wunder. Sie hatte sich sogar eingebildet, er würde sie wieder küssen, wenn sie abends allein wären – dass er sich das tatsächlich wünschte.

Über eine Stunde saß sie reglos auf ihrem Bett. Der Himmel wurde rosa und dann orange, warf farbiges Licht ins Zimmer und tauchte es in eine scheinbare Wärme. Fühlen aber konnte sie nur die Kälte in ihrem Herzen, die Leere und Niedergeschlagenheit.

Ihre Mutter kam an die Tür, um zu fragen, ob sie etwas essen wollte. Lynda erwiderte, sie telefoniere noch und würde sich später, wenn sie hungrig sei, selbst etwas holen. Die Schatten wurden länger, und es wurde dunkel im Zimmer.

Um elf kam Catherine, um ihr gute Nacht zu wünschen. Und Lynda sagte ihr, sie habe bereits geschlafen.

Zehn nach elf klingelte das Telefon. Es war Wendy.

»Ich bin eben nach Hause gekommen«, sagte sie, und ihre Stimme klang kühl und reserviert. »Mom hat mir erzählt, dass du angerufen hast.«

»Es war nichts weiter.« Sie wusste nicht mehr, wie man sich eines normalen oder gar beiläufigen Tonfalls bediente. »Du hättest ruhig bis morgen warten können.«

»Hat sie dir gesagt, dass ich am See war?«

»Ja.«

»Es war schön. Wahnsinnig heiß allerdings.«

Wendy bemühte sich. Das musste Lynda ihr zugestehen. »Und wenn dann die Sonne untergeht, friert man.« Weshalb man einen Pullover anzieht und sich verbrennt.

»Heute nicht. Sogar das Eis in der Eiskiste ist geschmolzen. Shawn musste bis nach Folsom fahren, um neues zu besorgen.«

»Folsom?« Das ergab keinen Sinn.

»Im Laden am See war es ausverkauft.«

»Du warst am Folsom Lake?«

»Klar. Wo denn sonst?«

»Ich dachte, du wärst mit Brian am Rainbow Lake gewesen.«

»Warum sollte ich ... oh, mein Gott. Hast du dich deswegen wie eine Bescheuerte aufgeführt? Hast du geglaubt, ich wär hinter Brian her?«

Leugnen war zwecklos. »Ich hab auf der Party was mitbekommen ...«

»Hab ich was gesagt?«

»Nein.«

»Wer dann?«

Lynda konnte Wendys Ärger richtig spüren. »Ich weiß nicht. Ich war draußen, und die Leute waren auf der Terrasse. Ich konnte nicht sehen, wer es war.«

»Warum hast du mir nichts davon gesagt? Warte mal. Ich erinnere mich, dass du was gesagt hast. Du hast gesagt, dass ich gehen soll, dass du mich nie wieder sehen willst.«

»Ich hab mich geirrt. Es tut mir leid.«

»Das sollte es auch. Verdammt noch mal, Lynda, ich bin so wütend auf dich, dass ich explodieren könnte.«

»Wenn du meinst, dass es dir hilft, dann tu's.«

»Versuch nicht, mich zum Lachen zu bringen. Ich will wütend bleiben. Wenigstens eine Weile. Du hast es verdient.«

»Wie lange denn?« Wendy würde es in die Länge ziehen, bis sie nicht mehr konnte, aber das Schlimmste war jetzt vorbei. Sie würden tagelang über das Ganze reden, jeden Fehler und jedes Missverständnis untersuchen, bis es vor ihnen ausgebreitet lag wie ein Frosch im Biologieunterricht, und dann würden sie da weitermachen, wo sie aufgehört hatten, und wieder beste Freundinnen sein.

»Ich weiß nicht. Ich hab mich noch nicht entschieden.«

»Und was hältst du von Brian?«

»Ich mag ihn. Und ich bin wahnsinnig eifersüchtig. Das sind alle. Vor allem Lisa. Sie kennt gar kein anderes Thema mehr. Warte, bis ich dir erzählt habe, was heute passiert ist, als sie ...«

Lynda lehnte sich in die Kissen und nahm noch eines, um den Arm aufzustützen. Sie hatte das Gefühl, als könnte es ein längeres Gespräch werden.

Sie lauschte Wendys Geschichte über Lisa, deren Oberteil sich gelöst hatte, als David ihr das Wasserskifahren beibringen wollte. Sie lächelte. Vielleicht war ihr Leben ja noch nicht ganz dort, wo sie es haben wollte, aber sie hatte jetzt dieses Leben, und vorerst, für diesen Augenblick, war sie wieder glücklich.

20

Da Catherine mit Brian rechnete, öffnete sie die Tür mit einem herzlichen Lächeln. Das Tom mit breitestem Grinsen erwiderte.

»Was willst du denn hier?«, fragte sie, und ihre gute Laune war beim Teufel.

»Nach der Nachricht, die du mir auf dem Anrufbeantworter hinterlassen hast, hielt ich es für besser, den Rest meiner Sachen abzuholen, ehe du sie diesem Feuerwehrmann schenkst. Das ist doch der gute Zweck, von dem da die Rede war, oder?«

»Unter all deinen Sachen gibt's nichts, das Rick haben wollte – das darfst du mir glauben.«

»Nicht mal dich?«

Das Ärgerliche an Glastüren war, dass man sie nicht wirkungsvoll zuschlagen konnte. »Zunächst einmal bin ich nicht dein Besitz. Und war es auch nie. Hätte ich geahnt, dass du solche Auffassungen hegst, wäre ich schlau genug gewesen, mich schon früher aus dem Staub zu machen.«

»Frönen wohl ein wenig der Geschichtsfälschung, wie? Wenn ich mich recht erinnere, warst doch nicht du diejenige, die aussteigen wollte.«

»Was hab ich bloß je in dir gesehen?«

Er breitete die Arme aus. »Ich würde annehmen dasselbe, was Adriana Petersen jetzt in mir sieht.«

Catherine lehnte sich an den Türrahmen und verschränkte die Arme. Sie kannte Adriana von irgendwelchen gesellschaftlichen Anlässen, hatte jedoch nie den Wunsch gehabt, die Bekanntschaft zu vertiefen. »Du hast also schon Ersatz gefunden?«

Er lächelte verführerisch. »Einen mit einem größeren Haus in besserer Lage.«

»Und Clubmitgliedschaft. Ich bin mir sicher, dass du das bei deiner Suche berücksichtigt hast. Dass ihr Mann in der Scheidungsvereinbarung die Mitgliedschaft für sich verlangt, hat sie wohl nicht erwähnt.« Catherine hatte keine Ahnung, ob das stimmte, doch Toms Gesichtsausdruck lohnte jeden Preis, den sie für diese Lüge zu zahlen hatte.

»Das hat sie mir nicht gesagt«, stotterte er. »Allerdings ist noch nichts endgültig«, fügte er, sich rasch wieder zusammenreißend, hinzu. »Sie kann immer noch verhandeln, und Adriana gehört zu den Frauen, die alles tun, um ihren Mann zufriedenzustellen.«

»Aber was für ein Ärger. Da wäre es doch sehr viel geschickter, wenn du deine Frauen ein wenig sorgfältiger befragen würdest, ehe du dich bindest.«

»Wie geht es Lynda?«, fragte er und wischte ihren Sarkasmus durch seinen Themenwechsel beiseite.

»Gut«, meinte sie kryptisch. Und beschloss dann, dass er mehr hören sollte. »Eigentlich geht es ihr fantastisch. Besser, als irgendjemand erwartet hätte.«

»Und Brian kommt sie auch noch besuchen?«

Sie spürte, dass er eine Verneinung von ihr erwartete. »Er müsste jeden Augenblick da sein. Wahrscheinlich begegnest du ihm beim Hinausgehen.«

»Würdest du ihr bitte sagen, dass ich mich für sie freue? Und dass ich ihr alles Gute wünsche.«

»Ich werde es tun, aber sie wird es wohl nicht glauben. Genauso wenig wie ich.«

Er verlagerte seine Gewicht, trat von einem Fuß auf den anderen, während er es vermied, ihr direkt in die Augen zu sehen. »Was hast du ihr über unsere Trennung erzählt?«

Er führte irgendetwas im Schilde. Sie spielte mit, um herauszufinden, was es war. »Die Wahrheit.«

»Und die wäre?«

»Dass du ein egozentrisches, selbstsüchtiges Arschloch bist, das uns gar nicht verdient hat.«

Merkwürdigerweise wirkte er eher erleichtert als zornig. »Dann hast du ihr also nicht erzählt, dass ich ihretwegen gegangen bin?«

Sie betrachtete ihn forschend. »Nein.«

»Gott sei Dank.«

»Sie ist selber draufgekommen.«

Nun kam die Panik. »Aber du hast es ihr ausgeredet.«

»Warum sollte ich?«

»Weil du nicht willst, dass sie mit dem Gefühl, nicht zu genügen, durchs Leben geht.«

»Das tut sie ja nicht. Zum Glück gehörst du einer seltenen Spezies an, Tom. Sie weiß, dass sie nichts von dem, was du sagst oder tust, ernst nehmen muss.«

Er fuhr sich mit der Hand durchs Haar und rieb sich schließlich den Nacken. Er war zu clever, um Klamotten zu tragen, die seine gute Figur zu deutlich ins rechte Licht rückten, aber gewitzt genug, um sich auf eine Art zu bewegen, die genau dies für ihn bewerkstelligte. Wenn er sich im Nacken rieb, wurde sein Ärmel gestrafft und sein Bizeps sichtbar. Dadurch, dass er seine Hosen eine halbe Nummer zu groß kaufte, hatte er einen Anlass, den Bund hochzuziehen und so die Aufmerksamkeit auf seine schmalen Hüften und den flachen Bauch zu lenken. Es wäre ihm entsetzlich peinlich gewesen, hätte er gewusst, dass sein erhobener Arm eher seine Schweißflecken als seine Muskeln zur Geltung brachte.

Zusätzlich zu diesen Körpertechniken verfügte er über ein Arsenal wohlkalkulierter, Zurückhaltung suggerierender Tricks, die seine mentalen Attribute unterstreichen sollten, so sie irgendjemandem mangels eigenen Scharfblicks entgehen sollten. Wie konnte sie das alles plötzlich so deutlich erkennen und es all die Monate, die sie zusammen waren, übersehen haben?

»Ich glaube, ich sollte mit ihr reden. Ich habe überreagiert, als sie in der Klinik war, und muss mich bei ihr entschuldigen.« Er schenkte ihr sein geübtestes Lächeln, jenes, das einst ihren gesunden Menschenverstand so weit vernebelt hatte, dass sie schon bei ihrer zweiten Verabredung mit ihm ins Bett gegangen war. »Ich muss mich bei euch beiden entschuldigen.«

Er wollte etwas, war verzweifelt genug, um sich dafür zu demütigen – doch was konnte es nur sein? »Mit Lynda werde ich dich auf gar keinen Fall reden lassen. Du hast schon genug Schaden bei ihr angerichtet.«

»Einen Schaden aber, den nur ich reparieren kann.«

Er war clever. »Lynda braucht nichts weiter als Zeit und Abstand von dir, und dafür werde ich sorgen.«

»Du bist unvernünftig.«

»Und du bist eine Nervensäge, und ich hab jetzt genug mit dir geredet. Wenn du jetzt deine Sachen haben willst, geh runter zur Garage.« Sie wandte sich wieder zur Tür.

Tom fiel ihr in den Arm. »Was willst du? Sag es mir – und es gehört dir.«

Sie funkelte ihn an. Er ließ ihren Arm los, seine Hände ballten sich zu Fäusten. Sie hatte ihn geliebt und gehasst; gefürchtet aber hatte sie ihn nie. Bis zu diesem Moment. »Was bringt dich auf die Idee, dass ich etwas von dir haben will?«

»Weil du dich nicht so verhalten würdest, wenn du nichts wolltest.«

»Wie verhalte ich mich denn?«

»Eifersüchtig, rachsüchtig – du bist allein und kannst den Gedanken, dass ich mit einer anderen zusammen bin, nicht ertragen. Vor allem nicht, dass es so bald geschehen ist.«

Vor Überraschung stand ihr der Mund offen. Von allem, was er ihr hätte sagen können, war das das Bizarrste. Er glaubte tatsächlich, dass sie sich aus all seinem Tun und Treiben noch immer etwas machte. Nie hatte sie einen Menschen wie ihn gekannt. Sein Ego …

Nein, es stimmte gar nicht. Nicht sein Ego konnte sie in

seinen Augen erkennen, es war Angst. Er hatte Angst vor ihr. Und vor Lynda. Aber weshalb? Was konnten sie ihm schon antun, das auch nur die geringste Auswirkung auf sein Leben hatte?

Und dann hob sich der Vorhang, lichtete sich der Nebel, die Sonne trat hinter den Wolken hervor und sie wurde von einem blendenden Blitzstrahl der Logik getroffen.

Er hatte Angst, dass Lynda ihren Freundinnen von ihm erzählen würde, dass dieses Gerede bis zu Adrianas Tochter vordringen würde, auch wenn die eine andere Schule besuchte.

»Du kommst zu spät«, sagte sie. »Wendy hat schon das Gericht einberufen, das *in absentia* gegen dich verhandelt hat. Die Jury, zwölf von Lyndas Freunden – die sie alle schon seit ihren Kindergartentagen kennt –, war handverlesen.« Hätte sie gewusst, dass ihr die erneute Begegnung mit ihm so viel Spaß bereiten würde, dann hätte sie ihn mit einem weit besseren Gefühl auf ihrer Schwelle willkommen geheißen. »Du wurdest übrigens schuldig gesprochen.«

Er richtete sich zu voller Größe auf, sodass er sie um einiges überragte. »Danke für die Warnung«, meinte er selbstzufrieden. »Du hast keine Ahnung, wie überzeugend ich bin, wenn ich mich vorbereitet habe.«

»Wenn du so überzeugend wärst, wie du dir einbildest, dann wärst du schon da, wo du hinwillst.« Sie ging durchs Haus zur Garage, um ihm die Garagentür zu öffnen. Statt ihm dabei Gesellschaft zu leisten, ging sie danach wieder ins Haus zurück.

Fünf Minuten später klingelte es an der Tür. Diesmal lag kein Lächeln auf ihren Zügen. Sie hatte über einige der Dinge, die Tom gesagt hatte, nachgedacht und war auf einen zweiten Schlagabtausch gefasst.

Jack trat einen Schritt zurück, als er ihre Miene erblickte. »Komme ich in einem ungünstigen Moment? Hätte ich vorher anrufen sollen?«

»Ich hatte mit jemand anderem gerechnet.« Sie trat beiseite, um ihn einzulassen.

Er zögerte. »Ich könnte später wiederkommen.«

»Dann ist Lynda nicht mehr da. Sie und Brian wollen Ray besuchen, und dann wollen sie irgendwo einen Hamburger essen.«

»Echt? Das ist toll. Freut mich, dass sie wieder ausgeht.«

Schließlich trat er ein. »Eigentlich wollte ich sowieso mit dir reden. Ich brauche deinen Rat.«

»Langsam entwickelt sich das zu einem Tag, den man im Kalender rot anstreichen muss.«

Wieder zögerte er. »Es muss nicht unbedingt heute sein, Catherine. Wenn du ein schlechten Morgen hattest, dann komm ich gern ein andermal wieder.«

»Du hast eben Tom verpasst. Als ich eben die Tür aufmachte, dachte ich, er kommt zurück.«

»Versucht er noch immer, seinen Fehler auszubügeln?«

»Was bringt dich denn auf die Idee?«, fragte sie misstrauisch.

»Er wäre ein Idiot, wenn er's nicht täte.«

»Was soll denn das jetzt sein? Ein Kompliment von dem Mann, der mich so unzureichend fand, dass er sechs Monate nach unserer Hochzeit nach anderen Sexpartnern Ausschau hielt?«

»Das hatte nichts mit dir zu tun. Das war ich. Inzwischen begreife ich das, und du solltest es auch kapieren.«

»Bist du wieder in Behandlung?«

»Fällt es so auf?«

»Vergiss nicht, ich hab das auch schon mal mit dir durchgemacht. Ich müsste eine ganz schöne Schlafmütze sein, wenn ich die Zeichen nicht erkennen würde.« Sie führte ihn ins Wohnzimmer und deutete auf einen Sessel. Ehe sie ihm gegenüber Platz nahm, fragte sie: »Möchtest du was trinken? Es gibt Eistee, und ich glaube, es ist auch noch ein bisschen Limonade da.« – »Nein, danke.«

Sie setzte sich und zog die Beine an. »Okay, ich stehe ganz zu deiner Verfügung.« Sie lächelte über die Ironie. »Für den Augenblick wenigstens.«

Er beugte sich vor, stützte die Ellbogen auf die Knie. »Ich habe beschlossen, Michelle einen Heiratsantrag zu machen.«

Catherine wusste nicht, was sie davon halten oder empfinden sollte. Sie liebte ihn nicht. Warum sollte es ihr etwas ausmachen, wenn er sich wieder verheiratete? »Du erzählst mir das, ehe du's ihr sagst?«

»Wenn ich es tue, möchte ich, dass es diesmal von Dauer ist. Ich will nicht, dass dieses Kind dasselbe wie Lynda durchmachen muss. Und ich will einen Teil dessen, was ich Lynda angetan habe, wiedergutmachen, indem ich sie mehr in mein Leben einbeziehe – so wie es schon immer hätte sein müssen.«

»Und wo komme ich da ins Spiel?«, fragte sie.

»Ich weiß nicht, wie ich es Lynda beibringen soll. Wie kann ich sie davon überzeugen, dass sie wichtig für mich ist? Ich kann es zwar sagen, aber wie bringe ich sie dazu, mir zu glauben?«

»Sag es ihr nicht, Jack. Du hast es ihr schon viel zu oft erzählt. Sie hört gar nicht mehr zu. Du wirst es ihr zeigen müssen.«

»Wie denn?«

Ein jäher selbstgerechter Zorn packte sie. Jack wiederholte ein Muster, das sich in ihrer Ehe herausgebildet hatte. Er verpfuschte etwas, und sie sollte dann die Instantlösung parat haben, die es ihm ermöglichte, sich aus der Affäre zu ziehen. Sie sollte ihm die Wegbeschreibung zum Herz seiner Tochter skizzieren, eine Anweisung, wo er sich etwas aus den Abteilungen Zärtlichkeit, Aufmerksamkeit, Zuhören, liebevolle Strenge herauspicken konnte und am Schluss eine komplette befriedigende Beziehung beisammenhatte.

»Denk an all die Dinge, die du in der Vergangenheit nicht mit ihr oder für sie getan hast, und fang an, sie zu tun. Opfere etwas, um mit ihr zusammen zu sein, aber lass es dir nie anmerken. Sie muss zu dem Punkt kommen, wo sie dich für selbstverständlich nimmt. Solange sie das nicht kann, musst du für sie da sein. Das ist das Recht eines Kindes, kein Privileg.«

Er schien in sich zusammenzufallen, als überwältige ihn diese Aussicht. »Ich weiß nicht, ob ich das alles schaffe«, gestand er. »Wie soll ich für Lynda und Michelle und das neue Baby obendrein immer da sein?«

Wie er die Dinge mit Michelle und dem neuen Baby regelte, das war sein Problem. Lynda war ihres. »Dein ganzes Leben lang hast du dich, deine Bedürfnisse und Wünsche an die erste Stelle gestellt. Ehe sich das nicht ändert, wird sich auch sonst nichts ändern.«

»Nun ja, ich hab dich gefragt.«

»Und ich habe geantwortet«, erwiderte sie.

»Ich möchte, dass Lynda zur Hochzeit kommt. Macht dir das was aus?«

»Hast du's nicht ein bisschen eilig? Du hast ja noch nicht mal Michelle gefragt.«

»Sie wird Ja sagen. Und ich will, dass wir's hinter uns bringen, ehe man es Michelle ansieht.«

»Ein Sommerkleid zu finden, das Lyndas Druckanzug kaschiert, ist unmöglich. Alles, was es jetzt in den Läden gibt, ist ärmellos.«

»Warum muss man ihn denn überhaupt verstecken?«

Hätte man sie gefragt, hätte Catherine geschworen, dass kein Fünkchen der einst für Jack Miller empfundenen Liebe mehr übrig sei. Doch da war es, bereit, wieder entfacht zu werden. Nicht zu der Liebe, die einst gefühlt hatte, sondern zu etwas Bedeutenderem. Mit diesem einfachen Satz hatte er in ihr die Bereitschaft entzündet, ihm auf jede nur denkbare Weise dabei zu helfen, Lyndas Vater zu werden.

21

»Okay – was ist hier eigentlich los?«, meinte Catherine, während sie die Hände in die Hüften stützte und ihre Tochter anfunkelte.

»Nichts«, beteuerte Lynda. »Brian hat mich nur eben daran erinnert, dass wir Ray versprochen haben, vorbeizukommen und uns einen Film miteinander anzusehen, und dass auch Wendy mitkommen soll. Es ist alles ausgemacht. Und ich weiß, dass es dir nicht gefallen würde, wenn ich Ray enttäusche.«

Sie glaubte Lynda keine Sekunde lang, dass sie das vergessen hatte, doch die Story war zu gut, als dass Catherine den Streit hätte gewinnen können. »Du hast Rick zum Essen eingeladen. Wie sieht es denn aus, wenn er kommt und du bist nicht da?« Sie beschloss, sich Lyndas eigener Strategie zu bedienen. »Du willst ihn doch nicht enttäuschen, oder? Doch nicht nach allem, was er für uns getan hat.«

»Du bist ja schlau, Mom. Aber ich bin schlauer. Rick würde mich niemals bitten, eine Verabredung mit Ray abzusagen, um eine mit ihm einzuhalten.«

Der Küchenwecker rasselte und signalisierte, dass der Kuchen gar war. Catherine griff nach einem Topflappen und einem Zahnstocher. Nachdem sie den Zahnstocher in die Mitte des Kuchens gestochen hatte, um ihn zu testen, beschloss sie, ihm noch fünf Minuten zu geben.

Als sie sich umdrehte, wollte sich Lynda gerade zur Tür hinausstehlen.

»Oh nein, das tust du nicht. Ich bin noch nicht mit dir fertig.«

Lynda blinzelte einige Male, mimte mit aufgerissenen Augen die Unschuldige. »Ich wollte eben die Creme holen, damit du mir den Rücken einreiben kannst.«

Catherine lächelte trotz ihres Frusts. Es war so gut zu sehen, wie weit Lynda sich emotional gefangen hatte, dass es ihr in solchen Momenten schwerfiel, ihren Ärger lange aufrechtzuerhalten. Trotzdem musste sie im Hinblick auf Rick eine Grenze ziehen und darauf bestehen, dass Lynda sie nicht erneut überschritt. Es war nicht fair, ihn in eine falsche Richtung zu locken, egal, wer da nun lockte.

Als sie den Kuchen aus dem Ofen genommen hatte und abkühlen ließ, stieg Catherine zur fünften von Lyndas sechs täglichen Massagen nach oben. Nach allem, was man ihnen erzählt hatte und was sie selbst in Erfahrung gebracht hatten, würden sich Lyndas Narben umso besser entwickeln, je häufiger sie mit einer Tiefenmassage behandelt wurden. Sie hatten achtzehn Monate Zeit. Danach war die Vernarbung abgeschlossen.

Lynda war noch zu jung, um vollständig zu begreifen, wie wichtig es war, sich an den Plan zu halten, den Catherine aufgestellt hatte, sobald ihr Rücken ausreichend ausgeheilt war, um mit der Massage zu beginnen. Sie betrachtete die Zukunft mit den Augen eines Teenagers und konnte nicht mehr als die ein, zwei vor ihr liegenden Monate in den Blick nehmen. Die Wirklichkeit war das, was sie fühlen oder anfassen oder am Telefon besprechen konnte.

Wenn Lynda einmal eine Frau war und mit der Frage, was man für sie getan hatte, auf diesen Sommer zurückblickte, wollte Catherine, dass sie wusste, dass ihre Mutter nichts unversucht gelassen, keine mögliche Lösung ausgeschlagen hatte.

Und wenn sie dafür ihre Jobsuche aufschieben und für die Bezahlung ihrer Rechnungen ihre Ersparnisse aufbrauchen musste, dann würde sie auch das tun. Jack war bereit gewesen, seine eigenen Ausgaben einzuschränken und nicht vor Gericht zu gehen, um ihren Unterhalt kürzen zu lassen, wenigstens nicht für die nächsten sechs Monate, in denen Lynda noch einen so großen Teil der Zeit und Aufmerksamkeit ihrer Mutter benötigte.

Nicht ein einziges Mal während der achtunddreißig Jahre ihres Lebens war Catherine unabhängig gewesen. Aus ihrem Elternhaus war sie ins Studentenheim und dann, als sie ihre Hochzeit plante, wieder zu ihren Eltern gezogen. Jack hatte gewollt, dass sie Hausfrau blieb, weil er glaubte, dass sie ihn auf diese Weise – wenn sie ihm ständig zur Verfügung stand – gesellschaftlich besser unterstützen konnte, und sie hatte eingewilligt. Der Job, den sie nach der Scheidung fand, schmeichelte eher ihrem Stolz, als dass er ein wesentliches Einkommen gebracht hätte. Ihre Fähigkeiten war begrenzt, ihr Abschluss in englischer Literatur bot ihr nicht viele Möglichkeiten.

Sie verdiente »Spiel«-Geld, um ihre Spontankäufe zu finanzieren, italienische Schuhe, die Floristenrechnung für die wöchentlich georderten frischen Blumen, mit denen sie ihr riesiges Haus ein wenig persönlicher zu gestalten versuchte.

Als sie den obersten Treppenabsatz erreicht hatte, schüttelte Catherine die düsteren Gedanken ab, die in letzter Zeit an ihr nagten wie ein nervöser Zwergpudel an seinem Spielzeug. Lynda hatte genug am Hals und musste nicht auch noch mit den finanziellen Sorgen ihrer Mutter beunruhigt werden.

Lynda hatte ihren Druckanzug schon ausgezogen und lag auf dem Massagetisch, den sie in der vorausgegangenen Wochen gekauft hatten, den Kopf über das Ende hinausgestreckt, und schwang langsam und rhythmisch die Arme zur Seite und über den Kopf, um an der Nahtstelle von Armen und Rücken Haut und Muskeln zu dehnen. Sie blickte von der Modezeitschrift auf, in der sie, als sie Catherine hereinkommen hörte, gelesen hatte.

»Ich hoffe, es wird bald Winter.«

Catherine stellte den Timer auf zwanzig Minuten und verteilte die Creme über Lyndas Arme, Rücken und Popo, wo die Haut für die Transplantation gewonnen worden war. »Sag bloß, die Designer haben sich dieses Jahr was einfallen lassen, das sich zu kaufen lohnt.«

»Und wenn.« Sie blätterte um. »Ich habe gerade an meine Pullover gedacht und wie gut sie meinen Druckanzug kaschieren. Keiner wird merken, dass ich ihn überhaupt anhabe – alle werden bloß denken, dass ich dick geworden bin.«

»Ich dachte, du bist mit dem Anzug zufrieden«, wandte Catherine vorsichtig ein. Das maßgeschneiderte Kleidungsstück war fleischfarben und passte wie angegossen. Es war eine passive Ergänzung zur aktiven Massage, um weitere Narbenbildung zu unterdrücken. Lynda zog es nur aus, wenn sie duschte oder sich massieren ließ.

»Nun komm aber, Mom. Wärst du an meiner Stelle damit zufrieden?«

»Ich weiß nicht«, erwiderte sie wahrheitsgemäß. »Wenn ich in diesen letzten paar Monaten sonst nichts gelernt habe, dann wenigstens, wie beleidigend es ist, jemandem zu sagen, dass man weiß, was er durchmacht oder empfindet, obwohl man nie etwas Ähnliches erlebt hat.«

»Hast du gewusst, dass Rick Brandverletzungen hat.«

»Ja.« Lynda war in die Gewohnheit verfallen, mitten im Gespräch jäh das Thema zu wechseln. Und so beunruhigend das war, ließ Catherine sie doch meistens gewähren.

»Es irritiert ihn nicht. Aber er ist ja auch alt.«

»Ich weiß – in meinem Alter. Uralt.«

»Das hab ich nicht gemeint. Er muss sich keine Gedanken darüber machen, ob seine vernarbten Arme irgendwelche Mädels abschrecken.«

»Und warum nicht?« Statt auf Lyndas Rücken zu blicken, konzentrierte sich Catherine auf den rechteckigen Fleck auf der geblümten Tapete hinter der Kommode, den die Sonne ausgebleicht hatte. Es gab Zeiten, da konnte sie es nicht ertragen, den Beweis für Lyndas Schmerzen vor Augen zu haben. Die Eltern in ihrer Selbsthilfegruppe hatten ihr erzählt, dass sie irgendwann in der Lage sein würde, die Narben von der Erinnerung zu trennen, aber sie konnte es sich nicht vorstellen. Wie sollte es ihr jemals gelingen, den Abdruck auf Lyndas Rücken zu sehen, ohne sich an das knallrote Top zu erinnern, das sich in ihr Fleisch gefressen hatte?

»Mein Gott, Mom. Hast du dir Rick je richtig angeschaut? Er ist umwerfend. Wer stört sich da an seinen Armen?«

»Darüber müssen wir uns mal unterhalten, Lynda.«

»An Weihnachten müsste mein Haar eigentlich nachgewachsen sein, was meinst du?«

»Ich meine es ernst. Du musst aufhören, uns einander in die Arme zu treiben.«

»Weshalb?«

»Ich weiß gar nicht, wo ich da anfangen soll.«

»Was passt dir denn nicht an ihm?«

»Nichts. Er ist ein sehr netter Mann. Genau wie Tom. Wenigstens hab ich das mal gedacht.«

Lynda stützte sich auf ihre Ellbogen und drehte sich um, um ihre Mutter anzusehen. »Du kannst doch Rick nicht mit Tom vergleichen.«

»Ich kenne Rick nicht gut genug, um ihn mit irgendjemandem zu vergleichen. Ich will dir lediglich begreiflich machen, dass ein Mann – und zwar jeder Mann – das Letzte ist, was ich momentan in meinem Leben gebrauchen kann oder mir wünsche.« Sie packte ein Handtuch und wischte die überschüssige Lotion von Lyndas Rücken. »Du musst mir versprechen, dass du mit dieser Kuppelei aufhörst. Das ist unfair – gegenüber ihm und mir.«

Lynda seufzte. »Brian findet auch, dass ihr perfekt zueinanderpasst.«

»Das wird ja immer schöner.« Sie trat zur Seite, damit Lynda sich aufsetzen konnte, und stellte sich dann vor sie hin, um ihre Aufmerksamkeit zu erzwingen. »Ich weiß, du glaubst, du tust mir einen Gefallen, aber dem ist nicht so. Wenn du so weitermachst, wird Rick letzten Endes verletzt, und ich werde genau deswegen stinksauer auf dich sein.«

»Okay, ich reiß mich ja schon zusammen.« Sie hüpfte vom Tisch. »Aber zum Essen kann ich trotzdem nicht bleiben«, fügte sie von ihrer Zimmertür aus hinzu.

Catherine überlegte, Rick anzurufen und es ihm freizustellen, ob er den Abend absagen wollte oder nicht. Wenn er hörte, dass Lynda nicht da sein würde, um die verlegenen Pausen zu überbrücken, würde er sicher eine Entschuldigung finden, die ihm aus der Klemme half. Sie wählte seine Nummer.

Er war nicht zu Hause. Da es, wie sie fand, keine Nachricht war, die sie ihm auf dem Anrufbeantworter hinterlassen wollte, widmete sie sich wieder der Vorbereitung der Mahlzeit.

Überzeugt davon, dass er zu viel Rasierwasser verwendet hatte, fuhr sich Rick mit den Händen über Wangen und Hals, als könne er so die Duftschicht entfernen. Wenn man das Zeug nach einer halben Stunde immer noch roch, so war das eindeutig zu lange. Es war eine Marke, die er nicht kannte, etwas Teures, das ihm seine Schwester zum Geburtstag geschenkt hatte. Sie hatte es bei Nordstrom gefunden, und nachdem er es vier Monate auf seinem Badezimmerregal hatte stehen lassen, beschloss er – dummerweise –, es an diesem Nachmittag auszuprobieren. Es hatte ihm sehr gut gefallen, als er es sich auf die Wangen klatschte, doch jetzt bekam er Zweifel.

Er stellte sich vor, wie er von einer unsichtbaren Duftwolke umhüllt an Catherines Tür klingelte, die sie dann – wenn er an ihr vorbeiging – völlig benommen machte.

Das war ja krank. Sicher konnte er etwas anderes finden, um das er sich sorgen konnte – Meteore, die in die Erde einschlugen, oder Öl, das auf seinem Land entdeckt wurde. Er hielt an und winkte dem Wachmann zu, der das Tor öffnete, ohne seine klimageregelte Glaskabine zu verlassen.

Catherine musste nach ihm Ausschau gehalten haben, denn sie öffnete die Tür, noch ehe er Gelegenheit hatte, auf die Klingel zu drücken.

»Hallo«, meinte sie lächelnd.

»Ich bin ein bisschen früh dran. Ich hoffe, das macht nichts.«

»Natürlich nicht. Kommen Sie rein.«

Er betrat die Diele und reichte ihr die Flasche Wein, die er sich aufgehoben hatte, um damit die Einweihung seiner neuen Küche zu feiern.

Sie warf einen Blick auf das Etikett. »Randle's Roost – ich liebe Randle's-Roost-Weine, vor allem den Merlot. Aber ich habe nie jemanden kennengelernt, der je von der Kellerei gehört hatte. Woher kennen Sie sie?«

»Ich war auf der Suche nach Holz für meine Küchenschränke unterwegs, und sie hatten da in den Hügeln eine alte Scheune, die den nächsten Winter nicht mehr aufrecht stehend überlebt hätte. Wir einigten uns: Ich bekam das Holz gegen ein paar Schränke, die sie für ihren Ausstellungsraum brauchten. Und während ich das Holz abtransportierte und die Schränke baute, freundeten wir uns an. Sie schenkten mir ein paar Kisten Wein aus ihrer Privatsammlung und stocken meine nun jede Weihnachten mit ein paar weiteren auf.«

Catherine wirkte nervös. »Ich fürchte, der Wein ist großartiger als das Essen. Vielleicht sollten Sie ihn besser für eine andere Gelegenheit aufheben.«

»Jedes selbst gekochte Essen, an dessen Zubereitung ich nicht beteiligt bin, ist ein besonderer Anlass. Denn wenn ich etwas mitbringe und mich anständig aufführe – dachte ich –, laden Sie mich vielleicht ein zweites Mal ein.« Sie starrte ihn an, als habe er eben verkündet, er komme von einem anderen Planeten. »Das war nur ein Witz, Catherine.«

»Tut mir leid.« Sie machte eine rasche, hilflose Geste. »Ich weiß nicht, wie ich drumrum reden soll, sodass ich es Ihnen am besten ganz offen sage – Lynda ist nicht da. Und hatte auch nie vor, hier zu sein. Dieser ganze Abend war ein abgekartetes Spiel, um uns zusammenzubringen.«

»Dachte ich mir schon.«

»Ach ja?«

»Ich habe gemerkt, dass sie in diese Richtung denkt, als ich sie zu Sandra mitnahm. Und als sie dann anrief und mir sagte, dass Sie sie gebeten hätten, mich zum Essen einzuladen, da habe ich nur gehofft, dass sie Ihnen wenigstens Bescheid geben würde, ehe ich an Ihrer Tür aufkreuze.«

»Sie hätten ihr das nicht durchgehen lassen dürfen.«

Offenbar wusste er genauso gut wie sie, dass er hier nichts verloren hatte. Natürlich hatte sie keine Ahnung, was er ihr gegenüber empfand, aber sie war sich darüber im Klaren, dass sie eine bestimmte Grenze nicht überschreiten durften. Wodurch ihr Zusammensein, zumindest an diesem einen Abend, keine Gefahren barg.

Er lächelte beruhigend. »Und mir die Aussicht auf ein selbst gekochtes Essen zu nehmen? Keine Chance.«

Sie erwiderte sein Lächeln. »Wenn ich gewusst hätte, dass sie ein so leidenschaftlicher Anhänger von Hausmannskost sind, hätte ich Ihnen einen Hackbraten mit Kartoffelbrei serviert.«

»Statt?«

»Mariniertem Filetsteak, grünem Salat, Roter Bete und Folienkartoffeln.«

Er legte die Hand auf die Brust. »Schweig still, mein Herz!«

Sie lachte. »Machen Sie so weiter, und Sie bekommen ein Dauerabonnement von uns für jeden Abend.«

»Kochen Sie denn jeden Abend so?«

»Na ja, vielleicht nicht ganz so aufwendig. Seit Lynda aus dem Krankenhaus zurück ist, strenge ich mich mehr an. Ich will nicht, dass sie sich wieder von ihrem Kaninchenfutter ernährt. Erst wenn es ihr gut genug geht, um ohne die Kalorien klarzukommen.«

»Und? Klappt es?«

Sie hielt die gekreuzten Finger in die Höhe. »Bis jetzt schon. Ich habe sogar ihren Lieblingsnachtisch gemacht – da ich ja annahm, sie würde hier sein. Hätte ich gewusst, dass ich nur für uns beide koche, hätte ich was anderes gemacht.«

»Und was ist Lyndas Lieblingsdessert?«

»Biskuittorte mit Schokoladencreme.« Sie ging ihm in die Küche voraus, wo sie einen Korkenzieher aus der Schublade nahm, um die Weinflasche zu öffnen.

»Klingt doch gut. Aber damit ich auch weiß, was mir entgeht, was hätten Sie gemacht?«

Sie stellte den Wein auf den Tisch, damit er vor dem Essen ein wenig lüften konnte, und räumte die bereitgestellte Burgunderflasche beiseite. »Oh, vermutlich etwas Leichteres, vielleicht frische Himbeeren mit Grand-Marnier-Sauce.«

»Hmm, das ist eine schwere Entscheidung, aber ich bleibe wohl besser bei der Biskuittorte.«

»Aber nur, weil sie meine Grand-Marnier-Sauce noch nicht probiert haben. Ich verspreche Ihnen, sobald Sie sie gekostet haben, werden Sie Ihre Meinung ändern.« Catherine war verblüfft, wie selbstverständlich sie von einer künftigen Einladung ausging, wo sie doch erst vor Stunden gegenüber Lynda darauf bestanden hatte, dass dies das erste und letzte Mal sein würde.

Sie blickte auf den elegant gedeckten Tisch, die Leinendecke, die Kristallkelche und das Silber und kam zu dem Schluss, dass alles das unpassend war. Nicht für Rick, sondern für sie selbst.

»Würde es Ihnen was ausmachen, wenn wir auf der Terrasse essen?«

»Ganz und gar nicht.«

»Mein Vater hat immer gemeint, dass man Freunde zu einem Essen einlädt, bei dem man die Ellbogen auf den Tisch stützen darf, und sich die aufwendigen Geschichten für Leute aufsparen soll, die man beeindrucken will.«

»Kluger Mann.«

»Eher ein einfacher Mann, glaube ich. Er ist in ärmlichen Verhältnissen aufgewachsen und hat die mit dem Reichtum einhergehenden Regeln nie akzeptiert oder verstanden. Er hat die gesellschaftlichen Verpflichtungen, die die Führung eines solchen Unternehmens mit sich bringt, derart vernachlässigt, dass sie für meine Mutter zu einem Fulltimejob ausarteten.«

»Was für ein Unternehmen war es denn?«

»Er kaufte Firmen auf, denen wegen Missmanagements der Konkurs drohte, und sanierte sie. Und neben allem, was meine Mutter sonst noch für meinen Vater erledigte, sorgte sie dafür, dass Gene und ich auf die richtigen Schulen gingen, die richtigen Freunde hatten, auf die richtigen Partys eingeladen wurden. Als mein Dad starb, gab sie sämtliche Mitgliedschaften in Clubs und Organisationen, die ihr nicht passten, auf und machte dasselbe hernach auch mit vielen Freunden. Sie hatte es satt, mit Leuten zusammen zu sein, die sie nicht leiden konnte, wo sie schon für die, die sie liebte, nicht genug Zeit hatte.«

Catherine betrachtete Rick und runzelte die Stirn. »Ich weiß nicht, warum ich Ihnen das erzähle. Ich spreche eigentlich fast nie über meine Familie.«

»Und weshalb nicht?«

»Weil es langweilig ist – so als würde man jemandem seine Träume erzählen.«

»Für mich nicht. Ich halte eigentlich immer nach Leuten Ausschau, die verrückte Verwandte haben, schon um das Gefühl zu haben, dass ich nicht allein bin.«

»Sie haben verrückte Verwandte?«

»Auf beiden Seiten. Bei Familientreffen kann das geradezu beängstigend werden.«

Sie nahm zwei Teller aus dem Schrank und stellte sie auf

ein Holztablett, legte dann Messer, Gabeln, Löffel, Platzdecken und Servietten dazu. »Das glaub ich Ihnen nicht.«

»Was sagen Sie zu einem Großvater, der ein Haus aus Radkappen baut, die er am Straßenrand findet?«

»Ein Anhänger des Recycling also. Was ist denn daran auszusetzen?« Sie stellte Salz, Pfeffer und Salatdressing auf das Tablett.

»Okay, und wie finden Sie das? Ich habe eine Tante, die darauf besteht, dass sie ein ›Kind der Liebe‹ ist – von keinem Geringeren als Howard Hughes.«

»Das ist gut möglich. Er soll in seinen jungen Jahren viel herumgekommen sein.«

»Was halten Sie von einen Großonkel, der mit einem Metallhelm herumläuft, um die Marsianer davon abzuhalten, ihm sein geheimes Soßenrezept abzuluchsen?«

Sie überlegte einen Moment. »Ich fürchte, da muss ich Ihnen zustimmen.«

»*Und zu guter Letzt.* Wahrscheinlich sollte ich aufhören, jetzt, wo ich sowieso schon in Führung bin. Obwohl ...«

»Ja?« Sie reichte ihm das Tablett und deutete auf die Glastüren, die auf die Terrasse hinausführten.

»Es gibt da noch diese Cousine mütterlicherseits, die in einer Höhle lebt und nur nachts herauskommt.«

»Hält sich wohl für eine Fledermaus.«

Rick hob überrascht die Augenbrauen. »Oh – dann haben Sie schon von ihr gehört? Komisch, wie der Klatsch die Runde macht.«

Catherine konnte sich kaum das Lachen verkneifen. »Muss ja eine schreckliche Bürde sein, der einzige Normale in einer solchen Familie zu sein.«

»Ach, es ist nicht so schlimm, wie Sie jetzt vielleicht denken. Die Sawyers und McCormicks messen geistige Gesundheit eben nach anderen Maßstäben. Das ist ganz hilfreich.«

Sie lachte. »Sie sind so ungeheuer ...«

»Vorsicht. Ich bin ein sensibler Bursche.«

»Und ich bin die Königin von Saba.« Sie ließ ihn das Tablett halten, während sie den Tisch deckte, und sah beim Aufschauen das verschmitzte Funkeln in seinen Augen, obwohl sein Gesicht ansonsten nichts preisgab.

»Ich glaube Ihnen nicht«, meinte er nach einer kurzen Weile.

»Warum nicht?«

»Ich kann mich noch genau erinnern, dass meine Großmutter mir mal sagte, dass meine Tante Margaret die Königin von Saba ist.«

Sie hielt inne, stemmte die Hände in die Hüften und funkelte ihn an. »Wenn ich nicht die Königin sein darf, spiel ich nicht mehr mit.«

Rick starrte sie mit offenem Mund an und brach in Gelächter aus. »Sehr gut.«

Sie schenkte ihm ein sittsames Lächeln. »Danke.«

Sie redeten an diesem Abend ebenso viel, wie sie aßen, über jedes Thema, von den Büchern, die sie beide gelesen hatten, bis zu Filmen, die sie sich noch nicht hatten anschauen können. Schon immer, erklärte Catherine, habe sie die Pinguinkolonien in der Antarktis besuchen wollen, worauf Rick meinte, sie sei ja völlig verrückt, aber auch gestand, dass er sich, bei entsprechendem Druck, dazu überreden lassen könne. Er wiederum habe stets den Mount McKinley erklimmen wollen; worauf sie erwiderte, er sei wohl reichlich sonderbar und sie würde sich nicht mal dazu breitschlagen lassen, wenn man ihr als Belohnung dafür einen Monat Hawaii verspräche.

Die Sonne verschwand hinter den Bergen und hinterließ eine Palette von Orange- und Rosatönen am Himmel. Rick goss ihnen den Rest des Weines ein und warf einen verstohlenen Blick auf Catherine. Sie wirkte nachdenklich und ein wenig traurig, als ob die Sonne mit dem Tageslicht auch ihre Freude mitgenommen habe.

»Geht es Ihnen gut?«, fragte er vorsichtig. – »Ich musste eben an die Nacht am See denken.« Sie drehte den Kopf, um ihn anzusehen. »Ich weiß nie, was mich daran erinnert. Es passiert einfach, und immer bin ich unvorbereitet. Manchmal ist es ein Laut oder die Art, wie mir die Luft über die Haut streicht, oder ich sehe einen von Lyndas Druckanzügen in der Wäsche oder eins der Haarbänder, die sie früher benutzt hat.«

»Sie müssen sich mal eine Pause gönnen. Gehen Sie aus und tun sie was Verrücktes. Wann haben Sie sich zuletzt auf einer Kirmes amüsiert, bis ihnen vom Karussellfahren schwindlig wurde? Oder noch besser, unternehmen Sie mal etwas, das Sie gemacht hätten, wenn all das nicht passiert wäre.«

Catherine dachte kurz nach und lächelte ironisch. »Ich weiß nicht, ob das so eine gute Idee ist. Die Leute wären vielleicht etwas verwirrt, wenn sie eine Hochzeitseinladung von mir und Tom bekämen, nachdem er letztes Wochenende seine Verlobung mit einer anderen bekannt gegeben hat.«

Gekonnter hätte er gar nicht ins Fettnäpfchen treten können. »War wohl keine meiner besseren Ideen.«

»Was Tom tut oder mit wem er es tut, ist mir schon lange egal.« Sie zögerte, bis sich ein eindeutig verschmitztes Lächeln in ihren Mundwinkeln zeigte. »Tatsächlich ist mir das alles schon so schnurz, dass ich mir überlege, ihm als Verlobungsgeschenk meine Mitgliedschaft im Club zu verkaufen.«

Rick konnte ihr nicht ganz folgen. »Mit Club meinen Sie vermutlich den Country Club?«

»Tut mir leid – ich habe laut gedacht. Irgendwie hat Tom es geschafft, sich den Listenplatz zu sichern, von dem aus er sich als Nächster in den Club einkaufen kann. Das Problem ist nur, dass niemand ihm einen Platz verkaufen will, sodass er praktisch gezwungen ist, einzuheiraten.«

»Warum sollte sich jemand so viel Mühe machen, um einem Country Club anzugehören?«

»Mehr als fünfzig Prozent der in der Gegend abgewickelten Geschäfte gehen im Club über die Bühne, entweder auf dem Golfplatz oder an der Bar. Tom fühlt sich durch seine Nichtmitgliedschaft an seiner Entfaltung gehindert.«

»Sie geben also Ihre Mitgliedschaft auf, um ihn daran zu hindern, dass er jemanden auf dieselbe Weise benutzt, wie er Sie benutzt hat?« Er bemühte sich sehr, etwas zu begreifen, das ihm so fremd war wie kleine grüne Männer, die die Kanäle des Mars durchruderten. »Ist sie eine Freundin von Ihnen?«

»Ganz und gar nicht. Obwohl sie der einzige Lichtblick bei alldem ist. Wenn sie gegenüber Tom auch nur annähernd so fordernd ist wie bei ihrem ersten Mann, wird sie ihm das Leben zur Hölle machen.«

»Dann scheint es, was den Verkauf der Mitgliedschaft angeht, ja nur eine Option zu geben.«

Sie legte den Kopf auf die Seite und musterte ihn im schwindenden Licht. »Und die wäre?«

»Warten Sie bis zum Tag nach der Hochzeit.«

Sie lächelte. »Sie gefallen mir, Rick Sawyer.«

Was war nur an ihrem Lächeln, das ihm das Hirn zu Brei zerlaufen und sein Herz gegen die Rippen steppen ließ? »Jederzeit zu Ihren Diensten – ob Tag oder Nacht.«

22

Lynda winkte Wendy ein letztes Mal zu, als Brian rückwärts aus der Auffahrt stieß.

Das Gesicht tat ihr weh von dem falschen Grinsen, zu dem sie es seit zwei Stunden verzog. Aber sie hatte nur eine Wahl gehabt, entweder zu lächeln oder eine Unmenge von Fragen zu beantworten, die sie nicht beantworten wollte. Sie musste nur fünf Minuten schweigen, mehr brauchte es gar nicht, oder eine Weile für sich sein wollen, und schon fragte sie jemand, ob denn irgendetwas sei. »Willst du darüber reden?«, fragte Brian, als sie die Ecke erreicht hatten.

»Nein.« Sie hätte wissen sollen, dass sie ihm nichts vormachen konnte.

»Sollen wir einen Espresso trinken?«

»Wo denn?« Sie wollte nicht irgendwohin, wo sie Bekannte treffen konnten, aber sie wollte auch noch nicht nach Hause.

»Ich habe von einem neuen Café in Folsom gehört.«

Viele ihrer Freunde gingen in Folsom aus. »Wie wär's mit dem Java City in Gold River?«

»Der ganze Weg …« Er warf ihr einen Blick zu. »Ja, klar, in Ordnung.« Brian bog in eine Auffahrt, um zu wenden und die gesamte Strecke, die sie gekommen waren, wieder zurückzufahren.

Sie waren noch keine drei Straßen weiter, als Lynda die Fassung verlor. Keine Rede davon, dass sie über das, was sie bekümmerte, nicht sprechen wollte, im Gegenteil, sie musste sogar darüber sprechen. »Hast du's gesehen?«

»Du meinst Wendy im Krankenhaus?«

»Ich wär am liebsten gestorben. Oh Gott, hab ich mich

mies gefühlt. Aber ich hatte Angst, etwas zu sagen. Ich dachte immer wieder, vielleicht hat Ray ja gar nicht gemerkt, wie sie ihn angestarrt hat, sodass, wenn ich was sage, ich diejenige bin, die das Ganze zu einer Riesensache aufbläst.« Sie lehnte den Kopf zurück und starrte durch das Schiebedach auf die kaum sichtbaren Sterne. »Wie konnte ich nur so blöd sein? Was hat mich bloß geritten, dass ich Wendy heute Abend mitnehmen musste?«

»Wie kommst du denn darauf, dass Ray es nicht bemerkt haben könnte?«, fragte Brian vorsichtig.

Weil sie bereit war, nach allem zu greifen, das sie von diesem schrecklichen Gefühl befreite, auch wenn es nur ein Strohhalm im Windsturm war. »Er war so nett zu ihr.«

Er schwieg lange. »Ray ist zu allen nett. Sogar zum Physiotherapeuten.«

»Verdammt noch mal, es ist einfach nicht fair. Ray kann doch nichts dafür, wie er aussieht.«

Ihr ganzes Leben lang hatte sie Dinge, die ihr nicht passten, verändern, ihnen ausweichen oder sie verdrängen können. Bis zu diesem Tag. »Hätte er nicht versucht, seine Schwester zu retten, hätte er sich diese Verletzungen überhaupt nicht zugezogen.«

»Wenn Wendy – auch nachdem wir ihr gesagt haben, was sie zu erwarten hat – so reagiert ...«

»Was passiert dann, wenn Ray nach Kansas zieht, wo ihn keiner kennt?«, führte sie seinen Satz zu Ende.

Brian bog nach rechts in die Madison Avenue. »Hast du seine Tante gesehen, als sie letzte Woche da war?«

Lynda schauderte. »Sie hat mir überhaupt nicht gefallen. Hat mich – dürr und spitznasig wie sie war – an Cruella De Vil aus *101 Dalmatiner* erinnert. Und die ganze Zeit, während ich bei Ray im Zimmer war, hat sie nur davon geredet, wie lange sie sich Urlaub nehmen musste, um herzukommen, und dass sie nicht wiederkommen kann, bis die Ärzte sich ganz sicher sind, dass er auch entlassen werden kann. Sie führt sich auf, als sei es seine Schuld, dass sein Körper das Transplantat abstößt.«

»Und was hat er gesagt?«

»Nichts. Hat nur dagesessen und zugehört und -gesehen, wie sie in seinem Zimmer auf- und abmarschiert ist.«

Brian hielt an der Ampel und wandte sich an Lynda. »Muss er unbedingt zu ihr ziehen?«

»Wo soll er denn sonst hin?«

»Zu mir. Ich denke gerade dran – wir hatten einen Austauschstudenten, letztes Jahr hat er bei uns gewohnt, und es hat gut geklappt. Ich weiß nicht, warum es mit Ray anders sein sollte.«

»Oh, Brian. Du bist genial und fantastisch und wunderbar und alles Tolle, was man sich nur vorstellen kann. Wann kannst du deine Mutter fragen?«

»Sie kommt erst in zwei Tagen vom See zurück.« Er sah sie an. »Wir könnten morgen hochfahren …«

Die Welle der Panik machte Lynda fast blind. Sie machte den Mund auf, um etwas zu sagen, brachte jedoch keinen Ton heraus.

»Alles in Ordnung?« Das Licht veränderte sich. Hinter ihnen wurde gehupt, als Brian nicht sofort losfuhr. »Lynda?«, fragte er besorgt.

Sie nickte.

Wieder ertönte die Hupe. Brian wollte die Hand heben, um ein Zeichnen zu geben, ließ sie jedoch sinken und fuhr einfach kommentarlos über die Kreuzung. »Hast du Angst, mit mir an den See zu fahren?«, fragte er, als sie sich wieder in den Verkehrsstrom eingereiht hatten.

»Nicht deinetwegen«, sagte sie, noch immer verstört. »Wegen des Sees. Ich will nicht dahin.« Sie legte die Hand an die Kehle. »Als du vorgeschlagen hast hinzufahren, war mir, als könnte ich nicht mehr atmen. Ich hatte das Gefühl, ich muss ersticken.«

»Es tut mir leid.«

»Warum? Es ist nicht deine Schuld. Du hast es ja nicht gewusst. Nicht mal ich hab es geahnt.«

»Was willst du denn in Zukunft machen? Du und deine Mom, ihr fahrt doch jeden Sommer da rauf.«

Ihre Mutter liebte den See. Genau wie Onkel Gene und ihre Großmutter.

Wenn sie nun nie wieder mit ihnen hinauffahren konnte?

»Ich weiß es nicht. Ich muss erst mal eine Weile darüber nachdenken.«

»Es kann ja nicht schaden, wenn ich zwei Tage warte, bis meine Eltern heimkommen, dann kann ich auch noch mit ihnen drüber reden.«

»Aber wenn Rays Tante vorher zurückkommt? Glaubst du nicht, dass wir das möglichst schnell in Angriff nehmen sollten? Wenn wir warten, bis sie alles noch genauer geplant hat, könnte sie schon allein aus Trotz auf stur schalten.«

Brian bog auf die Sunrise ab. Wie üblich machte der Verkehr das angegebene Tempolimit am Wochenende zu einem Witz. An jeder Ampel mussten sie zwei Phasen warten, bis es weiterging. »Es ist ja nur eine Idee«, warnte er sie. »Ich will nicht, dass du enttäuscht bist, wenn meine Leute nichts davon wissen wollen.«

»Deine Eltern sind super. Und sehr gescheit.« Sie grinste wie ein Kobold. »Schließlich halten sie mich für wunderbar. Ich wette, sie willigen ein, sobald ihnen klar wird, wie schwer es für Ray wäre, von hier wegzuziehen. Ray kennt niemanden in Kansas. Niemand dort macht sich was aus ihm. Hier hat er wenigstens uns.«

»Okay, okay. Du hast mich überzeugt. Ich fahr morgen zu ihnen rauf.« Er warf Lynda einen ernsten Blick zu. »Ich verspreche dir, dass ich alles nur Mögliche tun werde, aber ich will nicht, dass du mir völlig zusammenbrichst, wenn es nicht klappt.« Er hielt vor einer weiteren Ampel. »Wahrscheinlich hätte ich dir gar nichts sagen und zuerst mit ihnen reden sollen.«

Lynda löste ihren Sicherheitsgurt und beugte sich hinüber, um ihn zu küssen. »Du bist das Beste, was mir je passiert ist.«

Er erwiderte ihren Kuss. »Das Leben ist nicht fair – das wollte ich gerade zu dir sagen.«

Sie sah die Ampel umspringen und beeilte sich, sich wieder anzuschnallen. Zehn Minuten später hatten sie das Café erreicht.

Als sie eben die Tür aufdrücken wollte, legte Brian die Hand auf ihren Arm. Sie drehte sich um, sah ihn an, er packte ihren Mützenschild und zog sie behutsam zu sich heran, um sie noch einmal zu küssen. Er öffnete den Mund, ihre Zungen berührten sich, und innerhalb von Sekunden verwandelte sich, was mit zärtlicher Zuneigung begonnen hatte, in atemberaubende Erregung.

»Wow«, murmelte sie, als die Hitze sie innerlich überflutete, eine prickelnde Empfindung, bei der sich ihr die Zehen aufstellten. »Was ist denn das?«

Er legte die Wange an ihre und flüsterte: »Es tut mir so leid.«

Lynda saß reglos da, das Herz klopfte ihr bis zum Hals und ihr Verstand analysierte seine Worte, als seien es glühende Gesteinsbrocken von einem anderen Planeten.

Brian lehnte sich zurück und blickte ihr in die Augen. »Ich wollte dir das schon lange sagen, aber ich hab nicht gedacht, dass es hier und jetzt passieren würde. Es ist mir einfach rausgerutscht.«

»Warum tut es dir leid? Was hast du denn getan?«

Er schluckte und blinzelte eine Träne weg. »Ich bin nicht schnell genug gelaufen. Ich hätte früher bei dir sein sollen.«

Sein Schmerz stand zwischen ihnen wie eine Opfergabe. Sie legte ihm die Hand an die Wange. »Nicht dass du nicht schnell genug gelaufen bist, war das Problem – ich bin zu schnell gelaufen. Ich hatte ja so ein Glück, dass du da warst und mich gerettet hast. Was, wenn du im Haus gewesen wärst? Oder draußen auf dem Boot? Niemand, keiner hat

Anstalten gemacht, mir nachzulaufen, Brian. Nur du.« Langsam, überlegt erwiderte sie seinen Kuss. »Du bist mein Held.«

Catherine ließ das Buch, in dem sie gelesen hatte, aufs Sofa sinken und stand auf, um ans Telefon zu gehen. Sie meldete sich und erhielt zur Antwort: »Du kennst doch das alte Sprichwort, der wahre Freund zeigt sich erst in der Not?«

»Karol?«

»Ich bin erstaunt, dass du meine Stimme noch erkennst. Schließlich ist es eine Ewigkeit her.«

»Du hast wohl all die Nachrichten vergessen, die du mir, während Lynda im Krankenhaus war, auf dem Anrufbeantworter hinterlassen hast. Übrigens, ist ein sehr verspätetes Dankeschön okay? Zu wissen, dass du in Gedanken bei uns warst, hat uns viel bedeutet.«

Karol und sie waren jahrelang eng befreundet gewesen und hatten sich, als Karol Drillinge bekam und Catherine zu arbeiten begann, allmählich auseinandergelebt.

Ein Jahr lang hatten sie sich immer wieder zum Lunch verabredet, um dann abzusagen – ehe sie es schließlich ganz aufgaben, einander zu sehen. Jetzt so unverhofft von Karol zu hören, löste eine ganze Welle angenehmer Erinnerungen bei ihr aus.

»Ich wünschte, ich hätte dir irgendwie helfen können, aber jedes Mal, wenn ich deswegen gefragt habe, hat Tom beteuert, dass du das alles ganz allein machen willst.«

»Er hat mir nie erzählt, dass er mit dir gesprochen hat.«

»Hab ich mir beinahe gedacht, als ich mitbekam, dass ihr nicht mehr zusammen seid, und nichts von dir hörte.«

»Ich bin ja so froh, dass du anrufst. Es ist so toll, von dir zu hören.« Toller, als sie es sich vorgestellt hätte. »Aber was hat es mit diesem wahren Freund, der sich erst in der Not zeigt, auf sich?«

»Ach das – ich habe mich idiotischerweise breitschlagen

lassen, dieses Jahr den Wohltätigkeitsverkauf mit zu organisieren.

»Und?«, fragte Catherine und erriet die Antwort bereits.

»Ich dachte wieder an den Spaß, den wir damals hatten, und hab mich gefragt, ob Lynda wohl schon das Genesungsstadium erreicht hat, wo sie dich nicht mehr so dringend braucht wie am Anfang und du vielleicht eine Ablenkung vertragen kannst und ich dich zur Mitarbeit überreden könnte.« Sie lachte. »Puh. Merkst du, dass es mich ein bisschen nervös macht, dir das aufzubrummen?«

Der Vorschlag kam so unerwartet, dass Catherine nicht gleich etwas darauf einfiel.

Während der Jahre, die sie und Karol den Verkauf organisierten, hatten sie ihn von einer kleinen Wohltätigkeitsveranstaltung, die zwei örtlichen Tierschutzverbänden zugute kam, zu einem Halbe-Million-Dollar-Event entwickelt, das sogar Unterstützung vom Gouverneur und vielen Abgeordneten erhielt. Ihr erklärtes Ziel war ein Distrikt, in dessen Tierheim – nach dem Vorbild des Einrichtung in San Francisco – keine Insassen mehr getötet wurden.

»Kann ich zwei Tage darüber nachdenken?«

»Du kannst dir, wenn nötig, auch die ganze Woche dafür Zeit lassen.«

»So lange brauche ich nicht. Ich will nur sehen, ob ich auch alles unter einen Hut bringe, ehe ich zusage.«

»Bitte versuch es. Ich würde mich wahnsinnig freuen, wieder mit dir zusammenarbeiten. Wir hatten so schöne Zeiten miteinander, und du fehlst mir einfach.«

»Du mir auch«, sagte Catherine.

»Und lass uns mal wieder zusammenkommen, auch wenn es nicht klappen sollte. So bald wie möglich.«

»Ja, das wär schön.«

Catherine legte auf und kehrte zu ihrem Buch zurück, glücklich über die Aussicht, wieder einmal etwas anzupacken, das ihr wirklich lag.

Wenige Minuten später spiegelten sich die Scheinwerfer von Brians Wagen in der Haustür und verrieten ihr, dass Lynda heimgekehrt war. Sie legte ihr Buch beiseite und war gespannt zu hören, wie Lyndas Abend verlaufen war.

Einen Moment lang, als Brians Scheinwerfer erneut durch den Raum schwenkten, wirkte Lyndas Gestalt wie von hinten erleuchtet und schien fast zu glühen. Catherine staunte über die ungewöhnlichen Züge ihrer Tochter und wie deren Zusammenspiel eine so unschuldige Schönheit hervorbrachte. An Lyndas Aussehen war nichts Kalkuliertes oder Arrogantes. Wenn ihre Augen strahlten, luden sie dazu ein, an ihrem Glück teilzuhaben; wenn ihre vollen Lippen sich zu einem Lächeln verzogen, zauberten sie auch bei ihrem Gegenüber regelmäßig ein Lächeln hervor; wirkte sie traurig oder verloren, brach sie allen um sie herum das Herz.

»Und, wie war dein Date mit Rick?«, fragte Lynda und durchbrach den Bann.

Catherine seufzte tief. »Es war kein Date.«

»Okay, wie war deine Nichtverabredung mit Rick?«

»Ganz okay.«

»Nichts mit Rick ist *ganz okay*. Komm schon, Mom. Ich will Einzelheiten hören.«

»Er hat eine Flasche Wein mitgebracht. Wir haben auf der Terrasse gegessen. Er hat mir beim Spülen geholfen, und er ist nach Hause gegangen.«

Lynda stöhnte melodramatisch, während sie sich aufs andere Ende des Sofas plumpsen ließ. »Du hast ihn abspülen lassen?«

»Nein – ich hab überhaupt nichts gemacht. Er hat darauf bestanden.«

»Worüber habt ihr euch unterhalten?«

»Über komische Käuze in der Verwandtschaft.«

Lynda stöhnte aufs Neue. »Du hast ihm doch nichts von Onkel John erzählt, oder? Bitte, sag, dass du's nicht getan hast.«

Verdammt, sie hatte den Bruder ihrer Mutter und sein spuckendes Kamel völlig vergessen. Mit Onkel John hätte sie ihren Verrückte-Verwandten-Wettbewerb mit Leichtigkeit gewonnen.

»Keine Angst.«

Lynda blickte zur Decke. »Gott sei Dank.«

»Wie war es im Krankenhaus?«

Das Lächeln verschwand aus Lyndas Augen. Sie zog die Schuhe aus und legte die Füße auf den Tisch. »Nicht gut.«

Es brauchte nur so ein verlorenes Lächeln, um Catherine daran zu erinnern, dass der Boden, auf dem sie sich in diesen letzten paar Monaten mit Lynda bewegte, voll unerwarteter Erhebungen und Täler war und sie niemals wusste, wann sie wieder in eins davon stolpern würde. »Was ist passiert?«

»Wendy ist beim Anblick von Ray ausgerastet.«

»Das hab ich befürchtet.« Sie hätte ihrem Instinkt folgen und versuchen sollen, Lynda Wendys Besuch im Krankenhaus auszureden. Brian und Lynda waren gegenüber Rays Erscheinung unempfindlich geworden, sahen den Menschen, der in dem schrecklich verbrannten Körper gefangen war, und vergaßen, wie auch sie anfänglich reagiert hatten. »Hat er es gemerkt?«

»Er hat nichts gesagt, aber ich wüsste nicht, wie es ihm entgangen sein sollte. Als wir reinkamen, hat er uns direkt angeschaut.« Sie zog die Beine an und setzte sich darauf. »Ich hab mich furchtbar gefühlt, Mom. Ich weiß, es hat ihm wehgetan, und ich habe keine Ahnung, wie ich etwas daran ändern soll.«

»Manchmal ist das Leben einfach beschissen«, sagte Catherine und legte ihr Buch beiseite. »Und wir können überhaupt nichts dran ändern. So traurig es ist, so unfair es ist, Ray wird einen Weg finden müssen, mit all den wohlmeinenden Leuten, die ihm noch das Herz brechen werden, klarzukommen.«

»Denkst du dabei an mich?«

»Nein, ich denke an Leute wie Wendy.« Einen Tadel automatisch hinzunehmen, das war neu für Lynda, und es überraschte Catherine jedes Mal wieder aufs Neue. »Sie würde nie einem Menschen absichtlich wehtun. Und ich bin sicher, würde sie Brian regelmäßig besuchen wie du und Brian, dann würde sie bald nicht mehr sehen, was das Feuer ihm angetan hat, und stattdessen erkennen, was für ein wunderbarer junger Mann er in Wirklichkeit ist.«

»Sie will nicht mehr hingehen«, sagte Lynda mit stockender Stimme. »Nie wieder. Sie will ihm nicht mal eine Chance geben.«

Catherine fielen nur Worte ein, die für ihre Tochter wie ein Trostpflaster gewirkt hätten. Und sie bei einer so tief gehenden Verletzung zu verwenden, wäre einer Beleidigung gleichgekommen.

Lynda nahm sich ein Papiertaschentuch. Sie putzte sich die Nase und betrachtete ihre Mutter, wobei sie einen Mundwinkel zu einem traurigen, ironischen Lächeln hochzog. »Na ja, ein Gutes hat das alles wenigstens gehabt.«

»Und das wäre?«

»Wenn ich mit Ray zusammen bin, fällt es mir ziemlich schwer, mir selber leidzutun.«

Sie nahm ihre Roseville-Feuerwehr-Mütze ab und fuhr sich mit der Hand über die weichen Stoppeln, die ihre Kopfhaut bedeckten.

»Ich bin ja so stolz auf dich«, sagte Catherine.

»Weil Ray mir leidtut?«

»Weil dir Menschen am Herzen liegen.«

»Na ja, ich glaube, wenn wir heute Abend alle rührselig und sentimental werden, dann sollte ich wohl auch gleich die Gelegenheit ergreifen und dir sagen, wie lieb ich dich habe und wie froh ich bin, dass du meine Mutter bist.«

»Danke – so was hört man gerne.« Sie würde sich Lyndas Worte wegstecken und aufbewahren, um sie in den vor ihr liegenden Wochen auszukosten.

In weniger als einem Monat begann die Schule wieder, und Catherine hatte das Gefühl, als werde Ray nicht der Einzige sein, der bedingungslose und unkritische Unterstützung gebrauchen konnte. Wenn Lynda sich aussprechen musste, dann hegte Catherine keinen Zweifel, bei wem sie sich aussprechen würde.

Sie stand auf und streckte die Hand aus. »Ich hab vergessen, dir zu sagen, dass Grandma angerufen hat. Sie wollte wissen, ob wir was für deinen Geburtstag geplant haben.«

»Und was hast du ihr gesagt?«

»Dass ich's nicht wüsste, aber dass du eventuell schon was vorhast.«

»Wie bitte?«

»Na ja, ich dachte, du würdest vielleicht erwähnen, dass du bald Geburtstag hast, und Rick würde dich zum Essen einladen. Ich hab einen Blick auf seinen Kalender geworfen, und er hat an diesem Tag frei.«

Catherine hielt auf dem Treppenabsatz inne, drehte sich um und wäre Lynda fast ins Gesicht gesprungen. »Hast du mir auch nur ein einziges Mal zugehört, als ich mich zu diesen Eheanbahnungsversuchen von dir geäußert habe? Rick und ich sind Freunde. Und das war's. Ende der Geschichte. Wenn du weiter versuchst, etwas daraus zu machen, was nicht da ist, dann wirst du diese Freundschaft ruinieren. *Und das fände ich sehr schad*e.«

»Wow, jetzt beruhige dich aber, Mom. Ich ruf Grandma morgen an und sag ihr, dass wir zum Essen kommen.«

Catherine begann wieder, die Treppen hinaufzusteigen, drehte sich dann um, um Lynda direkt in die Augen zu schauen: »Und was willst du ihr sagen, wie viele Leute soll sie erwarten?«, fragte sie misstrauisch.

»Äh … zwei?«

»Du weißt ja, dieser neue CD-Player, den ich mir angucken sollte?«

»Ja?«

»Denk drüber nach, ehe du es dir anders überlegst und beschließt, Rick einzuladen, ohne mir was davon zu erzählen.«

»Erpressung? Meine eigene Mutter? Ich kann es nicht glauben.«

»Glaub's ruhig.«

»Darf ich Brian einladen?«

»Lieber nicht. Ich will keine Riesenparty draus machen, und du weißt, dass Grandma das tun würde, wenn wir einen Haufen Leute einladen.«

»Brian ist aber kein Haufen. Er ist nur eine Person.«

»Okay.« Catherine störte es nicht, wenn Brian mitkam, wusste aber, dass Lynda – wenn sie um Brians Einladung kämpfen musste – Ricks Teilnahme aufgeben würde. »Aber sag ihm, dass er kein Geschenk mitbringen darf.«

»Man kann doch nicht ohne Geschenk auf eine Geburtstagsfeier gehen. Wie wär's, wenn wir dir gemeinsam was schenken?«

»Du lässt wohl nicht locker.«

Lynda hob kapitulierend die Hände. »Und das war's dann auch schon. Ich verspreche es dir.«

»Nicht mehr als fünfzig Dollar.« Sie war zu dem Schluss gelangt, dass großzügige Geschenke inzwischen fehl am Platze waren.

»Du machst wohl Witze.« Als sie nicht die erwartete Antwort erhielt, fügte sie hinzu: »Oder etwa nicht?«

»Sieh es als Herausforderung.«

»Aber ich hab doch schon was ausgesucht.«

»Was denn?«

Sie zögerte. »Einen St.-John-Pullover, den ich bei Nordstrom entdeckt habe, als ich mit Dad für die Hochzeit Kleider anprobieren war.«

Sie liebte Stricksachen von St. John. Und Lynda hatte ein hervorragendes Auge für Dinge, die ihr standen. Aber ein Belastung ihrer Kreditkarte um ein paar Hundert Dollar für noch ein Strickteil, das sie ihrer Sammlung hinzufügte, war ungefähr das Letzte, was sie jetzt brauchte, wenn sie gleichzeitig Aktien verkaufen musste, um ihre monatlichen Hypothekenzahlungen und laufenden Kosten bestreiten zu können. »Klingt toll, aber ich glaube, das Fünfzigdollargeschenk würde mir mehr Spaß machen. Und Spaß ist ganz wichtig, wenn man neununddreißig wird.«

»Willst du, dass ich dir einen Scherzartikel schenke? Ich dachte, du hasst solche Sachen.«

Catherine wusste, dass es schwierig werden würde, die nötigen Veränderungen vorzunehmen, um sich finanziell über Wasser zu halten, aber sie hatte nicht gewusst, wie schwierig. Lynda hatte nie auf etwas verzichten müssen. Es hatte nie einen Grund gegeben, ihr etwas abzuschlagen oder zu verweigern. Zu ihrem sechzehnten Geburtstag erwartete sie nicht nur einen Wagen, sondern auch noch genau den, den sie sich aussuchen würde.

»Wie wäre es, wenn du mir ...« Catherine hatte nicht mal eine Idee, was sie ihr vorschlagen könnte. Allein der Gedanke daran machte sie stumm. Offenbar hatten sie beide eine Menge zu lernen.

»Macht nichts. Uns beiden fällt schon was ein.« Sie bedeutete Catherine weiterzugehen. »Ich wollte sowieso über etwas anderes mit dir reden. Was würdest du davon halten, wenn Ray hierbleibt, statt nach Kansas zu ziehen?«

»Was meinst du mit ›hier‹?«, erkundigte Catherine sich vorsichtig.

»Ich erzähl' es dir, während du mir den Rücken massierst.« Sie grinste. »Brian will anrufen, sobald er zu Hause ist.«

»Oh, jetzt begreife ich die plötzliche Eile.«

»Was soll ich sagen? Ich bin verliebt.«

Catherine blinzelte verwirrt. »Aha – Glückwunsch.«

»Danke.«

»Und wann ist dir das klar geworden?«

»Es hat sich ganz langsam und schon seit Langem angebahnt, und heute Abend dachte ich mir eben, dass ich es ja genauso gut zulassen kann.« Angesichts des Blicks, den Catherine ihr zuwarf, errötete Lynda und fügte rasch hinzu: »Zulassen meine ich aber nicht im Sinne von ›das da zulassen‹. Davon sind wir noch weit entfernt.«

»Freut mich zu hören.«

»Nun komm aber!« Lynda legte die Hände auf Catherines Schultern, um sie umzudrehen. »Gehen wir.«

Catherine stellte fest, dass sie plötzlich genauso erpicht darauf war, die Massage hinter sich zu bringen, wie Lynda. Sie wollte allein sein. Sie musste nachdenken. Lynda verliebt? Sie hatte gewusst, einmal musste es kommen. Nur hatte sie nicht geahnt, dass sie sich so verlassen fühlen würde.

Konnte ihr Leben noch komplizierter werden?

23

»Warum lügst du nicht einfach und machst dich jünger?« Phyllis steckte die letzte Kerze auf Catherines Geburtstagstorte und trat zurück, um sie kritisch zu begutachten. »Such dir ein Alter aus, das dir gefällt. Glaubt dir ja sowieso keiner, wenn du ihm erzählst, dass du neununddreißig bist. Das ist ein schreckliches Alter. Nicht Fisch und nicht Fleisch. Man verbringt das ganze Jahr im Bewusstsein, dass es das letzte der Dreißiger ist und in wenigen Monaten das Alter beginnt.«

»Danke, Mom«, sagte Catherine. »Bei dir kann ich immer drauf zählen, dass du mich aufbaust, wenn's mir schlecht geht.«

Phyllis unterbrach ihr Herumfummeln am Kuchen lang genug, um Catherine einen Blick zuzuwerfen. »Wusste gar nicht, dass es dir schlecht geht. Gibt es denn was, von dem du mir nichts erzählt hast?«

»Das war nicht ernst gemeint.«

»Hat aber ziemlich ernst geklungen. Hat Lynda wieder Probleme?«

»Bei Lynda ist alles in Ordnung. Manchmal denke ich sogar, es geht ihr zu gut. Als sie und Brian beim *Lilith*-Konzert waren, hat sie eine kurzärmelige Leinenbluse getragen und kein Wort darüber verloren, dass jemand ihren Druckanzug bemerkt hätte. Als ob sie gar nicht mitkriegen würde, dass die Leute sie anstarren.« – »Vielleicht tun sie's ja nicht mehr.«

»Oh doch, das tun sie. Jedes Mal, wenn wir ausgehen. Ich glaube, ich habe sie letzten Endes davon überzeugt, dass es weniger Unhöflichkeit als Neugier ist.«

»Nun, dann kann sie die ja vielleicht inzwischen besser akzeptieren.«

»Sie hat keine einzige von den Phasen durchgemacht, über die sie in der Selbsthilfegruppe reden. Oder wenn sie es getan hat, dann waren die so schwach ausgeprägt, dass ich nichts davon mitbekommen habe.«

Phyllis fuhr mit dem Finger über das Glasiermesser und steckte sich den Schokoladenfinger in den Mund. »Ich meine mich zwar zu erinnern, dass es in der Klinik einige Zwischenfälle gab, wo sie nicht gerade kooperativ war. Und während der ersten Woche daheim war sie auch ein bisschen schwierig. Könnten das vielleicht die Phasen gewesen sein?«

»Das zähle ich nicht.« Catherine nahm den Schwamm aus dem Abguss und begann, die Arbeitsplatte abzuwischen. Sie arbeitete so gern in der Küche ihrer Mutter. Die strahlte nämlich eine Wärme aus, die sie in ihrer eigenen vermisste, und sie hatte nie begriffen, woran das lag. Ein Teil davon hatte sicher damit zu tun, dass sie beim Öffnen der Speisekammertür unweigerlich die treppenartigen Bleistiftmarkierungen mit ihrem und Genes Namen daneben vorfand, doch das Gefühl wurzelte noch tiefer. Weil sie schon eine ganze Weile nicht mehr hineingeschaut hatte, öffnete sie nun die Tür und registrierte, dass sie – in der Tat – immer noch da waren. Die Striche verzeichneten ihr und Genes Wachstum ab dem Alter, wo sie allein aufrecht stehen konnten, bis zu der Zeit, als sie aufs College gegangen waren. Sie schloss die Tür wieder und betrachtete die Frau, von der sie fraglos geliebt wurde, Teil jenes Paars, das ihr eine Kindheit voller guter Erinnerungen bereitet hatte. Da war noch mehr, doch sie konnte es nicht benennen, etwas, das sie nur empfand, das ihr das Gefühl gab, etwas Besonderes zu sein.

»Es muss doch einen Grund haben, warum du dir Sorgen um Lynda machst.«

»Wahrscheinlich warte ich darauf, dass sich meine Befürchtungen schließlich doch noch bewahrheiten. Zuerst dachte ich, es geht ihr so gut, weil sie aus guten Verhältnissen stammt und immer genug Liebe und Unterstützung bekommen hat. Aber dann hab ich mich unter den anderen Eltern in der Gruppe umgesehen und erkannt, dass ich ein ganz schöner Snob bin. Lynda wird nicht mehr geliebt als all diese anderen Kinder. Geld und soziale Stellung haben nichts damit zu tun, wie sehr sich jemand um seine Kinder kümmert.«

Catherine spülte den Schwamm aus und räumte ihn weg. »Hab ich dir schon erzählt, dass sie jetzt sogar zum *Burn Camp* der Feuerwehr am Lake Tahoe fahen will?« Es war Lyndas einzige Chance, das Camp zu besuchen; denn das Höchstalter für die Teilnehmer war auf sechzehn Jahre begrenzt. Nach Beteuerungen der anderen Eltern aus der Selbsthilfegruppe war der Austausch mit den anderen fünfundsiebzig Brandverletzten im Camp die beste Medizin, die ihre Kinder Jahr für Jahr erhielten. Catherine hatte erfolglos all ihre Überredungskünste eingesetzt; nur direkt befohlen hatte sie es Lynda noch nicht.

»Also das überrascht mich nun wirklich. Wann ist denn das passiert?«

»Vorgestern Nacht, als ich ihr den Rücken massierte, ist sie damit rausgerückt. Möglicherweise hat ja Brian was damit zu tun – sowohl mit ihrer früheren Unwilligkeit zu fahren als auch mit dem plötzlichen Stimmungswechsel. Offenbar spielt er in der betreffenden Woche Football, sodass sie sich sowieso nicht so oft sehen könnten.«

»Wann geht es denn los?«

»In zwei Wochen.«

»Und sie bleibt eine Woche?«

»Von Sonntag bis Samstag.«

»Hast du Lust, was Schönes zu unternehmen?«

»Zum Beispiel?«

»Wir könnten die Küste hochfahren, uns mit Shrimps und Hummer die Bäuche vollschlagen, bis uns schlecht wird, und dann durchs Napa Valley zurückzuckeln.«

Sie konnte nicht fassen, wie verführerisch diese Aussicht in ihren Ohren klang, auch wenn es nur für ein paar Tage war. »Ich kann nicht. Stell dir vor, im Lager passiert was, und sie können mich nicht erreichen?«

»Schon mal was von einem Mobiltelefon gehört?« Phyllis schob die Torte ans andere Ende der Arbeitsplatte und kontrollierte den Braten im Ofen. »Nun komm schon, Catherine. Ein bisschen Meerluft tut dir gut. Und bessere Gesellschaft findest du auch nicht.«

»Stimmt.« Catherine legte den Arm um die Schultern ihrer Mutter und drückte sie an sich.

»Na?«

»Ich glaube, ich sollte meine freie Zeit lieber auf die Jobsuche verwenden.«

»Wie? Du willst wieder arbeiten gehen? Wann hast du dir das denn überlegt?

»Lyndas Therapie ist fast zu Ende, dann muss ich sie nicht mehr dreimal wöchentlich ins Krankenhaus fahren. Und in einem Monat geht sie wieder zur Schule, sodass wir die Massagen sowieso ihrem neuen Stundenplan anpassen müssen.« Falls ihre Mutter herausfand, dass die Jobsuche notwendig war und nicht aus Langeweile geschah, würde sie ihr sofort mit Rat und Tat zur Seite springen, und momentan wollte Catherine weder das eine noch das andere. »Auch wenn es nur ein Teilzeitjob ist, ich will wieder was Produktives mit meinem Leben anfangen. Weswegen ich Karol auch schon zugesagt haben, den Wohltätigkeitsverkauf mit ihr zu organisieren.«

»Hast du mit Rick darüber gesprochen?«

Catherine schüttelte verwundert den Kopf. Offenbar war sogar ihre Mutter inzwischen dem Nimbus von Rick verfallen und glaubte, dass er allwissend, allmitfühlend und allmächtig sei.

»Nein, hab ich nicht. Ob du es glaubst oder nicht, es gibt immer noch ein paar Entscheidungen, die ich ganz allein treffen muss. Außerdem haben wir ihn schon stärker in Anspruch genommen, als angemessen ist, und ich weiß nicht, warum es ihn interessieren sollte, ob ich einen Job finde oder was ich mit meiner freien Zeit anfange.«

»Ich glaube nicht, dass er das so sieht.«

»Mutter – du kennst den Mann doch kaum. Wie kommst du darauf, dass …«

»Ich kenne ihn.«

»Woher denn?«

»Ich bin ihm im Krankenhaus begegnet. Mehrere Male. Und du und Lynda, ihr redet doch andauernd von ihm.«

Catherine riss überrascht die Augen auf. »Ich spreche fast nie über ihn.«

Nun war es an Phyllis, überrascht zu sein. »Du solltest dir selber mal zuhören. Du redest fast genauso viel über Rick wie über Lynda.«

»Vielleicht erwähne ich ihn im Lauf eines Gesprächs hin und wieder, aber …«

Lynda trat in den Raum. »Wen erwähnst du?«

»Niemanden«, erwiderte Catherine.

»Rick Sawyer«, sagte Phyllis gleichzeitig.

Lyndas Gesicht hellte sich auf. »Kommt er auch? Ich dachte, du hättest gesagt, ich darf ihn nicht einladen.«

»Nein«, sagte Catherine. »Rick kommt nicht.«

»Und warum unterhaltet ihr euch dann über ihn?«

Phyllis musterte Catherine. »Warum wolltest du ihn denn nicht einladen? Stimmt irgendwas nicht? Habt ihr euch gestritten?«

Catherine blickte von ihrer Mutter zu ihrer Tochter und wieder zurück. »Nein, wir haben uns nicht gestritten – und ich rede auch nicht dauernd über ihn.« Sie sah wieder Lynda an. »Ja, ich hab dir gesagt, dass ich ihn nicht einladen will und dass ich dich für den Rest meines Lebens nicht mehr von meinem Apparat aus telefonieren lasse, falls du je wieder auf die Idee kommst, uns miteinander zu verkuppeln.«

»Oh … jetzt versteh ich, was los ist«, sagte Phyllis. »Du und Rick, ihr seid …«

Catherine war es, als ziehe man ihr den Boden unter den Füßen weg. »Wir sind *Freunde.*«

Lynda hob die Hände und verzog sich rückwärtsgehend aus dem Zimmer. »Ich sehe, dass ich hier nicht gebraucht werde. Ich geh mal nach draußen und warte auf Brian. Wenn ihr wieder Wert auf meine Gesellschaft legt, wisst ihr ja, wo ihr mich findet.«

»Tut mir leid«, sagte Catherine. »Du musst nicht gehen.«

»Wenn du schon rausgehst, könntest du vielleicht gleich in den Briefkasten schauen?«, meinte Phyllis. »Gene wollte vor zwei Wochen ein Päckchen schicken, und es ist immer noch nicht da.« Sie öffnete eine Schublade und warf Lynda einen kleinen Spielzeuglöwen mit einem Schlüssel daran zu.

Als Lynda verschwunden war, wandte sich Phyllis an Catherine, und ein schelmisches Lächeln funkelte in ihren Augen. »Okay, und nun erzähl mir mal, was zwischen dir und Rick vorgefallen ist.«

Catherine seufzte. Sie konnte es Phyllis entweder ohne alle Umschweife erzählen oder aber sich ein Dutzend umständlicher Fragen gefallen lassen, mit der ihr Phyllis das Gewünschte schließlich doch entlockte. »Lynda hat versucht, sich als Kupplerin zu betätigen, und ich kann sie offenbar nicht davon überzeugen, dass das eine bescheuerte Idee ist.«

Phyllis schwieg einen Augenblick. »Ich weiß nicht. Klingt mir nach einer ziemlich guten Idee.«

»Oh, Mutter, bitte – nicht auch du noch.«

»In Ordnung. Sag mir, was du so verkehrt daran findest, dich auf Rick Sawyers einzulassen.«

Catherine hatte dieses Gespräch absichtlich vermieden, weil sie wusste, dass ihre Mutter ihre Haltung nicht nachvollziehen konnte. Das machte diese zwar nicht weniger stichhaltig, aber schwieriger zu verteidigen. »Es liegt nicht an Rick, es liegt an mir. Ich habe viel darüber nachgedacht; deswegen musst du mir versprechen, dass du nicht versuchst, mit mir darüber zu debattieren oder es mir auszureden.«

»Das kann ich nicht versprechen, solange ich gar nicht weiß, wovon hier eigentlich die Rede ist.«

»Ich bin fertig mit den Männern. Mit dem allmählichen Kennenlernen und Ausgehen. Mit allem. Aus meinen diesbezüglichen Entscheidungen in der Vergangenheit ist wohl klar zu ersehen, dass ich einen guten Mann nicht von einem miesen Burschen unterscheiden kann, und ich bin nicht bereit, all das Gezerre und die Schmerzen noch mal durchzumachen.«

»Hast du das auch Lynda erzählt?«

»Wie könnte ich? Zufällig ist ja einer der miesen Burschen, von denen da die Rede ist, ihr Vater.«

»Rick kann man nicht mit Jack vergleichen.«

»Das hab ich mir bei Tom auch gedacht. Ich bin nicht blind in diese Beziehung hineingestolpert. Oder hab es wenigstens nicht gedacht. Ich suchte jemanden, der an dasselbe glaubte wie ich, dieselben Dinge mochte, dieselben Ziele, Träume und Ambitionen hatte, und du siehst ja, was passiert ist. Hätte ich einen Dartpfeil aufs Telefonbuch geworfen, hätte ich auch bei keinem Schlimmeren landen können.«

Sie zog sich einen Stuhl zurecht, setzte sich und begann, Servietten zu falten. »Ich weiß nicht. Vielleicht habe ich eines Tages ja genug Selbstverstrauen, um mich wieder auf jemanden einzulassen, aber zuerst mal brauche ich Zeit, um über das, was ich mit Tom fast getan hätte, hinwegzukommen.«

Phyllis setzte sich neben Catherine und griff nach einer Serviette. »Tom hat uns alle ins Bockshorn gejagt. Er ist charmant, rücksichtsvoll und so verlogen wie das Lächeln auf den Gesichtern der Verlierer bei der Oscar-Verleihung.«

»Als Antwort fällt mir eigentlich nur ein, dass ich so von der Vorstellung, nicht mehr allein zu sein, beherrscht war, dass ich mich geweigert habe, irgendetwas Schlechtes an ihm wahrzunehmen. Jetzt fällt es mir wie Schuppen von den Augen. Wie er sich meine Zukunftsträume anhörte, um sie umgehend in Versprechungen umzumünzen. Er war derart gerissen, Mom. Als er mich überredet hat, meinen Job aufzugeben, hab ich keine Sekunde gezögert. Er wollte auf jede nur mögliche Weise für mich sorgen. Warum haben ich nicht begriffen, wie abhängig mich das gemacht hätte? Sag doch mal, ist das nicht bescheuert?«

»Na ja, ich sehe schon, dass du noch eine Weile brauchst, bis du aufhören kannst, dich selber fertigzumachen, und das Tal der Depression durchschritten hast. Ich fürchte nur, dass Rick – wenn du mal bereit bist, wieder aus diesem Loch herauszuklettern – längst weg ist. Was für ein Jammer, dass er zu einem Zeitpunkt in dein Leben tritt, wo du ihn überhaupt nicht schätzen kannst.«

»Es spielt keine Rolle, zu welcher Zeit Rick in mein Leben getreten ist, wir würden trotzdem nicht zusammenpassen.« Sobald ihr der Satz über die Lippen kam, wusste sie, dass sie einen Fehler gemacht hatte. Statt das Thema fallen zu lassen, hatte sie noch Öl darauf gegossen.

»Warum denn das?«

»Wir haben nichts gemeinsam.« Wenigstens nichts, was zählt. Stammbäume voller Spinner und Individualisten waren zwar ein ergiebiges Gesprächsthema, gaben jedoch als Grundlage für eine Langzeitbeziehung nur wenig her. »Wir stammen aus unterschiedlichen Milieus.« Sie erklärte es nicht besonders gut. »Wenn du seine Freunde und meine Freunde zu einer Party einlüdest, hätten sie einander nichts zu sagen. Ich weiß, es klingt kleinlich, aber auf lange Sicht spielen solche Dinge eine Rolle.«

»Vielleicht habt ihr ja keine gemeinsamen Freunde, aber ihr habt Lynda. Und das ist sehr viel mehr, als du von Tom und dir behaupten konntest.«

»Lynda ist sein Job, Mom. Sobald sein Jahr mit ihr vorbei ist, wird er sich um jemand anders kümmern.«

»Nun«, sagte sie und seufzte. »Wenigstens hast du darüber nachgedacht.«

Ein Gedanke ging Catherine durch den Kopf, und sie

lachte unerwartet. »Kannst du dir vorstellen, wie entsetzt Rick wäre, wenn er hören könnte, wie wir ihn so auseinandernehmen?«

»Armer Kerl, fast hätten wir ihn in eine Schachtel gesteckt und mit einer Schleife zugebunden.« Phyllis stand auf und warf Catherine einen bedeutsamen Blick zu. »Es wäre netter gewesen, wenn du wenigstens reingeschaut hättest, ehe du ›Zurück an Absender‹ draufgeschrieben hast.«

»Wir sind Freunde.« Langsam wurde das zu einem Mantra. »Ehrlich gesagt, betrachte ich Rick sogar als einen der besten Freunde, die ich momentan habe.« Wenn sie es sich recht überlegte, verletzte es sie ein wenig, wie sich die meisten ihrer alten Freunde in diesem Sommer von ihr zurückgezogen hatten. Einige von ihnen riefen zwar immer noch an, aber es war schon Wochen her, seit sie die letzten Einladungen zu Abendessen oder Partys erhalten hatte, die, wie sie Tom hatte wissen lassen, ihr Vorrecht waren. Ohne Karol hätte sie das Gefühl gehabt, völlig vergessen zu sein. »Er lacht sogar über meine Witze. Und letztes Mal …« Sie runzelte die Stirn, weil sie das, was sie eben hatte sagen wollen, innehalten ließ. Was würde ihre Mutter denken, wenn sie ihr erzählte, dass ihr bei ihrem letzten Zusammensein mit Rick plötzlich der Gedanke gekommen war, wie sehr ihr Vater ihn wohl gemocht hätte.

»Ja?«

Die Haustür ging auf. »Offenbar ist Brian gekommen«, sagte Catherine, als sie eine Stimme hörte. »Wir können uns später weiter unterhalten.«

»Du meinst wohl, ich vergesse es«, sagte Phyllis, »aber ich vergesse es nicht.«

Catherine lächelte. Sie zweifelte nicht daran, aber wahrscheinlich würde ihre Mutter erst mitten in der Nacht daran denken, wenn Catherine längst daheim in ihrem Bett lag.

24

Catherine stand an der Hintertür und beobachtete Brian und Lynda, die Hand in Hand über den Rasen schlenderten. Sie wollten einen Verdauungsspaziergang machen, hatten sie gemeint, um für Kuchen und Eiscreme Platz zu schaffen, aber es war nicht zu verkennen, dass es ihnen vor allem darum ging, allein zu sein.

»So ein sympathischer Junge«, sagte Phyllis und trat neben sie.

»Weißt du noch, was für ein Wilder sein Vater in diesem Alter war?«

»War das nicht der Winslow-Bruder, der im Gefängnis landete?«

»Doch, aber das war erst später. Ich dachte gerade an den Sommer, als er und seine Brüder dieses große Plastikhuhn von dem Restaurant in Tahoe City klauten und es auf den Wagen des Sheriffs klebten.«

Phyllis lachte. »Das hatte ich völlig vergessen.«

»Und jetzt hat er was ganz Außergewöhnliches vor. Brian und Lynda sind der Ansicht, dass Ray in Sacramento bleiben sollte. Sie glauben, dass es ihm hier bei ihnen viel besser gehen wird als an einem Ort, wo er keine Menschenseele kennt. Brian hat seine Eltern gefragt, ob Ray bei ihnen wohnen darf – und sie haben eingewilligt. Kannst du dir das vorstellen?«

»Ray möchte hierbleiben? Nachdem er fast seine gesamte Familie verloren hat, hätte ich gedacht, dass es ihm wichtiger ist, mit seiner Tante zusammenzuleben als mit Freunden.«

»Sie haben ihm noch nichts davon erzählt, wissen aber,

dass er nicht bei seiner Tante leben möchte. Brians Vater hat sie überzeugt, noch damit zu warten, bis sich sein Rechtsanwalt über die rechtlichen Konsequenzen von Brians Umzug zu ihnen informiert hat. Er will nicht, dass Ray sich Hoffnungen macht, um am Ende zu erfahren, dass es doch nicht geht.«

»Ich verstehe das alles nicht.«

»Ray wird noch lange Zeit medizinisch betreut werden müssen. Das wird weiterhin in Shriner's Hospital sein, sodass es vom Finanziellen her keine Probleme gibt, aber da er minderjährig ist, müssten die Winslows die Vormundschaft für ihn beantragen, um bis zu seiner Volljährigkeit für seine Pflege zu sorgen.«

»Das ist doch so, als würden sie ihn adoptieren.«

»Beinahe.«

»Und sie sind bereit, das zu tun, nur weil Brian sie darum gebeten hat?«

»Erstaunlich, nicht?«

Phyllis sah Catherine an. »Und das sind die Leute, die Tom vor Gericht bringen wollte.«

Lynda sah ihre Mutter und ihre Großmutter an der Tür stehen und winkte ihnen zu. »Wird's nicht langsam Zeit, die Geschenke auszupacken?«

Catherine konnte sich nicht erinnern, Lynda je wegen eines von ihr selbst besorgten Geschenks so aufgeregt erlebt zu haben. Schon seit Tagen sprudelte sie vor Begeisterung, forderte Catherine auf, doch zu erraten, was sich in der riesigen Schachtel, die sie auf den Esszimmertisch gestellt hatte, befand, um dann – wenn sie mal wieder danebenlag – vergnügt aufzulachen.

Als Erstes öffnete Catherine Genes Geschenk. Es war ein bodenlanger schwarzer Abendmantel aus Rohseide. Schlicht und elegant geschnitten, sah man ihm sofort an, wie teuer er gewesen sein musste. Catherine überschlug es rasch im Kopf und kam zu dem Schluss, dass sie mit dem, was der Mantel schätzungsweise gekostet hatte, die Gas- und Stromrechnung für drei Monate hätte bezahlen können.

»Onkel Gene musste die neue Regel für Geschenke offenbar noch nicht befolgen«, meinte Lynda. »Oder war diese Regel nur für mich bestimmt?«

»Ich hab vergessen, es ihm zu sagen«, gestand Catherine.

»Welche neue Regel denn?«, fragte Phyllis.

Catherine warf Lynda einen Blick zu. »Okay, diesmal hat sie nur für dich gegolten, aber ab heute gilt sie für alle.«

»Ist mir egal«, meinte Lynda. »Mach jetzt meins auf.«

Sie hatte die Schachtel in den Comics-Teil der Sonntagszeitung gewickelt, und eine Schleife daraufgesetzt, die aus einer Rolle Verbandsmull bestand. »Sehr kreativ«, bemerkte Catherine.

»Und billig obendrein«, fügte Brian mit einem Grinsen hinzu.

»Ich wusste nicht, ob die Verpackung mitzählt, und wollte es nicht drauf ankommen lassen.« Gespannt beugte Lynda sich vor.

»Mach schon, pack es aus.«

Als Catherine die Abbildung auf der Schachtel erblickte, ahnte sie nicht, dass sie genau das illustrierte, was sich darinnen befand. Schließlich hatte sie noch nie ein Interesse an Vögeln oder am Vögelfüttern bekundet. Dann aber sah sie, dass es genau das war, was auf der Packung angekündigt wurde: ein Futterautomat für Kolibris.

»Ich weiß, dass du kein Naturfreak bist«, sagte Lynda. »Aber warte nur ab. Es wird dich begeistern, Mom. Die Kolibris sind so toll, wenn sie in der Luft stehen oder sich auf den Futterautomaten stürzen. Ich hab mir gedacht, wir könnten ihn auf der Terrasse vor dem Wohnzimmer aufstellen. Auf diese Weise kannst du sie von der Küche aus beobachten.«

»Es ist ein unglaubliches Gefühl, wenn sie einem am Kopf vorbeischwirren. Sie klingen wie riesige Hummeln, die sich gleich was von deinem Mittagessen holen werden.«

»Wir haben uns bei Sandra nach dem besten Modell erkundet, und sie hat uns zu diesem geraten, weil man es auseinandernehmen und reinigen kann. Ich wollte dir auch eine von diesen langen, dünnen Bürsten kaufen, aber dann ist mir eingefallen, dass wir ja schon eine haben.«

Catherine betrachtete den Futterautomaten und bemühte sich, interessiert zu wirken. »Wann habt ihr mit Sandra gesprochen?«

»Vorgestern, als wir bei Rick waren.«

»Ihr wart bei Rick? Bei ihm zu Hause? Warum habt ihr mir nichts davon erzählt?« Sie spürte, wie Phyllis sie ansah. So viel zum Ende aller Diskussionen über Rick.

»Er hat angerufen und gesagt, er hätte ein Geschenk für dich, und wollte wissen, wann es günstig wäre, es vorbeizubringen. Da wir gerade auf dem Weg zu Ray waren, bot Brian an, bei Rick vorbeizuschauen und es mitzunehmen. Ich wusste nicht, dass ich ihn nicht mehr besuchen darf.«

»Es ist meine Schuld«, sagte Brian. »Ich habe ...«

Catherine unterbrach ihn. »Du hast gar nichts falsch gemacht. Ich war lediglich überrascht, dass du und Lynda Rick besucht habt, ohne etwas davon zu erwähnen.«

»Nun?«, fragte Lynda. »Gefällt es dir?«

»Oh ja.« Sie lächelte. »Das könnte durchaus das schönste Geschenk sein, das du mir je gemacht hast.«

»Und jetzt musst du das von Brian aufmachen.« Sie grinste schon wieder.

»Du hättest mir wirklich nichts kaufen sollen, Brian. Ich hab Lynda gesagt, dass sie's nicht zulassen darf.«

»Machen Sie sich keine Sorgen, es ist nichts weiter ...«

Lynda legte ihm die Hand auf den Mund. »Du verrätst dich ja.«

Catherine schaffte es kaum, sich das Paket auf den Schoß zu hieven. Sie riss das Papier auf, sprengte mit dem Fingernagel das Klebeband auf der Schachtel und schaute hinein. Als sie die dreißig Pfund Zucker entdeckte, lachte sie laut.

»Ich nehme an, das ist für die Kolibris und nicht ein Wink mit dem Zaunpfahl, dass ich euch wieder mal Brownies backen soll.«

»Brownies? Daran hab ich nicht mal gedacht«, meinte Brian unschuldig. »Aber jetzt, wo Sie's sagen, nehme ich an, dass der Zucker sowohl für mich als auch für die Vögel reichen müsste.«

»Und das Ganze hat uns weniger als neunundvierzig Dollar gekostet«, stimmte Lynda ein. »Ich hab die Kassenbons aufgehoben. Willst du sie sehen?«

»Ich glaube euch auch so.« Sie wuchtete sich den Zucker vom Schoß.

»Und jetzt das Geschenk von Rick«, sagte Lynda und reichte ihrer Mutter ein wunderschön eingepacktes Päckchen, das etwas länger als eine Schuhschachtel, aber nicht ganz so breit war.

»Weißt du, was es ist?«, fragte Catherine sie.

»Er wollte es mir nicht verraten.«

Sie warf ihrer Mutter einen Blick zu, und sah, dass Phyllis diese immer noch beobachtete – und zwar mit ihrem selbstzufriedensten Lächeln. »Woher hat er bloß gewusst, dass ich Geburtstag habe?«

»Vielleicht stand es ja auf den Formularen, die du im Krankenhaus ausgefüllt hast«, meinte Brian.

Sie zog an der Schleife und sah Lynda an. »Ich fühle mich unbehaglich dabei. Es wäre mir lieber, er hätte mir kein Geschenk gekauft.«

»Jetzt tut es dir sicher leid, dass du mir nicht erlaubt hast, ihn einzuladen«, meinte Lynda.

Catherine wollte das Päckchen schon beiseitestellen. »Vielleicht sollte ich warten, bis …«

»Nun mach das verdammte Dinge schon auf«, warf Phyllis ein. »Ich hab Lust auf Kuchen und Eis.«

Catherine entfernte die schillernde Schleife und legte sie beiseite. Es war zwar schade um das Geschenkpapier, aber es war so fest verklebt, dass sie es zerreißen musste, um an die Kiste heranzukommen.

Mit gespielter Beiläufigkeit schaute sie hinein und entdeckte eine Flasche *Randle's Roost Reserve Merlot,* die in einem Bett aus rosa Seidenpapier ruhte. »Oh …« Sie seufzte. »Das ist ja toll.«

»Was ist es denn?«, wollte Lynda wissen.

»Eine Flasche Wein«, erwiderte Phyllis und war von Catherines unverständlicher Reaktion schlicht verwirrt.

»Wein?«, sagte Lynda. »Wegen einer Flasche Wein wirst du sentimental?«

»Zufällig ist es ein sehr guter Wein«, protestierte Catherine.

»Mag ja sein«, versetzte Lynda. »Aber nicht annähernd so beeindruckend wie die Blumen, die Dad dir geschickt hat.«

Phyllis fuhr herum und starrte Catherine an. »Jack hat dir Blumen geschickt?«

»Neununddreißig Rosen.« Jede Hoffnung auf einen persönlicheren Gruß war jedoch verflogen, als sie Jacks Visitenkarte zwischen den Blumen fand. Da sie etwas Handschriftliches auf der Rückseite registrierte, drehte sie sie um und entdeckte die Anweisungen an Jacks Assistentin, wo sie die Blumen bestellen und wie viel Geld sie dafür ausgeben durfte.

»Weiße«, sagte Lynda. »Das ist meine Lieblingsfarbe, nicht die von Mom. Dad muss uns wohl durcheinandergebracht haben.«

Verstohlen tastete Catherine im Seidenpapier nach einer Notiz von Rick und war enttäuscht, als sie nichts fand. Sie blickte ihrer Mutter an und lächelte nonchalant. »Will jemand Kuchen?«

Brian stand auf und bot Lynda seine Hilfe an. Catherine ließ den Wein auf dem Couchtisch stehen und folgte ihnen.

Als Phyllis sie eingeholt hatte, beugte sie sich zu ihr hinüber und meinte leise: »Nur Freunde, dass ich nicht lache.«

25

Catherine blickte von der Sonntagszeitung auf, als sie Lynda die Treppe herunterkommen hörte. »Fertig?«

»Ich hab mein Tweety-Badetuch nicht finden können.« Sie brachte ihre Sporttasche in die Küche und ließ sie neben der Tür zum Garten auf den Boden fallen. In marineblauen Shorts, langärmliger weißer Bluse, roter Mütze und Tennisschuhen wirkte sie frisch und maritim und, wenn man nicht näher hinsah, völlig normal. Nur der Druckanzug, der am Halsausschnitt ihrer Bluse sichtbar wurde, verriet sie.

»Hast du hier unten im Wäscheschrank nachgeschaut?« Lynda hatte mit dem Packen fürs Ferienlager bis zur letzten Minute gewartet, obwohl ihr Catherine schon tagelang zusetzte. Nur das Wissen, dass es für Lynda wichtiger war, ihre Entscheidung fürs Camp selbst zu verantworten, als mit jedem Gegenstand auf ihrer Liste dort aufzutauchen, hatte Catherine davor bewahrt, sich einzumischen und es für sie zu tun.

»Ich hab stattdessen das Superman-Handtuch genommen.« Sie goss sich ein Glas Orangensaft ein. Nachdem sie einen Blick auf die Zeitung geworfen hatte, die aufgeschlagen vor ihrer Mutter lag, trat sie näher und runzelte die Stirn. »Du liest die Stellenangebote? Warum denn das?«

»Ich habe mir überlegt, mir eine neue Stelle zu suchen, sobald du wieder zur Schule gehst.«

»Warum denn das?«

»Um was zu tun zu haben.«

»Und was ist mit dem Club? Ich dachte, du wolltest dich wieder deinen Projekten dort widmen.«

Catherine stand auf, um sich eine frische Tasse Kaffee einzugießen, und warf einen Blick auf die Uhr. Sie wollte nicht ein Thema anschneiden, das sie nicht befriedigend ausdiskutieren konnten, und Lynda dann eine Woche lang wegschicken mit der Befürchtung, dass es daheim Probleme geben könnte.

Sie hatten eineinhalb Stunden Zeit, bis sie den Kleinbus in Rancho Cordova trafen.

»Darüber wollte ich auch mal mit dir reden«, sagte Catherine. »Der Club ist, so wie es aussieht, nicht mehr so wichtig für uns. Weder für dich noch für mich. Ist dir eigentlich klar, dass wir diesen Sommer kein einziges Mal dort waren?«

»Ich bin nie gerne hingegangen. Das ist nur ein Haufen von Tussen, die nicht Besseres zu tun haben, als rumzusitzen und sich über alle die, die gerade nicht da sind, den Mund zu zerreißen. Und von diesen Schmutzfinken, diesen dreckigen alten Knackern, die sich einbilden, sie hätten Golfprofis werden können, wenn sie nur ein bisschen mehr Zeit zum Üben gehabt hätten, will ich gar nicht erst anfangen.«

Catherine musterte Lynda über den Rand ihrer Tasse. »Schmutzfinken, dreckige alte Knacker? Gibt es da was, das du mir nicht erzählt hast?«

»Ist dir nie aufgefallen, wie sie Mädchen meines Alters anstarren, wenn sie an ihnen vorbeigehen? Es ist widerlich.«

»Dann wäre es dir also egal, wenn ich dem Club unsere Mitgliedschaft wiederverkaufen würde?« Sie versuchte, den Eindruck zu erwecken, als handle es sich dabei um eine Möglichkeit, nicht um eine Notwendigkeit.

»Wie gesagt, wir nutzen sie ja sowieso nicht mehr.« Sie trank ihren Orangensaft aus, schenkte ihr Glas noch einmal voll und nahm sich ein Bagel dazu. »Und was für einen Job willst du dir suchen.«

»Wahrscheinlich etwas im Personalwesen. Das ist das Einzige, wo ich Erfahrung vorweisen kann.«

»Warum gehst du nicht wieder zu Husbey's? Dort hat es dir doch gefallen. Und sie haben eine Riesenabschiedsfeier für dich veranstaltet, sodass sie dich offensichtlich sehr geschätzt haben.«

»Sie haben keine offenen Stellen.«

Lynda musterte ihre Mutter. »Ich dachte, du überlegst dir nur, eventuell wieder zu arbeiten. Aber wenn du schon bei deinem alten Arbeitgeber nachgefragt hast, hast du dich ja schon entschieden. Wann wolltest du mir Bescheid sagen?«

Warum hatte sie nicht damit gerechnet, dass Lynda erwartete, in eine solche Entscheidung mit einbezogen zu werden? Sie befanden sich in ihrer Mutter-Tochter-Beziehung momentan in einem Stadium, wo Lynda sich berechtigt fühlte, in alles, was ihre Mutter fühlte und tat, eingeweiht zu werden, ihre eigene Privatsphäre jedoch mit Zähnen und Klauen verteidigte und ungeduldig auf stur schaltete, wenn sie meinte, man stelle ihr zu viele Fragen. Gott sei Dank erinnerte sich Catherine, dass sie mit ihrer Mutter dieselben Phasen durchgemacht hatte, und vermochte Lyndas einseitigen Forderungen daher die meiste Zeit mit einer Toleranz zu begegnen, die sie nicht immer empfand.

»Wenn du aus dem Lager zurückgekommen wärst. Ich dachte, wir könnten unsere Stundenpläne miteinander abgleichen. Ich will daheim sein, wenn du daheim bist, sodass wir unsere Massagen fortsetzen können.«

»Vielleicht sollte ich lieber zu Hause bleiben.«

»Kriegst du jetzt kalte Füße?«

»Ein bisschen schon«, gestand sie unerwartet. »Das Lager liegt nur ein paar Meilen von Rainbow Lake entfernt.« Sie nahm ihre Mütze ab und legte sie auf den Tisch, dann fuhr sie sich mit der Hand über den Kopf. »Ich muss immer wieder daran denken, dass ich dorthin zurückgehe. Ich träume sogar davon. Entsetzliche Träume, in denen Brian mich nicht einfängt, in denen ich immer nur weiterlaufe, bis ich ganz in Flammen stehe. Und dann wache ich auf.«

»Ich hab ja nicht gewusst …« Catherine stellte ihre Tasse ab und beugte sich vor, um Lyndas Hand zu berühren. »Vielleicht solltest du doch nicht fahren. Vielleicht ist es noch zu früh.«

»Ich habe mit Rick darüber gesprochen, und er hat gemeint, er würde kommen und mich abholen, falls ich das Gefühl habe, dass ich nicht bleiben kann.«

»Ich dachte, Rick wäre dort.« Sie hatte nicht gefragt, hatte es nur angenommen.

»Normalerweise schon. Aber als er noch glaubte, ich würde nicht fahren, hat er einem Feuerwehrmann, dessen Frau Krebs hat, angeboten, ein paar Schichten für ihn zu übernehmen.«

»Wann hast du denn mit Rick gesprochen?« Sie versuchte, ihre Frage beiläufig klingen zu lassen.

»Vorgestern Abend, als du unter der Dusche warst, hat er angerufen. Wahrscheinlich hat er gehofft, dass du ans Telefon kommst, aber als ich ihn fragte, ob du ihn zurückrufen sollst, hat er Nein gesagt.«

Sie konnte Lynda nicht näher befragen, ohne dem Anruf zu großes Gewicht zu verleihen, sodass sie das Thema fallen ließ. »Hast du dein Kleid rausgelegt?« Eine der Brautjungfern auf Jacks und Adrianas Hochzeit hatte beim Versuch, den Brautstrauß zu fangen, die Bowlenschüssel umgestoßen. Lynda und Brian hatten die volle Breitseite davon abgekriegt. »Ich bringe es morgen in die Reinigung.«

»Ich glaube, es lohnt sich nicht, Mom.«

»Ach, ich weiß nicht. Wir haben ja auch die Flecken aus deinem Druckanzug wieder rausgekriegt.«

»Ich glaube sowieso nicht, dass ich das Kleid noch mal anziehe. Es ist nicht besonders bequem.«

Catherine hatte Lynda absichtlich nicht nach der Hochzeit ausgefragt, da sie hoffte, Lynda werde auch unaufgefordert davon berichten. Was jedoch offensichtlich nicht geschah. »Okay, wie war es?«

Lynda grinste. »Hab mich schon gewundert, wie lange du es noch aushalten würdest.«

»Weißt du, dass ich dir zweimal so oft wie andere Mütter die Windeln gewechselt habe, nur damit du keinen Ausschlag bekommst? Und das ist der Dank dafür?«

»Sehr witzig, Mom.«

»Und?«

»Mal sehen ... wo fang ich bloß an. Wahrscheinlich eignet sich Adriana genauso gut wie alles andere. Ihr Kleid war eine Vera-Wang-Kopie, schlicht geschnitten und ohne Schleppe.« Sie überlegte einen Moment. »Zumindest glaub ich, dass es eine Kopie war, aber vielleicht auch nicht. Sie fliegt ja andauernd nach New York. Könnte es auch von dort mitgebracht haben. Einen Schleier hatte sie jedenfalls nicht, nur ein paar Blumen im Haar, passend zum Strauß. Dad hat ihr einen goldenen Ehering geschenkt. Er sagt, sie mag keine Diamanten.«

»Hat Jack glücklich gewirkt?« Aus einem ganz egoistischen Motiv heraus wollte sie, dass diese Ehe funktionierte. Sie glaubte, dass die Erfüllung seines Versprechens, für Lynda ein besserer Vater zu sein, davon abhing, ob er und Adriana mit ihrem eigenen Kind ein stabiles Familienleben aufbauen konnten.

»Ich würde sagen, dass er eher ergeben als glücklich gewirkt hat. Er hat viel gelächelt, aber er ist nicht überall herumgesprungen, um mit allen zu quatschen, wie er es sonst auf Partys tut.«

»Er bemüht sich«, sagte Catherine. »Ich glaube, er will wirklich, dass es dieses Mal klappt.«

»Stört dich das?«

»Wie?«

»Dass er wieder heiratet, nachdem es zwischen dir und Tom nicht geklappt hat?«

»Das ist eine komplizierte Frage«, erwiderte sie ehrlich. »Sicher weiß ich nur, dass ich sie vor zwei Monaten anders beantwortet hätte. Damals hätte es mir vielleicht etwas ausgemacht. Jetzt aber, glaube ich, nicht mehr.«

»Du glaubst es nicht, aber du bist dir nicht sicher?«

»Doch, ich bin mir sicher. Ich weiß nur nicht, ob ich neutral bin oder ihm ehrlich das Allerbeste wünsche. Ich ginge gern davon aus, dass es Letzteres ist.«

»Ganz schön heftiges Thema für neun Uhr früh«, sagte Lynda.

»Ist es denn schon neun?« Sie faltete die Zeitung zusammen und legte sie auf den Stapel, den sie bereits gelesen hatte. »Wir müssen allmählich los.«

Ein Moment der Unsicherheit flackerte in Lyndas Blick.

»Du kannst es dir immer noch anders überlegen.« Erst in diesem Moment wurde Catherine klar, sie wünschte sich, dass Lynda sich anders besann. Sie war genauso nervös angesichts ihrer Abreise wie Lynda selber.

»Ich hab Rick gesagt, dass ich es zwei Tage lang ausprobiere. Wenn ich erst gar nicht hinfahre, ist er enttäuscht von mir.«

Catherine ging um den Tisch herum und legte den Arm um Lyndas Schultern. »Ich dachte mal, ich wüsste, was Mut bedeutet, aber ich habe mich getäuscht. Es gibt Zeiten, so wie jetzt, da bin ich so stolz auf dich, dass ich es am liebsten von allen Dächern rufen würde.«

Lynda erwiderte die Umarmung ihrer Mutter. »Ich hab dich auch lieb, Mom.«

Eine Minute lang gab Rick der Empfindung nach und ließ sich das heiße Wasser über die Schulter prasseln, die er sich bei dem Brand am selben Nachmittag verrenkt hatte, dann drückte er sich einen Kringel Shampoo in die Hand und verteilte es im Haar. Mit kräftigen Fingern rieb er sich die Kopfhaut und massierte sie so lange, bis er sicher war, dass aller Ruß, alle Asche, aller Feuergeruch verschwunden waren. Als er eben wieder den Kopf unter die Dusche stecken wollte, ging der Alarm los.

»Verdammt«, sagte er laut, obwohl niemand da war und ihn hören konnte. Sein Team duschte in der Gemeinschaftsunterkunft, während er eines der wenigen Privilegien des höheren Ranges, wenigstens auf dieser Feuerwache, genoss: ein eigenes Bad.

Er drehte den Wasserhahn zu, griff nach einem Handtuch, trocknete sich rasch ab, wobei er nicht allzu erfolgreich war. Das Handtuch über die Duschkabinentür werfend, schnappte er sich ein sauberes blaues T-Shirt und eine Unterhose aus seinem Spind, zog sie an und stieg in seine noch feuchte Einsatzhose und die Feuerwehrstiefel. Hose und Stiefel waren nicht nur immer noch nass vom letzten Löscheinsatz, sie müffelten auch. Sogar mit den Nasenlöchern voller Rauch konnte er den bitteren Gestank der schweren, früher mal gelben Leinwand riechen.

Als er die Meldung aus dem Computer zog und auf die Adresse blickte, stöhnte er auf. Ein Patient aus der Heilanstalt Haversmorning. Durchschnittlich einmal im Monat musste ihre Schicht zum Pflegeheim ausrücken, die Einsätze deprimierten die gesamte Crew und bestätigten jeden in seinem Entschluss, alles nur Mögliche zu tun, um am Ende seines Lebens ja nicht in einem solchen Heim zu landen. Wohl schon an die hundert Mal hatte er einen Feuerwehrmann zu einem anderen sagen hören, dass er sich lieber erschießen würde, als an einem Ort wie Haversmorning zu enden.

»Wohin?«, fragte Paul.

»Haversmorning«, erwiderte Rick.

Sogar Paul wusste Bescheid und fluchte.

»Ich wusste, dass es was Schlimmes sein musste«, sagte Janet. »Das ist der dreizehnte Alarm.«

Rick schaute zu Steve auf der anderen Seite der Vorderbank des Feuerwehrwagens. »Dreizehn? Sind wir heute schon dreizehnmal ausgerückt? Es ist erst vier Uhr.«

Drei der Notrufe waren falsche Alarme gewesen, die irgendein kleiner Klugscheißer an der örtlichen Oberschule ausgelöst hatte. Beim letzten, der hereinkam, als sie gerade Mittagspause machen wollten, erwischte ihn die Polizei.

Noch ehe sie wieder daheim waren, wurden sie zu einem Brand in der Baumschule Capital gerufen. Und jetzt Haversmorning.

Scheiße.

»Hätte mir ein paar Bananen für die Heimfahrt mitnehmen sollen«, sagte Steve. »Ich vergeh fast vor Hunger.«

»Wir halten auf dem Rückweg irgendwo an. Da gibt es diesen Sandwichladen an der Ecke, wo es uns letztes Mal allen geschmeckt hat. Ich lade euch ein.«

Nach dem Notruf war Paul zum ersten Mal seit seiner Ankunft auf ihrer Wache auf der Rückfahrt stumm. Als sie in der Küche waren und sich Getränke und Pommes zu ihren Sandwichs holten, hörte Rick, wie er zu Janet sagte: »Ich hoffe, dass mich, wenn ich alt bin, mal jemand genug liebt, um mich zu erschießen, bevor sie mich in ein solches Heim stecken.«

Janet griff nach den Gläsern. »Cats – eben hast du dich ganz offiziell uns allen hier auf dieser Feuerwache angeschlossen. Es gibt keinen unter uns, der nicht dasselbe denkt, wenn er an einen Ort wie Haversmorning kommt.«

Rick nahm eine Tüte Chips aus dem Regal, kippte sie in eine Schale, und stellte sie auf den Tisch. Die erschöpfte Kameradschaft beim vorausgehenden Brand war der Niedergeschlagenheit gewichen, die sie überkam, wenn sie an den vergeblichen Notruf dachten, von dem sie wussten, dass er sich wiederholen würde.

Ein Mann, der morgens in seinen Rollstuhl gesetzt und ignoriert wurde, während er langsam dahinstarb, dessen Mittagessen unberührt blieb, dessen persönliche Bedürfnisse vernachlässigt, dessen Würde vergessen wurde – das war nichts, woran sie sich je gewöhnen würden, egal wie oft sie diesem Ruf auch Folge leisteten.

Rick blickte über den Tisch zu Steve und sah, dass auch er sich irgendwo in seinen Gedanken verloren hatte. Es war nicht schwer, sich vorzustellen, wo das war. Rick griff nach seinen Sandwich, nahm einen Bissen, kaute, schluckte und tat dasselbe noch einmal, zwang sich zu essen im Bewusstsein, dass er angesichts des Vollmonds in dieser Nacht vielleicht keine weitere Möglichkeit mehr dazu haben würde.

Ricks Apparat klingelte. Er stand auf, um den Anruf entgegenzunehmen, und schnappte sich noch eine Handvoll Chips.

»Captain Sawyer«, meldete er sich.

»Rick – hier Catherine. Ich hoffe, ich erwische Sie nicht zu einem schlechten Zeitpunkt.«

Er lehnte sich mit der Schulter an den Türrahmen, und der bloße Klang ihrer Stimme verjagte den Drachen der Depression. »Nein, nein, es ist eine gute Zeit.«

Jetzt wenigstens war sie das.

»Ich hab mich gefragt, ob Sie was von Lynda gehört haben. Sie hat sich seit zwei Tagen nicht mehr gemeldet, und ich weiß nicht, ob es deswegen ist, weil sie sich so gut amüsiert, oder weil es ihr schlecht geht und sie mir nichts davon sagen will.«

»Ich hab gestern dort angerufen, um zu hören, wie es so läuft, und Carol hat mir gesagt, dass es Lynda hervorragend geht. Offenbar ist sie handwerklich sehr geschickt, sodass sie sie damit beauftragt haben, den Kleinen beim Bemalen von Vogelhäuschen zu helfen.«

»Sie hat immer gerne gebastelt«, sagte sie und klang erleichtert. »Und wo wir von Vogelhäuschen reden, heute morgen habe ich meinen ersten Kolibri beobachtet.«

»Lynda war ganz schön stolz, selbst auf die Idee gekommen zu sein.«

»Ich weiß. Sie hat es mir erzählt.« Catherine schwieg auf eine Weise, die offensichtlich machte, dass es noch etwas anderes gab, was sie sagen wollte. »Haben Sie meine Nachricht wegen des Weins bekommen?«

»Noch nicht. Aber ich war auch zwei Tage nicht zu Hause. Ich habe gestern eine Schicht für einen Freund übernommen.«

»Ich weiß«, sagte sie. »Davon hat Lynda mir auch erzählt.« Sie stellten sich an wie ein junges Paar mit Anstandsdame, gestelzt und verlegen, das jedes Wort auf die Goldwaage legte. Nur dass sie eigentlich kein Paar waren und auch nicht umeinander warben. »Ich hoffe, es hat Ihnen zugesagt. Der Wein, meine ich.«

»Sehr. Es fehlt mir nur jemand, mit dem ich ihn trinken kann.«

War das nur so eine Bemerkung oder eine Einladung? Er war sich nicht sicher, wie er darauf regieren sollte. »Er hält sich ziemlich gut, falls Sie vorhaben, heute Abend ein Glas zu trinken. Bis zu zwei Tagen, wenn sie ihn wieder ordentlich zustöpseln.«

»Oh – das werde ich mir auf jeden Fall merken.«

Die Enttäuschung in Ihrer Stimme verriet ihm, dass er falsch geraten hatte. Verdammt. Warum lag er bei ihr nur immer haarscharf daneben? »Wenn Sie natürlich jemanden suchen, der sie mit Ihnen teilt ...« Der Alarm ertönte. »Es tut mir wirklich leid, Catherine. Ich muss los.«

»Danke für Ihre Auskunft über Lynda.«

»Gern geschehen.« Er legte auf, seine Depression war verschwunden, und Frust trat an ihre Stelle.

26

Catherine entdeckte Brian auf der anderen Seite des Klinikparkhauses, als sie die Rampe hochfuhr. Er wartete, bis sie eine Lücke gefunden hatte, und kam dann zu ihr herüber. Das Erste, was ihr bei seinem Herannahen auffiel, war die verräterische Feuchtigkeit auf seinen Wimpern.

»Was ist los?« Sie hatte versprochen, in der Klinik vorbeizuschauen und Ray zu besuchen, solange Lynda im Camp war, und wollte ihrer Tochter am Abend, wenn sie anrief, Bericht erstatten. »Ist Ray etwas zugestoßen?«

»Sie will ihn nicht bei uns wohnen lassen.«

»Wer?«

»Rays Tante. Sie sagt, er muss zu ihr nach Kansas kommen. Ich habe versucht, mit ihr zu reden, und Ray auch, aber sie hört uns gar nicht zu. Sie sei es ihrer Schwester schuldig, behauptet sie, aber ich nehme ihr nicht ab, dass das der wirkliche Grund ist.«

»Weiß Ray, dass ihr ihn bei euch aufnehmen wolltet? Lynda meinte, du wolltest es ihm erst sagen, sobald sich dein Vater über alles informiert hat.«

»Er hatte alles einkalkuliert – nur nicht Rays Tante. Im Hinblick auf Ray ist sie eine richtige Hexe. Er will auf keinen Fall zu ihr ziehen. Er kennt sie ja nicht mal. Sie hätten sehen sollen, wie er reagiert hat, als ich ihm erzählte, dass meine Eltern einverstanden sind, wenn er zu uns zieht. Er war so glücklich, wie ich ihn noch nie erlebt habe.«

»Dann begreife ich nicht, warum sie …«

»Sie glaubt – meint mein Dad –, Ray hätte Geld zu erwarten, man hätte ihr das verschwiegen und wir würden versuchen, es ihm zu klauen.«

Catherine wurde das Herz schwer. Sie hatte Menschen wie Rays Tante gekannt, die, je mehr man sie davon zu überzeugen versuchte, dass niemand ihr Geld haben wollte, umso überzeugter davon waren, dass sie etwas besaßen, das es wert war, gestohlen zu werden. »Geld? Woher? Hat sie das auch gesagt?«

»Sie hatte eine ganze Liste heruntergerattert. Lebensversicherung, die Feuerversicherung für das Haus, sie hätte sogar gehört, dass Opfer von Verbrechen Entschädigung bekämen, sofern der Verursacher gefasst wird.«

»Ist sie denn jetzt da?«

»Ja – sie ist oben bei Ray und packt seine Sachen. In zwei Stunden geht ihr Flug.«

So schnell. Lynda würde es furchtbar betrüben, dass sie keinen Abschied von ihm hatte nehmen können. Catherine spürte, wie der Schulterriemen ihrer Tasche zu rutschen begann, und zerrte ihn ungeduldig wieder nach oben.

»Glaubst du, es würde etwas nützen, wenn ich mal mit ihr rede?«

»Ich glaube jedenfalls nicht, dass es noch schlimmer werden kann.« Er hielt inne und holte tief Luft. »Ray hat mich gebeten, ihm zu helfen ...« Er sah Catherine an. Wieder standen ihm die Tränen in den Augen. »Ich hätte mit alldem nie anfangen sollen. Ich habe alles nur noch schlimmer gemacht.«

Sie breitete die Arme aus, und er ließ sich umarmen. Catherine hielt ihn fest, bis sie einen Wagen die Rampe heraufkommen hörten, und er losließ, um sich die Augen zu wischen.

»Ich sehe mal, was ich ausrichten kann«, sagte sie. »Wenn sie bei mir genauso unnachgiebig ist wie bei dir, wahrscheinlich nichts, aber einen Versuch ist es allemal wert.«

»Wäre es okay für Sie, wenn ich es Lynda erzähle? Sie weiß ja nicht mal, dass Ray abreist.«

»Sie wird mich heute Abend gegen sieben anrufen. Ich sage

ihr, dass ich dich im Krankenhaus getroffen habe und dass du unbedingt mit ihr reden willst. Aber sag ihr auch, dass sie mich anrufen muss, ehe sie ins Bett geht. Ich will von ihr selber hören, dass es ihr gut geht.«

»Danke – ich weiß es wirklich zu schätzen, dass Sie mir das überlassen.«

Sie dachte nach: Wie er ihr dankte für etwas, das ihr so wenig Mühe bereitete, angesichts all dessen, was er für Lynda getan hatte. Dafür würde sie ihm immer Dank schulden, selbst wenn sie sich für den Rest ihres Lebens tagtäglich bei ihm bedankte.

»Gern geschehen, Brian.«

Sie verabschiedeten sich, und Catherine verließ den relativen Komfort der schattigen Garage, um den kurzen Weg zur Klinik durch die grässlich unbarmherzige Sonne zurückzulegen. Manche der hiesigen Sommertage waren mit einem klaren blauen Himmel gesegnet, den nur hin und wieder eine Wolke zierte. Die meisten aber waren so wie heute, als sei der Himmel mit einem billigen Waschmittel gewaschen worden und weder blau noch weiß. Und heiß. So heiß, dass es einem den Atem verschlug, dass einem schwindelte und Luftspiegelungen über dem Asphalt standen.

Die Tür schwang auf und eine kühle Luftwelle schwappte heraus, um sofort von der Hitze absorbiert zu werden und sich in ihr zu verlieren. Die Schweißtröpfchen in Catherines Nacken verstärkten die Wirkung der Klimaanlage, und eine Sekunde lang fror sie beinahe.

Die Frau am Empfang blickte lächelnd auf. »Ziemlich lange her, seit ich Sie zuletzt gesehen habe. Wie geht es denn Lynda?«

»Sie ist im Camp, und es gefällt ihr sehr gut.«

»So geht es allen. Es ist ein tolles Programm. Und die Feuerwehrleute reißen sich wirklich ein Bein für sie aus.«

Catherine drückte auf den Aufzugsknopf, und sofort gingen die Türen auf. »Danke für die Nachfrage.« Früher wären ihr solche Worte mechanisch und bedeutungslos erschienen. Inzwischen aber hatte sie gelernt, die Anteilnahme der Menschen zu schätzen – auch wenn sie vielleicht nur oberflächlich war.

Die Tür zu Rays Zimmer stand offen, und die Stimme seiner Tante war das Erste, was die um die Ecke biegende Catherine zu hören bekam. Schrill und nasal, wie sie klang, machte sie Catherine nervös und verleitete sie zu übereilten Schlüssen hinsichtlich ihrer Besitzerin.

»Entschuldigen Sie«, begann sie, im Türrahmen stehend.

Die Frau wandte sich um. Das Gesicht passte nicht zu der Stimme. Catherine konnte nicht glauben, dass eine Frau mit derart verhärmten und derben Zügen, mit formlosen Brauen und hängenden Lidern eine Blutsverwandte von Ray sein sollte.

Und erst in diesem Augenblick wurde ihr klar, dass sie ja gar keine Ahnung hatte, wie Ray vor seinem Brandunfall wirklich ausgesehen hatte. Das Bild, das sie sich im Kopf zurechtgelegt hatte, hatte nichts mit seinem jetzigen Aussehen zu tun, sondern mit dem, was er, seit sie ihn kannte, gesagt, empfunden und zum Ausdruck gebracht hatte. Ihr Bild des alten Ray war das eines Jungen mit sanften ausdrucksvollen Augen, raschem verschmitztem Lächeln, mit glatter Haut und dichtem dunklem Haar.

»Ja?«, reagierte die Frau eher misstrauisch als neugierig.

»Hallo, ich bin Catherine Miller.« Sie streckte die Hand aus. »Die Mutter von Lynda Miller.« Sie warf Ray ein rasches Lächeln zu.

Die Frau starrte sie ausdruckslos an. »Sollte mir das irgendwas sagen?«

»Lynda ist eine Freundin von mir«, erwiderte Ray defensiv.

Catherines Hoffnung starb einen unrühmlichen Tod. Sie hatte gedacht, indem man sich an höfliche Umgangsformen hielt, könne man eine Basis für ein Gespräch finden. »Ich bin ja so froh, dass ich sie noch antreffe. Ich hatte keine Ahnung, dass Ray heute abreist, und ich weiß, dass Lynda furchtbar betrübt sein wird, weil sie sich nicht von ihm hat verabschieden können. Sie sind so gute Freunde geworden. Sie wird ihn wirklich vermissen.«

»Sehen Sie, Mrs Miller …«

»Bitte, nennen Sie mich doch Catherine.«

»Falls Sie hier sind, weil Sie mich überreden wollen, Ray hierzulassen, dann verschwenden Sie Ihre Zeit. Und dem jungen Winslow habe ich schon dasselbe gesagt, was ich auch seinem Vater gesagt habe. Ray gehört zu unserer Familie, und wir kümmern uns um unsere Verwandten.« Sie griff nach ihrer Handtasche und klemmte sie sich unter den Arm. »Euch Leuten hier scheint es wirklich schwerzufallen, das, was man euch sagt, auch zur Kenntnis zu nehmen.« Sie blickte zu Ray. »Ich kümmere mich jetzt um diese Papiere, die ich noch unterzeichnen muss. Und ich will, dass du fertig bist, wenn ich wiederkomme.«

»Es tut mir leid«, sagte Ray.

Als seine Tante fort war, setzte sich Catherine auf das Nachbarbett. »Nein, mir tut es leid. Mein Versuch, die Wogen zu glätten, ist wohl ziemlich danebengegangen.«

»Sie hat Ihnen keine Chance gelassen.« Bis zum Anmessen seines Druckanzugs würden noch Wochen vergehen, für die Reise hatte man ihn in Schutzverbände gehüllt. Er sah aus wie eine halbfertige Mumie und würde mit Sicherheit neugierige Blicke auf sich ziehen, mit denen er noch nicht umgehen konnte.

»Brians Dad hat noch nicht aufgegeben, hörst du.«

»Er wird sie nie dazu bringen, ihre Meinung zu ändern.«

»Gib nicht zu schnell auf. Die Winslows sind für ihre Sturheit berühmt. Ich bin mir sicher, dass er jedes Mal, wenn du zu Operationen und Folgebehandlungen nach Sacramento zurückkommst, direkte, frontale Attacken starten wird.«

»Aber ich komme ja nicht zurück. Das texanische Shriner's

Hospital in Houston ist näher, sodass ich von jetzt an dorthin fahren werde.«

Die Nachricht brachte sie ins Schleudern. Brian und Lynda würden todunglücklich sein. Sie musste ihnen etwas geben – und wenn es nur ein Fünkchen Hoffnung war. »Meinst du, sie lässt dich mal zu Besuch kommen? Wie wär's mit den Weihnachtsferien?«

»Ich weiß nicht. Ich bezweifle es. Wenigstens nach dem Eindruck, den ich bisher von ihr habe.«

Catherine griff nach seiner Hand, bog die Finger in seinen mullumwickelten Handteller. Sie versuchte, ihn sich auf einem Football-Feld vorzustellen, mit einer Hand einen Football umklammernd, seine Geschicklichkeit beim Werfen so akkurat, dass Talentsucher von Universitäten geschickt wurden, um ihn während seines vorletzten Schuljahres zu beobachten.

»Wann wirst du achtzehn?«

Mit Augen voller Neugier angesichts dieser präzisen Frage, starrte er sie an. »Im Mai.«

»Dann werden wir dich mit Sicherheit im Mai wiedersehen. Sobald du achtzehn bist, kann sie nicht mehr über dich bestimmen.«

»Ich weiß nicht, ob ich so lange durchhalte«, sagte er leise.

Die Worte ließen sie schaudern, machten ihr eine Gänsehaut.

»Natürlich kannst du das.« Er brauchte etwas Konkreteres als nur Worte, etwas, woran er sich halten konnte. Für einen Siebzehnjährigen war es bis zum nächsten Mai noch eine Ewigkeit hin. »Wie findest du das? Wenn deine Tante nicht erlaubt, dass du uns Weihnachten besuchst, dann besuchen wir dich. Alle Mann hoch.« Endlich sah sie einen Hoffnungsschimmer in seinen Augen. »Und an Ostern auch. Dann ist es im Handumdrehen Mai. Und wenn wir aus dem Flieger steigen, schwenken wir alle Geburtstagsfähnchen und Luftballons.«

Sie fühlte sich ein wenig beklommen, wie sie da Versprechen im Namen von Brians Vater abgab, doch sollte der seine Meinung ändern, würde sie sich etwas überlegen, und wenn es bedeutete, dass Ray zu ihnen zog. »Was ich jetzt sage, ist ein Klischee, aber es ist auch wahr und es funktioniert. Denk immer daran, dass du nur den einen, gerade vor dir liegenden Tag schaffen musst. Zähl nicht die Monate oder Tage. Und wenn du schon Stunden oder Tage zählen musst, dann zähl die, die du schon hinter dir hast.«

»Ich werde es versuchen.«

Behutsam drückte sie ihm die Hand. »Kannst du inzwischen schon selber telefonieren?«

»Sie haben mir hier ein Spezialtelefon gegeben, das ich mitnehmen darf.«

»Dann ruf mich an, wenn du jemanden zum Reden brauchst. Und wenn du etwas benötigst und ich es nicht besorgen kann, dann finde ich jemanden, der das kann.«

Die Tante kam zurück. »Bitte, Ray. Unsere Maschine geht in zwei Stunden.«

»Ich kann mich nicht alleine anziehen«, gestand er schließlich gequält.

Sie war einfühlsam genug, um zu erröten. »Das hat mir keiner gesagt.«

Du hättest nur die Augen aufmachen müssen, hätte Catherine am liebsten gebrüllt. »Ich hole die Schwester, damit sie ihm hilft.« Wenn sie schon sonst nichts für ihn tat, konnte sie wenigstens helfen, seine Würde zu wahren.

Ohne Rays Hand loszulassen, stand Catherine da und blickte ihn an. »Du wirst das schaffen«, sagte sie leise, verzweifelt nach einer Möglichkeit suchend, ihm die Willenskraft einzuflößen, die er brauchte, um die nächsten Monate durchzuhalten. »Und dann kommst du wieder zurück.«

Tränen standen ihm in den Augen und liefen ihm über die Wangen. »Danke.«

Zweimal an diesem Morgen hatten ihr Menschen für eine

Hoffnung gedankt, die sie ihnen im Grunde gar nicht machen konnte.

Was in Zukunft geschah, hatte sie nicht im Griff, ihr standen nur Worte zu Gebote, die in der Härte der Alltagswirklichkeit ihre Bedeutung verloren. Sie wischte ihm die Tränen ab, so, wie sie glaubte, dass seine Mutter es getan haben könnte, und beugte sich hinab, um ihn auf den Augenwinkel zu küssen, jene Stelle seines Gesichts, wo Haut und Empfindung intakt geblieben waren, die einzige Stelle, wo er, ihres Wissens, ihre Berührung spüren konnte.

Catherine steuerte nach Verlassen der Klinik in Richtung Fair Oaks Boulevard, da sie törichterweise glaubte, ein Einkaufsbummel könne sie ablenken.

Sie war in die Klinik gefahren, um das Lynda gegebene Versprechen einzulösen, nichts weiter. Bis zu diesem Tag hatte sie in den Kulissen gestanden, während sich das Drama von Rays Schicksal auf einer Bühne vollzog, die nicht die ihre war. Nun aber war sie zu einer Mitspielerin geworden, allerdings ohne Text, dem sie hätte folgen können, oder jemandem, der Regie führte.

Als Erstes ging sie zu Pavillons, einem kleinen teuren Einkaufszentrum, das aus exklusiven Läden und Restaurants bestand. Jahrelang war Pavillons einer ihrer Lieblingsplätze gewesen, ein Ort, wo sie Geschenke einkaufte, bei denen die Verpackung eine ebenso wichtige Rolle spielte wie der Inhalt. Sie sah sich bei David Berkely die Weine an, suchte nach einem von Randle's Roost und fragte sich, ob Rick wohl je auf ein Sandwich hierhergekommen war, ob er die bitteren italienischen Oliven mochte, die sie hier immer mitnahm, und ob er wohl je Sherry trank. War er einer, der von Fleisch und Kartoffeln lebte, oder reichte ihm hin und wieder auch ein improvisierter Imbiss am Kamin aus Champagner und Crackern, Käse und Obst?

Hatte er je bei Pavillons eingekauft oder fuhr er in der Annahme, es gäbe dort nichts von Interesse für ihn, nur einfach daran vorbei? Und kam es denn überhaupt darauf an?

Sie schlenderte zum Blumenladen und dann zu Williams-Sonoma, um zu sehen, was es Neues an Haushaltsartikeln gab. Sie verließ den Laden mit einer Muskatreibe, ohne sich erinnern zu können, wann sie zuletzt in einem Rezept Muskat verwendet hatte, aber fasziniert von der Idee von frischem Muskat in einem Kürbiskuchen.

Bei Ann Taylor probierte sie ein Kleid an, fand, dass es sie schlanker erscheinen ließ, als sie sich seit langem gefühlt hatte, und war schon an der Kasse, ehe sie einen Blick aufs Preisschild geworfen hatte. Ihr Verhalten war ganz mechanisch gewesen. Und nun fiel ihr ein, dass das lässige Herbstkleid wahrscheinlich genauso viel kostete wie ein Rückflugticket für Lynda, wenn sie Ray in Kansas besuchen wollte.

Sie hängte das Kleid auf die Stange zurück und fühlte sich zu ihrer Verblüffung weder benachteiligt noch eingeschränkt.

Sie verließ das Einkaufszentrum und entschied sich spontan, ihren Freunden Cary und Joe im Duck Stamp einen Besuch abzustatten.

Cary gehörte zu den Leuten, die auch in einem tobenden Schneesturm den nahenden Frühling erkennen konnten. Sie erfüllte die Galerie mit ihrer unbändigen Begeisterung und bewirkte, dass sich herumstöbernde Besucher genauso wohlfühlten wie kauflustige Kunden.

Cary war erkältet und daher zu Hause geblieben.

So leistete sie Joe ein paar Minuten Gesellschaft und ging dann wieder. Als sie eben wieder in ihren Wagen gestiegen war, fiel ihr ein, dass er ja über gute Kontakte im Kunsthandel verfügte. Als sie eine Woche zuvor ihren Makler angerufen hatte, um ein weiteres Aktienpaket zu verkaufen, hatte der gemeint, sie solle sie doch noch halten, bis sich der Markt wieder von seinem momentanen Tief erholt hatte, da sie sonst fast ein Drittel ihrer anfänglichen Investition einbüße. Aus seinem Gebaren und seinem Ton ging klar hervor, dass er annahm, sie benötige das Geld für irgendeine frivole Anschaffung. Ihr Stolz hinderte sie, ihm die Wahrheit zu sagen.

Catherine kehrte in die Galerie zurück, erzählte Joe, sie denke daran, einige ihrer signierten und nummerierten Drucke zu verkaufen, und fragte ihn, wie sie dabei am besten vorgehen solle. Er schlug nach, wie viel diese inzwischen wert waren, sagte ihr, was sie vernünftigerweise erwarten konnte, und gab zu bedenken, dass so ein Verkauf Monate, wenn nicht gar Jahre in Anspruch nehmen konnte. Sie schenkte ihm ihr schon allzu vertrautes Habs-ja-nicht-wirklich-ernst-gemeint-Lächeln, bat ihn, Cary gute Besserung zu wünschen, und meinte noch, sie würde sich mit ihm in Verbindung setzen, sobald sie sich wegen der Drucke entschieden hatte.

Entmutigt steuerte sie in Richtung Tower Books, um zu sehen, was sie über das Verfassen von Bewerbungen finden konnte.

27

Lynda wusste Bescheid. Oder ahnte wenigstens das Ergebnis, wenn sie auch keine Einzelheiten kannte. Entweder hatte sie es aus Catherines Tonfall herausgelesen oder es aus deren Unwillen, Genaueres von ihrem Besuch bei Ray preiszugeben, geschlossen. Was immer sie darauf brachte, sie war wütend und dann zerknirscht, verlangte Details und meinte zuletzt, sie sei bereit, sie sich von Brian mitteilen zu lassen.

Catherine rang ihr, ehe sie sie gehen ließ, das Versprechen ab, noch am Abend, bevor sie zu Bett ging, zurückzurufen. Sie zwang sie sogar, sich auf eine Zeit festzulegen. Zehn Uhr. Egal was passierte, egal wen sie erpressen musste, entweder sie rief an oder Catherine würde noch in der Nacht im Camp auftauchen.

Was selbstverständlich nicht geschehen würde – zuzulassen, dass ihre Mutter im Camp aufkreuzte, war der sicherste Weg, um Aufsehen zu erregen, was Lynda keinesfalls wollte. Aber Catherine war sich ziemlich sicher, dass Lynda ihren Bluff nicht durchschaute.

Sie blickte auf ihre Uhr. Erst fünf. Wenn sie jetzt noch fünf Stunden in ihrem Haus herumsaß und darauf wartete, dass das Telefon klingelte, würde sie durchdrehen.

Da sie die Bemutterung, die sie Lynda geben wollte, jetzt selbst nötig hatte, schnappte sich Catherine ihre Handtasche, stieg in den Wagen und fuhr zu ihrer Mutter.

Phyllis war aber nicht zu Hause.

Catherine überlegte, Freundinnen zu besuchen – ein halbes Dutzend kam ihr in den Sinn –, die sie den Sommer über vernachlässigt hatte, verspürte aber nicht die geringste Lust, ihnen die Verkettung der Ereignisse zu schildern, die sie – auf der Suche nach Gesellschaft – auf die Straße getrieben hatte, während sich der Rest der Menschheit aufs Abendessen konzentrierte. Einen Monat hatte sie noch im Club, ehe ihre Mitgliedschaft auslief, doch die Aussicht, Tom über den Weg zu laufen, war fast genauso schlimm wie die Vorstellung, in einem Flugzeug mit Maschinenschaden zu sitzen.

Stattdessen fuhr sie ziellos herum, blieb auf Nebenstraßen, um den Pendlerverkehr zu meiden, drehte ihre Klimaanlage hoch und ihr Radio auf eine konservative Talksendung, die es regelmäßig fertigbrachte, ihren Glauben an die grundlegende Güte ihrer Mitmenschen infrage zu stellen. Aber nicht einmal die Tirade einer Frau über ihr Recht, jedes Tier, das die Grenze ihres Grundstücks überschritt, zu töten, egal was die Tierschutzgesetze des Bundesstaates dazu sagen mochten, konnte sie lange ablenken. Sie wechselte zum öffentlichrechtlichen Radioprogramm. Orgelmusik von Bach. Auch nichts, um ihre Laune zu heben.

Sie kam an eine Kreuzung und warf einen Blick auf die Straßenschilder. Sie befand sich auf der Laird Road. Rick wohnte doch an der Laird Road. War das Zufall oder unbewusstes Bedürfnis? Wenn sie ihr Verhalten zu analysieren begann, das wusste sie, käme sie zu einem Schluss, der sie veranlasste, nach links oder rechts abzubiegen, egal in welche Richtung, Hauptsache, sie ging einer weiteren Komplikation ihres Lebens aus dem Weg. Sie folgte dem Bedürfnis statt dem Intellekt, was sie – hatte sie sich geschworen – nie wieder tun würde, und sie steuerte direkt darauf los, suchte etwas, ja, alles, was sie zu ihm führen würde.

Nach einer halben Meile erblickte sie seinen Jeep. Sie warf einen Blick in den Rückspiegel und sah einen Wagen, der rasch näher kam. Sie konnte entweder vorbeifahren oder aber in seine Auffahrt einbiegen. Fuhr sie vorbei – das wusste sie instinktiv –, würde sie nicht mehr umdrehen. Weil es sonst zu geplant, zu kalkuliert wirken würde.

Wieder blickte sie in den Rückspiegel. Der Wagen kam immer näher. Sie musste sich entscheiden, und zwar schnell. Hätte er sie – wenigstens beiläufig – nur einmal eingeladen! Nur ein Wink, eine schlichte Bemerkung, dass sie doch einmal vorbeikommen solle. Sie hatte hier nichts verloren. Sie bog ab.

Rick war beim Unkrautjäten in seinem Gemüsegarten und hielt inne, als Blue den Kopf hob und die Ohren in Richtung Haustür spitzte. Wenn Blue bei einer Temperatur von über vierzig Grad derartige Energie aufbrachte, musste es sich um etwas Ernstes handeln. Jemand war in die Auffahrt eingebogen.

Rick legte die Hacke beiseite, hob die Mütze und wischte sich den Schweiß von der Stirn. Er erwartete ein Paket von UPS, die in dieser Gegend aber gewöhnlich morgens zustellten. Er wartete einen Augenblick, um zu sehen, ob vielleicht jemand nur seine Auffahrt zum Wenden benutzte oder aber nahe genug ans Haus kam, um Blue zum Aufstehen zu veranlassen.

Blue setzte sich gar nicht erst auf, sondern erhob sich gleich, wobei er mit erstaunlicher Begeisterung – angesichts seiner vorherigen Lethargie – mit dem Schwanz wedelte.

»Muss ein besonderer Besuch sein«, sagte Rick und kraulte den Hund hinterm Ohr, als er am Haus vorbei nach vorne ging. Blue folgte ihm auf den Fersen.

»Donnerwetter«, murmelte er, als er den Lincoln Navigator entdeckte. Blue schlich sich an seine Seite, ließ sich auf seinen Fuß plumpsen, lehnte sich an sein Bein und ließ ein leises Winseln vernehmen. »Der Schneeball hat's durch die Hölle geschafft.«

Sie hatte ihn noch nicht entdeckt, als sie sich dem Haus zu nähern begann, und Rick konnte sie unbemerkt beobachten. Sie sah aus wie immer: wahnsinnig schön. Sie war der Typ Frau, der die von seiner Schwester so heiß geliebten Leinenkostüme tragen konnte und sie gerade so stark verknitterte, dass sie darin modisch-lässig wirkte statt so, als habe sie darin geschlafen. Rick blickte auf seinen nackten Oberkörper hinunter und die schmutzstarrenden Jeans mit den Löchern in den Knien.

Er hätte gerne darauf verzichtet, wie Superman mit einem einzigen Satz auf hohe Gebäude springen zu können, wenn er es geschafft hätte, unter die Dusche zu springen, sich was Sauberes anzuziehen und sie an der Tür zu empfangen, ehe sie ein zweites Mal klingeln musste.

Sie entdeckte ihn. Ihr Gesichtsausdruck lag irgendwo zwischen Überraschung und Bestürzung. Als sie dann noch rasch lächelte, wusste Rick überhaupt nicht mehr, was er denken sollte.

»Sie haben zu tun.« Sie hielt inne und machte eine nervöse Handbewegung. »Ich hätte vorher anrufen sollen.«

»Woher wussten Sie denn, wo ich wohne?« Es war etwas, das er sagen konnte, während er sich etwas Gescheiteres überlegte. Es sei denn, er gestand ihr, wie laut sein Herz schlug und wie sehr er sich konzentrieren musste, um ihre Stimme zu hören, oder wie schwer es ihm fiel – nachdem er sich ihr Erscheinen schon so oft ausgemalt hatte –, sich tatsächlich davon zu überzeugen.

»Damals, als Sie mich zur Autovermietung brachten, haben Sie mir erzählt, dass Sie an der Laird Road wohnen.«

»Es überrascht mich, dass Sie sich daran erinnern. Das ist doch schon Monate her.« Und jetzt machte er wirklich einen Versuch. Wenn er momentan auch zu keinem vernünftigen Gespräch in der Lage war, konnte er wenigstens dafür sorgen, dass sie aus der Sonne kamen. Er zog seinen Fuß unter Blues Hintern hervor. »Ich habe heute Nachmittag Eistee gemacht. Möchten Sie auf ein Glas hereinkommen?«

»Wollen Sie mich nicht mal fragen, warum ich hier bin?«

»Ich denke, Sie sagen es mir, wenn Ihnen danach ist.«

Sie näherte sich der Tür, auf die er gedeutet hatte. »Einen Menschen wie Sie hab ich noch nie kennengelernt.«

»Dann sind wir ja quitt. Einen wie Sie habe ich auch noch nicht gekannt.«

Sie lachte. »Sie müssen mit interessanten Leuten zu tun haben. Und ich bin die durchschnittlichste Person, die ich kenne.«

Rick griff um sie herum, um ihr die Haustür zu öffnen. Er nahm sich einen Augenblick Zeit, um sich den Schmutz von der Jeans zu klopfen, aus den Stiefeln zu steigen und auf Blue zu deuten.

»Schütteln«, befahl er.

Blue schüttelte sich gehorsam, und Laub- und Grasstückchen flogen durch die Luft. »Noch mal«, verlangte Rick. Und Blue fügte sich geduldig. »Okay.« Rick trat beiseite und ließ Blue ins Haus. Der Hund blieb vor Catherine stehen und blickte zu ihr auf.

»Hallo, du da.« Sie beugte sich zu ihm hinunter, um ihm den Kopf zu kraulen. »Verrat es ihr nicht, aber meine Tochter hält dich für was ganz Besonderes.«

»Das beruht auf Gegenseitigkeit. Blue hat sich in sie verliebt, als sie das erste Mal hier war.« Rick durchquerte den Raum. »Wie möchten Sie Ihren Tee?«

»Ohne alles.«

»Bin sofort wieder da. Fühlen Sie sich wie zu Hause.«

Als er hinausging, nutzte Catherine die Gelegenheit, sich ein wenig umzusehen. Sein Haus war ganz anders, als sie es sich vorgestellt hatte. Von einem Vorurteil ausgehend, dessen Existenz ihr nicht einmal bewusst gewesen war, hatte sie bei seiner Beschreibung des halb ausgebrannten Hauses, das er vor acht Jahren erworben hatte, eine sehr durchschnittliche Behausung mit geschmackvoller, aber ganz gewöhnlicher Ausstattung erwartet. Was sie nun sah, hätte sie sich nie vorgestellt, nie ausmalen können. Was Rick aus seinem Haus gemacht hatte, stellte ihres weit in den Schatten. Der sterile Look, den sie Jacks Lieblingsinnenarchitekten verdankte, ja das Haus, das Jack ihr in der Scheidungsvereinbarung überlassen hatte, wirkte verglichen mit Ricks Heim kalt und hochgestochen.

Die Böden, Leisten und Türen bestanden aus einem honigfarbenen Holz, das sie, obwohl sie ihre Kindheit in der Schreinerei ihres Vaters verbracht hatte, nicht kannte. Die Lasur war ebenso sorgfältig aufgetragen wie die Deckenleisten angebracht waren. Eingebaute Bücherregale flankierten einen offenen Kamin, der sich vom Boden bis zur Decke erstreckte, und das von Hand eingeriebene Holz glänzte intensiv.

Die Beistelltische und der dazu passende Couchtisch zeigten dieselbe handwerkliche Präzision und Sorgfalt. Nur das Sofa und die Sessel schienen Fertigware zu sein. Sie waren mit einem tannengrün und burgunderrot gemusterten Stoff bezogen, der mit seiner pflegeleichten Farbe dazu einlud, die Füße hochzulegen und sich mit einem Buch in der Hand darauf zu räkeln.

Ein Glas in jeder Hand und ein frisches T-Shirt am Leib, kam Rick lächelnd zurück. Dass er sich ein Shirt übergezogen hatte, lenkte die Aufmerksamkeit auf die Tatsache, dass er vorher keins getragen hatte. Sie wusste jetzt, dass er gut in Form war – das war nicht zu übersehen. Sie hatte nicht geahnt, wie fest und sehnig und kräftig er war; in diesem Punkt hatte ihre Vorstellungskraft sie im Stich gelassen. Nun aber würde sie es nicht mehr vergessen. Das Bild, wie er mit nacktem Oberkörper im Frühabendlicht gestanden hatte, würde sie von nun an im Schlafen wie im Wachen begleiten.

Er reichte ihr ein Glas. »Tja, so sehr ich mich freue, Sie zu sehen, ich weiß, dass Sie etwas auf dem Herzen haben müssen, um hierherzukommen. Ich habe gesagt, ich würde nicht fragen, aber warum bringen wir es nicht hinter uns?«

»Es geht um Lynda.« Sie nippte am Glas. »Ich mache mir Sorgen, wie sie auf Rays heutige Abreise reagieren könnte.«

»Ist er denn schon weg?«

»Es gab da irgendein Missverständnis, und die Tante

glaubte, sie solle schon heute statt erst nächster Woche kommen. Rays Arzt hat sich noch mal seine Akte vorgenommen, eine ganze Liste von Anweisungen für seinen Kollegen geschrieben, der Ray in Kansas weiterbehandeln wird, und gemeint, er könne gehen.«

»Wie hat Ray die Neuigkeit aufgenommen?«

»Er war völlig niedergeschlagen. Hat wohl auf ein Wunder in allerletzter Minute gehofft, um doch noch bei Brian bleiben zu können.«

»Sollte er von dem Plan nicht erst erfahren, wenn alles geregelt war?« Er führte Catherine zum Sofa und setzte sich ihr gegenüber auf die Kaminbank. »Wie ich sehe, habe ich einige Informationslücken.«

Sie berichtete ihm alles, was sie wusste.

»Ich fürchte, Sie haben recht, sich um Lynda Sorgen zu machen. Sie hat sich für Ray verantwortlich gefühlt und wird fürchten, ihn enttäuscht zu haben.«

»Sie hat sich so gut entwickelt.«

Rick gab ihr keine Antwort.

Sein Schweigen beunruhigte sie, nicht einmal ein zustimmendes Nicken gab es. Sie versuchte es erneut. »Nach allem, was ich von anderen Eltern weiß, hatte ich erwartet, dass sie sich gegen den Druckanzug wehren würde. Aber sie hat sich nicht einmal darüber beklagt – nichts davon, dass er unbequem oder zu warm oder sonst was wäre. Sie hat ihn akzeptiert, als sei es modisch der letzte Schrei.«

»Sie versteckt sich«, meinte Rick leise. »Manche Jugendliche reagieren so. Das ist völlig normal, kann aber dann letztlich, wenn sie ihn schließlich ablegen muss, einige Kopfschmerzen bereiten.«

»Was meinen Sie mit ›verstecken‹?«

»Solange sie den Druckanzug trägt, kann niemand sehen, was darunter ist. So hat sie immer eine Entschuldigung dafür parat, warum sie nicht schwimmen geht oder sich zum Sport leichter kleidet oder irgendetwas anderes tut, mit dem sie sich neugierigen und verletzenden Blicken aussetzen könnte.«

Die Antwort war so offensichtlich. Wie hatte sie ihr entgehen können? Sie hatte gesehen und geglaubt, was sie sehen und glauben wollte. Irgendwie hatte Catherine sich eingeredet, dass es bei Lynda – weil sie aus einer liebevollen Familie kam, einen Lebensstandard genoss, wie er nur zehn Prozent der Bevölkerung vergönnt war, und intelligent, schön und beliebt war – anders sein würde, dass sie anders reagieren, ihren vernarbten Rücken sowohl intellektuell wie emotional akzeptieren und einfach weiterleben würde.

Wie hatte sie nur so töricht sein können? So egoistisch? So blind für die Realität?

»Ich habe Angst, Rick«, gestand sie ihm, als die Wucht der Erkenntnis sie traf. »Wenn Sie recht haben, und ich habe keinerlei Grund anzunehmen, dass Sie sich täuschen, dann frisst sie auch eine Menge andere Sachen in sich hinein. Jacks Heirat hat sie ganz selbstverständlich hingenommen. Ich dachte, sie nähme das so locker, weil sie selbst so viel durchgemacht und gelernt hat, die Dinge zu relativieren.«

»Er wird immer ihr Vater sein. Irgendwie hat sie sicher gespürt, dass sie einen Teil von ihm an die andere Frau verliert, auch wenn ihr *der* Teil gar nicht verloren gehen konnte.«

»Das hatte ich erwartet, darauf war ich gefasst. Aber sie schien sich sogar für ihn zu freuen. Und als ich ihr sagte, dass sie in ein paar Monaten eine kleine Schwester oder einen kleinen Bruder bekommt, schien sie mir sogar begeistert.«

»Vielleicht war sie es ja. Vielleicht täuschen wir uns und sie freut sich wirklich für ihn, und …« Er hielt inne. »Entschuldigung, ich kann mich nicht mehr an den Namen erinnern.«

»Adriana.«

»Adriana weiß sicher, wie wichtig Lynda für Jack ist. Wahrscheinlich hat sie sich sehr um Lynda bemüht, damit sie sich wohl bei ihnen fühlt.«

»Das hoffe ich. Mehr als eine Krise auf einmal packe ich einfach nicht.«

»Soll ich mal im Camp anrufen und Rachel fragen, wie es ihr geht?«

»Können Sie das tun, ohne dass Lynda es mitkriegt?«

»Rachel wird ihr nichts davon sagen, wenn ich sie darum bitte.«

»Bitte. Ich muss einfach wissen, ob alles in Ordnung ist.«

»Wollen Sie mitkommen oder hier warten? Das Telefon ist in der Küche.«

»Ich komme mit.« Sie folgte ihm durch einen kurzen Flur, bog in einen Durchgang und blieb abrupt stehen, als sei sie gegen eine Glasscheibe gerannt. Ungläubig, fragend starrte sie auf eine Wirklichkeit, die sie sehen, anfassen, spüren konnte.

Ricks Küche war die Küche, die sie sich in ihrer Fantasie ausgemalt hatte, als sie und Jack den Entschluss fassten, ein eigenes Haus zu bauen. Von den Arbeitsplatten über dem Herd – der so hässlich war, dass nur begeisterte Hobbyköche seine Schönheit sahen – bis zum eingebauten Kühlschrank und dem Fliesenboden war alles genau so, wie sie es sich vorgestellt hatte. Damals hatte sie eine »Ideal«-Küche bekommen, wie sie Jack und dem Architekten vorschwebte und bei der die Funktion der Form geopfert wurde.

Sie wusste geradezu instinktiv, wo in dieser Küche was verwahrt wurde, konnte Teller, Gläser, Töpfe und Pfannen mit geschlossenen Augen finden. Das Einzige, was sie verwirrte, war eine doppelte Schubladenreihe neben dem Herd, von denen jede etwas mehr als dreißig Zentimeter breit und knapp zwanzig Zentimeter hoch war. Ihre Neugier war geweckt, und am liebsten hätte sie sie alle nacheinander herausgezogen, um einen Blick hineinzuwerfen.

»Rachel, hier ist Rick. Lynda Miller hat heute Abend schlechte Nachrichten bekommen und ich wollte fragen, wie es ihr geht.« Er lauschte einen Moment lang. »Geht es ihr wieder besser?« Er warf Catherine einen Blick zu, ohne dass seiner Miene etwas abzulesen war. »Mm-hm ... ja, das habe ich mir auch gedacht.«

Die Küche war vergessen, Catherine konzentrierte sich auf Ricks Telefonat und füllte die Schweigepausen mit beängstigenden Szenarios, konnte nicht damit aufhören, obwohl sie wusste, wie töricht es war.

»Macht es dir was aus, wenn wir heute Abend vorbeikommen?« Er warf Catherine einen fragenden Blick zu. Sie nickte. »Gut. Dann sehen wir dich in zwei Stunden. Und tu mir einen Gefallen, sag Lynda nicht, dass wir kommen.«

Er legte auf. »Geben Sie mir ein paar Minuten zum Duschen, dann können wir fahren.«

»Was ist denn los?«, fragte Catherine besorgt.

»Einer der Betreuerinnen ist aufgefallen, dass sie durcheinander war, und als sie sie fragte, ob sie ihr helfen könne, ist Lynda zusammengebrochen und hat zu weinen begonnen. Die Betreuerin brachte sie dann ins Büro der Krankenschwestern, die sie schließlich dazu bewegten, ihnen von Ray zu erzählen.«

»Wie konnte ich bloß verkennen, wie viel er ihr bedeutet?«

»Ich denke, der Sachverhalt ist sogar noch komplizierter. Nichts, was Lynda zustößt, steht für sich allein. Wenn sie irgendetwas aus der Fassung bringt, kommt sie auch mit allem anderen nicht mehr klar. Sie ist wie eine Verkehrspolizistin, die sich bückt, um sich den Schnürsenkel zu binden, und dann aufblickt und sieht, wie aus allen Richtungen die Autos auf sie zukommen.«

»Woher wissen Sie das bloß alles?« Sie bezweifelte seine Feststellungen nicht, wunderte sich nur, wie er über einen Menschen, den er erst seit zwei Monaten kannte, schon so scharfsichtig urteilen konnte.

»Erfahrung. Und ich habe gelernt, nicht alles für bare Münze zu nehmen. Wenn eins von meinen Kids, ich meine einer von meinen brandverletzten Jugendlichen, besser klarkommt, als eigentlich zu erwarten war, oder sich immer hervorragend verhält, werde ich misstrauisch. Lynda ist zwar eine bemerkenswerte junge Frau, aber nicht so anders, wie sie uns alle glauben machen will. Man steckt das, was sie erlebt hat, nicht einfach weg, man trägt seelische Verletzungen davon. Und unsere Aufgabe ist es, dafür zu sorgen, dass die Dinge, die sie mit sich rumschleppt, ausreichend zur Sprache kommen, damit sie verheilen können.«

»Egal, wie oft ich Ihnen und den Leuten von der Feuerwehr danke ...«

»Als ich unsere Aufgabe sagte, habe ich damit Ihre und meine gemeint.«

Blue kam in die Küche, seine Krallen klickten auf dem Fliesenboden und boten ein Ablenkung, die Rick ignorieren konnte, Catherine allerdings nicht.

Er ließ sich vor einem Schrank nieder, drehte den Kopf und starrte Rick mit bittenden Augen an. »Er weiß, dass ich wegfahre,« erklärte Rick. »Das ist seine Art, mir Schuldgefühle zu machen.«

»Und da drin bewahren sie seine Leckereien auf«, sagte sie überzeugt. Zusammen mit verschiedenen Konserven, Crackers, Frühstücksflocken und Pasta, hätte sie genauso zuversichtlich hinzufügen können.

»Würde es Ihnen was ausmachen, ihm was zu geben? Ich würde gern so schnell wie möglich losfahren.«

»Gibt es etwas, das Sie mir verschwiegen haben?« Sie hatte nicht geahnt, dass solche unbestimmten Ängste bei ihr so knapp unter der Oberfläche lauerten und so leicht geweckt werden konnten.

»Ich dachte mir nur, es wäre besser, wenn wir hinkommen, ehe die Sketche am Lagerfeuer beginnen. Lyndas Gruppe ist heute dafür verantwortlich, und ich will nicht, dass sie sie unseretwegen versäumt.«

Aus lauter Erleichterung wollte sie sich revanchieren. »Haben Sie schon was zu Abend gegessen?«

»Noch nicht.« – »Ich könnte uns ein paar Sandwichs für unterwegs machen!«

»Das müssen Sie nicht.« Er lächelte. »Aber es wäre nett, wenn Sie's täten.«

»Gehen Sie, gehen Sie unter die Dusche. Und ich kümmere mich hier um alles.«

»Das Brot ist in …«

»Ich weiß, wo das Brot ist. Und alles andere. Glauben Sie mir, ich finde mich zurecht.«

Blue ließ ein leises Winseln ertönen. »Oh, und lassen Sie sich nicht erweichen, ihm mehr als einen Hundekuchen zu geben.«

»So wie er guckt, glaube ich nicht, dass einer reichen wird.«

»Halbieren sie ihn«, meinte Rick aus dem Türrahmen. »Dann glaubt er, es wären zwei.«

Als sie allein waren, sah Catherine Blue an. »Damit kann man dich doch nicht zum Narren halten, oder?«

Blue schlug mit dem Schwanz auf den Boden und bellte.

»Hab ich mir doch gedacht.« Sie nahm die Dose aus dem Schrank und fand zwei Stücke, die nicht mehr ganz waren, aber größer als ein halber Keks. Er nahm den ersten und musterte sie, während er ihn hinunterschlang, erwartungsvoll. Den zweiten behielt er im Maul, bis er sich auf dem Flickenteppich vor der Hintertür zusammengerollt hatte.

Catherine wusch sich die Hände und griff, ohne zu überlegen, nach dem Handtuch, das an einem Haken an der Schrankseite hing; sie wusste, dass es da war. Sie wollte gerade zum Kühlschrank gehen, als ihr die doppelte Schubladenreihe ins Auge fiel und sie der Versuchung nachgab.

Als sie sie aufzog und hineinblickte, zauberten die Entdeckungen ein erfreutes Lächeln auf die Lippen. Rick hatte das Problem mit all den kleineren Küchenutensilien, die in den meisten Küchen zu vollgemüllten Schubladen führten, gelöst. Alles, womit man reiben oder zerkleinern konnte, befand sich in einer Schublade, Geräte zum Schneiden in einer anderen. Große Löffel und Kellen gesellten sich zu Salatbestecken, während Fleischgabeln neben einem Satz Krabbenzangen und -gabeln lagen.

Sie dachte an die Küche ihrer Mutter und wie leicht man die Schubladen dort einbauen könnte, wenn sie den Schrank, in dem sie ihre Plätzchenbleche aufbewahrte, wegnehmen würde. Doch wenn sie ihr davon erzählte, musste sie ihr auch sagen, woher sie die Idee hatte. Und das würde zwangsläufig zu Nachfragen führen, wie etwa der, was Catherine überhaupt in Ricks Küche zu suchen hatte. Fragen, die sie sich selbst schon zu stellen begann. Fragen, die sie entweder nicht beantworten wollte oder aber nicht konnte.

28

Rick parkte neben dem Verwaltungsgebäude, zog die Handbremse an und wandte sich an Catherine. »Da wären wir. Camp Cassidy in all seiner militärgrünen Herrlichkeit. Kommen Sie, ich stelle Sie allen vor.«

Sie zögerte. Als sie den Kamm des Hügels erreicht hatten und sie den im schwindenden Licht golden schimmernden Lake Tahoe vor sich liegen sah, überkamen sie Zweifel an ihrem Tun. Hätte Lynda sie im Camp haben wollen, dann hätte sie angerufen. Catherine hatte den Anrufbeantworter zu Hause abgefragt, und es war nichts darauf gewesen, nicht einmal eine Nachricht von Brian.

»Bedenken?«, fragte er leise.

»Nicht nur Bedenken. Ich habe Lynda mehr Freiheit versprochen. Und jetzt bin ich hier und setz mich ihr beim ersten Anzeichen eines Problems auf die Fersen.«

»Es war ja wohl meine Idee, oder? Sie haben mich nur begleitet.«

»Das wird sie mir niemals abnehmen. Dazu kennt sie mich zu gut.«

»Wir können immer noch kehrtmachen. Bis jetzt hat uns noch niemand gesehen.«

Catherine blickte auf und sah jemanden, der ihnen zuwinkte. »Ach ja?«

Rick folgte ihrem Blick, lächelte und winkte zurück. »Das ist Rachel. Auch wenn wir nicht hierbleiben, müssen wir uns kurz Zeit nehmen, damit Sie sie kennenlernen.« Er öffnete den Wagenschlag und kam um den Jeep herum, um auch ihr die Tür zu öffnen.

»Ich habe nach euch Ausschau gehalten«, meinte Rachel.

»Hab gehofft, dass ihr noch vor dem Lagerfeuer hier ankommt.« Sie breitete die Arme aus. Rick ließ sich nicht bitten, hob sie in die Höhe und drückte ihr einen Kuss auf den Mund.

Catherine erlebte eine verrückte Sekunde der Eifersucht, die so intensiv war, dass sie sie nur durch Lachen abschütteln konnte. Etwas davon verlauten zu lassen, wäre wirklich der Wahnsinn gewesen.

Rick stellte Rachel wieder auf den Boden, ließ aber den Arm um ihre Taille liegen. »Rachel Issenberg – Catherine Miller.«

Sie schüttelten sich die Hand. Catherine schaffte es sogar zu lächeln. »Wie geht es Lynda denn?«

»Sie ist immer noch ein bisschen still, aber ich hab sie gebeten, Sandi bei der Vorbereitung für den heutigen Sketch zu helfen.«

Rachel war ganz anders, als Catherine sie sich vorgestellt hatte – ganz und gar nicht wie die Ferienlagerinstruktorin, die sie vor Augen gehabt hatte. Sie war nicht nur groß und schlank und trug das lange schwarze Haar zu einem wippenden Pferdeschwanz zurückgebunden, sondern sie besaß auch das strahlende Selbstbewusstsein, das mit einer hervorragenden körperlichen Kondition einhergeht. Sie hatte makellose Haut, große ausdrucksvolle Augen und volle Lippen, wie sie gerade so *in* waren. Sie war schön, kultiviert und mindestens sieben Kilo leichter und fünf Jahre jünger als Catherine. Vor allem aber hatte sie einen Narren an Rick gefressen, was der in seiner allumfassenden Freundlichkeit entweder nicht bemerkte oder nicht bemerken wollte.

»Catherine macht sich Sorgen, dass es vielleicht ein Fehler war, herzukommen«, meinte Rick. »Sie hat Angst, Lynda könnte es als Einmischung auffassen.«

An Catherine gewandt, meinte Rachel. »Dann stellen wir Sie eben nicht am Lagerfeuer vor, sondern warten auf Lyndas Zeichen, und Sie halten sich so lange im Hintergrund.«

Sie warf Rick einen Blick zu und lächelte. »Außerdem können wir immer Rick die Schuld in die Schuhe schieben. Ich wusste, dass er früher oder später aufkreuzen würde. Unmöglich, dass er sich mal eine ganze Woche nicht blicken lässt.«

Als Rachel ihr lächelndes Gesicht Catherine zuwandte, war es von einer so echten Wärme erfüllte, dass auch sie dem Zauber der Frau verfiel.

»Kommen Sie.« Rachel nahm Catherine am Arm. »Bis Lynda und Sandi so weit sind, zeige ich Ihnen das Camp.«

Sie steuerten auf den Speiseraum zu, der, wie Rachel sie informierte, auch der Ort war, wo gebastelt und gewerkt wurde. »Warte, bis du siehst, was die Kids mit deinen Futterautomaten angestellt haben, Rick. Ich glaube, wie haben ein paar echte Nachwuchstalente in unserer Truppe.« Zu Catherine sagte sie: »Ich nehme an, Rick hat Ihnen davon erzählt?«

»Nein, hat er nicht.« Die unschuldige Frage hatte wirkungsvoll deutlich gemacht, dass sie nicht zum Kreis seiner Freunde gehörte. Sie wusste über ihn, was sie als Lyndas Mutter wissen musste – mehr nicht. Sie musste sich schwer zusammenreißen, um Rachel nicht zu stecken, dass sie ja vielleicht nichts über die Futterautomaten wusste, ihn aber schon zu Hause besucht hatte und seinen Teilzeithund und seine unglaubliche Nachbarin kannte, die Lynda unter ihre Fittiche genommen hatte, nur weil Rick sie darum bat. Aber ihre Beziehungen zu alldem waren ja nur sehr oberflächlich; sie konnte nichts davon für sich beanspruchen.

»Er hat irgendeinen Menschen, den er auf einer Kunsthandwerksmesse kennenlernte, dazu gebracht, ihm die Plastikkugeln, die das Futter enthalten, als Spende zu überlassen, und dann hat Rick all diese Vögel und Eichhörnchen und Feuerwehrautos ausgesägt, die als Halterungen für die Kugeln dienen. Die Vögel sitzen auf einem Holzstift und picken die Körner aus einem Loch in der Kugel. Als er es mir zum ersten Mal zeigte, hab ich ihm gesagt, dass kein Vogel, der etwas auf sich hält, seinen Kopf durch so ein Loch stecken würde. Raten Sie mal, wer schließlich recht behalten hat.«

»Lynda hat erwähnt, dass sie beim Basteln hilft«, sagte Catherine. »Und sie wollte auch einen Futterautomaten mit nach Hause bringen. Ein Feuerwehrauto, glaube ich.«

»Rick …«, quiekte eine hohe Stimme von der anderen Seite der Wiese. Er wollte sich gerade umdrehen, als ein anderer brüllte, »Hey, seht mal alle her. Rick ist da.«

Ein kleiner, stämmiger Junge im leuchtend gelben T-Shirt kam auf sie zugerannt, gefolgt von einem Mädchen, das sich einen langen roten Schal um den Hals geschlungen hatte. Das Volleyballspiel wurde unterbrochen, und die Teams setzten zu einem Spurt an.

»Wir treten mal besser zurück«, warnte Rachel Catherine, und ihre Augen sprühten vor Humor. »Das kann sich zu einem Chaos auswachsen.«

Der Junge in dem gelben T-Shirt kam ungebremst auf sie zu. Mit vollem Tempo prallte er auf Rick und schlang ihm die Arme um den Leib, während der lachte und den Aufprall abfederte. »Wie geht's dir, Danny?«

Danny blickte auf und grinste. »Gut. Ich kann meine Finger wieder bewegen.« Er hielt die Hand in die Höhe und wackelte mit seinen drei verbliebenen Fingern. »Schau mal?«

Das Mädchen kam hinzu und wurde beim Näherkommen immer scheuer. »Melinda – du siehst ja toll aus«, rief Rick. »Wer hat deine Nase gemacht?«

»Dr. Wiggins.«

»Dreh dich mal zur Seite«, forderte er sie auf. Sie tat es. »Hervorragend.« Er hob die Hand wie zum Abklatschen.

Sie strahlte über sein Lob.

Das Volleyballteam traf ein. Rachel bedeutete Catherine, ihr zu folgen. »Wie können genauso gut ohne ihn weitergehen. Kann sein, dass er hier ziemlich lange festgehalten wird.«

Catherine beobachtete ihn vom Fenster aus, als sie im Speisesaal waren. »Sie scheinen ihn zu mögen.«

»Es ist mehr als mögen. Er wirkt Wunder bei diesen Kids. Er ist der ideale Vater, große Bruder, Onkel, den viele von ihnen nicht haben. Wenn ich am Ende des Camps ein Kind in Tränen aufgelöst finde, liegt es zu fünfzig Prozent daran, dass es Rick nun ein ganzes Jahr nicht mehr sehen wird.«

»Es überrascht mich, dass er da wegbleiben konnte. Er muss doch gewusst haben, wie sehr er die Kinder damit enttäuscht.«

Rachel warf ihr einen verblüfften Blick zu. »Hat er es Ihnen nicht erzählt?«

Wieder dieses Gefühl, nicht dazuzugehören. »Was denn?«

»Warum er dieses Jahr nicht gekommen ist?«

Sie schüttelte den Kopf.

»Entschuldigen Sie. Das war eine dumme Frage. Natürlich kann er es Ihnen nicht erzählen. Er ist wegen Lynda weggeblieben. Er fand es wichtiger, dass sie durch die Erfahrung, selbstständig neue Freunde zu gewinnen, neues Selbstbewusstsein findet als dass er selber dabei ist. Es war ihm klar, dass sie, wenn er hier wäre, nie das Gefühl haben würde, es selbst geschafft zu haben.« – »Das hat er mir nicht gesagt. Und Lynda auch nicht. Sie glaubt, er ist weggeblieben, um einen Freund zu vertreten, dessen Frau erkrankt ist.«

»Er musste diese Schichten nicht übernehmen. Das sollte diese Woche jemand anders machen. Die Feuerwehrleute kümmern sich immer umeinander. Das ist mit eins der Dinge, die ich am meisten an ihnen bewundere.« Sie führte Catherine an einen Tisch, auf dem farbverkleckste Zeitungen und halb fertige Futterautomaten lagen.

Sie entdeckte leuchtend blaue und orange Eichhörnchen genauso wie solche, die grau und braun waren. Es gab rosagrüne Seetaucher, aber auch ein paar schwarzweiße. Die Feuerwehrautos allerdings waren alle rot.

»Das ist Lyndas Futterhäuschen«, sagte Rachel.

Catherine hätte eigentlich nicht überrascht sein sollen. Lynda hatte schon immer eine künstlerische Ader gehabt. Doch sie hatte keine Ahnung, dass ihre Tochter derart begabt war. Der Wagen war von der Aufschrift an der Seite bis zu den Feuerwehrleuten an Bord aufs Detaillierteste und Sorgfältigste bemalt. »Er ist wunderschön.«

»Sie ist unglaublich mit den Kleinen«, fügte Rachel hinzu. »Na ja, aber das wissen Sie ja schon. Ich hab ihr gesagt, dass sie Lehrerin werden sollte. Sie hat eine echte Begabung dafür.«

»Sie soll Betriebswirtschaft studieren«, erwiderte Catherine automatisch. Während der vergangenen zwei Jahren hatten sie und Lynda das Thema wiederholt erörtert und waren übereingekommen, dass Betriebswirtschaft der einzige Abschluss war, der ihr finanzielle Unabhängigkeit sichern konnte. Nicht ausgesprochen, aber stillschweigend vorausgesetzt wurde dabei, dass Lynda sich schützen und vorbauen musste – sollte sie das Talent ihrer Mutter bei der Wahl ihrer Partner geerbt haben.

»Darauf wäre ich ja nie gekommen. Sie scheint mir eher der Typ für englische Literatur oder Geschichte zu sein.«

Aus dem Augenwinkel sah Catherine jemanden am Fenster vorbeigehen. Sie guckte genauer hin und sah, dass es Lynda war. Lynda trug einen gerafften Rock, eine schulterfreie weiße Bluse, riesige Ohrringe und mehrere Reihen Plastikperlen um den Hals. Und als krönenden Kontrast zu alldem die Baseballmütze des Bakersfield Fire Department.

Rachel hatte sie ebenfalls entdeckt. »Ich darf das eigentlich nicht wissen, aber in ihrem Sketch geht es auch um Wahrsagerei. Sie haben sich wüste Geschichten darüber ausgedacht, was die Betreuer vorfinden werden, wenn sie nach Hause kommen.«

Catherine wollte gerade zur Tür gehen, als sie ein lautes Quieken hörte und sah, dass Lynda Rick entdeckt hatte. Sie ließ Manieren Manieren sein und stürmte wie alle anderen in seine Arme. Und er hob sie hoch wie Rachel und schwang sie herum, sodass ihr Rock wie beim Squaredance flog.

»Wir umarmen uns hier oft«, sagte Rachel. »Berührung ist wichtig für die Kinder. Für einige von ihnen ist es der einzige Ort, wo sie überhaupt Körperkontakt erleben können.«

Statt sofort nach draußen zu gehen, blieb Catherine an der Tür stehen und sah zu. Die echte Wärme zwischen Rick und Lynda ging wohl noch tiefer, als es hier üblich war. Sie mochten einander. Lynda blickte mit einer Bewunderung zu ihm auf, die sie keinem anderen Mann, nicht einmal ihrem Vater, entgegengebracht hatte.

»Was machst denn du hier?« fragte Lynda, und die Überraschung und Freude waren ihr anzuhören. »Aber das ist toll, ich bin ja so froh, dass du da bist. Warte, bis du den Sketch siehst. Er ist sooooo cool. Wir haben die ganze Woche dran gearbeitet.«

»Ich habe gehört, dass es was ganz Besonderes sein soll. Auch deswegen sind wir gekommen.«

»Wir?« Lynda drehte sich um, ihr Blick wanderte, wie unter einem inneren Zwang, zu ihrer Mutter.

Catherine erlebte einen Moment unerträglicher Angst. Was, wenn Lynda sie nun nicht dahaben wollte? Die Angst schmolz – ebenso wie ihr Herz –, als sich ein Ausdruck unverstellter Liebe und reiner Freude über Lyndas Züge breitete.

Lynda rannte auf sie zu, und sie umarmten sich länger und fester, als sie – soweit Catherine sich erinnerte – es je getan hatten.

Rick und Rachel sammelten die um sie herumstehenden Kids zu einem Haufen und trieben sie zum Lagerfeuer, sodass Catherine und Lynda allein zurückblieben.

»Es tut mir wirklich leid, dass du dich nicht von Ray hast verabschieden können«, meinte Catherine.

»Wenigstens warst du ja da und Brian. Sodass er sich von jemandem verabschieden konnte.«

»Ich habe ihm gesagt, du wirst ihn anrufen, sobald du wieder zu Hause bist und er sich eingerichtet hat. Das Krankenhaus hat ihm einen Telefonapparat überlassen, den er selbst benutzen kann, sodass er dich ebenfalls anrufen kann. Ich hab mich sogar wegen einer Achthunderter-Nummer für Ray erkundigt, die er benutzen kann, wenn er uns anrufen will. Auf diese Weise muss er sich keine Sorgen darum machen, dass sich seine Tante über die Telefonrechnung aufregt.« Morgen früh gleich als Erstes musste sie ihre Bewerbung losschicken. Und sie so lange losschicken, bis sie einen Job hatte.

Lyndas Miene hellte sich auf. »Das ist ja eine tolle Idee.«

»Und ich hab ihm auch gesagt, dass wir – wenn seine Tante ihn an Weihnachten nicht zu uns kommen lässt – nach Kansas fliegen, um ihn zu besuchen.« Als Lynda nichts darauf sagte, stützte Catherine das Kinn in die Hand und blickte ihr direkt in die Augen. »Ob so oder so, es wird klappen. Das verspreche ich dir.«

Sie sah, wie Rick ihnen hinter einem grünen Gebäude hervor Zeichen machte, einem Gebäude, auf dem in riesigen selbst gemalten Buchstaben SPICE-GIRLS-UMKLEIDE geschrieben stand. »Ich glaube, sie warten auf dich.«

Lynda schob ihre Hand in die Catherines und führte sie über das hofartige Quadrat. Catherine folgte ihr mit einem zufriedenen Lächeln, als ihr Blick sich plötzlich mit dem Ricks kreuzte. Sie konnte sich nicht erinnern, wann sie zuletzt mit ihrer Tochter Hand in Hand gegangen war, oder wann sie sich unter den Augen eines Mannes zum letzten Mal so wohlgefühlt hatte.

Catherine saß neben Rick auf der Holzbank des kleinen Amphitheaters. Sie befanden sich in der letzten und höchsten Reihe, sodass sie alles, einschließlich des Publikums, gut überblicken konnten.

Die Jugendlichen saßen in Gruppen mit ihren Betreuern zusammen, lachten und klatschten bei Pointen, die Catherine weitgehend unverständlich blieben, Beifall. Doch es bereitete ihr Freude, Lyndas Hand im Aufbau und in der Regie des kurzen Stücks zu erkennen und zu beobachten, wie natürlich Rick sich auf den ganzen Spaß einließ. Immer wieder beugte er sich zu ihr herüber und erklärte ihr witzige Anspielungen, die sich meist auf das Küchenpersonal bezogen, Feuerwehrleute aus Sacramento, Chico und Bakersfield, die alle Veteranen des *Burn Camps* und Lieblinge der jungen Leute waren.

Als eine leichte Brise auffrischte, verschränkte sie die Arme vor der Brust und kauerte sich Wärme suchend zusammen. Rick bemerkte es und legte den Arm um sie. Einen kurzen Moment lang bildete sie sich ein, sie gehöre an seine Seite, sie seien mehr als nur Freunde, dass sie am Ende doch noch den Seelengefährten gefunden hatte, von dem sie als beeindruckbares junges Mädchen geträumt hatte.

Sie verspürte eine so mächtige Sehnsucht in sich, dass ihr klar wurde, ihr blieb nur ein Ausweg: abzuhauen, ehe sie etwas tat, das sie beide in Verlegenheit stürzte, wie etwa ihm über die Wange zu streichen, ihn zu küssen oder ihn zu bitten, sie zu berühren oder zu küssen.

Sobald Lyndas Teil des Sketches zu Ende ging und eine andere Gruppe das Programm fortführte, stand sie auf und sagte: »Bin gleich wieder da. Ich muss mal auf die Toilette.«

Dann ging sie zum Auto, holte sich ihre Jacke und lief so lange herum, bis sie sich sicher war, dass sie ihr närrisches Verlangen wieder unter Kontrolle hatte.

Als sie zurückkam, machten die Darsteller gerade ihre letzten Verbeugungen. Aufgeregt durcheinanderschreiend steuerten alle in Richtung Küche und zum traditionellen, kilometerlangen Eisbecher. Einen Kilometer lang war er zwar nicht, doch Catherine schätzte die Regenrinne, die man als Behältnis für Eiscreme, Bananen, Marshmallow-Creme, Schokoladensauce, Nüsse und Schlagsahne benutzte, auf eine Länge von gut zwanzig Metern. Löffel und Servietten wurden verteilt, Stühle und Bänke herangezogen und der Befehl, mit dem Essen zu beginnen, gebrüllt.

Rick bestand darauf, dass sie mitmachte. Sie reihten sich ganz am Ende der Rinne ein und saßen einander gegenüber. Als er sah, wie zaghaft sie löffelte, begann er, sie zu füttern, und wischte hier einen Spritzer Schokolade mit dem Löffel, da einen Klecks Schlagsahne mit dem Finger auf.

»Halt«, protestierte sie lachend, als sie sah, wie sich ein Eiscremehügel, zweimal so groß wie ihr Mund, in ihre Richtung bewegte. »Ich platze, wenn ich noch einen Bissen esse.«

Er grinste und ließ den Löffel sinken. »Okay, da wir hier fertig sind, können Sie sich die Lippen ablecken.«

Das tat sie, merkte jedoch an seinem Blick, dass sie nicht alles erwischt hatte.

Er nahm seine Serviette und wischte ihr die Mundwinkel ab. »Strecken Sie mal die Zunge heraus.«

»Wie?«

»Tun Sie es einfach.«

Sie tat es. Er befeuchtete die Serviette an ihrer Zunge und wischte ihr noch das Kinn ab. »Das ist das erste Mal, dass ich derart kleckere«, meinte sie misstrauisch.

Er beugte sich vor, bis ihre Nasen nur noch Zentimeter voneinander entfernt waren. Eine süße Sekunde lang, in der ihr das Herz bis zum Halse klopfte, dachte sie, er werde sie küssen. Doch er sah ihr nur tief in die Augen und sagte leise: »Es ist eine wunderbare Nacht für Premieren, finden Sie nicht auch?«

Er hatte die Andeutung gemacht, bei ihr lag nun die Entscheidung.

29

Catherine warf einen Blick auf die Uhr auf dem Armaturenbrett, als sie in Ricks Auffahrt einbogen.

Es war schon beinahe eins, doch sie fühlte sich derart energiegeladen, dass es auch mitten am Tag hätte sein können.

Obwohl sie länger zusammen gewesen waren als jemals zuvor, obwohl sie ständig geredet und gelacht hatten und sie am Ende sogar noch Gelegenheit gefunden hatte, ihm von ihrem verrückten Onkel John zu erzählen, war sie immer noch nicht bereit, gute Nacht zu sagen.

Sie war gern mit Rick zusammen. Es machte ihr Spaß, ihm kluge Anekdoten zu erzählen, weil sie sich gut fühlte, wenn ihre Geschichten ihm ein Lächeln auf die Lippen zauberten. Und sie hörte ihm mit Vergnügen zu. Er hatte eine tiefe, sonore Stimme, die sie, zuweilen, wie eine Liebkosung empfand.

»Haben Sie noch Lust auf einen Kaffee?«, fragte Rick, als er den Motor abstellte.

Der Blick, der seine Worte begleitete, verriet ihr, dass auch er den Abend noch nicht beenden wollte. »Kaffee klingt gut.«

»Ich könnte aber auch eine Flasche Merlot von *Randle's Roost* aufmachen …«

»Ein Mann nach meinem Herzen.«

Das abgegriffene Klischee kam ernster über ihre Lippen, als sie es beabsichtigt hatte, doch sie korrigierte sich nicht.

Rick gehörte nicht zu den Männern, die in beiläufigen Bemerkungen nach ermutigenden Zeichen suchen.

Blue begrüßte Catherine, als sie aus dem Auto stieg, mit so

heftigem Schwanzwedeln, als gehöre sie schon zur Familie. Sie blieb stehen, um ihm die Ohren zu kraulen. »Woher weiß er eigentlich, an welchen Tagen Sie voraussichtlich zu Hause sein werden?«

»Ich bin nie ganz dahintergekommen, aber er hat sich noch nie getäuscht. Durch die Garagen hat er immer Zugang zu beiden Häusern, aber wenn ich freihabe und nur tagsüber weg bin, ist er immer da und wartet auf mich. Irgendwie weiß er sogar, wann man mich zu Überstunden angefordert hat oder ich einen Auftrag übernommen habe; dann bleibt er bei Sandra und Walt.«

Sie dachte ans Heimgehen und wie leer ihr das Haus in dieser Nacht erscheinen würde. Lynda fehlte ihr. Aber es war mehr, als nur allein in ein leeres Haus zurückzukehren – es war einfach so, dass sie genau da sein wollte, wo sie momentan war.

Rick bot ihr an, im Wohnzimmer zu warten, während er den Wein holte, doch sie folgte ihm in die Küche. Er drückte ihr die Flasche und den Korkenzieher in die Hand und holte Cracker und Käse aus dem Küchenschrank. Sie arbeiteten Hand in Hand, als hätten sie das schon hundertmal gemacht, Catherine nahm die Weingläser vom Regal und einen Teller für den Imbiss, während Rick ein Schneidebrett aus dem Schrank holte und den Käse in Scheiben schnitt.

»Sie kochen anscheinend gerne«, sagte Catherine, während sie ihm zuschaute.

»Warum sagen Sie das?«

»Die Küche. Sie ist fantastisch.«

»Alles nur Angabe. Ich bin der König der Fertigsuppen. Fragen Sie nur mal meine Mannschaft.«

»Das glaube ich Ihnen nicht. So einen Ofen schafft man sich nicht nur zum Angeben an.«

Er lachte leise. »Den hab ich gekauft, weil wir so einen auch auf der Feuerwache haben und mir gefällt, wie er kocht.«

»Sie kochen auf der Feuerwache?«

»Wir wischen auch Böden, mähen Rasen und putzen Fenster.« Er hielt ihr ein Stück Käse zum Probieren hin. »Das gehört zum Job.«

Der Käse war würzig, mit einem Hauch Knoblauch und einer Spur von Schärfe, die sie den grünen Pfefferkörnern zuschrieb, mit denen er großzügig gesprenkelt war. Eine ideale Ergänzung zum Merlot. »Dann sind Sie also, wenn Sie nicht gerade Menschen aus brennenden Häusern retten oder Herzinfarktpatienten wiederbeleben, mit dem Säubern von Toilettenschüsseln und dem Zubereiten von Mahlzeiten beschäftigt?«

»Auf diese Weise bleiben wir auf dem Teppich.«

»Sind eigentlich alle Feuerwehrleute so wie Sie?«

Er riss die Packung auf und schüttete die Cracker auf den Teller. »Wie meinen Sie das?«

»So bescheiden.«

Er überlegte.

»Ich weiß nicht, ob ich es so nennen würde. Ich denke, wir fühlen uns eher dankbar, dass wir einen Job haben, der es uns ermöglicht, das zu tun, was wir eben tun.«

»Wie können Sie über die Tatsache, dass Sie dabei Ihr Leben riskieren, so mir nichts, dir nichts hinweggehen?«

»Es ist mein Job.« Er suchte nach einer besseren Antwort. »Das mache ich halt. Außerdem sind nicht alle unsere Einsätze mit Lebensgefahr verbunden. Manchmal hat sich ja nur ein Kind den Finger eingeklemmt oder jemand hat einen Topf im Ofenrohr vergessen.«

»Aber manchmal ertrinkt auch ein Mann in einem Fluss, der über seine Ufer tritt, oder ein Gastank explodiert, weil jemand versucht hat, mit dem Grill das Haus zu heizen.«

Rick beäugte sie misstrauisch. »Woher haben Sie denn das?«

»Von Brian.« Wie hatte ihr die kleine Narbe an seinem Kinn entgehen können – und diese Art, wie er in Gedanken die Augen zusammenkniff?

»Klar. Hatte ganz vergessen, dass er mal bei uns übernachtet hat.« Er lachte leise. »Steve meinte, mit seinen Fragen habe Brian sie die halbe Nacht wachgehalten.«

»Er hat noch tagelang darüber gesprochen. Jedes Mal, wenn er Lynda besuchen kam.«

»Hat er auch erzählt, wie langweilig es zwischen den Einsätzen sein kann?«, fragte Rick.

»Sie fragen nach einem jungen Mann, der Sie vergöttert, Rick Sawyer. Langeweile ist da völlig undenkbar.«

Sie schenkte den Wein ein und reichte ihm ein Glas. »Also wenn ich einen Job finden könnte, der mich nur halb so sehr fasziniert, wie der Ihre Sie, dann wäre ich eine glückliche Frau.«

»Sie suchen einen Job?«

»Das oder ich drehe völlig durch, wenn Lynda wieder zur Schule geht.«

Das war zwar nicht unbedingt gelogen, aber auch nicht die ganze Wahrheit.

»Vorerst werde ich nur halbtags arbeiten und mir dann, wenn sie die Druckanzüge nicht mehr braucht, einen Ganztagsjob suchen.«

»Welche Art von Job denn?«

»Ich komme aus dem Personalwesen, aber ich bin eigentlich offen für alles.«

»Ich habe von einer Teilzeitstelle gehört, die im Gewerkschaftsbüro frei werden soll. Shirley und Pam arbeiten seit Jahren dort und könnten Ihnen Näheres sagen, falls Sie interessiert sind.«

»Sie meinen bei der Feuerwehr-Gewerkschaft?« So wie sie über die Selbstorganisation der Arbeitnehmer dachte, konnte sie sich nicht vorstellen, für eine Gewerkschaft zu arbeiten, doch um nicht unhöflich zu sein, bekundete sie Interesse.

»Sie sind in der Innenstadt«, fügte er hinzu, »Sodass Sie womöglich weiter pendeln müssen, als Ihnen lieb ist.«

Er bot ihr einen Ausweg an. Offensichtlich hatte sie nicht

vorsichtig genug gefragt. »Ich werde morgen dort anrufen. Und die Frau heißt Pam?«

Er schenkte ihr ein wissendes Lächeln. »Oder Shirley.«

»Haben Sie gewusst, dass Brian Feuerwehrmann werden will?« Sie hob ihr Glas, um mit ihm anzustoßen. »Sein Vater kriegt einen Anfall, wenn er das hört.«

Er stieß mit ihr an, und die Kristallkelche erzeugten einen hellen Glockenton.

»Warum ist das wohl so?«

»Peter hegt so große Hoffnungen für Brian. Er hat bei seinen College-Zugangsprüfungen unglaublich gute Ergebnisse erzielt und …« Sie erstickte fast an den Worten, als ihr klar wurde, was sie da sagte. »Es tut mir leid. Ich hab es nicht so gemeint, wie es herausgekommen ist.«

»Doch, das haben Sie«, sagte er, ohne verurteilend zu klingen. »Ich bin nicht blind, Catherine. Ich weiß, dass ich einen Blaumann trage und kein weißes Hemd mit Krawatte. Und ich weiß auch, was die Leute darüber denken.«

»Es tut mir leid.« Hätte sie nur irgendwo ein Loch im Boden entdeckt, so wäre sie mit Vergnügen darin verschwunden.

»Vergessen Sie es«, sagte er gleichmütig. Er nahm einen Schluck Wein.

»Nie. Wie konnte ich nur so unsensibel sein?«

»Sehen Sie, Sie haben gesagt, was Sie denken. Würde es Ihnen helfen, wenn ich sagen würde, dass es mich nicht überrascht?«

Woher wusste er das? Hatte sie etwas gesagt? Sich durch ihr Verhalten verraten? »Es tut mir wirklich leid. Ich bin ein schrecklicher Snob.«

»Sie müssen eines begreifen, Catherine. Ich habe es nicht nötig, mir von jemandem meinen Wert bestätigen zu lassen. Das besorge ich schon selbst. Zu wissen, dass das, was ich tue, etwas Gutes bewirkt, ist mir sehr viel wichtiger, als was andere womöglich in mir sehen oder wie viel Geld ich vielleicht zu irgendeinem Zeitpunkt auf der Bank habe. Ich weiß, dass Sie es kaum glauben werden, aber Geld ist mir nicht wichtig. Und war es nie.«

Sie stellte ihr Glas auf der Arbeitsplatte ab. »Ich glaube, das ist mein Stichwort, um in die Nacht zu verschwinden.«

»Nur wenn Sie es wollen.«

»Aber vorher muss ich Ihnen noch etwas sagen, was ich Ihnen schon lange sagen wollte. Ich bin mir durchaus bewusst, dass Lynda ohne Sie nicht da wäre, wo sie heute ist. Und das gilt auch für mich. Ich werde Ihnen das nie genug danken können. Sie sind gekommen ...«

»Ich weiß genau, was Sie mir sagen wollen, aber es ist nicht nötig.« Er beugte sich vor und schenkte ihr ein kleines, vertrauliches Lächeln. »Ich weiß, was Sache ist, und habe überhaupt keine Befürchtungen, dass ich damit nicht klarkommen könnte.«

Sie konnte die goldenen Pünktchen in seinen Augen erkennen und eine Spur von Lagerfeuerrauch riechen. Der oberste Knopf seines Hemds stand offen, und an seinen Schläfen waren ein paar graue Haare zu erkennen. Und während sie das alles registrierte, veranstaltete ihr Herz einen komischen kleinen Stepptanz.

Alles wäre gut gegangen, hätte sie nicht auf seine Lippen gestarrt, hätte sie sich nicht gefragt, wie die sich wohl anfühlen würden ... vor allem aber, wenn sie nicht das Kinn nach oben gereckt, sich nach vorne gebeugt hätte und sich ihr dabei nicht ein sehnsüchtiger Seufzer entrungen hätte.

Der Kuss öffnete eine Tür, von der sie geglaubt hatte, sie habe sie längst für immer geschlossen.

Vernunft, Überlegung, Entschlossenheit wurden hinweggefegt wie Löwenzahnsamen im Wind. Ihr Verstand ergab sich den Sinnen, und sie wurde von ihrem tiefen Verlangen davongetragen.

Mit dem zweiten Kuss riss er das Kommando an sich, zog sie in seine Arme und hielt sie, als habe er sie schon hundertmal so gehalten. Sie schmiegte sich an ihn und war im Nu derart erregt, dass es kaum zu ertragen war. »Das ist Wahnsinn«, murmelte sie, an seine Lippen gepresst.

»Zu schnell«, stimmte er ihr zu.

»Wir sollten das nicht tun.« Sie öffnete die Mund und schmeckte, kostete ihn und sog ihn ein. Ihre Hüften bewegten sich an die seinen gepresst, erst sanft, dann immer heftiger.

»Es wird alles nur noch komplizierter machen.« Er legte die Hände auf ihre Taille. »Und das ist das Letzte, was ich möchte.«

»Ich auch.« Ihre Brüste schwollen vor lauter Verlangen, berührt zu werden.

Er umfing ihren Hintern und zog sie an sich. »Ich will dich, Catherine«, flüsterte er ihr ins Ohr. »Mehr als ich mir je etwas gewünscht habe.«

Sie stieß sich ab, um ihn anzusehen. »Mir geht es genauso. Es ist falsch ... es ist Wahnsinn«, wiederholte sie. »Aber es ist mir egal.«

»Bist du dir also sicher?«

»Ja ... oh ja.«

Er nahm ihre Hand und führte sie in sein Schlafzimmer. Sie stand neben dem Doppelbett, während er sie auszog, eine Kleiderschicht nach der anderen entfernte, so wie sie sein Geschenk ausgepackt hatte.

Er berührte ihre Haut, als sei es Seide und als trüge er einen aufgerauten Handschuh – sachte, ungeheuer behutsam.

Sie biss sich auf die Lippen, um nicht zu schreien, als er zart an ihrer Brustwarze leckte. Welle um Welle erfasste das Begehren nach und nach ihren ganzen Körper.

Unfähig, noch länger stillzuhalten, zerrte sie ihm ungeduldig das Hemd aus der Jeans, knöpfte es auf und ließ ihre Hände über seine Brust und über seine Arme nach unten gleiten. Ihre Finger wurden langsamer, als sie über die Grate und

Furchen seiner Narben fuhren. Er nahm ihre Hände in die seinen und fuhr ihr mit dem Daumen über die Handinnenfläche, küsste sie aufs Ohr und auf die Vertiefung unter dem Hals und auf die schmale flache Stelle zwischen den Brüsten.

»So habe ich mir dich vorgestellt«, gestand er. »Schon hundertmal. Nur dass es mir nie ganz gelungen ist. Kein einziges Mal.« Er schaute ihr in die Augen. »Du bist schöner, als ich es mir je hätte ausmalen können. Du raubst mir den Atem, Catherine.«

Mit einem Mal verlegen, zog sie verstohlen den Bauch ein, um zu verbergen, was, wie sie wusste, unvollkommen an ihr war.

»Tu das nicht«, meinte er als Reaktion darauf. »Spürst du nicht, wie ideal wir vorher zusammengepasst haben?« Er legte die Hand auf ihren Bauch. »Ich hab's gerne, wenn ich weiß, dass ich meinen Kopf hier drauflegen kann, ohne dir wehzutun. Deine Weichheit, deine Kurven sind erotischer, als Ecken, Kanten und Knochen es je sein könnten.« Seine Hand glitt weiter nach unten und noch weiter, bis sich seine Finger in ihre Feuchtigkeit pressten.

Sie stieß einen leisen Schrei des Erstaunens aus, das sich in Lust verwandelte, als er einen Finger gegen den harten Knopf drückte, den er mit untrüglichem Instinkt fand.

Sie war jetzt schon fast auf dem Höhepunkt.

Als sie sich kurz davor fühlte, versuchte sie, sich von ihm abzudrücken, um auf ihn zu warten, schaffte es aber nicht.

Benommen taumelte sie in eine ganze Serie rascher Kontraktionen, ausgelöst von einer heftigen Explosion von Lust tief in ihrem Innern, die ihr den Atem raubte.

Sie wollte mehr. Sie wollte ihn in sich spüren, musste ihn spüren. Sie griff nach dem Knopf seiner Jeans, bekam ihn aber nicht auf. »Hilf mir«, sagte sie mit leiser, flehender Stimme.

Er hob sie aufs Bett, glitt aus den Klamotten, die er noch anhatte, und kam zu ihr. Er liebte sie mit einer Zärtlichkeit und einer Einfühlung, die nichts mit Angeberei, Liebestechnik oder dem Renommiergehabe von Männerumkleiden zu tun hatte, liebte sie, ohne die Einschränkung, ein Kondom benützen zu müssen, zu erwähnen oder sich darüber zu beklagen.

Erst verstand sie es nicht und erwartete immer noch die Mechanismen, die laut moderner männlicher Experten nötig waren, um Frauen zufriedenzustellen. Rick experimentierte stattdessen und wartete und machte weiter und flüsterte ihr seine eigene Erregung und Lust ins Ohr, sodass sie sich zum ersten Mal in ihrem Leben als wirkliche Liebespartnerin fühlte.

Er wartete nicht, bis sie fertig waren, um sie zu fragen, ob sie erneut zum Höhepunkt gekommen war; er spürte, wenn sie nahe davorstand, und bewegte sich so, dass er ihn intensivierte und verlängerte.

Danach lagen sie satt und angenehm erschöpft beisammen. Rick küsste sie auf die Stirn und dann auf ihre geschlossenen Augen. »Hast du heute was vor, das sich verschieben lässt?«

»Heute?«, wiederholte sie schläfrig.

»Ja, heute – in zwei Stunden geht vor diesem Fenster die Sonne auf.«

Sie versuchte, sich an ihren Terminplan zu erinnern, aber da war nichts Besonderes. »Mir fällt nichts ein. Warum fragst du?«

»Wir müssen uns überlegen, was wir Lynda erzählen sollen.«

Sie öffnete die Augen und runzelte die Stirn. »Worüber?«

»Über uns.«

Catherine stützte sich auf den Ellbogen und blickte auf ihn hinunter. »Gar nichts erzählen wir ihr. Warum sollten wir?«

»Weil ich lieber offen zu ihr bin, damit sie nicht das Gefühl bekommt, dass etwas hinter ihrem Rücken geschieht. Man weiß nicht, was sie sich dann zurechtlegt.«

»Aber es geschieht doch überhaupt nichts. Beziehungsweise, es wird nichts geschehen, wenn sie erst wieder zu Hause ist.« Die nebulöse Angst, dass sie einen Fehler gemacht hatten, verdichtete sich. Sie hatten beide gewusst, dass sie eine Grenze überschritten. Nicht gewusst hatten sie allerdings, dass sie unter dieser Grenze etwas Verschiedenes verstanden. Rick glaubte, sie hätten sie gemeinsam überquert; sie dagegen hatte akzeptiert, dass mit diesem Tag eine Freundschaft zu Ende ging.

Er setzte sich auf, lehnte sich an die Kopfstütze. »Das war es dann also? Willst du das damit sagen? Wir sehen uns nicht mehr?«

Sie zog das Laken über ihre Brüste, da sie sich jetzt nackter fühlte als zuvor, als sie miteinander geschlafen hatten. »Ich dachte, das sei dir klar.«

»Klar ist mir nur, dass ich dich liebe.«

Sie wich zurück. »Das kann doch nicht sein. Wie soll denn das sein? Du kennst mich doch kaum.«

Er packte ihre nervösen Hände und hielt sie fest. »Ich habe dich fast vom ersten Augenblick an geliebt.«

»Du hast nie was gesagt.« Die Panik lastete ihr wie ein Gewicht auf der Brust, das mit jedem Wort schwerer wurde.

»Ich wollte warten, bis Lynda stärker ist«, sagte er schlicht. »Sie hatte natürlich Vorrang.«

Catherine war die Einzige, die Lynda je an die erste Stelle gesetzt hatte. Jack hatte dies nie in Erwägung gezogen, geschweige denn fertiggebracht. Sie glaubte Rick nicht, konnte ihm nicht glauben, obwohl sie wusste, dass er die Wahrheit sagte. »Und was hat dich dazu gebracht, deine Meinung zu ändern?«

»Nichts Kompliziertes. Purer Egoismus – nichts weiter. Ich wollte dich haben.« Als sie sich ihm entziehen wollte, hielt er sie noch fester. »Mir tut nur leid, dass es dir leidtut.«

»Wenn ich etwas von deinen Gefühlen geahnt hätte, hätte ich das nie zugelassen.« Tränen des Bedauerns brannten ihr in der Kehle. »Es tut mir leid, Rick«, flüsterte sie erstickt. »Mehr, als ich sagen kann. Ich liebe dich nicht. Ich kann nicht.«

»Aber das ist doch nicht wahr, Catherine. Du weißt es nur noch nicht.«

»Du täuschst dich. Es würde nie funktionieren mit uns. Wir sind zu verschieden.« Sie sah ihm tief in die Augen. »Und ich bin zu müde, will mich nicht verändern … nicht mal deinetwegen.«

»Darum würde ich dich auch nie bitten.«

»Dann musst du mich gehen lassen, weil's einfach nicht klappen würde.«

Schließlich nickte er und ließ sie los. »Ich suche einen anderen Mentor für Lynda.«

Das drückende Gewicht auf ihrer Brust verwandelte sich in Bedauern. Sie hätte alles gegeben, hätte sie die Uhr um zwei Stunden zurückdrehen können, um die Worte zu löschen, die sie hierher gebracht hatten, um sein auserlesenes und selbstloses Liebesspiel zu vergessen. »Sie wird es nicht begreifen«, sagte sie und konnte vor Kummer kaum atmen.

»Ich finde schon eine Möglichkeit«, versprach er.

»Du wirst mir fehlen.« Unvergossene Tränen zwangen sie, die Worte schnell auszusprechen, und beraubten sie ihres wahren und tiefen Gefühls.

Er beugte sich nach vorn und zog sie zu einem unendlich traurigen und zärtlichen Kuss an sich. »Die Begegnung mit dir hat mir mehr Glück geschenkt, als ich je gekannt habe. Ich dachte, dies sei ein Anfang, und habe vergessen, dass die Überzeugung ja beidseitig sein muss.«

»Es tut mir leid.« Sie schaffte es gerade noch, sich abzuwenden, damit er ihre Tränen nicht sah. Immer noch berührte er sie, bot ihr, nachdem sie ihm eben das Herz gebrochen hatte, seinen Trost an. Verzweifelt wünschte sie sich, es könnte anders sein, sie könnte einen weiteren Versuch wagen, sich nur ein einziges Mal noch richtig trauen.

Es wäre so leicht gewesen, einfach nachzugeben. Rick liebte sie. Was machte es schon, wenn sie nur Lynda gemeinsam hatten und weiter nichts? Dann hielt die Beziehung eben nur ein, zwei Jahre. Konnte sie das Gute nicht einfach genießen, solange sie zusammen waren, und das Schlechte, wenn es vorbei war, philosophisch betrachten?

War doch egal, wenn sie dreimal als Verliererin dastand. Und ihr Stolz erneut einen vernichtenden Schlag erhielt. Sicher konnte sie die Scherben noch einmal zusammenklauben und weitermachen.

Was aber, wenn es ihr nicht gelang?

30

Als Catherine nach Hause kam, zeigte der Himmel das düstere Purpurrot einer falschen Dämmerung. Mehr aus dem Verlangen nach Schutz und Rückzug als aus Erschöpfung kroch sie ins Bett und rollte sich wie ein Fötus zusammen, während das Kopfkissen wie ein Schwamm ihre Tränen aufsaugte.

Irgendwann hatte sie sich in den Schlaf geweint.

Das Telefon läutete und zerrte sie aus ihrem Zustand der Unbewusstheit in eine Welt, von der sie vorerst nichts wissen wollte. Als sie das Signal nicht länger ignorieren konnte, schob sie den Arm unter dem Laken hervor und nahm ab.

»Hallo?«

»Catherine? Bist du das?«

»Was willst du denn so früh, Jack? Gibt's ein Problem?« Sie gab die Hoffnung auf Weiterschlafen auf, schob das Kopfkissen gegen das Kopfbrett und setzte sich auf.

»Es ist fast Mittag«, meinte er spitz. »Gestern spät geworden?«

»Was willst du?«

»Wir müssen miteinander reden. Ich hatte gehofft, wir könnten uns zum Lunch in *Scott's Seafood* treffen.«

»Heute?« Sie wollte nirgendwohin hin, und schon gar nicht mit Jack mittagessen.

»Kommt Lynda nicht morgen nach Hause?«

»Doch ...« Der ganze Gesprächsverlauf gefiel ihr nicht.

»Es wäre besser, wenn sie nicht dabei ist.« Er hielt inne. »Aber es geht sie genauso an wie uns beide.«

»Und am Telefon können wir das nicht besprechen?«

»Ich würde es lieber persönlich tun.«

»Wann denn?«

»Um eins? Schaffst du es bis dahin?« Sie schaute auf die Uhr. Ihr blieb genau eine Stunde, um sich fertig zu machen, und eine halbe, um in die Stadt zu fahren. Wenn es nicht plötzlich einen Stau gab, konnte sie es schaffen.

»Ich komme.«

Dankbar für die Ablenkung, die das Treffen mit Jack bot, ärgerte Catherine sich gar nicht so sehr über diese Art, wie er sie herzitiert hatte.

Sie entdeckte ihn gleich, nachdem sie das Restaurant betreten hatte und mit einem raschen Lächeln an der Empfangshostess vorbeieilte.

»Du hast dich verspätet«, sagte er, als sie Platz genommen hatte.

»Geschlagene fünf Minuten.«

»Muss ja eine tolle Nacht gewesen sein.«

Er warf seine Köder aus, doch sie weigerte sich anzubeißen. »Weißt du, was heute Tagesgericht ist?«

»Lachs und irgendeine Fischsuppe.« Er winkte dem Kellner. »Wir würden gerne bestellen.«

Sie lächelte liebenswürdig. »Tut mir leid, ich brauche noch ein paar Minuten.«

»Was möchten Sie trinken?«, fragte der Kellner.

»Club Soda mit Limette.«

»Kater?«, fragte Jack, als der Kellner verschwunden war.

Sie sah nicht einmal auf. »Ärger zu Hause, Jack?«

Einen Moment lang schwieg er. »Es tut mir leid. Das war wohl unnötig.«

Die Entschuldigung erbrachte eine Reaktion. Sie legte die Speisekarte beiseite. »Und da wir dem Smalltalk nun Genüge getan haben – erzähl mir doch mal, warum du mich herbestellt hast?«

Er beugte sich auf seinem Stuhl nach vorn. »Ich hab mir meine Finanzen mal angesehen. Ich weiß, ich habe dir versprochen, die Unterhaltszahlungen momentan noch nicht zu kürzen, aber ich sehe einfach nicht, wie ich das noch länger durchstehen kann.«

»Und du bist bereit, meinem Anwalt Einblick in deine finanziellen Verhältnisse zu gewähren?« Sie wusste, wie sehr ihn die Vorstellung irritierte.

»Hab ich denn eine andere Wahl?«

»Nein.«

»Dann werde ich es wohl tun müssen.«

Nicht einmal mit einem Ganztagsjob würde sie Lynda und sich durch diese finanziellen Engpass bringen. Sie würde das Haus verkaufen müssen. »Bist du sicher, dass es jetzt sein muss? Du kannst es nicht noch zwei Monate aufschieben?«

»Was würde das denn ändern?«

»Lynda hätte sich wieder in der Schule eingelebt. Wenigstens so viel Stabilität sollte sie in ihrem Leben haben, ehe ich ihr erzähle, dass sie das Haus verlassen muss, in dem sie ihr ganzes bisheriges Leben verbracht hat.«

Der Kellner brachte ihr Getränk, und sie bestellten. Kaum hatte er sich entfernt, meinte Jack: »Du stellst es so hin, als wäre ich der Schurke in dieser Geschichte. Das machst du immer mit mir.«

»Und du drängst mich in die Defensive, so wie du es immer tust. Was ist denn aus unserer Entspannungspolitik geworden? Ich dachte, wir wollten zusammenarbeiten, um Lyndas Leben zu erleichtern.«

Er schloss die Augen und rieb sich angestrengt die Schläfen.

»Ich versuche es, Catherine. Versuche es wirklich.«

»Aber?«

»Ich bin pleite. Oder verdammt nah dran.« Als er sie wieder ansah, standen ihm Tränen in den Augen. »Ich habe mich bei einem Geschäft, das angeblich bombensicher war, zu weit aus dem Fenster gelehnt, und es war nicht bombensicher. Adrianas Verdienst ist alles, was uns momentan das Überleben sichert.«

Sie wusste nicht, was sie darauf sagen sollte. »Das tut mir leid.«

»Ja, mir auch.«

Ihre Salate kamen. »Was hast du vor?«

»Noch mal von vorn anfangen. Was soll ich denn sonst tun?«

»Lyndas College-Fonds?« Sie fragte nur ungern danach, aber sie musste es wissen.

»Der ist noch da.« Er griff nach der Gabel und legte sie wieder beiseite. »Ich nehme an, du hast deine Ersparnisse noch?«

Nicht annähernd so viel, wie sie einmal gehabt hatte. Bilder von St.-John-Strickwaren, Clubbeiträgen und dem Geld, das sie auch ohne ein eingehendes Gehalt weiterhin ausgegeben hatte, wirbelten ihr durch den Kopf. »Einiges davon.«

»Genug, um damit auszukommen?«

»Irgendwie schon.«

»Du weißt, sobald ich wieder auf den Beinen stehe, zahle ich dir den vollen Unterhalt.«

Sie glaubte es ihm, aber es beeindruckte sie nicht so, wie sie es erwartet hatte. Sie hatte zwar Angst vor dem, was vor ihr lag, aber sie spürte auch ein seltsames Hochgefühl. Ohne das Haus kam sie mit einem Zehntel dessen aus, was sie vorher benötigt hatte. Wenn sie den Gewinn aus dem Hausverkauf nahm und etwas kaufte, das sie ohne Haus- oder Gartenhilfe unterhalten konnte, dann konnten Lynda und sie von ihrem Verdienst leben – auch wenn sie nur einen Teilzeitjob fand.

»Darüber reden wir später«, sagte sie. Plötzlich hatte sie einen Bärenhunger. »Mach dir keine Sorgen, Jack. Das haut schon hin.«

Er warf ihr einen verblüfften Blick zu. »Das war's? Das ist alles, was du dazu zu sagen hast?«

»Was hast du denn erwartet?«

»Ich weiß nicht. Tränen? Panik? Drohungen? Zähneknirschen?«

»So also siehst du mich?« Sie wollte es wirklich gerne wissen.

»So bist du immer gewesen, Catherine. Mit Krisen konntest du nie gut umgehen. Warum hätte ich erwarten sollen, dass es diesmal anders ist?«

»Ich habe mich verändert«, sagte sie. Über das Warum und Wo und Wie würde sie später nachdenken. Momentan reichte es, zu wissen, dass sie diese Situation meistern würde.

Er betrachtete sie lange. »Das sehe ich.«

Sie lächelte zufrieden.

Ehe Catherine das Restaurant verließ, schlug sie noch die Adresse der Feuerwehrgewerkschaft im Telefonbuch nach, da sie davon ausging, dass sie ihr neues Leben besser so rasch wie möglich in Angriff nehmen sollte. Und weil sie dachte, es könne nicht schaden, sich ein wenig Übung im Bewerben zu verschaffen, fuhr sich auch gleich dort vorbei. Als sie wieder ging, hatte sie eine Stelle.

Anfangen sollte sie an einem Montag, demselben Tag, an dem auch Lynda zum ersten Mal wieder zur Schule ging. Während des gesamten Vorstellungsgesprächs hatte sie das etwas surreale Gefühl begleitet, genau dort zu sein, wo sie sein sollte, dass dies *die* Chance war, sich von Rick zu verabschieden und ihn dennoch gelegentlich zu sehen. Nie würde sie ihm all das vergelten können, was er für Lynda und sie getan hatte, einmal in ihrem Leben aber wollte sie sich eher durch Taten als durch Worte erkenntlich zeigen.

Als sie das Immobilienbüro betrat, spürte sie einen unerwarteten Kloß in der Kehle. Sogar wenn einem etwas zu einer Bürde geworden war, konnte es einem offenbar schwerfallen, es loszulassen.

Die Maklerin nannte Catherine einen geschätzten Preis, den sie für das Haus erwarten konnte, wobei der Betrag auf den Verkaufsergebnissen mehrerer ähnlicher Häuser in der Gegend beruhte. Zwar sei der Frühling eine günstigere Zeit für den Verkauf, fügte sie hinzu, doch schien die Nachfrage nach Häusern in der Granite Bay das ganze Jahr über gleichmäßig anzuhalten. Mit etwas Glück konnte sie das Haus bis Weihnachten verkauft und den Auszug über die Bühne gebracht haben.

Das Treffen war geschäftsmäßig und freundlich, und die Maklerin besaß genug Einfühlungsvermögen und Verständnis, um Catherine nicht nach den Gründen für ihren Entschluss zu fragen. Am Ende zögerte Catherine nur kurz, ehe sie die Papiere unterzeichnete, durch die das Haus auf den Markt gelangen würde.

Als sie das Büro verließ und in ihren Wagen stieg, zitterten ihr die Hände so stark, dass sie drei Versuche benötigte, um den Schlüssel ins Zündschloss zu bekommen.

Sie hatte Angst. Und sie war aufgeregt. Und sie war bedrückt. Wie konnte sie am selben Tag so vieles richtig und so vieles falsch machen?

31

»Du verkaufst das Haus?« Lynda unterbrach ihre Massage, setzte sich auf und griff nach einem Handtuch, das sie sich über die Schultern warf. »Warum? Wo sollen wir denn hin? Wie konntest du das tun, ohne mir Bescheid zu sagen? Hab ich denn gar kein Mitspracherecht? Es ist auch mein Haus, hörst du.«

Catherine wischte sich die Lotion von den Händen. Da sie wusste, dass sie danach vermutlich kaum weitermachen konnten, hatte sie gewartet, bis sie fast am Ende waren. Obwohl Lynda die Jobnachricht besser aufgenommen hatte als erwartet, hatte Catherine sich nicht der Illusion hingegeben, dass es beim Hausverkauf ebenso sein würde. Hätte die Möglichkeit bestanden, hätte Catherine gewartet. Am Tag ihrer Rückkehr aus dem Camp gleich mit beiden Neuigkeiten konfrontiert zu werden, war für Lynda ein ganz schöner Brocken. Am schlimmsten aber wäre es gewesen, wenn Lynda von einer Verabredung mit Brian heimgekommen wäre und ein »Zu Verkaufen!«-Schild auf dem Rasen entdeckt hätte.

»Ich habe einfach keine andere Wahl«, sagte Catherine. »Ich muss verkaufen.« Sie warf das Handtuch in den Korb.

»Weshalb?«

»Weil wir es uns nicht mehr leisten können.«

»Aber du hast doch jetzt einen Job.«

»Da verdiene ich nicht mal genug, um die Steuern und Versicherungen für das Haus zu bezahlen.«

»Kannst du dir nicht einen besseren Job suchen?«

»Für was Besseres bin ich nicht qualifiziert.« Sie nahm einen sauberen Waschlappen aus der Schublade, feuchtete ihn an und wischte den Massagetisch ab. »Ich bin keine Karrierefrau, Lynda. Ich bin jemand, der nur zwei Jahre berufstätig war. Das ist ein gewaltiger Unterschied.«

»Ich begreife das nicht. Was ist denn mit Dad? Kannst du nicht mehr Geld von ihm bekommen?«

Sie zuckte zurück. Das also hatte Lynda durch ihr Beispiel gelernt. »Er hat selber Probleme. Und bis er wieder auf den Beinen ist, wird er mir nicht den vollen Unterhalt zahlen können. Außerdem wird es Zeit, dass ich selber für mich sorge, findest du nicht?«

»Wo ziehen wir hin? Du zwingst mich doch nicht, die Schule zu wechseln, oder?«

»Nein, dazu zwinge ich dich nicht. Was unseren künftigen Wohnort angeht, bin ich mir noch nicht sicher. Es gibt eine Menge Möglichkeiten zu erkunden – in der ganzen Stadt, in der ganzen Gegend. Ich wollte eigentlich ein anderes Haus kaufen, aber ich glaube, wir sollten eine Weile zur Miete wohnen.«

»Ich will nicht in einer Mietwohnung leben. Alles, nur das nicht.«

»Hör mal, ich will das auch nicht. Ich habe auch eher an ein Haus gedacht. Eins mit einem großen Hof, sodass wir uns einen Hund anschaffen können.«

Endlich kam doch noch etwas Positives, Hoffnungsvolles rüber. »Wirklich? Ich dachte, du magst keine Hunde.«

»Ich hab meine Meinung geändert.« In Wirklichkeit hatte Jack keine Hunde gemocht. Sie hatte sich ihm lediglich angepasst. Wie sie es in ihrer Ehe auch bei so vielen anderen Dingen getan hatte.

»Sind wir jetzt arm?«, fragte Lynda. Und ehe Catherine ihr antworten konnte, fügte sie hinzu: »Heißt das, dass ich zu meinen Geburtstag keinen Wagen bekomme?«

»Könnte sein«, meinte Catherine ausweichend. Und dann: »Wahrscheinlich nicht.«

»Was ist mit College?« – »Dafür ist gesorgt.«

Lynda drückte sich an die Wand und schob sich langsam hin und her. Das Jucken hatte wieder begonnen. »Alles hat sich geändert«, sagte sie leise. »Ich kann auf nichts mehr zählen.«

»Auf mich kannst du zählen.«

»Woher soll ich das wissen, Mom?« Als sie aufblickte, standen ihr Tränen in den Augen. »Ich dachte, ich könnte darauf bauen, Cheerleader zu sein und rückenfreie Oberteile zu tragen und immer in diesem Haus zu wohnen und zur Königin des Abschlussballs gewählt zu werden und einen Vater zu haben, der mich genug liebt, um mich ab und zu sehen zu wollen, und ich hab mich in allem getäuscht. Warum sollte ich glauben, dass es bei dir anders ist?«

»Weil du es weißt. Vielleicht werde ich dich manchmal enttäuschen und vielleicht kriege ich auch nicht alles so hin, wie du es gern hättest, aber ich werde immer für dich da sein.« Sie trat zu ihr und nahm sie in die Arme. »Ich weiß, dass du das jetzt nicht hören willst, und ich weiß, dass es dir schwerfällt, mir jetzt zu glauben, aber in meinem tiefsten Herzen weiß ich, dass wir eines Tages auf dieses Jahr zurückblicken und uns an mehr Gutes als Schlechtes erinnern werden.«

»Ich hasse es, wenn du das tust.« Sie legte das Kinn auf Catherines Schulter. »Ich will mich nicht besser fühlen. Wenigstens jetzt nicht.«

Catherine schloss die Augen vor dem überwältigenden Gefühl der Erleichterung, das über sie wegbrandete. »Ich weiß. Aber früher oder später muss es geschehen, sodass es genauso gut jetzt sein kann. Du willst dir doch nicht den ganzen Abend mit Brian verderben wegen etwas, das keine von uns ändern kann.«

»Gibt es keine Möglichkeit, dass wir das Haus behalten?«

Catherine schüttelte den Kopf. »Nein, tut mir leid.«

»Ja, mir auch.« Sie zog das Handtuch zurecht. »Ich sollte mich besser fertig machen. Brian ist immer sehr pünktlich.«

»Wo geht ihr denn hin?« – »Zu ihm. Sein Bruder hat Geburtstag.«

»Davon hast du mir nichts gesagt. Hast du ihm was gekauft?«

»Brian hat was besorgt.« Sie war schon fast zur Tür hinaus, als sie stehen blieb und sich umwandte. »Du warst bei Rick, oder?«

Die Frage erwischte Catherine unvorbereitet. »Wie kommst du denn darauf?«

»Wegen des Hundes. Du willst einen, weil du Blue gesehen hast.«

»Ich war an dem Abend, als wir dich besucht haben, dort«, sagte sie.

»Und?«

»Und was?«

»Wie war es?

»Blue ist ein toller Hund. Er ist alles das, was du von ihm erzählt hast. Ich würde ihn sofort nehmen, aber ich glaube nicht, dass wir Rick oder seine Nachbarin davon überzeugen könnten.«

»Nicht Blue. Wie fandest du das Haus?«

»Wunderschön.« Und das beschrieb ihre Empfindungen noch nicht einmal annähernd. Ricks Haus war ein Heim, genau das, was sie für sich und Lynda immer hatte schaffen wollen.

»Meinst du, wir könnten so ein Haus mieten?«

»Ich glaube nicht, dass es ein zweites Haus wie das von Rick gibt.« Und wenn es eins gäbe, so läge es außerhalb ihrer finanziellen Möglichkeiten. Niemand, der bei klarem Verstand war, würde ein derart solide ausgestattetes Haus einem Mieter überlassen.

Es läutete. »Das kann doch nicht Brian sein«, meinte Lynda, offensichtlich überzeugt, dass er es war. Sie flog ans Fenster. »Oh mein Gott. Er ist es.« Sie warf Catherine einen flehenden Blick zu. »Sag ihm, dass ich fast fertig bin.« Sie rannte den Flur hinunter zu ihrem Zimmer. »Fünfzehn Minuten. Nein, sag zehn.«

Catherine öffnete die Tür mit einer schwungvollen Geste und einem breiten Lächeln. Das Lächeln verschwand, als sie Brians Miene erblickte.

»Es ist was passiert. Was ist los?«

Er trat ein und blieb in der Diele stehen. »Wo ist Lynda?«, fragte er leise.

»Oben, sich fertig machen. Wir haben geredet und dabei die Zeit aus dem Blick verloren.«

Er schob die Hände in seine Gesäßtaschen. »Ray ist im Krankenhaus. Ich habe versucht, ihn anzurufen, ehe ich rüberkam, und seine Tante sagte, er hat irgendeine Art von Niereninfektion. Ich habe sie um die Nummer der Klinik gebeten, und sie meinte, er sei die meiste Zeit bewusstlos und könne nicht reden.« Er schaute die Treppe hinauf, wo Lyndas Zimmer war. »Ich weiß nicht, wie viel ich ihr sagen soll. Sie war so bestürzt darüber, dass sie bei Rays Abreise nicht da sein konnte; ich fürchte, sie dreht durch, wenn sie hört, dass er krank ist.«

»Wie schlimm ist es denn?«

Brian zuckte die Achseln. »Sicher weiß ich nur, dass es ihm schlecht genug geht, um seine Einlieferung zu rechtfertigen. Ich glaube nicht, dass seine Tante ihn in die Klinik brächte, wenn es nicht ernst wäre.«

»Wahrscheinlich hatte sie keine andere Wahl. Soweit ich weiß, sind Nierenprobleme bei Brandverletzten ziemlich verbreitet. Als Lynda im Krankenhaus war, wurde sie ständig daraufhin untersucht.«

»Aber sollte Ray inzwischen nicht schon über dieses Stadium hinaus sein?«

Er wollte beschwichtigt werden, doch das konnte sie nicht. »Ich weiß nicht. Seine Verletzungen waren so viel schlimmer als die von Lynda.«

»Soll ich es ihr sagen?«

Wenn sie ihn zu warten bat, bürdete sie ihm noch mehr auf, aber auch Lynda hatte schon genug zu schultern.

»Kannst du zwei Tage warten? Eine Atempause könnte sie schon vertragen.«

»Klar.«

Seine ruhige Bereitschaft rührte sie. Ihre unglaubliche, schöne, nachdenkliche Tochter verdiente jemanden wie Brian, genauso wie der einen wunderbaren Menschen wie Lynda verdient hatte. Sie war so froh, dass die beiden sich gefunden hatten.

»Lynda braucht noch ein paar Minuten. Möchtest du etwas trinken?«

»Haben Sie Limonade im Haus?«

»Sofort.«

Er folgte ihr in die Küche und stellte sich ans Fenster, wo sie den Kolibri-Automaten aufgehängt hatte. »Waren schon Vögel da?«

»Einige. Ich war in letzter Zeit nicht zu Hause, um sie zu beobachten.« Kaum hatte sie die Worte ausgesprochen, kam ein Annakolibri herabgestoßen, um auf dem Automaten zu landen.

»Ich habe für meine Mutter auch einen gekauft. Die Kolibris haben ihn sofort gefunden. Jetzt besorgt sie sich einen für das Haus am See. In zwei Monaten, meint mein Dad, wird sie sie überall hängen haben.«

Catherine reichte Brian seine Limonade. »Rick hat mir erzählt, dass du daran denkst, Feuerwehrmann zu werden.«

»Ich und tausend andere Typen.« Er klang entmutigt. »Und auch tausend Frauen.«

»Wenn du nach dem College immer noch Interesse daran hast, wirst du bestimmt kein Problem damit haben, einen Job zu finden.«

Er sah sie ungläubig an. »Rick hat Ihnen offenbar nicht erzählt, wie schwer es ist, auf seiner Wache akzeptiert zu werden – genauso wie auf jeder anderen. In den größeren Städten haben sie für jede Stelle Hunderte von Bewerbern.«

»Warum denn das?« Die Frage kam ihr quasi automatisch

über die Lippen – und hatte etwas Beleidigendes. Das Gleiche hatte sie auch bei Rick getan. Würde sie es nie lernen? »Tut mir leid, Brian. Ich begreife nur nicht den Reiz daran und fürchte, deine Eltern werden es auch nicht verstehen. Warum willst du etwas so Schweres und Gefährliches tun, wenn man so wenig damit verdient?«

»Weil es wichtig ist. Wie viele Leute können das schon von ihrem Beruf behaupten?«

Die Worte waren wie ein Echo auf die von Rick, aber sie wusste instinktiv, dass sie von Brian selbst stammten.

Sie hätte es wissen müssen.

Wenn man von den Jahren und den Umständen absah, ähnelten sich Rick und Brian wie zwei Blätter vom selben Baum.

»Ich bin fertig«, rief Lynda und kam die Treppe heruntergehopst. Sie strahlte, als sie Brian erblickte, und drehte sich im Kreis, wobei der lange geblümte Rock sinnlich um ihre Beine wirbelte. Mit der Hand auf dem Kopf, um den Hut mit hochgeschlagener Krempe und passenden Blumen festzuhalten, machte sie einen raschen Knicks und fragte: »Wie sehe ich aus?«

»Beeindruckend«, meinte Brian bewundernd. »Warte, bis mein Bruder dich in diesem Kleid sieht.«

Lynda grinste und schaute zu Catherine. »Jimmy hat sich ein bisschen in mich verknallt.«

»Verknallt? Der ist völlig durchgeknallt«, sagte Brian. »Und würde mir am liebsten eine knallen, wenn er ungeschoren damit davonkäme.«

Jimmy war der jüngste der Winslow-Jungen, zehn Jahre alt, und gab sich alle Mühe, mit den anderen mitzuhalten. »Klingt ein bisschen wie dein Vater, als er in diesem Alter war«, meinte Catherine.

»Das sagt Mom ihm auch immer.« Brian nahm Lyndas Hand und wandte sich an Catherine, und eine plötzliche Idee brachte seine Augen zum Funkeln. »Hey, wollen Sie nicht mitkommen? Es ist ja nicht Offizielles, nur ein Barbecue im Hinterhof.«

Catherine lächelte. »Danke, aber ich habe hier noch einiges zu erledigen. Schränke zu putzen und solche Sachen. Nächstes Wochenende haben wir hier Open House.«

»Open House? Macht man das nicht, wenn man ...«

Lynda zog ihn Richtung Haustür. »Ich erzähl es dir unterwegs.«

Catherine begleitete sie hinaus und winkte ihnen nach. Es war ein idealer Abend für eine Grillparty, heiß, aber nicht zu schwül. Die Moskitos würden zwar unterwegs sein, aber nicht so viele, dass man sie nicht mit Citronella-Kerzen und ein wenig Mückenspray unter Kontrolle bekam.

Nun, da sie wieder allein war, kamen ihr ihre Pläne für den Abend so schal vor, wie sie sich selbst fühlte. Ohne die Ablenkungen, die ihre Gedanken von Rick ferngehalten hatten, musste sie sich nun mit dem, was zwischen ihnen vorgefallen war, auseinandersetzen.

Sie war nicht bereit zu einer neuen Beziehung. Wenigstens nicht zu etwas Ernstem. Wie sollte sie auch, wo sie gerade erst lernte, zum ersten Mal in ihrem Leben auf eigenen Füßen zu stehen. Rick wollte mehr, als sie geben konnte. Sie konnte einen Menschen nicht so beiläufig lieben. Liebe verlangte Engagement. Ein Engagement, das sie Lynda schuldig war.

Lynda stand an erster Stelle. Das musste so sein. Und während Catherine darauf gefasst war, Rick aus ihrem Leben zu verbannen, konnte sie nicht zulassen, dass er auch aus Lyndas Leben verschwand.

Ehe sie einen Grund finden konnte, sich anders zu besinnen, kehrte sie ins Haus zurück und wählte die Nummer von Ricks Feuerwache. Bei jedem Klingelton drehte sich ihr der Magen um.

Sie wollte schon auflegen, als er endlich abnahm. »Captain Sawyer.«

»Rick, hier Catherine.«

Es folgte eine lange Pause. »Zwei Seelen, ein Gedanke. Ich wollte dich später anrufen.«

»Ist es momentan ungünstig?« Sie war sich überaus bewusst, dass er jeden Moment weggerufen werden konnte, und hatte permanent das Gefühl, schnell reden zu müssen.

»Wir sind gerade von einem Einsatz zurückgekommen und ich überlasse das Aufräumen nicht gerne der Crew, aber ich habe ein paar Minuten Zeit, ehe sie mich vermissen.«

»War es schlimm?«

»Eine Garage. Die Leute haben ihren Mercedes verloren, aber wir haben den Hund gerettet, sodass die Kinder happy waren. Aber deswegen hast du doch nicht angerufen, Catherine.«

Sie holte tief Luft und stieß sie gleich wieder aus. »Es ist wegen Lynda. Tut mir leid, dass ich dich darum bitten muss. ich weiß, wie schwierig es für dich ist, sie weiterhin zu sehen, aber gibt es vielleicht eine Möglichkeit ...«

»Ich werde ihr keinen neuen Mentor suchen, Catherine. Was ich gesagt habe, war übers Knie gebrochen, und ich hab mich beschissen gefühlt, weil ich es zugelassen habe.« Er hielt inne. »Okay, jetzt bist du an der Reihe.«

Es gab hundert Dinge, die sie sagen konnte, Dinge, die sie sagen sollte. Sie entschied sich für das, was wirklich von Herzen kam. »Gib's noch nicht auf mit mir. Jetzt wenigstens noch nicht. Ich habe noch viel vor mir, aber ich bemühe mich.«

»Ich gehe ja nicht weg, Catherine. Wenn du so weit bist, weißt du, wo du mich findest.«

Sonst gab es nichts zu sagen. Sie verabschiedete sich von ihm, legte den Hörer auf und holte die Flasche *Randle's Roost* heraus, die ihr Rick zum Geburtstag geschenkt hatte. Sie goss sich ein Glas ein und ging auf die Terrasse hinaus. Die Sonne ging an diesem Abend ganz langsam unter und überzog den Himmel mit einem flüssigen Feuer, das auf den Horizont tropfte.

Irgendwo in der Stadt saß ein Mann, den sie nicht verstand, und wartete auf den Anruf, der ihm mitteilte, dass jemand ihn brauchte. Er würde darauf reagieren, egal wie langweilig oder gefährlich der Einsatz war, tun, was er konnte, um zu helfen, und dann wieder verschwinden und auf den nächsten Notruf warten. Für Leute, die ihm nach dem Verebben des Adrenalinstoßes danken wollten, würde es zu spät sein. Wenn sie es am nächsten Tag probierten, waren ihre Retter längst wieder fort und von einer anderen Schicht ersetzt worden.

Inzwischen verstand sie, dass Feuerwehrleute in einer Ära von Vorbildern, die sich auf Basketballfeldern und in Fußballstadien hart angingen, stille Helden waren. Ihre Zurückhaltung war ein Teil ihres grundlegenden Charakterausstattung. Ihr Lohn waren Herzen, die dank ihrer sturen Hartnäckigkeit wieder zu schlagen begannen; ihre Ferien waren das Lächeln, das sie den Kindern im Camp auf die Lippen zauberten; ihre Clubbeiträge waren Vorschulkinder, die mit leuchtenden Augen durch die Feuerwache marschierten.

Wie konnte sie erwarten, Rick zu verstehen, wenn sie nie einen Menschen wie ihn gekannt hatte?

32

»Also wann öffnet er jetzt endlich das Tor?«, fragte Phyllis. »Nun mach mal ein bisschen dalli.«

Catherine beugte sich vor, um dem Wachmann am Tor zuzuwinken, und sah, dass es ein Neuer war. »Halt lieber an. Die Neuen nehmen ihren Job noch ernst.«

Phyllis wies sich gehorsam aus und wartete, bis der Wachmann die Liste zugelassener Besucher durchgegangen war. »Was macht er eigentlich da drinnen? Hat er nicht die Lebensmitteltüten auf dem Rücksitz gesehen? Schließlich hätten wir Eiscreme da drin haben können, die uns schmilzt.«

»Meine Güte!«, rief Catherine aus. »Ich hatte ja keine Ahnung, dass du heute so geladen bist.«

»Du weißt, was ich von dem Ganzen halte. Wen wollt ihr eigentlich aus eurer Anlage heraushalten?«

»Pfadfinderinnen. Die solltest du mal erleben. Wie sie uns jedes Jahr die Tore stürmen, um uns ihre Plätzchen anzudrehen.«

Phyllis lachte. Schließlich kam der Wachmann zurück, doch statt einfach das Tor zu öffnen, salutierte er erst einmal. »Was für ein Unsinn.« Phyllis konnte sich nicht verkneifen, hinzuzufügen: »Man sollte annehmen, er gestatte uns den Zugang zu einer streng geheimen militärischen Einrichtung.«

»Du musst das nicht mehr lange ertragen«, erwiderte Catherine fröhlich. Ihr Haus war am ersten Tag, den es sich offiziell auf dem Markt befand, zum geforderten Preis verkauft worden. Sodass sie jetzt natürlich überzeugt war, den Preis zu niedrig angesetzt zu haben. Etwa fünf Minuten lang haderte sie mit dieser Möglichkeit, dann rief sie ihre Mutter an, um zu feiern. Sie waren zum Lunch ins *Cooking with Linda,*

Catherines Lieblingsrestaurant, gegangen, das einzige Lokal, in dem sie sich ohne Zögern und ohne Schuldgefühle etwas gönnte.

In den eineinhalb Wochen, die seither vergangen war, hatte Lynda wieder mit der Schule angefangen, Catherine ihren neuen Job angetreten, und Rick Brians erstes Football-Spiel versäumt, da er Überstunden machen musste.

»Hast du dich wenigstens jetzt entschieden, wo du ein neues Haus suchen willst?«

»Ich habe mit Lynda darüber gesprochen. Solange sie zur Schule geht, will sie in der Gegend bleiben, danach, wenn sie aufs College wechselt, ist es ihr im Grunde egal, wo ich wohne. Ich habe eine Liste von Häusern, die mir die Frau von Maklerbüro gegeben hat. Wir treffen sie, wenn ich morgen von der Arbeit zurückkomme. Es gibt eins in Johnson Ranch, das ganz vielversprechend aussieht, bei den anderen weiß ich noch nicht so recht.«

»Johnson Ranch ist nett.«

Nett sicherlich, aber nicht annähernd das, was sie gewohnt waren. Catherine hatte noch nie in einem Reihenhaus gewohnt und wusste nicht, was sie zu erwarten hatte. Die Vorstellung, dass sie ein Nachbarhaus betreten könnte, das genauso geschnitten war wie ihres, war eine beunruhigende Neuerung.

»Und noch wichtiger«, sagte sie, »es ist eine Gegend, die ich mir leisten kann. Und es ist klein genug, dass ich es selber in Ordnung halten kann.«

»Ich hab mir zwar vorgenommen, mich nicht einzumischen ... das wäre das Letzte, was ich will, aber ...«

Catherine lächelte. »Aber was?«

»Brauchst du vielleicht Geld? Ich habe mehr, als ich je ausgeben kann, und würde es dir lieber jetzt geben, als dich warten zu lassen, bis ich tot bin. Jedenfalls verspreche ich mir keinen besonderen Spaß davon.«

»Ich komme gut über die Runden.«

»Das sehe ich aber nicht so. Ich weiß, dass es mich nichts angeht, aber …«

»Indem ich ein Haus miete, statt dass ich eins kaufe, und den Betrag, den ich durch den Verkauf dieses Hauses erziele, investiere, kann ich Lynda und mich von den Zinsen und meinem Job ernähren.«

»Du meisterst diese Geschichte weit besser, als ich dir zugetraut hätte.« Phyllis fuhr in die Auffahrt und legte die Bremse ein.

»Ich weiß. Es überrascht mich selber ein wenig. Eigentlich rechne ich ständig mit einer Depression. Doch stattdessen erwache ich jeden Morgen mit diesem unglaublichen Freiheitsgefühl. Ich liebe meinen neuen Job, Lynda genießt es, wieder in der Schule zu sein. Mir gefällt die Richtung, die unser Leben eingeschlagen hat. Zum ersten Mal bin ich ganz auf mich gestellt. Das Leben könnte gar nicht besser sein.«

»Jetzt brauchst du nur noch einen guten Mann, der dir …«

»Fang erst gar nicht damit an«, warnte sie sie. Seit ihrer Geburtstagsfeier hatte Phyllis diesbezüglich immer wieder gezielte Fragen gestellt und wirklich plumpe Anspielungen auf Rick gemacht. »Ob du es nun glauben willst oder nicht, Rick und ich sind Freunde und weiter nichts.«

»Ich verstehe ja, warum du dir Zeit lässt. Ich habe über deine Worte nachgedacht, und ich kann dir deine Meinung, dass du einen schlechte Männerkennerin bist, nicht verübeln. Aber inzwischen musst du doch begriffen haben, dass Rick nicht das Geringste mit Jack oder Tom gemeinsam hat.«

»Ich brauche momentan keinen Mann in meinem Leben. Mir geht es auch alleine gut.«

Phyllis war schon fast an der Tür, als sie sagte: »Das ist dein Problem, Catherine. Du verwechselst Bedürfnis und Begehren. Die anderen beiden hast du gebraucht, um dein Selbstbild zu bestimmen und zu stützen. Es gab eine Zeit, da hast du einen Wachmann und ein Tor für eine gute Sache gehalten, wichtig genug, um dich im Glauben zu verheddern, dass das, was ein Mann dir bieten kann, irgendwas mit dem zu tun hat, was er ist.«

»Was du da sagst, ist furchtbar. Bei dir klinge ich ja wie …«

Wie die Frau, *die sie war*. Oder zumindest die, die sie gewesen war.

Phyllis kam um den Wagen herum, in jeder Hand eine Tasche mit Lebensmitteln. »Jetzt bist du wahrscheinlich sauer auf mich, und ich muss hierbleiben, bis du dich wieder davon erholt hast.«

»Warum hast du mir das nicht schon früher erzählt?«

»Weil ich selber bis jetzt gebraucht habe, um mir darüber klar zu werden. Nicht jede Einsicht ereilt einen mit blitzartiger Plötzlichkeit, weißt du.«

»Hast du deswegen Dad geheiratet?« Phyllis' Einsichten beruhten oft auf Erfahrung. Sie nahm die Lebensmittel auf ihrer Seite vom Rücksitz, trat zu ihrer Mutter auf die Veranda und drückte, statt in ihrer Handtasche nach dem Schlüssel zu suchen, auf den Klingelknopf, damit Lynda ihnen aufmachte.

»Sicherlich auch. In den Fünfzigern wurden Mädchen dazu erzogen, Hausfrauen zu werden. Niemand hat mir je erzählt, dass ich selber für mich sorgen könnte, daher war es wichtig, sich für jemanden zu entscheiden, der sich aufs Sorgen verstand. Ich weiß nicht, ob ich gewitzt war oder nur Glück hatte, bei deinem Vater zu landen.«

Catherine betrachtete ihre Mutter und bemühte sich nach Kräften, ernst zu bleiben, als sie erwiderte: »Du willst also sagen, dass es allein deine Schuld ist, wenn ich einen guten Mann nicht von einem schlechten unterscheiden kann.«

Phyllis blinzelte überrascht. »Das will ich damit überhaupt nicht sagen.«

»Kapiert.« Sie läutete ein zweites Mal. Nach einigen Sekunden stieß sie an die Tür und stellte fest, dass sie offen war. Verwirrt sah sie Phyllis an. »Habe ich vielleicht vergessen, abzusperren?«

»Nein, ich kann mich genau erinnern, dass du dich noch mal vergewissert hast.«

Ein unbehagliches Gefühl kroch ihr über den Rücken. Sie trat ins Foyer. »Lynda?« Keine Antwort. »*Lynda?*«, rief sie lauter. Und immer noch erfolgte keine Antwort.

»Vielleicht ist sie hinten im Garten«, meinte Phyllis.

Catherine ging ins Wohnzimmer und sah Lyndas Rucksack auf dem Sofa liegen. Die Zeitschriften, die in einem Stapel auf dem Couchtisch gelegen hatten, waren über den Boden verteilt. Das schnurlose Telefon lag im offenen Kamin, und von den Küchenfenstern waren die Vorhänge heruntergerissen. Ihre Angst schlug in Panik um.

»Lynda?«, brüllte sie. »Lynda, wo bist du?«

Phyllis ließ die Lebensmittel fallen. »Ich schau oben nach.«

Während ihr das Herz bis zum Hals schlug, rannte Catherine zur Glasschiebetür, riss sie auf und überquerte die Terrasse. Lynda war nicht auf dem Hinterhof.

»Hier oben ist sie nicht«, rief Phyllis, als sie die Treppe heruntergeeilt kam. Sie trat ins Wohnzimmer und blickte sich langsam um. »Mein Gott ... Was ist denn hier passiert?«

Verzweifelt begann Catherine, den Raum abzusuchen. »Siehst du irgendwo ihre Handtasche? Ohne ihre Tasche würde sie nicht weggehen.«

Sie riss den Schrank auf und durchforstete ihn von oben bis unten. Phyllis sah hinter Kissen und unter Polstern nach. »Wo könnte sie nur hingegangen sein?«, fragte Phyllis. »Und weshalb?«

»Verdammt.« Catherine schlug sich die Arme um den Oberkörper. »Als ich den Job angenommen habe, hab ich ihr versprochen, ich wäre daheim, wenn sie von der Schule kommt. Ich hätte einfach nicht einkaufen gehen dürfen.«

»Das ist doch verrückt«, sagte Phyllis. »Du kannst doch nicht jede Minute bei ihr sein.«

Catherine fuhr herum, als sie eine Bewegung am Eingang registrierte. Einen Moment lang, der kürzer als ein Herzschlag währte, empfand sie tiefe Erleichterung. Und dann sah sie, dass nicht Lynda, sondern Brian dort stand. Er wirkte blass und ängstlich.

»Ist sie fort?«, fragte er.

Seine Angst fachte Catherines Ängste noch weiter an. »Was ist passiert?«

»Ray. Er ist tot.«

Ihr wurde eiskalt. Ihr Verstand wollte es nicht wahrhaben. Nicht Ray. Der schon so viel durchgestanden, so schwer gekämpft, so viel zu geben hatte. »Wie denn das?«

»Nierenversagen. Die Ärzte haben alles versucht, aber nichts hat geholfen. Es war, als hätte er einfach aufgegeben. So hat es seine Tante wenigstens geschildert, als Lynda dort anrief, um mit Ray zu reden.«

Catherines Knie zitterten. Sie tastete nach dem Sofa und ließ sich auf die Armlehne sinken. »Wann ist er denn gestorben?«

»Gestern. Lynda wusste ja nicht mal, dass er krank ist. Ich wollte es ihr sagen, aber … ich hab's nicht getan.« Schluchzend holte er Atem. »In der Schule ist alles so gut für sie gelaufen, das wollte ich ihr nicht verderben.« Hilflos streckte er die Hände aus. »Ich wusste ja nicht, dass er stirbt.«

Phyllis streckte die Hand aus und zog ihn in ihre Arme. Seine Schluchzer gingen in Tränen über. »Es tut mir so leid«, summte sie leise. »Um euch alle.«

Catherine konnte sich Lynda richtig vorstellen, wie sie mit Ray telefonierend, erfüllt von all den Neuigkeiten aus der Schule, von denen sie ihm berichten wollte, vor Aufregung nur so sprudelte und neugierig darauf war, wie es Ray selbst in seiner neuen Schule erging. Wie oft konnte Lynda es wohl noch ertragen, dass ihre Welt in Trümmer fiel? Wann würde es einmal zu viel sein, die Erfahrung sie um ihre Jugend bringen und sie mit fünfzehn zu einer alten Frau machen?

»Wir können nicht einfach nur herumsitzen«, sagte Catherine, und an Brian gewandt: »Wie lange ist es her, dass du mit Lynda gesprochen hast?«

Er wischte sich mit dem Hemdärmel die Augen ab. »Eine halbe Stunde, vielleicht etwas länger. Ich dachte, sie käme damit zurecht, und dann – als ich sagte, dass ich von Rays Klinikaufenthalt gewusst habe – ist sie völlig ausgerastet. Hat mich immer wieder gefragt, warum ich es ihr nicht gesagt habe, und egal was ich auch sagte, sie es ließ nicht gelten.«

»Sie kann nicht weit gekommen sein.« Catherine versuchte, sich an Lyndas Stelle zu versetzen. Wohin würde sie gehen, um sich auszuheulen? Irgendwohin, wo sie allein sein konnte. »Wahrscheinlich ist sie nach Folsom gegangen. Über die Nebenstraßen ist es nur etwa eine Meile bis zum See. Ich fahre hinunter und schaue, ob ich sie abfangen kann.«

»Was soll ich tun?«, fragte Brian.

»Geh du den Reiterweg entlang, für den Fall, dass sie den eingeschlagen hat.« So weit sie wusste, hatte Lynda das noch nie getan, weil der Pfad sich lange durch die Hügel wand, ehe er zum See hinabführte. Allerdings war in diesem Sommer zu vieles zum ersten Mal geschehen, als dass es man von vornherein ausschließen konnte. Da er zu Fuß gehen musste, fragte sie ihn: »Hast du dein Handy dabei? Ich will nicht, dass du da draußen herumirrst, während sie vielleicht schon wieder zu Hause ist.«

»Es ist im Auto. Ich nehme es mit.«

Phyllis begann, die Zeitschriften aufzuklauben. »Ich warte hier, falls sie hier aufkreuzen sollte, bevor ihr zurückkommt.«

Catherine griff nach ihrem Schlüsselbund und eilte zur Garage.

Einen Augenblick später war sie wieder zurück. »Schau, ob du Brian noch erwischt!«, befahl sie Phyllis.

Er kehrte ins Haus zurück. »Der Wagen ist weg«, sagte sie und versuchte, ihre wachsende Panik unter Kontrolle zu halten. »Lynda hat den Wagen genommen. Sie kann doch nicht fahren.«

»Doch, sie kann«, sagte er leise und sah aus wie ein geprügelter Hund. »Ich hab es ihr beigebracht. Wir fahren immer hinter einem der Lagerhäuser meines Vaters. Eigentlich ist sie ziemlich gut für eine ...«

»Ziemlich gut?« Catherine funkelte ihn an, endlich hatte sie eine Zielscheibe für ihre Ängste gefunden. Sie wusste, dass es unfair war, aber sie konnte sich nicht bezähmen. »Was soll denn das heißen? Weiß sie, wie lange es dauert, um ein Auto mit fünfundsechzig Meilen zum Stehen zu bringen? Kann sie sich bei dieser Geschwindigkeit in den Verkehr einfädeln? Kann sie sich gegen diese durchgeknallten Pendler zur Wehr setzen, die um diese Zeit die Straßen unsicher machen?«

Phyllis ließ die Zeitschriften auf den Tisch fallen. »Du bist ungerecht. Es ist nicht seine Schuld.«

Catherine brauchte diese Wut. Es war etwas, an dem sie sich festhalten konnte. Aber nicht, wenn sie gegen Brian gerichtet war. Er hatte ihre Loyalität verdient, nicht ihren Zorn. »Ich weiß nicht, was ich machen soll«, gestand sie.

»Es tut mir leid, Mrs Miller«, sagte Brian. »Vielleicht hätte ich ihr das Fahren ja nicht beibringen sollen, aber ich schwöre, ich habe nie gedacht, dass so was passieren könnte.«

Er hatte genauso entsetzliche Angst wie sie. »Hast du eine Ahnung, wohin sie gefahren sein könnte?«

Er überlegte lange. »Überallhin.«

»Ich werde Jack anrufen«, sagte Catherine. »Sie wollte morgen bei ihm übernachten.«

»Ich könnte es bei Wendy probieren«, bot Brian an.

»Ja, klar«, erwiderte Catherine. »Danke, dass du dran gedacht hast.«

»Wenn sie nicht bei Wendy ist, dann weiß die ja vielleicht, wo sie sonst noch stecken könnte«, sagte er.

»Du kannst Lyndas Apparat im ersten Stock benutzen. Ihr Adressbuch liegt auf dem Nachttisch.« Sie wusste, es bestand nicht der Hauch einer Chance, dass Lynda zu Jack gefahren war, doch sie musste etwas tun.

Sie wählte die Nummer ihres Exmannes und wartete atemlos, während es läutete. Die Putzfrau meldete sich und ließ Catherine wissen, dass Jack nicht zu Hause und auch niemand vorbeigekommen sei.

»Wie steht's mit Rick?«, fragte Phyllis, als Catherine Jack abgehakt hatte.

»Er ist bei der Arbeit. Wäre sie zu ihm gefahren, hätte er sie sicher sofort bei mir anrufen lassen.« Sie hätte nicht sagen können, woher sie das wusste, sie wusste es einfach.

»Die Polizei?«, schlug Phyllis zögernd vor.

Allein die Erwähnung der Polizei war mehr, als Catherine ertragen konnte. Wenn sie die Polizei anrief, akzeptierte sie auch die Möglichkeit, dass Lynda die Polizei brauchen könnte. Sie durfte ihre Tochter nicht verlieren. Nicht jetzt. Sie hatten in diesem Sommer die Hölle durchschritten. Sie konnten nicht wieder zurück. Nicht noch einmal. Bitte, lieber Gott, nicht noch einmal.

»Noch nicht. Nicht ehe Brian zurück ist.«

Kaum hatte sie die Worte ausgesprochen, da erschien er schon auf dem Treppenabsatz. Stumm antwortete er auf die Frage, die sie nicht gestellt hatte, und drehte den Kopf von rechts nach links. Nur ein einziges Mal. Das reichte.

33

Rick hörte das Klingeln des Telefons, sobald Steve den Motor ausgeschaltet hatte. Er sprang vom Wagen und stürzte durch den Geräteraum und Korridor in sein Büro.

Er riss den Hörer von der Gabel. »Captain Sawyer.« Da niemand antwortete, nahm er an, der Anrufer habe bereits aufgelegt, und wollte eben dasselbe tun, als er Catherines Stimme hörte.

»Rick? Gott sei Dank. Ich hatte Angst, du wärest nicht da, und ich …«

Als er die Verzweiflung in ihrer Stimme hörte, sträubten sich seine Nackenhaare. »Was ist denn los, Catherine? *Sag was.*«

»Lynda. Sie ist verschwunden. Sie hat meinen Wagen genommen und sie kann nicht fahren – wenigstens nicht gut genug, um zusammen mit anderen Autos auf der Straße zu sein. Ich weiß nicht, was ich tun soll. Ich dachte, vielleicht ist sie zu dir gefahren. Ich wusste zwar, du würdest sie anrufen lassen. Aber dann dachte ich, dass du vielleicht weg warst, als sie kam, und sie jetzt womöglich auf dem Parkplatz sitzt und auf dich wartet, wenn sie dich nicht telefonisch erreicht hat.« Sie hielt inne, um schaudernd Atem zu holen. »Es tut mir leid. Ich weiß, das klingt alles verworren. Aber ich weiß einfach nicht, was ich sonst tun soll, wen ich anrufen soll.«

»Wie lange ist sie denn schon weg?«

»Ich weiß nicht – wenigstens nicht sicher. Vielleicht eine Stunde.«

In einer Stunde konnte sie überallhin gefahren sein, konnte auch in einer Notaufnahme gelandet sein. »Ist jemand bei dir?«

»Meine Mutter. Brian ist unterwegs und sucht sie«, antwortete sie mit erstickter Stimme.

»Warum ist sie denn ausgerissen? Was ist passiert? Er hoffte, die Antwort könne einen Hinweis auf ihren Verbleib geben.

»Sie wollte Ray anrufen und hat erfahren, dass er gestern gestorben ist.«

»Mein Gott – das hab ich nicht gewusst.« Er war nicht so überrascht, wie Lynda es gewesen sein musste, da er nicht so sicher war, dass Ray das Schlimmste schon hinter sich hatte. Er hatte zu oft erlebt, dass unerwartete Komplikationen die Kinder gerade dann ereilten, wenn alle glaubten, sie hätten das Gröbste hinter sich. »Wen hast du bisher angerufen, um bei der Suche zu helfen?

»Bis jetzt noch niemanden. Die Polizei wollte ich erst nach dem Anruf bei dir einschalten.«

»Lass mich mal sehen, ob ich vorher noch etwas herausfinden kann.« Falls Lynda etwas zugestoßen war, wollte er nicht, dass Catherine es telefonisch erfuhr. Er schnappte sich einen Block und notierte sich Kennzeichen, Baujahr und Modell ihres Wagens. »Ich rufe zurück, sobald ich kann.«

Er legte auf, rief sofort seine Kontakte in den Polizeipräsidien von Placer, El Dorado und Sacramento an und bat sie, Catherines Kennzeichen im Hinblick auf Routinekontrollen oder Unfälle in den Computer einzugeben. Dann rief er die Feuerwachen an und bat sie um die Anzeigen aller Notrufe aus den vorausgegangenen zwei Stunden.

Fünfzehn Minuten später telefonierte er wieder mit Catherine. »Hast du was gehört?«

»Nur wo sie nicht ist. Brian und Phyllis rufen mich jedes Mal an, wenn sie irgendwo waren und sie nicht gefunden haben.«

»Es gibt keinen Polizeibericht, und sie ist auch in keinem der Krankenhäuser hier in der Gegend«, sagte er. »Wo immer Lynda auch hingefahren ist, sie hat es geschafft, ohne sich einen Strafzettel einzuhandeln oder den Wagen zu Schrott zu fahren.«

Catherine seufzte erleichtert. »Danke, Rick. Ich hatte solche Angst. Ich weiß nicht, was ich tun würde, wenn Lynda noch einmal etwas passieren würde.«

»Ich hab den Leuten, die ich kontaktiert habe, gesagt, dass sie mich zurückrufen sollen, falls sie etwas hören, aber ich glaube nicht, dass es dazu kommt. Wo immer Lynda auch hinwollte, inzwischen ist sie dort wahrscheinlich angekommen. Sobald sie sich ein wenig beruhigt hat, wird ihr klar werden, dass sie kein Recht hat, deinen Wagen zu fahren, und sie wird sich überlegen, wie sie am besten wieder nach Hause kommt.«

Zum ersten Mal, seit sie Lyndas Verschwinden entdeckt hatte, war es Catherine, als habe man ihr ein Gewicht von der Brust genommen, als könne sie wieder normal atmen. »Wenn ich etwas höre, ruf ich dich sofort an.«

»Ich schaue mal, was ich über Ray in Erfahrung bringen kann. Manchmal ist etwas zu wissen allein schon hilfreich.«

Sie griff nach einem Papiertaschentuch, um sich die Tränen abzuwischen, die ihr über die Wangen liefen. »Ich hab ihm gesagt, ihm versprochen, dass er zu uns kommen könnte.«

»Dann ist er jedenfalls im Wissen gestorben, dass er geliebt und gewollt war.«

»Ich hätte eine Möglichkeit finden müssen. Ich war so in meine eigenen Probleme verstrickt, dass ich ihn zwar im Hinterkopf behielt, aber ...«

»Catherine, ich lege jetzt auf. Wir können ein andermal über die Sache reden.«

Warum sollte er ihr zuhören, wenn sie sich selbst kaum verstand?

Sie verabschiedete sich und setzte sich mit angezogenen Beinen in die Sofaecke, das Kinn auf die Knie gestützt, das Telefon neben sich.

Eine halbe Stunde später klingelte es an der Tür. Es war Rick.

»Ich dachte, du könntest ein wenig Gesellschaft vertragen«, sagte er, als habe er lediglich die Straße überquert, um zu ihr zu kommen.

Stumm ließ sie sich von ihm umarmen, und seine Dienstmarke und seine Signalpfeife schmiegten sich kühl an ihre warme Haut.

Hätte sie versucht, ihm zu erklären, wie viel ihr das bedeutete, hätte sie wieder zu weinen begonnen – das wusste sie. Daher bog sie schließlich den Kopf zurück und sagte: »Danke. Von ganzem Herzen.«

»Gern geschehen.«

Brian wusste nicht, wo er als Nächstes nachsehen sollte. Er fuhr ziellos in der Gegend umher und überprüfte Orte, an denen er bereits gewesen war. Eben war er zum zweiten Mal unterwegs zum Café in Gold River, als ihm plötzlich einfiel, wo Lynda mit großer Wahrscheinlichkeit hingefahren war. So sicher er sich gewesen war, sie bei Wendy oder einer ihrer anderen Freundinnen nicht anzutreffen, so gewiss wusste er nun, dass er sie finden würde. Er begriff nicht, warum er nicht gleich daran gedacht hatte.

Lynda fuhr leidenschaftlich gern durch die Hügel, vor allem am Abend, wenn sie die Fenster herunterkurbeln und den heißen Sommerwind durch den Wagen fegen lassen konnten. Genau dann, wenn die Hitze am schlimmsten war, wurden sie plötzlich von einer Strömung kühler, feuchter Luft vom See oder vom Fluss getroffen – und es war wie ein Versprechen, dass auch die Sommerhitze einmal enden würde.

Wenn sie schließlich anhielten, so war es immer an derselben Stelle. Weit draußen an einem Punkt, wo man zusehen konnte, wie in der Dämmerung allmählich die Lichter der Stadt angingen. Bei Sonnenuntergang bildeten die Lichter ein

Patchworkmuster, das sich allmählich vervollständigte, bis der gesamte Talboden in der aufsteigenden Hitze eine schimmernde Decke bildete.

Er wendete vor Old Auburn, fuhr hinüber zum Folsom-Damm und dann nach links auf die Green Valley Road. Eine halbe Stunde später bog er endlich auf die schmale unbefestigte Straße ein, die sich um den Hang herumwand, und die Enttäuschung war wie ein Hieb in den Magen – der Wagen war nicht da. Er hatte nur noch hundert Meter zu fahren, und hätte sie – egal wo sie parkte – eigentlich jetzt sehen müssen.

Er wollte nicht glauben, dass er sich getäuscht hatte, und fuhr weiter.

Als er den Punkt erreichte, wo der Regen von Jahrzehnten die Straße weggewaschen hatte, blieb er stehen und stieg aus, um sich umzusehen.

Ein heißer Wind fuhr durch die hohen goldenen Grashalme und erzeugte einen einsamen, wispernden Laut. Irgendwo hinter ihm ertönte das Hämmern eines Spechts, der seinen Schnabel in einen abgestorbenen Baum schlug. Aus allen Richtungen kam das leise Schnarren der Heuschrecken und Grillen und der Ruf der Vögel, die in den Hügeln zu Hause waren. Nichts Außergewöhnliches. Nichts, das er nicht schon unzählige Male zuvor gehört hatte. Nichts, das ihm Hoffnung eingeflößt hätte.

Doch statt zum Wagen zurückzukehren, ging er noch einmal hundert Meter weiter, folgte einem Pfad, auf dem Hirschlosung lag. Er hielt inne, um sich umzublicken, und sah nichts, das darauf schließen ließ, dass Lynda da gewesen sein könnte. Frustriert und angstvoll rief er ihren Namen.

»Lynda – wo zum Teufel steckst du?«

»Hier drüben.«

Das Herz schlug ihm bis zum Hals, er fuhr herum, dachte, sie habe sich von hinten an ihn herangeschlichen. »Wo?«

»Hier«, rief sie. Und sie trat hinter einer auf halber Hanghöhe stehenden Gruppe von Eichen hervor und winkte ihm zu. »Hier bin ich. Kannst du mich nicht sehen? Hier, Brian. Bitte, sieh doch her.«

Er winkte zurück und begann, den Hügel hinunterzulaufen, rutschte im hohen Gras, glitt aus, rappelte sich wieder hoch und stürzte erneut. Als er sie erreicht hatte, schloss er sie in die Arme und küsste sie immer und immer wieder, die unbeständige Mischung aus Furcht und Freude fand Ausdruck in der Berührung. Ihre Bluse und ihre Shorts waren zerrissen, der Druckanzug völlig verdreckt, ihre Knie verschrammt und blutig und das Gesicht tränenüberströmt.

»Ich wusste, dass du mich findest«, sagte sie. »Keiner sonst hätte mich finden können. Nur du.«

Er nahm ihr Gesicht in die Hände und schaute ihr tief in die Augen. »Ich hätte immer weiter gesucht.«

Frische Tränen glitzerten in ihren Augen. »Ich liebe dich, Brian.«

»Es tut mir leid, dass ich dir das mit Ray nicht erzählt habe.«

»Du wolltest mich nur beschützen.«

Wieder küsste er sie, zärtlich, voll zurückgehaltener Leidenschaft und Sehnsucht, schmeckte ihre Tränen, ihren Schmerz. »Ich hätte mich mehr anstrengen müssen, damit er hierbleiben kann«, sagte er, und die Tränen brannten ihm in der Kehle. »Ich bin schuld. Wenn er nicht mit ihr gefahren wäre ...«

Sie legte ihm den Finger auf die Lippen. »Sag das nicht. Es stimmt nicht.« Tränen rannen ihr über die Wangen. »Du warst sein Freund. Du hast ihm Hoffnung gegeben.«

Er versuchte, seine eigenen Tränen hinunterzuschlucken, aber der Schmerz saß zu tief.

Mit einem herzzerreißenden Schluchzer sagte er zu ihr: »Ich hätte mehr tun sollen. Er hat mir vertraut, und ich hab ihn im Stich gelassen.«

Lynda wiegte ihn in den Armen und weinte mit ihm. »Ich

hab mich nicht von ihm verabschiedet«, sagte sie, und wieder brach es ihr fast das Herz. »Ich hätte sofort, als ich vom Camp nach Hause kam, anrufen sollen. Er muss geglaubt haben, dass er mir gleichgültig ist.«

»Er weiß, dass er dir nicht egal war«, versetzt Brian im Brustton der Überzeugung.

Sie lehnte sich zurück und sah ihn an. »Wie kannst du dir da so sicher sein?«

»Weil seine Leute es ihm gesagt haben, als er wieder bei ihnen war.«

Brian wischte sich die Augen und trocknete dann behutsam Lyndas Tränen. Er küsste sie auf die Wangen, die Lippen und flüsterte ihr in beide Ohren, dass er sie liebe, nahm sie dann in die Arme und setzte sich mit ihr an den Stamm der alten Eiche, die sie vor der Sonne schützte. Er hielt sie umarmt und schwieg lange.

Er glaubte, was er Lynda gesagt hatte, genauso, wie er glaubte, dass das Universum seine Erschaffung einem höheren Wesen verdankte. Dass Ray bei seiner Familie war, hatte er bis zu dem Moment, in dem er sich selbst die Worte aussprechen hörte, nicht gewusst. Jetzt aber wusste er, dass diese Worte ein Abschiedsgeschenk seines Freund waren, der ihren Kummer irgendwie spürte und ihnen mitteilen wollte, dass es ihm gut ging.

»Ich glaube, wir sollten für Ray einen Baum pflanzen«, sagte Lynda. »An einem sicheren Ort, wo wir zusehen können, wie er wächst, und uns keine Sorgen darum machen müssen, dass jemand ihn fällt.«

»Eine Eiche kann mehrere Hundert Jahre alt werden«, sagte er.

»Und die Heimstätte von Vögel und Eichhörnchen sein und im Herbst Tausende von Eicheln abwerfen und so Hirsche und Waschbären ernähren.« Sie setzte sich auf und sah ihn an. »Und wie sorgen wir dafür, dass die Stelle sicher ist?«

»Ich weiß noch nicht.« Sie war so schön. Auch wenn er ihr

für den Rest ihres Lebens jeden Tag sagen würde, wie viel sie ihm bedeutete, es wäre nicht genug. »Aber wir finden eine Möglichkeit.«

»Ich liebe dich, Brian.« Sie lächelte ihn an. »Ich wünschte, dieser Hügel würde uns gehören und wir könnten für immer hierbleiben.«

Das »für immer« erinnerte ihn daran, warum er eigentlich da war. »Was machst du eigentlich hier? Und warum sind deine Knie so aufgeschürft?« Er blickte sich um. »Und wo ist der Wagen?«

Sie zeigte den Hang hinab auf den Grund der Schlucht. »Meine Mom wird mich umbringen.«

»Heiliger Strohsack! Deine Mom! Ich hab versprochen, sie anzurufen.« Er sprang auf und griff in seine Gesäßtasche. Sie war leer. »Ich muss das Handy verloren haben, als ich gestürzt bin.«

»Sie bringt mich um«, wiederholte Lynda.

»Kann sein – aber ich schätze, dass dir noch zwei Tage bleiben. Sie wird zu froh sein, dich wiederzusehen, als dass sie dir vorher was Derartiges antun würde.« Brian nahm Lyndas Hand und half ihr auf die Füße. »Alles okay? Kannst du gehen?«

»Bis hierher hab ich's geschafft.«

»Wie bist du da runtergekommen?«

Sie antwortete nicht sofort. Dann meinte sie mit einem Seufzer: »Ich wollte wenden und muss wohl zu nahe an den Rand gekommen sein, da der Wagen plötzlich bergab rollte. Rückwärts. Ich hab auf die Bremse getreten, so fest ich konnte, aber es half nichts.«

Er fixierte sie.

»Willst du mir erzählen, dass du von hier oben bis ganz da runter gerutscht bist?«

Sie nickte.

»Hast du dich überschlagen?«.

»Ein paarmal hab ich damit gerechnet, aber es ist nicht

passiert. Ich weiß nicht, wie wir es da wieder rauskriegen sollen. Es gibt keine Straßen da unten. Ich hab mich schon umgesehen.« Sie stieß gegen etwas, blickte hinunter und sagte: »Ich hab das Handy gefunden.«

»Gut. Dann ruf deine Mutter an.«

»Ich dachte, du willst sie anrufen«, meinte sie hoffnungsvoll.

»Kommt nicht infrage. Das machst du schön selber.«

Sie setzte sich auf einen Felsblock und wählte die Nummer. Schon nach dem ersten Klingeln nahm Catherine ab.

»Hallo?«

»Hallo, Mom«, sagte Lynda mit plötzlich stockender Stimme. »Ich bin's.«

34

Catherine saß, den Kopf in die Hände gestützt, da und war vor Erleichterung wie gelähmt. Schließlich blickte sie auf und warf Rick ein zittriges Lächeln zu. »Jetzt muss ich nur noch sehen, wie ich meinen Wagen aus einer Schlucht rausbugsiere.«

»Nach allem, was du heute durchgemacht hast, sollte das ja ein Kinderspiel sein.«

Ihr Herz machte einen komischen kleinen Satz. Er war unaufgefordert gekommen, hatte ihr stillschweigend die Kraft gegeben, die sie so dringend benötigt hatte, und erwartete keinen Dank dafür. »Ohne dich hätte ich das nicht geschafft«, sagte sie mit schlichter Aufrichtigkeit.

»Selbstverständlich hättest du das.« Er stand da und streckte sich. »Du bist viel stärker, als du glaubst.« Er ging Richtung Tür. »Sag Lynda, sie soll mich bei Gelegenheit anrufen.

»Kannst du nicht warten? Sie wird bald da sein.« Catherine wollte nicht, dass er ging.

»Ich hab dem Chef versprochen, so bald wie möglich wieder zurück zu sein.«

Sie nickte. »Kommst du zum Abendessen?«, fragte sie und überraschte sie beide damit. »Lass mich wenigstens das tun.« Es war nicht fair von ihr. Sie hatte ihm gesagt, dass sie ihn nicht lieben konnte, dass eine Beziehung nicht infrage kam, und nun kam sie und stieß erneut die Tür auf. »Im neuen Haus. Sobald wir eingezogen sind.« Sie lächelte nervös. »Natürlich erst, wenn ich weiß, wo das neue Haus steht.«

»Du brauchst mir kein Abendessen zu kochen. Und solltest mir ganz sicher lieber keine Dankesnote schreiben«, meinte er. »Das alles haben wir längst hinter uns. Hoffe ich jedenfalls.«

Sie konnte ihn nicht einfach gehen lassen. Nicht so. »Ich will dich wiedersehen«, platzte es aus ihr heraus. »Und es hat nichts mit Lynda oder Dankbarkeit zu tun.«

Er fuhr ihr mit dem Fingerknöchel übers Kinn und berührte ihre Lippe mit dem Daumen. »Emotional bist du momentan ja wohl ein hoffnungsloser Fall. Lass dir zwei Wochen Zeit und schau mal, ob du dann immer noch dieselben Gefühle hast. Wenn ja, ruf mich an. Dann treff ich dich jederzeit und wo du willst.«

Langsam, innehaltend, um ihr die Wahl zu lassen, näherte er sich ihr und streifte ihre Lippen mit einem hauchzarten Kuss. Sie schloss die Augen und schwang in seine Richtung. Und als er sie wieder küsste, öffnete sie den Mund und stöhnte leise.

Rick unterbrach den Kuss, sah sie an und lächelte. »Ich sehe, dass du mal ernstlich in dich gehen musst. Aber denk dran, ich bin auf deiner Seite. Immer gewesen. Und werd es auch immer sein.«

Sie begleitete ihn zur Tür, wartete, während er rückwärts die Ausfahrt hinausstieß, und ihre Mutter hereingefahren kam.

»Wo will Rick denn hin?«, fragte sie, die Tragetasche eines chinesischen Schnellrestaurants in einer und einen Koffer in der anderen Hand. Sie hatte darauf bestanden, zu bleiben, bis Lynda wieder daheim war, auch wenn es die ganze Nacht dauern sollte.

»Er musste wieder zur Arbeit.« Catherine nahm den Koffer in Empfang.

»Aber ich hab das ganze Essen mitgebracht.«

»Lynda und Brian werden das mit Sicherheit schaffen.«

Phyllis wirbelte auf dem Absatz herum und ließ fast die Tasche fallen.

»Du hast sie gefunden? Wo denn?«

»Brian hat sie gefunden. Irgendwo in den Hügeln, wo sie sich immer den Sonnenuntergang anschauen.«

»Und sie hat sich nichts getan?« Phyllis ging in die Küche und stellte das Essen auf den Schrank.

»Überraschenderweise nicht.«

»Armes Mädchen. Den ganzen Sommer lang jagt ein Unglück das andere.«

Catherine sann über den Satz ihrer Mutter nach. »Vielleicht, aber wenn du sie fragen würdest, würde sie dir mit Sicherheit sagen, dass sie das nicht so sieht.«

»Du meinst wegen Brian?«

»Und Rick.«

Phyllis schüttelte den Kopf. »Rick ist so wichtig für diese Familie geworden, dass ich mich manchmal selbst dran erinnern muss, dass er nicht immer da war.«

»Hast du gewusst, dass Gene und er an der USC in derselben Studentenverbindung waren?«

»Ich hab mich gefragt, woher sie sich kennen.« Sie drehte den Hahn auf, um sich die Hände zu waschen, stand dann wie angewurzelt da, während das Wasser weiterlief. Sie starrte Catherine an und brach in Tränen aus.

»Was ist denn?«, fragte Catherine.

»Ich weiß nicht, was ich täte, wenn dir oder Lynda etwas zustoßen würde.« Sie drehte das Wasser zu und griff nach einem Papiertaschentuch. »Als ich deinen Vater verlor, hab ich mir geschworen, nie wieder einen Tag für selbstverständlich zu nehmen, aber ich bin sofort wieder in die alte Selbstzufriedenheit zurückgefallen. Wie konnte ich mir nur je einbilden, in Arizona glücklich zu werden, wo ihr alle hier seid?«

»Es bricht mir das Herz, wenn ich dran denke, was Ray alles entgeht«, sagte Catherine. »Was man ihm gestohlen hat.«

»Möchtest du, dass ich Rays Tante anrufe, um mich nach dem Begräbnis zu erkundigen und zu fragen, wohin wir die Blumen schicken sollen?«

Blumen … sie hatte sie völlig vergessen. Natürlich sollten sie Blumen schicken. Aber was für welche? Chrysanthemen, um die Football-Spiele zu repräsentieren, die Ray nicht mehr spielen würde? Orchideen für das Ansteckstäußchen, das er nie wieder für eine Ballpartnerin kaufen würde? Rosen für die Ansteckblume, die er nie an seinem Hochzeitssmoking tragen würde?

»Warum warten wir nicht und hören, was Lynda und Brian wollen«, meinte Catherine, und die Traurigkeit drohte sie zu überwältigen.

»Schade, dass das Begräbnis so weit weg ist.«

»Warum?«

»Oh, ich weiß schon, für das moderne Empfinden sind Begräbnisse zu teuer und übertrieben. Und ich gebe zu, das Ganze ist außer Kontrolle geraten, aber ich glaube, die Leute verwechseln das äußere Drumherum mit dem Bedürfnis nach einem Abschluss. Es besteht da die Tendenz, das Kind mit dem Bade auszuschütten. Wir vergessen dabei, dass wir, wenn uns jemand verlässt, alle das Bedürfnis haben, uns ein letztes Mal zu verabschieden.«

Da war sie, die Antwort auf die Frage, was zu tun war. Ganz einfach, aber für Lynda und Brian absolut notwendig, wenn sie ihren Heilungsprozess beginnen sollten. Sie griff nach dem Telefonbuch.

»Was hast du vor?«

»Ich sehe nach, ob wir noch rechtzeitig zur Beerdigung nach Kansas fliegen können.« Catherine zögerte. »Erinnere mich daran, die Immobilienfirma anzurufen, damit ich für morgen absage.«

»Und was ist mit deiner Arbeit?«

Sie arbeitete erst so kurz in ihrem neuen Job, dass sie ihn vergessen konnte. »Es sind wunderbare Leute. Die verstehen das sicher.« Doch egal, wie wunderbar sie auch waren, sie hatten sie eingestellt, weil sie sie brauchten. Und sie ließ sie nur ungern im Stich.

»Würde denn irgendwas dagegen sprechen, wenn ich an deiner Stelle flöge?«

Das war die ideale Lösung. »Und es macht dir wirklich nichts aus?«

Phyllis wischte den Einwand beiseite. »Ich bin froh, wenn ich gebraucht werde. Dann kannst du auch mein Auto benutzen, während ich weg bin.«

Nachdem sie sich im Labyrinth des neuen Flughafenparkplatzes verirrt hatte, musste sich Catherine beeilen, um rechtzeitig am Terminal zu sein. Sie traf ein, als die Maschine schon auf die Rampe zusteuerte. Phyllis stieg als Erste aus und erzählte, als man verkündet habe, die Maschine sei überbucht, habe Brian sofort die Initiative ergriffen und vorgeschlagen, sie in die erste Klasse zu verlegen.

»Ich glaube, das ist ein ganz Fürsorglicher«, meinte Phyllis. »Ich wollte ja schon immer mal erster Klasse fliegen, hab's aber nie über mich gebracht, das Geld dafür hinzublättern.«

»Ein Fürsorglicher ist er ganz bestimmt.« Voller Sehnsucht, Lynda in die Arme zu schließen, suchte Catherine den stetig fließenden Strom der Fluggäste ab. Einen Moment lang war sie sich sicher, sie entdeckt zu haben, kam dann aber zu dem Schluss, dass es jemand anders sein musste. Die Blondine mit dem Kurzhaarschnitt trug keine Mütze, und Lynda hatte sich seit ihrer Entlassung nie ohne gezeigt.

Doch dann blickte die Blondine auf, sah, dass Catherine sie beobachtete, und lächelte. Catherine stockte der Atem beim Anblick der wunderschönen jungen Frau, zu der sich ihre Tochter im zurückliegenden Sommer gemausert hatte. Sie war kein Kind mehr. So stolzgeschwellt sie sich fühlte, empfand Catherine gleichzeitig auch den schmerzlichen Verlust.

Lynda schob sich durch den Strom der abreisenden Passagiere und breitete die Arme aus, um ihre Mutter an sich zu drücken. »Ich bin so froh, dass ich wieder daheim bin. Du hast mir gefehlt, Mom.«

»Du mir auch.« Sie umarmte Brian. »Und du auch«, fügte sie hinzu. »War ein bisschen einsam hier ohne euch zwei.«

»Sie hatten recht«, meinte Brian. »Wir mussten hin. Aus vielen Gründen.«

»Zum einen haben wir festgestellt, dass Rays Tante nicht die Hexe ist, für die wir sie hielten«, meinte Lynda. »Es lag ihr wirklich an ihm. Sie konnte es nur nicht richtig zeigen.«

Brian warf sich den Rucksack über die Schulter. »Wir kannten ihn sehr viel besser als sie.«

»Nach der Beerdigung, als wir bei ihr zu Hause waren, hat sie viele Fragen gestellt.« Lynda blickte zu Brian auf. »Ich glaube, sie war wirklich froh, dass wir da waren.«

»Ich weiß es sogar«, meinte Phyllis, sich zu ihnen gesellend. »Sie hat es mir erzählt.«

»Wahrscheinlich sollte ich nicht danach fragen«, sagte Lynda. »Aber was hast du über das Auto in Erfahrung gebracht?«

»Die Versicherungsfrau hat gemeint, eine Reparatur lohnt sich nicht mehr.«

»Heißt das, dass wir ein neues kriegen?«, meinte Lynda aufgeregt.

»Ein hübsches kleines Benzinsparmodell.«

»Ich dachte eher an diesen neuen kleinen BMW.«

»Nun, neu und klein wird er sein.« Sie legte Lynda den Arm um die Schulter. »Und zwei von drei Dingen ist doch auch nicht schlecht.«

Auf dem Heimweg fuhr Catherine an dem Haus vorbei, das sie am Tag ihres Treffens mit der Maklerin gemietet hatte. Sie hielt direkt davor.« Ich wollte, dass du es vorher siehst«, sagte sie zu Lynda. »Aber gleich nach mir ist noch jemand gekommen, der es sofort gemietet hätte, also musste ich gleich zugreifen. Es war unter den Häusern, die ich gesehen habe, bei Weitem das beste, und ich wollte nicht riskieren, dass es mir einer wegschnappt.«

Lynda kurbelte die Scheibe herunter, um besser sehen zu können. »Können wir mal reinschauen?«

Catherine wandte sich an Phyllis: »Hast du Zeit?«

»Ich habe alle Zeit der Welt.«

»Wie sieht es bei dir aus, Brian?«

»Ich hab meinen Leuten gesagt, dass sie vor dem Abendessen nicht mit mir rechnen sollen.«

Das Haus war drei Jahre alt, hatte zwei Etagen, war etwa halb so groß wie das, aus dem sie auszogen, und lag in der Mitte einer Sackgasse, die auf einem großen unerschlossenen Streifen Land endete. So konnten sie sich zumindest der Illusion von Landbesitz hingeben, auch wenn es der eines anderen war.

Catherine öffnete die Haustür und hoffte, dass Lynda sich aufgeschlossen zeigen möge. Sie wusste nicht, was sie tun würde, sollte das Haus Lynda nicht gefallen.

Ein kleiner gefliester Eingang führte zu einem tiefer gelegenen Wohnzimmer. Die Wände waren weiß, der Teppichboden beige, die Vorhänge und die Jalousien cremefarben. Rechts befand sich eine Eichentreppe, die auf einen breiten Treppenabsatz führte. Eichene Bücherregale nahmen die gesamte Rückwand ein.

»Wo ist mein Zimmer?«, fragte Lynda.

»Oben. Du kannst selber entscheiden, welches du haben willst.«

»Komm, Brian. Du kannst mich beraten.«

Catherine und Phyllis gingen in die Küche. »Gefällt mir gut«, meinte Phyllis.

»Mir auch. Das heißt, ich glaube wenigstens, dass es mir gefallen wird, wenn ich mich erst mal dran gewöhnt habe. Es ist schon eine gewaltige Veränderung.«

Phyllis öffnete die Schiebetüren des Wohnzimmers. »Sieh dir nur mal diesen Blick an. Hier werdet ihr euch sicher gern im Freien aufhalten.« Sie wandte sich um und sah Catherine an. »Ein bisschen Farbe, eine bisschen Tapete, und es wird großartig aussehen.«

»Die Farbe und die Tapete müssen wohl noch ein Weile warten. Nächste Woche kommt die Umzugsfirma.«

»Warum denn so schnell?«

»Ich will einziehen und mich eingerichtet haben, bevor ich mich mit Karol in diese Wohltätigkeitsgeschichte stürze«, sagte Catherine.

»Ich habe mich entschieden«, rief Lynda von oben. »Der Schrank ist zwar ein bisschen klein, aber der Whirlpool im Bad macht es wieder wett.«

Catherine trat an den Treppenfuß und rief nach oben: »Wo bist du denn?«

Lynda kam aus der Elternsuite. »Hier«, meinte sie unschuldig. »In meinem neuen Zimmer.«

Catherine war sprachlos.

Die Miene ihrer Mutter war zu viel für Lynda. »Schon kapiert«, meinte sie vergnügt.

Als Lynda und Brian ihre Erkundung fortsetzten, verschränkte Catherine die Arme vor der Brust und lehnte sich an die Wand. Es war Monate her, seit sie Lynda so ehrlich und ungehemmt hatte lachen sehen.

Die Befürchtungen, die sie wie gehortete Münzen mit sich geschleppt hatte, waren verbraucht. Sie hatte keine Ahnung, was vor ihnen lag, nur dass die gemeinsame Reise mit Lynda ein Vergnügen sein würde.

35

Er hatte ein übles Gefühl bei diesem Brand gehabt, sobald er die Adresse aus dem Computer gezogen hatte. Das Haus befand sich in einer Straße voller alter viktorianischer Gebäude, von denen viele wunderschön restauriert waren, jedoch keines den modernen Bau- und Brandsicherheitsvorschriften genügte. Die Holzrahmenbauweise brachte es mit sich, dass sich ein Feuer zwischen den Holzlatten und dem Verputz ungehindert vom Keller bis zum Dachboden ausbreiten konnte.

Egal, wie schnell sie auch reagierten, hier würde alles zu spät sein. Ihr normaler zweiter Einsatzwagen und das für Brände in ihrem Bezirk bestimmte Löschfahrzeug waren beide bei der Bekämpfung eines Lagerhausbrandes eingesetzt. Die Hilfe würde also gute fünf bis sieben Minuten später eintreffen als sonst.

Sobald sie aus der Feuerwache rollten, nannte Rick Steve den Standort des Hydranten und suchte den Spätnachmittagshimmel nach Rauch ab. Eine einzige dunkelgraue Fahne erhob sich wie ein Ausrufezeichen in den windstillen Oktoberhimmel. Sogar Paul erkannte die Dringlichkeit der Lage und beschränkte sich mit seinen Fragen auf das, was sie wohl bei ihrer Ankunft zu erwarten hatten.

Steve fuhr mit gewohnter Umsicht und Sicherheit, wenn auch vielleicht etwas aggressiver als sonst, und rief gedankenlose Fahrer, die nicht auswichen oder an die Seite fuhren, mit der Pressluftfanfare zur Ordnung.

»Würde denen recht geschehen, wenn es eins von ihren Häusern wäre«, meinte Paul und gab seinem Anfängerfrust über ein Verhalten Ausdruck, das ihn, wenn er einmal Veteran war, kaum mehr aus dem Konzept bringen würde.

Nicht der mangelnde Respekt vor den roten Lichtern und der Sirene bekümmerte Rick, sondern der gegenüber ihrer Ausrüstung. Schon ohne Ladung war ihr Feuerwehrwagen ein beachtliches Gefährt. Mit den tausend Gallonen Wasser jedoch, die sie zur Sofortbekämpfung dabeihatten, wurde es zum Ungeheuer. Hinter ihm auf eine Straßenecke zuzujagen oder nach einer Kurve vor ihm einzuscheren war, als spiele man mit einem komplett geladenen Revolver russisches Roulette.

Rick begann, das Feuer zu taxieren, sobald das Haus in Sicht kam. Er las und deutete die Situation, als handle es sich um ein vertrautes Buch in neuem Einband, und legte seinen Vorgehensplan fest.

Mit einem geschulten Blick registrierte er die Nähe der Häuser zueinander, die Heftigkeit des Feuers und die Anzahl und das Gebaren der auf dem Gehsteig und der Straße herumstehenden Leute.

Dicker schwarzer Rauch drang aus der Haustür, während durch die verwitterte Verkleidung nur dünne graue Schwaden entwichen. Die einzige züngelnde Flamme war an einem Luftschacht in der Nähe des Firsts zu erkennen. Wie ein spielendes Kind, das versucht, mit der Zunge seine Nasenspitze zu erreichen, streckte sich die Flamme nach der Zunderbüchse der Traufen aus, und strengte sich bei jedem Versuch mehr an.

Als sie näher herankamen, erblickte Rick in den Gesichtern der Zuschauer die Furcht, die vor dem Begreifen kommt. Dies waren Nachbarn, die ihre Verwundbarkeit durch ein Feuer ahnten, das nur eine zweite Flammenzunge ausstrecken musste, um am Nachbarhaus zu lecken und Zerstörung und Verlust zu verbreiten.

Eine Frau stach aus den anderen heraus, ihre Furcht war eine rohe, klaffende Wunde, ihre Jeans und ihr T-Shirt von Rauch und Asche geschwärzt. Rick konzentrierte sich auf sie, als Steve vor dem Haus stehen blieb. »Macht euch auf eine Rettung gefasst«, meinte er mit unerschütterlicher Gewissheit.

Sie kam auf ihn zugerannt und schrie: »Mein kleiner Junge ist da drinnen! Sie müssen ihm helfen!« Die Frau griff nach Janet, als sie von der Rückbank stieg, klammerte sich an sie und flehte: »Beeilen Sie sich. Oh Gott, bitte beeilen sie sich. Er ist ganz alleine da drinnen. Ich konnte nicht zu ihm. Ich hab's versucht. Ich bin immer wieder hineingegangen, aber ich konnte ihn nicht finden.«

»Wie alt ist der Junge denn?«, fragte Rick und zog ihre Aufmerksamkeit auf sich. Janet ging, um die Beatmungsgeräte herauszuholen.

Sie wandte ihren flehenden Blick Rick zu. »Sieben.«

»Ist es denkbar, dass er es selber ins Freie geschafft hat? Haben sie die Gegend schon abgesucht?«

»Das Fenster in seinem Zimmer lässt sich nicht öffnen.«

»Wo ist denn sein Zimmer?«

»Im hinteren Teil des Hauses.«

»Erdgeschoss?«

Sie nickte.

»Links oder rechts?«

Sie hielt inne, als ob die Frage, zu allem andern obendrein, zu viel für sie wäre. »Links«, meinte sie schließlich.

»Nimm die Tankleitung«, rief Rick Steve zu.

Auch wenn dies ihre Fähigkeiten zur Feuerbekämpfung einschränkte, weil ihnen nur die tausend Gallonen im Fahrzeug zur Verfügung standen – die zusätzlichen fünf Minuten, die es gekostet hätte, den Schlauch an den Hydranten anzuschließen, hatten sie einfach nicht.

Wenn sich ein Kind im Haus befand, war Zeit das absolut entscheidende Kriterium, das Haus konnte vernachlässigt werden.

Steve zog den Eineinhalb-Zoll-Schlauch aus dem Wagen und ließ das Strahlrohr vor der Haustür fallen. Dann ging er zurück zur Pumpenkonsole auf der Seite des Fahrzeugs und drehte die Ventile, die den Wasserstrom kontrollierten, um den Schlauch zu füllen. Zu viel Druck, und es konnte Janet zu Boden reißen, wenn sie das Strahlrohr öffnete.

»Bitte, beeilen Sie sich«, bettelte die Frau. »Bitte, Sie müssen da rein. Er ist erst sieben. Er kann sich nicht selber retten.«

Rick nickte der Frau zu, während er auf seinem Funkgerät die Einsatzzentrale kontaktierte und ihnen sagte, dass sie wegen eines Rettungsfalls eine Tankleitung benutzten und man ein Rettungsfahrzeug schicken solle. »Der zweite Löschzug soll einen Verteiler und einen Versorgungsschlauch legen. Der Hydrant ist an der nächsten Straßenkreuzung auf der rechten Seite.«

Janet kam von hinten und reichte Rick sein Beatmungsgerät. Er hörte das leise Heulen der Sirenen, als er sich die zwanzig Kilogramm schwere Flasche auf den Rücken lud und die Riemen anzog. Auf das Haus zugehend brüllte er eine letzte Anweisung ins Funkgerät, das er dann in die Tasche schob. »Sagt dem Captain des zweiten Löschzugs, dass er das Notkommando übernehmen soll.«

Indem er mit seinen Feuerwehrleuten hineinging, überließ er die Kontrolle an der Brandstelle dem Captain des angeforderten Zugs. Zwei erfahrene Feuerwehrleute hätten die Rettung selbstständig bewerkstelligen können, doch Paul war noch zu grün hinter den Ohren, um die feinen Warnzeichen zu erkennen, die bei Hausbränden zu beachten waren. Rick war nicht bereit, ihm das allein zuzumuten.

Dicker schwarzer Rauch quoll aus dem Hauseingang. Es gab eine beachtliche Hitzeentwicklung, aber keine sichtbare Flamme.

Janet griff nach dem Strahlrohr und öffnete das Ventil, um weiträumig zu sprühen, damit eine Nebelwand entstand, mit der sie den Rauch zurückdrängen konnten. Da aber keine Feuerwehrleute da waren, die Löcher ins Dach schnitten oder Fenster eindrückten, konnte der Rauch nicht entweichen und umhüllte sie wie eine drohende falsche Nacht ohne Sterne.

Paul packte den Schlauch einen Meter hinter Janet. Rick hielt ihn ein Stück hinter Paul. Sobald sie drin waren, bewegten sie sich nahe am Boden, wo der Rauch und die Hitze am erträglichsten waren. Knallende, quietschende und ächzende Laute begleiteten das leise Brausen des herannahenden Feuers, während das Haus in vergeblichem Protest gegen sein bevorstehendes Ende aufheulte.

Sie kamen zu einer offenen Tür und warfen einen raschen Blick in den Raum. So überzeugt die Mutter auch war, dass sich ihr Sohn im hinteren Teil des Hauses befand, verlassen konnte man sich darauf nicht. Er konnte sich bewegt haben. Zu viele Opfer wurden an Stellen gefunden, wo niemand sie vermutet hätte.

Ricks Ohren begannen zu brennen, als sie in den Flur zurückkehrten. Trotz der Vorschrift, beim Einsatz eine feuerfeste Haube unter dem Helm zu tragen, ging Rick ohne. Er wollte die Hitze spüren. Seine Ohren waren wie der Kanarienvogel des Bergarbeiters, der vor Sauerstoffmangel warnte. Wurden sie zu heiß, dann war es auch für alles andere zu heiß und Zeit, sich ins Freie zu flüchten.

Der schwarze Rauch klarte zu einem dicken Nebel auf und nahm eine orange Tönung an. Noch eineinhalb Meter, und sie entdeckten, wie Flammen hungrig die Küche verzehrten, am Tisch leckten, die Schränke verschlangen, die Vorhänge ausspuckten.

Nicht willens, den Drachen in ihrem Rücken zu lassen, beendete Janet seine Mahlzeit mit einem Dreißig-Sekunden-Nebel, der ihm den Sauerstoff entzog und einen dichten qualmenden Rauch erzeugte. Mit dem Strahlrohr schlug sie das Fenster ein, sodass die Glassplitter nach außen fielen und der Rauch ins Freie gesaugt wurde, während vom Gang weiterer Qualm ins Zimmer gezogen wurde.

Erhitztes Wasser regnete auf Rick herab, durchweichte

seine Einsatzkleidung, lief ihm in den Halsausschnitt und den Rücken hinunter. Wieder waren sie von klaustrophobischer Dunkelheit umgeben, als sie tiefer ins Haus hineinkrochen, nach weiteren Türen, weiteren Zimmern Ausschau hielten.

Sie fanden zwei. Beides Schlafzimmer. Sie durchsuchten die Schränke, schauten unter die Betten, in die Ecken und hinter Kommoden. Kinder versteckten sich vor dem Feuer. Sie mussten sich in die Köpfe der Kinder versetzen.

Nichts.

Frust, verstärkt durch schwindende Hoffnung, ließ sie eine zweite Suchaktion starten. Die Hitze wurde unerträglich. Ricks Ohren bekamen Blasen. Geschlagen zupfte er Paul und dann Janet an der Schulter und bedeutete ihnen, umzukehren.

In diesem Moment hörte Rick den Laut, den er in all seinen Jahren bei der Feuerwehr nur ein einziges Mal zuvor gehört hatte, ein ominöses krachendes Stakkato – der Siegestanz des Feuers.

Im Nu fühlte er sich zurückversetzt in den Lagerhausbrand von damals: in den Horror, dass er seinen besten Freund gerade noch festhalten konnte, als der durchs Dach stürzte; in den verzweifelten Versuch, ihn aus den verzehrenden Flammen zu zerren; und schließlich in die Niederlage, weil er am Ende trotz aller Bemühungen hilflos zusehen musste, wie er starb.

»Raus!«, brüllte Rick und wusste, dass Janet und Paul kaum mehr als einen erstickten Schrei zu hören bekamen. Er sprang auf und ging, den Schlauch mit sich ziehend, rückwärts durch den Flur zurück, zwang sie, ihm zu folgen.

Bis zum Kücheneingang hatten sie es geschafft, als die Decke herunterkam. Die Wucht des Einsturzes riss Rick nach hinten, der obere Teil des Beatmungsgerät traf ihn am Hinterkopf. Benommen rang er darum, bei Bewusstsein zu bleiben, erhob sich auf die Knie, wühlte sich auf der Suche nach Paul durch die brennenden Trümmer.

Paul hob eine Hand. Rick ergriff sie. Die andere Hand tauchte auf und schlug verzweifelt in die Luft. Rick packte sie und lehnte sich zurück, um eine größere Hebelwirkung zu erzielen, wenn er Paul unter dem brennenden Gewicht hervorzog, das auf seinem Körper lastete.

»Verdammt noch mal, stirb mir bloß nicht!«, brüllte Rick. Langsam, *zu* langsam kämpfte er sich Zentimeter für Zentimeter durch den Flur zur Haustür. »Wir schaffen das. Wir sind fast schon am Eingang. Halt durch, Paul, verdammt.«

Ein Gemälde stürzte durch die Öffnung und fiel auf Pauls Beine, die Landschaft bekam Bläschen, trocknete aus und ging in Flammen auf. Rick versuchte, stärker zu ziehen, schneller, betete, dass Steve den Donner der einstürzenden Decke trotz des brausenden Feuers gehört hatte.

Rick stieß an etwas Unerwartetes und fiel nach hinten, Paul entglitt ihm. Er schwang den Arm in einem weiten Bogen und streifte dabei Steve, der auf allen vieren hereingekrochen war, um sie zu suchen.

Sich aufrichtend deutete er auf Paul, erhob sich und begab sich auf der Suche nach Janet erneut nach hinten, wo inzwischen eine Feuerwand aufragte. Von Flammen und Rauch geblendet, griff er nach unten, fand den Schlauch und hob ihn auf, um ihn als Wegweiser zu benutzen.

Er fand sie bewusstlos, das Strahlrohr noch immer mit beiden Händen umklammernd. Und er erlebte einen Adrenalinstoß. Einen Moment lang war er unbesiegbar – in dieser Sekunde konnte er alles vollbringen, und dann war alles vorbei.

Für sie beide.

Er musste jetzt handeln, jetzt oder nie.

Er packte das Strahlrohr, sprühte einen Nebel auf die Flamme, öffnete damit ein Fluchtfenster, das zwischen zehn Sekunden und einer Minute offen bleiben konnte. Wenn es zufiel, dann mit tödlichem Furor. Sobald er den Schlauch sinken ließ und Janets Beatmungsgerät packte, waren sie der Gnade des Drachens ausgeliefert.

Der Gang klarte auf. Ein Lichttunnel öffnete sich und Rick konnte durch ihn ins Freie blicken. Paul lag auf dem Rasen ausgestreckt. Steve stand über ihm und gab dem Rettungsteam Anweisungen. Feuerwehrleute vom zweiten Zug tauchten auf: schreiend, deutend, laufend.

Die Klingel an Ricks Beatmungsgerät schrillte los, dann die von Janet.

Noch fünf Minuten.

Ein ganzes Leben.

Er ließ den Schlauch fallen, griff nach Janets Gurt. Ein ohrenbetäubendes Tosen brauste durch das untergehende Haus.

Das Fenster fiel zu.

36

Catherine strich das Auslegepapier in ihrem Wäscheschrank glatt und trat zurück, um ihr Werk zu bewundern, wobei es sie selbst amüsierte, wie wenig zuweilen genügte, um sie zu erfreuen.

Seit zwei Wochen waren sie im neuen Haus, und endlich war alles ausgepackt und verstaut. Die Kisten, die noch in der Garage standen, sollten eingelagert werden. Und was sie innerhalb des nächsten Jahres weder benutzte noch vermisste, würde sie dem Frauenhaus schenken, das sie bereits mit einer Lkw-Ladung von Möbeln bedacht hatte.

Lynda näherte sich ihr von hinten. »Ich gehe runter, um mir *General Hospital* anzuschauen und dann Hausaufgaben zu machen.«

»Hast du nachgesehen, ob er heute aufgezeichnet hat?« Am Vortag war die Kassette leer gewesen, als Lynda sich die Serie hatte ansehen wollen, und Catherine wusste nicht, ob der Fehler bei ihr lag oder ob der Videorekorder es nicht mehr lange machte.

»Noch nicht.«

»Sag mir Bescheid.« Lynda wollte nach unten gehen, doch Catherine rief sie zurück. »Möchtest du nicht das Auslegepapier sehen, das ich heute gekauft habe?«

Lynda riss ungläubig die Augen auf. Sie schüttelte den Kopf. »Mom, du brauchst endlich wieder ein eigenes Leben.«

»Es ist wirklich hübsch. Und riecht auch ganz toll. War bei William Glen im Ausverkauf.«

»Oh ... William Glen. Nobel, nobel!«

»Von Sarkasmus kriegt man Pickel«, sagte Catherine.

»Und durch Pizza gehen sie wieder weg.« Mit übertriebenem Widerstreben kehrte Lynda zurück, schaute in den Schrank und schnupperte. »Unglaublich. Das beste Auslegepapier, das ich je gerochen habe.«

»Und?«

»Oh, und auch bei Weitem das schönste.«

Catherine lachte. »Nun geh und zieh dir deine Soap rein.« Wieder allein, nahm sie den Stapel Badehandtücher und verstaute ihn im Schrank. Als Nächstes kamen die Gästetücher und Waschlappen und dann, aufs nächste Brett, Laken und Kissenbezüge.

Sie faltete den leeren Karton zusammen und wollte ihn eben in die Garage bringen, als sie Lynda aufschreien hörte. Der durchdringende Laut zerriss die Stille des Hauses, wie ein Speer Seide zerfetzt.

»Nein ... nein, nein, nein ...«

Catherine wurde eiskalt.

»Oh nein.«

Sie versuchte, sich zu bewegen, aber die Botschaft ging irgendwo zwischen ihrem Gehirn und ihren Beinen verloren.

»Nicht Rick. Er darf nicht tot sein.«

Ihre Knie gaben nach; und sie rutschte die Wand hinunter auf den Boden.

Im Krankenhaus herrschte organisiertes Chaos, da zwei Rettungswagen vor der Notaufnahme standen und ein weiterer gerade eintraf.

Ärzte und Krankenschwestern standen bereit, als die Patienten ausgeladen wurden, und traten dann näher, um mit ihren Diagnosen zu beginnen.

Die Feuerwehrsanitäter übergaben ihre kostbare Last, wichen jedoch nicht von der Seite der Geretteten, als diese tiefer in die Notaufnahme gerollt wurden, und trugen die Diagnosen vor, die bereits am Ort des Geschehens vorgenommen worden waren: Blutdruck, Puls, verzweifelte, entschlossene Schritte, um sicherzustellen, dass nicht einer der Ihren auf der Strecke blieb.

»Nehmen Sie mir das Ding ab«, sagte Rick, als er versuchte, die Sauerstoffmaske zu entfernen.

Eine streng wirkende Krankenschwester mit gelben Bleistiften hinter beiden Ohren, funkelte ihn zornig an.

»Du gehörst jetzt mir, Großer. Und tust, was ich sage. Verstanden?«

»Jawohl, Sergeant.«

Sie lächelte. »Freut mich, dass Sie's kapiert haben.«

Rick hatte nicht die Absicht, ihr zu gehorchen. Sobald sie ihn allein ließen, würde er aufstehen und Paul und Janet suchen. Er musste sich persönlich vergewissern, dass es ihnen gut ging. Niemand wollte ihm etwas sagen, außer dass bisher alle überlebt hatten.

Als sie im Untersuchungszimmer waren, hatte ein Pfleger nach einer Schere gegriffen. »Was haben Sie denn mit der vor?«, fragte ihn Rick.

»Das wissen Sie doch. Ich werde Ihnen die Kleider vom Leib schneiden.«

»Haben Sie 'ne Ahnung, wie lange es dauert, bis man einen Einsatzanzug ersetzt bekommen? Das können sechs Monate werden. Oder länger. Und während ich warte, muss ich einen Leihanzug tragen, und das …«

»In Ordnung, in Ordnung.« Er ließ die Schere sinken. »Wenn Sie sich aufsetzen können, helfe ich Ihnen beim Ausziehen. Wenn nicht, muss ich die Schere nehmen.«

»In Ordnung.« Rick wollte auf die Seite rollen. Einen verrückten Augenblick lang dachte er, jemand stehe hinter ihm und boxe ihm in die Rippen. Der Schmerz war zwar nicht so schlimm, dass er ihn nicht ausgehalten hätte, aber auch nichts, womit er lange leben wollte.

Sobald er sich aufgerichtet hatte, begann sein persönlicher unsichtbarer Boxmeister ihn mit Schlägen auf den Kopf zu traktieren.

Er setzte sich auf, aber so, wie sich das Zimmer um ihn herum drehte, wusste er, dass er nicht lange so sitzen bleiben konnte.

Er schüttelte seine Jacke und sein Hemd ab. Und als er dazu in der Lage war, löste er seine Hosenträger und hob die Hüfte, damit ihm der Pfleger die Hose auszog.

Mit mehr Geduld, als er eigentlich hatte, unterzog er sich der Triageuntersuchung – der Taschenlampe, die ihm in die Pupillen leuchtete, dem Klopfen und Kratzen, um seine Reflexe zu prüfen, dem Stochern und Abtasten auf Schmerzen –, da er wusste, sie würden nichts Ernsthaftes finden.

Der Arzt ordnete Röntgenaufnahmen und eine Blutuntersuchung an. »Sieht aus, als würden Sie mit ein paar gebrochenen Rippen und einer leichten Gehirnerschütterung davonkommen. Die Kopfwunde muss mit ein paar Stichen genäht werden. Ich hoffe, sie schlafen auf der Seite.«

»Wie geht es den anderen?«

»Ich werde mich gleich danach erkundigen. Sobald ich etwas weiß, gebe ich Ihnen Bescheid.«

»Danke.« Rick lehnte sich aufs Kissen zurück und war zu müde, um auf den dadurch ausgelösten Schmerz zu achten. Unverständliche Gesprächsfetzen aus einem Untersuchungsraum auf demselben Korridor drifteten an sein Ohr. Er konzentrierte sich und hörte eine Stimme heraus, die nach einem Namen fragte, immer und immer wieder. »Können Sie mir sagen, wer Sie sind? Wie heißen Sie? Hey, Junge, kannst du mir vielleicht deinen Namen sagen?«

Junge? Dann musste es Paul sein. Und er war entweder bewusstlos oder er reagierte nicht. Rick wandte sein gutes Ohr den Stimmen zu, schickte Paul eine stumme Botschaft, flehte ihn innerlich an, endlich aufzuwachen. Er war so stark darauf konzentriert, dass er die Schwester, die hereingekommen war, um ihm Blut abzunehmen, nicht hörte; er bemerkte sie erst, als sie nach seinem Arm griff.

Sie wollte etwas sagen, doch er schnitt ihr das Wort ab, als er eine der fernen Schwestern sagen hörte: »Wie hat er sich genannt?«

»Ich weiß nicht.«

»Sag es mir noch einmal«, drängte die Schwester. »Wie heißt du?«

Diesmal hörte Rick die Antwort so deutlich, als wenn sie nebeneinandergelegen hätten.

»Cats …«, sagte Paul mit unüberhörbarem Stolz.

»Sie wollen es mir nicht sagen«, sagte Catherine, während sie sich zu Lynda umwandte und auflegte. »Sie sagen, sie geben keine Namen oder Informationen über ihren Zustand preis, solange die Familien nicht verständigt sind.«

»Ich weiß, dass er es war«, sagte Lynda. »Ich hab ihn gesehen, als sie ihn in den Krankenwagen geschoben haben.« Wieder brach sie zusammen. »Er war … er war … im ganzen Gesicht … voller Blut.«

Verzweifelt versuchte Catherine es auf der Feuerwache. Niemand nahm ab. Sie wusste nicht, wo sie sonst noch hätte anrufen können. Sie nahm Lynda am Arm und steuerte mit ihr Richtung Haustür.

»Wir fahren hin.«

»Die lassen uns doch abblitzen. Wir sind nicht mit ihm verwandt.«

»Den Teufel werden sie tun. Sollen sie doch versuchen, uns aufzuhalten.«

Als sie im Wagen waren, suchte Catherine einen Nachrichtensender im Radio. Man war gerade mitten in einem Bericht über steigende Zinssätze, als der örtliche Nachrichtensprecher die Sendung unterbrach.

»Drei Feuerwehrleute wurden heute Nachmittag ins Krankenhaus eingeliefert, nachdem sie bei einem Hausbrand vom Feuer eingeschlossen worden waren. Die Feuerwehrleute, darunter eine Frau, versuchten, einen siebenjährigen Jungen zu retten, der sich angeblich im Haus befunden hatte.

Die Mutter des Jungen schilderte Reportern, sie habe im Nachbarhaus eine Freundin besucht, während ihr Sohn – der wegen eines verdorbenen Magens nicht zur Schule gegangen war – in seinem Zimmer schlief. Der Junge wurde später von der Polizei gefunden; er hatte sich im Hinterhof eines Nachbarhauses versteckt.

Die Brandursache wird noch ermittelt.

Bleiben Sie dran, wir halten Sie auf dem Laufenden. Und damit zurück zu unserem Programm.«

»So eine bescheuerte Tusse«, tobte Lynda. »Das ist alles ihre Schuld. Welches Recht hatte sie, einfach rauszugehen …«

»Rick geht es gut«, sagte Catherine.

»Woher willst du das denn wissen?«

»Ich spüre es«, sagte sie mit voller Überzeugung.

Lynda drehte ihr das Gesicht zu.

»Ich weiß, dass du ihn liebst. Wann unternimmst du endlich was?«

Neununddreißig Jahre lang hatte sie geplant, gedacht und erwogen, das Diktat ihres Verstandes befolgt. Es wurde Zeit, dass sie ihrem Herzen die Führung überließ.

Sie sah Lynda an. »Ich liebe ihn tatsächlich. Und ich glaube, es wird Zeit, dass ich es ihm sage.«

Janet zuckte zusammen, als sie den Kopf wandte, um Rick anzusehen. Sie war noch immer im Untersuchungszimmer, wartete darauf, in die Orthopädieabteilung gebracht zu werden. Einen Experten für Gelenkchirurgie hatte man vom Golfplatz zurückbeordert, um sich ihr zerschmettertes Knie anzusehen. »Hat jemand gesagt, wie lange Paul beurlaubt sein wird?«

»Zu mir hat keiner etwas gesagt.« Rick beugte sich in seinem Sessel nach vorn auf der Suche nach etwas, das zu einem Widerspruch in sich geworden war – einer bequemen Sitzhaltung. »Eine Brandwunde am selben Bein zu haben, das auch gebrochen ist, wird wohl einige Probleme mit sich bringen.«

»Haben sie Ihre Röntgenbilder schon gebracht?«

»Zwei angeknackste Rippen«, antwortete Rick.

Sie nickte. »Und was ist mit dem Kopf?«

»Ein paar Stiche. Nichts Aufregendes.«

»Scheiße ...« Sie zwickte sich in den Nasenrücken und versuchte, die Tränen zurückzuhalten. »Kaum hab ich's geschafft, euch Jungs auf der Wache ein bisschen zu erziehen – passiert so was. Und jetzt kommt jemand anders und erntet die Früchte meiner harten Arbeit.«

Rick nahm ihre Angeberei für das, was es war – eine starke Mischung aus Furcht und Bedauern. Janet liebte ihren Job und würde ihn womöglich nie wieder ausüben können. »Ich werde tun, was ich kann, um Rückschläge zu vermeiden.«

Ein verlegenes Schweigen trat ein. »Steve hat mir erzählt, was Sie getan haben. Vermutlich erwarten Sie jetzt, dass ich einen Kuchen backe oder so.«

Er lachte. Es tat höllisch weh. »Wenn Sie sich auf irgendeine Weise bei mir bedanken wollen, dann ist ein Kuchen nicht unbedingt angesagt.«

Steve trat ein. Er berührte Rick an der Schulter. »Da draußen sucht dich jemand.«

Rick war nicht nach Aufstehen.

»Wer ist es denn?«

»Vertrau mir, jemand, den du gerne siehst.«

Verwirrt stand Rick auf und ging steif an ihm vorbei. Er zog den Vorhang beiseite und hatte kaum Zeit, sich darauf gefasst zu machen, da lag Lynda schon in seinen Armen. Er stöhnte leise wegen der Wucht des Aufpralls, doch der Schmerz war nicht annähernd das, was er erwartet hatte. Sie fühlte sich gut an, da, wo sie war.

Er blickte Lynda an und sah, dass sie geweint hatte. »Tut mir leid, dass ich dir Angst gemacht habe«, sagte er leise.

»Angst ist gar kein Ausdruck dafür«, sagte sie. »Als ich

dich im Fernsehen gesehen habe, war ich sicher, du bist tot. Gott sei Dank war Mom zu Hause. Ich weiß nicht, was ich gemacht hätte, wenn ich allein gewesen wäre.«

»Wo ist deine Mutter denn?«, erkundigte sich Rick vorsichtig. Ehe sie ihm antworten konnte, blickte er auf und sah, dass Catherine sie beobachtete. Sie weinte und lächelte und kam auf ihn zu.

»Sie liebt dich, weißt du«, meinte Lynda und trat beiseite.

»Ja«, erwiderte er. »Ich weiß es.«

Catherine blickte zu ihm auf, in den Augen das Staunen, endlich und zum ersten Mal in ihrem Leben zu wissen, was es hieß, zu lieben und geliebt zu werden. Behutsam, sehnsüchtig berührte sie sein Gesicht und küsste ihn. »Ich bin gekommen, um dich nach Hause zu bringen.«

Er blickte ihr tief in die Augen. »Es ist auch dein Zuhause. Sobald du dazu bereit bist.«

»Ich habe schon jetzt das Gefühl, dort hinzugehören.«

Er zog sie näher an sich und vergaß – im Bedürfnis, sie zu spüren, den Duft ihres Haars zu riechen, den Augenblick, in dem ihr gemeinsames Leben begann, hervorzuheben – seine schmerzenden Rippen.

»Ich bin einer für immer, Catherine. Du kannst dir so viel Zeit nehmen, wie du brauchst – du und Lynda. Ich werde warten, bis du so weit bist.«

Sie hob das Kinn, brachte ihre Lippen an seinen Mund und flüsterte: »Ich liebe dich.«

»Das wirst du mir noch mal sagen müssen«, meinte Rick. »Ich habe zu lange gewartet, um es nur einmal zu hören.«

Sie küsste ihn wieder. »Ich liebe dich … ich liebe dich … ich liebe dich.«

»Das war schon mal ein guter Anfang«, sagte er. »Jetzt kannst du mich nach Hause bringen und es mir noch mal sagen.« Er streckte den Arm nach Lynda aus.

Und sie verließen das Krankenhaus gemeinsam. Als Familie.

Fünfunddreißig Meilen entfernt erwachte Blue aus tiefem Schlaf. Er stand auf und streckte sich, betrachtete mehrere Sekunden lang Sandra und Walt, winselte leise und verschwand durch die Garagentür. Nur ein einziges Mal blieb er stehen, um fragend zurückzublicken, trottete dann über den Rasen und durch die Öffnung im Zaun, der teilte, was bisher seine beiden Heime gewesen waren.

Instinktiv erfasste er, dass seine Wanderjahre vorüber waren. Mit langen, zielsicheren Schritten bewegte er sich durch den verlassenen Gemüsegarten, vorbei an der alten Eiche und ums Haus herum Richtung Auffahrt.

Dort setzte er sich hin und wartete, wobei sein Schwanz langsam und stetig mit einem weiten willkommen heißenden Bogen den Staub aufwirbelte.

Weltbild Buchverlag
–Originalausgaben–
Deutsche Erstausgabe 2008

Projektleitung: Gerald Fiebig
Übersetzung: Maria Mill
Redaktion: Claus Keller
Umschlag: Zeichenpool, München
Umschlagabbildung: mauritius-images/Lothar Schröter
Satz: avak Publikationsdesign, München
Gesetzt aus der Sabon 10,5/12,5 Punkt
Druck und Bindung: CPI Moravia Books s.r.o., Pohorelice

Gedruckt auf chlorfrei gebleichtem Papier

Printed in the EU

ISBN 978-3-89897-898-9